크로스 1
crossfire 파이어

크로스 1
crossfire
파이어

미야베 미유키 장편소설

권일영 옮김

RHK
알에이치코리아

밤에 불을 붙여봐

_Denith Etchison ≪The Late Shift (1980)≫에서

차
례

1

1. 폐공장

폐허가 되다시피 한 공장 꿈을 꾸었다.

손질도 청소도 하지 않은 채로 버려진 폐공장은 구릿빛 어둠에 잠겨 있었다. 그 스산한 천장에는 녹이 슬어 썩어가는 금속 파이프가 이리저리 어지럽게 얽혀 있다. 넓은 공장 여기저기에 복잡하게 짜 맞춘 기계들이 동작을 멈춘 채 웅크리고 있다. 그 기계들은 납빛 벨트 컨베이어로 연결되어 있다. 모든 것이 정지된 상태다.

어디선가 천천히 물방울이 똑똑 떨어지고 있다. 꿈속에서도 졸음이 오게 만드는 그 단조로운 소리는 마치 숨이 넘어가기 직전인 사람의 맥박처럼 희미하다. 살아 있다기보다는 이미 죽어가고 있음을 드러내는 어두운 징조. 그렇게 한 방울씩 떨어진 물이 공장 바닥에 고여 있다. 꿈속에서 그 옆을 지나가면 그림자에 겁을 먹은 듯이 수면이 살짝 흔들렸다.

손을 뻗어 물을 만졌다.

차다. 밤처럼.

물은 검었다. 기름처럼 손가락에 달라붙어 끈적거렸다. 손으로 떠올리자 손바닥 안에서 찐득하게 뭉쳐져 작은 덩어리를 이루었다. 검은 수면에 천장 파이프가 비쳤다.

차다. 그 냉기가 상쾌하다. 꿈속인데도 마음이 편해졌다. 오른손에서 왼손으로 그리고 왼손에서 오른손으로 물을 옮기며 그 편안함을 느껴본다. 냉기. 그 차가운 기운이 자비롭게 느껴졌다.

하지만 손바닥의 물은 체온 때문에 점점 미지근해진다. 또렷하게 느낄 수 있다. 손가락을 펼쳐 물을 흘려버리려 한다. 그런데 갑자기 손바닥이 뜨거워졌다. 손바닥을 들여다보니 검은 물이 불타고 있다. 일렁이는 불길이 살아 있는 생명체처럼 고개를 치켜들고 나를 노려본다. 그리고 다음 순간, 슈욱, 하는 소리를 내며 옷소매에 옮겨 붙어 불길이 팔을 타고 올라왔다.

바로 그때 꿈에서 깼다.

마치 스위치를 끈 것처럼 잠이 확 달아났다. 흰 천장이 눈에 들어왔다. 머리맡에 있는 스탠드 하나 말고는 조명이 모두 꺼져 있다.

아오키 준코는 작은 침대 위에서 벌떡 일어났다. 따스한 이불을 걷어내고 두 손바닥으로 탁탁 두드렸다. 이불 아래 있던 담요도 꺼내 두드렸다. 이어서 이불과 담요를 모두 침대에서 끌어내린 다음 요를 샅샅이 더듬어보았다.

침대는 이상이 없는 듯했다. 준코는 침대에서 내려와 구석 쪽 벽에 있는 스위치를 올려 천장에 매달린 전등을 켰다. 눈이 부셔 얼굴을 찡그리며 방 안을 둘러보았다. 커튼은? 카펫은? 소파 커버는? 소파 옆에 있는 등나무 랙에 담긴, 뜨개질하던 스웨터는? 잡지꽂이에 넣어두었던 신문이나 잡지는?

모두 별 이상 없다. 불이 붙지 않았다. 연기가 나지 않는다. 냄새도 없다. 여긴 괜찮다.

몸을 틀며 일어서, 방을 나가 부엌으로 갔다.

싱크대 안에는 금속으로 된 설거지용 양푼이 놓여 있다. 자기 전에 물을 가득 채워두었다. 거기서 지금 수증기가 솟아오르고 있다. 손을 가까이 대자 온기가 느껴졌다. 목욕물 정도로 데워진 모양이다.

준코는 한숨을 내쉬었다.

안도감과 긴장감이 함께 밀려왔다. 서로 어울리지 않는 감정의 조합이었다. 마음을 가라앉히지 못하고 차가워진 몸을 두 손으로 문지르며 시계를 보았다. 오전 2시에서 10분가량 지나 있었다.

—가야만 하나?

지난번 그 폐공장에 다녀온 지 아직 열흘도 지나지 않았다. 그런데도 그 꿈을 꾸었다. 몸이 원하는 모양이다. 방사하고 풀어놓아주기를.

주기가 빨라지고 있다. 요 반년쯤 사이에 갑작스럽게. 꿈을 꾸는 일도 잦아졌다. 그 꿈속에서 열을 실컷 방사해버리는 일도 늘어났다. 아직은 무의식중에 표적을 물이 있는 곳, 냉각 매체가 있는 곳을 골라 뿜어내고 있으니 다행이지만—.

능력이 더 강해지는 걸까? 그래서 이렇게 자주, 무의식적으로 힘을 방사해버리게 되는 걸까?

그렇지 않으면—.

능력을 억제하는 조정 능력이 점점 약해지고 있는 걸까.

생각만 해도 불길한 일이다. 준코는 머리를 한 번 흔들고, 흐트러진 머리카락을 손으로 빗으며 옷을 갈아입었다. 바깥 기온은 섭씨 3도. 찬바람이 창문을 두드리는, 12월로 접어드는 밤이었다.

도쿄 도 아라카와 구 다야마 초.

사철(私鐵) 노선이 지나는 아라카와 역 바로 다음인 다카다 역에서 버스로 20분쯤 북쪽으로 가면 '다야마 초 1초메' 버스 정류장이 있다. 그다음 정류상은 '다야마 그린타운 입구.' 여기는 2초메다. 3초메는 1초메와 2초메의 동쪽에 길쭉하게 자리 잡고 있는데, 지금 분양하고 있는 다야마 가든 하우스라는 아파트만 유난히 눈에 띄는 오래된 주택단지다. 10년 전쯤까지만 해도 작은 땅에 농사를 짓는 세대도 있었지만, 요즘은 거의 볼 수 없다. 아파트, 뉴타운, 분양주택, 연립주택, 공영 주택단지 등 종류는 여럿이지만 주택들만 보인다. 주택단지를 벗어나 다리를 하나 건너면 사이타마 현인데, 그쪽 또한 주택들이 끝없이 들어서 있다.

1960년대 전반에 시작된 고도 성장기에 수도권 인구 분포가 도넛 모양이 되어갈 무렵, 이 부근에는 농지가 완전히 사라지고 그 자리에 주택들이 들어서기 시작했다. 그리고 쇼와 시대(1926~1988년)가 끝나갈 즈음의 거품 경제가 고도 성장기에도 살아남은 얼마 되지 않는 농지마저 밀어내고 말았다. 다야마 초만 하더라도 농지라고 부를 만한 곳은 한 군데뿐. 아오키 준코가 사는 연립주택에서 걸어서 5분 정도 걸리는 '사사키 농원'이란 곳이다. 100평가량 되는 이 농원은 일반인들에게 1년 단위로 임대해주는 주말농장이었다. 임대료는 한 평당 1년에 2만 엔. 계약이 꽉 차서 새로 들어오려는 사람들이 대기하고 있는 상태다.

한편 다야마 초에는 예전부터 이곳에 눌러 살며 자영업을 해온 사람들이 있다. 대부분 고도 성장기 이전, 그때까지만 해도 이 일대가 대부분 제2종 주택전용지역이었던 시절에 창업한 중소기업들로 인쇄업, 제본업, 플라스틱 성형 금형 제조업, 건축업, 운송업 등등 업종은 다양하다. 하지만 아라카와 구, 나아가 다야마 초가 그 존재 이유를 수도권 주택지가 되는 데서 찾으며 지역 산업 육성을 포기했을 때 자영업자들의 운명도 정해졌다. 그런 소규모 공장의 절반 정도가 도쿄 도의 구획정리사업에 걸려 준공업지역으로 이전하거나 폐업하면서 다야마 초에서 모습을 감추었다. 남은 공장과 작업장도 주택단지안에 드문드문 존재하는 이물질처럼 취급되고 있다. 소음과 폐기물 때문에 인근 주민들과 트러블이 생기는 경우도 많아 앞날이 어둡다. 만약 다시 경기가 좋아지고 주택 건설 붐이 인다면 이번에는 농지 대신 그들이 밀려날 차례다.

아오키 준코는 1994년 늦가을에 다야마 초로 이사 왔다. 직장은 소카 역 앞에 있는 카페 '주네스'로 시급 800엔을 받으며 웨이트리스로 일한다. 사람들은 스물다섯 살이라는 나이와 미혼이면서도 파트타임으로 일한다는 사실 때문에 처음에는 이상하게 여겼다. 게다가 준코의 이력서에는 도호제지(東邦製紙)라는 큰 회사에서 근무한 경력이 적혀 있었기 때문에 더욱 그랬다.

'왜 그런 좋은 회사를 그만두었지? 더 나은 회사에 근무할 수 있을 텐데 왜 웨이트리스 같은 걸 하는 거야?'라고 묻는 '주네스'의 동료들에게 준코는 말없이 미소로 대꾸했다. 그 미소에서 어떤 답변을 발견하건 그 사람들 마음이고, 그들이 상상하는 답변 가운데는 정답이 있을 리 없다는 사실을 준코는 잘 알고 있었다.

솔직히 이야기하면 '주네스'에서 일하기로 마음먹은 것은 다야마 초에서 지금 살고 있는 연립주택을 발견했기 때문이니

순서가 바뀌었다. 연립주택이 마음에 들어, 거기서 너무 멀리 떨어진 곳으로 출퇴근하고 싶지 않아서 '주네스'를 선택했다. 게다가 웨이트리스라면 일반 회사에서 사무직으로 일하는 것보다 복잡한 인간관계 때문에 번거로울 일이 적을 거라는 생각도 했다.

아라카와 구나 소카 시 같은 수도권 북쪽 지역에서 생활 근거지를 찾은 까닭은 이사하기 전에는 수도권 동쪽이나 도쿄 도 안에서 생활해왔기 때문이다. 살아본 적이 없는 곳으로 가고 싶었다. 그래서 도부 선(線)을 타고 모든 역마다 내려 역 앞에 있는 부동산중개소를 드나들었다. 지금 사는 연립주택은 그런 작업 끝에 발견한 집이다.

이곳으로 마음을 정할 때 가장 결정적인 요소가 된 것은 다카다 역 앞에 있는 부동산중개소에서 차를 타고 연립주택 내부를 보러 가던 도중에 창밖으로 본 경치였다. 버스 통행로에서 우회전해 일방통행인 좁은 길로 들어서자 작은 못이 나왔다.

"못이 있네요…."

저도 모르게 창밖으로 몸을 내밀 듯이 중얼거린 준코에게 중개소 직원은 떫은 표정으로 말했다.

"지저분하죠? 여름에는 장구벌레가 들끓어 골치입니다."

무심코 진심을 털어놓았던지 지금 이 못 근처에 살 집을 결정하려는 손님을 안내하고 있는 자기 처지를 바로 떠올린 모양이다. 얼른 덧붙였다.

"그렇지만 지금 소개할 집에서는 멀리 떨어져 있고요, 뭐 소독도 제대로 하니 괜찮을 겁니다."

준코는 미소를 지었다.

"신경 쓰지 않아요."

장구벌레야 어찌되었든 근처에 물이 있다면 고마운 일이다. 그래서 강 옆으로 이사할 생각도 했다. 하지만 제방이 정비된 강은 사람들을 끌어 모은다. 아무리 적은 사람이라도 남들 눈에 띌 위험이 있는 곳은 바람직하지 않다. 한밤중에 준코가 강을 향해 '방사'하는 모습을 숙박비 절약을 위해 강가를 찾은 젊은 커플이 목격한다면 매우 곤란하다.

"저 못은 사유지에 있는 건가요?"

"그렇죠. 그래서 매울 수도 없고."

"그러면 바로 없어지거나 하는 일은 없겠네요?"

"그럴 겁니다."

그렇게 대답하고 부동산중개소 직원은 힐끔 준코의 얼굴을 보았다. 의아하다는 눈빛이었다.

이렇게 해서 준코가 얻은 연립주택은 부동산중개소 직원의 말과는 달리 그 못에서 걸어서 10분 정도밖에 떨어져 있지 않았다. 이사 오고 나서 올 6월경까지는 그 못을 자주 방사 장소로 이용했다. 하지만 여름이 오자 부동산중개소의 말대로 아니, 그 이상으로 각다귀가 들끓어 도저히 5분 이상 있을 수가 없었다. 소독을 하는지 어떤지도 의심스러웠다. 정말이지 여름에는 안 되겠다─싶어 포기하고 마을을 돌아다니며 다른 방사 장소를 찾아야만 했다.

그러다 발견한 곳이 다야마 초 3초메 외곽에 있는 폐공장이었다.

두툼한 스웨터에 바지, 코트를 입고 장갑을 꼈다. 주머니에 손전등을 넣고 밖으로 나왔다. 준코의 방은 2층 203호. 바깥 계단을 소리가 나지 않도록 조심스럽게 내려와 자전거 자물쇠를 풀고 올라탔다.

밤길에는 드문드문 가로등이 켜져 있을 뿐 인기척은 없다. 주택가의 밤은 조용했다. 다들 밤놀이는 다른 곳에서 하는 것이다. 게다가 오늘은 화요일이고─정확하게 말하면 수요일이 되었지만─아무리 12월이라 해도 새벽에 귀가하는 사람은 거의 없을 것이다. 3초메로 가는 길에 택시 두 대가 지나갔지만 한 대는 차고로 돌아가는 중이고, 한 대는 빈 차였다.

폐공장까지는 거의 외길이다. 도중에 분양 중인 아파트 근처에서 세 갈래 길이 나오지만 오던 방향을 따라 한가운데 길을 선택하면 된다. 여름 이후 몇 번이나 지나온 터라 졸면서도 길을 찾아 달릴 수 있다.

이윽고 어둠 저편에 눈에 익은 폐공장의 윤곽이 보이기 시작했다. 철골과 철판으로 지은 건물 위에는 함석지붕을 얹었고, 그 옆엔 아마 조업할 당시에는 사무실로 쓰였을 3층짜리 작은 건물이 있었다. 그 두 건물 사이에 운반용 트럭이 들어갈 만큼 널찍한 주차장이 있다.

이런 시설들 앞쪽을 철망으로 된 울타리가 빙 둘러싸고 있다. 울타리 한가운데는 양쪽으로 열리는 철창문이 있는데 밑에는 바퀴가 달려 있었다. 준코는 문 앞을 가로질러 공장 뒤편으로 돌아 들어갔다. 문에는 쇠사슬이 감겨 있을 뿐만 아니라 튼튼한 맹꽁이자물쇠가 채워져 있다. 그 문으로 들어갈 수는 없었다.

처음 이 폐공장을 발견했을 때는 한 바퀴 돌아보기만 하고 포기했었다. 넓고, 사람이 전혀 없을 것 같고, 공장 인근에 주택도 없어 유리했다. 동쪽과 서쪽으로 좁은 도로가 있고, 북쪽에는 무슨 물류 회사의 낡은 창고가 있다. 남쪽은 공터였는데 도쿄 도 소유지인지 팻말이 세워져 있었다. 주민들은 땅을 놀리고 있는 당국을 비난하듯 이곳을 쓰레기장으로 이용하고 있는 것 같았다. 그러니 쓰레기를 버릴 때 이외에는 누구도 접근하지 않는다. 애들도 이 공장 안에서는 놀지 않는다.

안성맞춤인 장소. 하지만 공장 안으로 들어갈 수 없으면 아무 소용이 없다고 생각했다.

쉽게 포기하기에는 아깝다는 생각이 들어 다음에 다시 왔을 때는 좀 더 신경을 써서 들어갈 수 있는 곳을 찾아보았다. 그랬더니 의외로 쉽게 발견되었다. 동쪽의 일차선 도로와 접해 철문—일반 가정으로 치면 뒷문 같은—이 있었는데, 역시 쇠사슬과 맹꽁이자물쇠가 채워져 있었다. 하지만 경첩이 둘 다 떨어져 있어 손으로 밀었더니 50센티미터가량 틈이 벌어졌다. 그대로 두면 위험하다는 생각이 들 정도로 문 전체가 흔들거렸다. 그런데도 인근 주민들이 이 문제에 대해 아무런 불평을 하지 않는 것은 이 길을 지나다니는 사람이 매우 적기 때문이리라. 길 건너편 쪽에는 공영주택이 들어서 있는데, 볕이 잘 들게 하기 위해서인지 건물 측면이 이쪽을 향하고 있고, 공장 옆을 지나는 도로에서 가장 가까운 곳에는 급수탑이 딱 버티고 있었다. 도로 자체도 폐공장과 공영주택 사이를 지나 다른 곳으로 이어지는 것이 아니라 이내 막다른 길이 되었다.

준코는 이 지역 출신이 아니라서 다야마 초의 역사에 관해서는 잘 알지 못한다. 하지만 폐공장이 상당히 오랜 세월 방치되었다는 사실은 흔들거리는 울타리와 녹이 잔뜩 슨 자물쇠만 보더라도 쉽게 짐작할 수가 있었다. 상당한 규모의 큰 공장인데 다시 짓지도 않고, 건물을 철거한 다음 팔지도 않는 까닭은 권리 관계가 복잡하게 얽혀 있거나 공장 조업 허가가 나오지 않는 등 여러 가지 사정이 있을 것이다. 게다가 요즘은 경기도 완전히 바닥이다.

이곳을 찾아와 경첩이 헐거운 문을 통해 공장 안으로 들어가는 것이 오늘 밤으로 몇 번째일까? 열 번은 넘을 것이다. 그런데도 준코는 두근두근하는, 그러면서도 약간 으스스한 기분을 맛보았다.

사람들 눈에 띄지 않도록 공장 뒤편에 자전거를 세우고, 문까지 다시 걸어왔다. 문틈으로 들어가자, 준코는 바로 손전등을 켰다. 바닥을 비췄다. 그리고 문을 힘껏 밀어 원래 상태대로 해두었다.

녹슨 쇠 냄새와 진흙 냄새가 준코를 감쌌다.

낮에는 와본 적이 없기 때문에 아직도 이 폐공장의 전체적인 모습은 파악하지 못했다. 경험으로 알고 있는 것은 이 뒷문으로 들어가면 바로 벨트 컨베이어로 연결된 두 개의 커다란 기계 왼쪽이 나온다는 사실이다. 왼쪽에는 공장 벽에 붙어 있는 큰 선반이 있는데 먼지가 잔뜩 쌓여 있다. 선반 여기저기엔 직경 3센티미터 정도의 큼직한 십자나사와 스패너, 해머가 놓여 있다. 벨트 컨베이어로 연결된 기계에는 커다란 회전판 같은 것이 붙어 있다. 아마 그게 회전하면서 철재를 연마거나 절단하는 모양이다. 제조업에 대해 잘 모르는 준코는 예전에 이 공장이 무얼 만들었는지 확실하게 알 수 없었다. 상당히 무겁고 넓은 공간을 차지하며 세공할 때 큰 소리가 나는 제품이었을 거라고 어렴풋이 짐작할 뿐이다. 레일이나 철선(鐵線) 같은 종류였을까?

준코는 기계 옆을 지나 공장 한복판으로 갔다. 땅바닥에는 갖가지 폐품과 쓰레기가 굴러다녀, 익숙해지기 전에는 넘어져서 땅바닥에 손을 짚거나 정강이를 부딪치기도 했다. 몇 차례 드나들면서 통로를 정리하고, 옮길 수 있는 것은 옆으로 치우기도 했기 때문에 이제는 편하게 걸을 수 있게 되었다. 손전등도 기계적으로 앞을 비추고 있을 뿐이지 거의 필요하지 않았다.

공장 전체는 초등학교 체육관만 한 넓이였다. 천장도 높다. 일반적인 건물의 3층 높이는 되는 듯하다. 머리 위로는 캣 워크(cat walk)가 이리저리 지나고, 몇 군데에는 도르래가 달려 있다. 사람들이 거기까지 올라가 돌아다니거나 작업을 하기도 했는지, 폭 1미터 정도의 판자가 깔린 통로도 있었다. 공장을 동서로 가르는 그 통로는 사다리를 타고 올라갈 수도 있게 되어 있다. 하지만 준코는 올라간 적이 없다. 고소공포증이 있기 때문이다.

준코의 목적지는 공장 한복판에서 약간 오른쪽, 정면 입구에서 바로였다. 커다란 급수 탱크와 그 물을 받을 수 있는 콘크리트로 된 수조다. 탱크는 동네에서 흔히 볼 수 있는 탱크로리가 싣고 다니는 것의 곱절 정도 크기였다. 두드려보아도 안에 물이 있는지 어떤지 잘 알 수가 없다. 손바닥으로 무거운 것을 때릴 때처럼 찰싹찰싹 하는 소리가 들릴 뿐이다.

하지만 수조에는 물이 남아 있었다. 세로 6미터, 가로 3미터가량 되는 정사각형으로 높이는 준코의 가슴께까지 온다. 그 수조에 검은 물이 거의 가득 고여 있다. 이곳을 폐쇄할 때 누가 마개를 뽑거나 스위치 누르는 작업을 깜빡 잊어 이런 상태가 된 모양이다.

그 못의 저수량과 비슷할지도 모른다. 아니, 그 정도는 아닌가? 더 적은가? 준코로서는 알 수가 없었다. 다만 기름 냄새를 풍기며, 얼핏 보기에 진흙처럼 검은 이 물은 아오키 준코에게 든든한 존재였다. 만약 준코가 어떤 이유로 마음이 흐트러져 그만 최대량의 '방사'를 했다 하더라도 여기 담긴 물을 다 말려 버리기는 꽤 힘들 것이다. 하물며 정기적으로 힘을 컨트롤하기 위한 이른바 '김 빼기' 방사에 사용한다면 10년쯤은 버텨 줄 것 같다. 그건 결국 이 폐공장이 계속 이 상태로 남아 있는 한 준코는 '방사'할 곳을 찾아 돌아다니지 않아도 된다는 이야기다.

'방사' 때는 늘 그랬듯 준코는 손전등을 껐다. 만에 하나 누가 보지나 않을까 두려워서.

손전등을 주머니에 넣고 준코는 수조의 검은 물을 바라보았다. 아까 꿈속에서 본 차가운 물을 떠올렸다. 그게 머릿속에 떠오르자 꿈속에서 방사한 힘의 잔상이 현실 속 준코의 힘을 불러내기 시작했다. 이내 준코의 몸 안에서 힘이 솟아나 몸 밖으로 나가려 하기 시작했다.

조금만 늦었다면 '방사'가 주는 쾌감에 빠져 준코의 귀에는 아무것도 들리지 않았으리라. 하지만 간신히 그런 사태를 피할 수 있었다. 준코가 눈을 감고 당장이라도 뛰쳐나가려는 힘의 흐름에 몸을 맡기던 바로 그때였다. 어디선가 소리가 났다. 무슨 무거운 물건을 움직이는 소리.

이어서 사람 목소리.

준코는 눈을 떴다. 힘은 이미 솟아오르고 있었다. 그 힘을 검은 물을 향해 내뿜는 일만 남았다. 하지만 준코는 흐읍, 하고 숨을 들이쉬며 몸 안에서 솟구치는 힘의 흐름을 자신의 의지로 가로막았다. 그때 또 사람 목소리가 들렸다.

"이쪽이야, 서둘러."

남자 목소리였다. 그리고 여러 명의 인기척이 났다.

누군가가 다가오고 있었다.

2. 뜻밖의 사건

　준코는 얼른 주위를 둘러보았다. 몸을 숨겨야 한다. 다행히 짙게 드리운 어둠이 연막 역할을 해주었다.

　"뭐 하고 있어!"

　"쉿, 소리 지르지 마, 바보야."

　이야기하는 소리가 들렸다. 손전등 불빛이 둘, 위아래로 오르내리며 서로 얽혔다. 그 불빛 속에 사람의 머리가 움직이는 게 보였다. 서너 명은 되어 보인다. 그들은 준코가 드나들 때 이용하는 그 경첩 떨어진 철문으로 들어오려 하고 있었다.

　준코는 고개를 숙이고 엉거주춤한 자세로 급수 탱크 옆을 지나 벽에 몸을 딱 붙였다. 방사 직전에 뚜껑이 닫힌 '힘'은 준코의 몸 안에 얌전히 갇혀 있다. 심장이 크게 뛰고 숨도 찼지만, 그것은 힘을 억눌렀기 때문이 아니라 긴장감 때문이었다.

저 사람들은 대체 누굴까? 이런 시각에 이런 곳에 무얼 하러
왔을까?

사람들 그림자는 아직 문 주위에 뒤엉켜 있었다. 안으로 들
어오려는데, 무슨 까닭인지 시간이 걸리는 모양이다. 준코는
그들의 모습을 자세히 살폈다. 무엇 때문에 소란스러운 걸까.
뭔가가 문에 부딪치는 소리도 들렸다.

그러더니 드디어 맨 앞에 있는 한 명의 전신 실루엣이 드러
났다. 이리저리 움직이는 손전등 불빛 속에서 이쪽으로 등을
돌린 채 뒷걸음질 치듯이 오고 있다. 아무래도 뭔가를 운반하
는 모양이다—.

준코는 숨이 멎었다.

그들은 사람을 나르고 있었다. 죽었는지 기절했는지 몸이
축 늘어져 있다. 앞에 선 사람이 두 팔을 잡고, 뒤에 오는 사람
이 발을 잡고 있었다. 조금 전 소리가 난 것은 옮겨지는 사람의
구두가 문에 부딪쳤기 때문이다.

이어서 손전등을 든 두 명이 뒤편 도로에 신경을 쓰듯 계속
머리를 바삐 움직여 돌아보며 사람들을 재촉했다. 그들이 들
고 있는 손전등은 준코 것보다 훨씬 큰 것인지 불빛이 밝았다.
준코는 벽에 손을 짚고 쭈그려 앉은 채로 슬금슬금 급수 탱크
뒤로 물러섰다.

"야, 빨리 닫아."

누군가가 명령했다. 그러자 철문이 닫혔다. 거칠게 닫는 바

람에 문 전체가 기울어지며 약간 틈이 벌어졌다. 그 틈새로 밖의 가로등 불빛이 비스듬히 비쳤다. 그 불빛 말고 폐공장 안에 있는 불빛이라고는 침입자들이 들고 있는 손전등 불빛 두 개뿐이었다.

좁은 철문을 벗어나자 그들의 움직임이 빨라졌다. 손전등을 든 한 명이 앞장서서 아오키 준코가 만든 통로를, 물론 준코가 만든 것인지 모르는 채, 성큼성큼 걸어왔다. 발소리가 점점 가까워졌다.

그들이 공장 한복판에 도착하자 그들의 모습이 좀 더 잘 보였다. 이리저리 움직이는 손전등 불빛뿐이라 전신은 볼 수 없지만 키와 체격은 알 수가 있었다. 그리고 목소리.

"이쯤이면 괜찮을까?"

젊은이다. 준코보다 어리다. 스무 살쯤 되었을까―아니, 더 어릴 것이다. 네 명 모두? 아니, 그들이 운반하는 저 사람까지?

"내려놓자. 무거워."

털썩, 하는 묵직한 소리가 났다. 들고 오던 사람을 땅바닥에 떨어뜨린 것이다. 운반할 때도 조심성이 없더니 내려놓는 것도 거칠다. 하지만 바닥에 떨어진 사람은 아무런 말도 없었다. 무방비 상태다. 죽은 걸까?

준코는 두 손을 꼭 쥐었다. 손에 땀이 났다. 아무리 생각해도 우호적인 상황이 아니다. 불량 고등학생들이 흥에 겨워서 술을 너무 마셔 쓰러진 친구를 옮기는 것도 아니고, 폭주족들이 경찰에 쫓겨 다친 동료를 데리고 도망쳐 들어온 것도 아닌 모양이다. 훨씬 더 심각하고 위험한 느낌이 들었다.

준코는 몸을 잔뜩 웅크리고 상황을 살폈다. 젊은이 넷은 준코가 있다는 사실을 전혀 눈치 채지 못한 것 같다. 손전등을 든 한 명이 큰 소리를 내며 하품을 했다.

"어우, 피곤하네."

"여긴 뭐야? 냄새가 지독한걸."

"오래 사용하지 않아서 그래."

손전등 두 개가 이리저리 움직이며 폐공장 안을 비추기 시작했다. 위에서 아래로, 오른쪽에서 왼쪽으로. 불빛에 몸이 드러나지 않도록 준코는 최대한 몸을 웅크리고 머리를 숙였다.

"아사바, 이런 데를 어떻게 알고 있지?"

"아버지가 예전에 여기서 일했으니까."

다른 세 명이 엥, 하며 감탄과 빈정거림이 섞인 소리를 냈다.

"뭐야. 네 아버진 실직했다고 했잖아."

"그래. 여기가 망해서 잘렸어."

"하지만 그건 한참 된 이야기잖아? 네 아버지 그 뒤로는 일 나가지 않지?"

"몰라. 관계없어."

일제히 웃었다. 그 웃음소리를 듣고, 준코는 그들이 무척 어리다는 사실을 다시 확인했다. 아마도 고등학생쯤 되는 모양이다. 거침없는 어린 웃음소리. 지금 이 상황과는 너무 어울리지 않아 소름이 돋을 정도였다.

"어떻게 할래? 여기 묻어?"

네 명 가운데 한 명이 말했다.

"바닥도 맨땅이고."

손전등을 한 손에 든 다른 한 명이 대답했다. 발끝으로 땅을
툭툭 찼다.

묻는다고? 그럼 저건 역시 시체인가? 시체를 숨기기 위해
여기로 숨어들어 온 건가?

"그렇지만 딱딱해. 파는 건 귀찮잖아."

"버리고 가면 돼."

"들키면 곤란해."

방금 '아사바'라고 불린 젊은이의 목소리였다.

"확실하게 처리해야 해."

"그러니 아까 강에 던져 넣었으면 좋았을걸."

"그럼 나중에 발견되잖아."

'아사바'가 말했다. 설득하는 투였다. 그가 리더 격인 모양
이다.

"시체만 발견되지 않으면 아무도 소란을 떨지 않을 거야. 지
금까지도 그랬잖아? 깔끔하게 처리하는 게 최고라니까."

"쳇, 귀찮잖아."

투덜거리는 동료에게 '아사바'가 불쑥 물었다.

"삽 가지고 왔지?"

"그래, 있어."

"이 부근을 파는 거야. 기계가 가려주니까 딱 좋아."

'아사바'는 준코 쪽에서 보기에 공장 반대편, 벨트 컨베이어 기계 옆쪽에 있는 모양이다. 손전등 하나가 거기를 비추고 있다. 하지만 다른 손전등은 또 공장 안을 여기저기 비추기 시작했다. 이번에는 천장 쪽으로는 비추지 않고 허리 아래 높이를 샅샅이 비쳐 나갔다. 준코는 숨을 죽이고 급수 탱크와 공장 벽 틈새로 몸을 숨겼다.

쿵쿵거리며 삽이 땅바닥에 부딪치는 소리가 들리기 시작했다.

"뭐야, 이거. 이 삽으로는 안 되겠네."

"시끄러. 빨리 파."

손전등 하나는 아직도 여기저기를 비추고 있다. 준코가 숨어 있는 급수 탱크를 비추고, 그 옆에 있는 벽을 비추고, 수조 끄트머리를 스쳐지나 벨트 컨베이어로―.

그러다 갑자기 불빛이 급수 탱크 쪽으로 돌아왔다.

"어, 무슨 풀(pool) 같은 게 있는데."

손전등을 든 녀석이 동료들에게 말했다.

손전등의 둥근 불빛이 수조를 비췄다. 준코가 숨어 있는 곳에서 겨우 1미터 정도밖에 떨어지지 않은 곳이다. 급수 탱크와 공장 벽 사이에 갈비뼈가 꽉 조여 아프고 숨을 쉬기도 힘들었지만 준코는 꾹 참았다. 자칫 움직였다간 소리가 날지도 모른다.

"어디?"

"여기, 여기."

젊은이들이 수조로 다가왔다. 삽질하는 소리도 멈췄다. 한 명이 수조 테두리에 손을 대고 안쪽으로 몸을 들이밀었다. 준코는 그 실루엣이 수면에 비치는 모습을 보았다.

"더러운 물이야!"

"기름은 아니야."

"그러니까. 마침 잘됐다. 여기다 던져 넣으면 아무도 눈치 채지 못할 거야. 꽤 깊은 것 같은데."

"그래?"

누가 물에 손을 담갔는지 찰랑찰랑 소리가 났다.

"묻는 것보다 확실하겠어. 안 그래, 아사바?"

'아사바'는 바로 대답하지 않았다. 아마 수조에 손을 집어넣은 사람이 그였던 모양이다. 조금 있다가 물이 튀는 소리와 함께 그의 목소리가 들려왔다.

"이렇게 탁한 물이라면 괜찮을지도 모르겠네."

나머지 세 명은 소리를 지르며 좋아했다. 준코는 눈을 감았다. 어떻게 된 일일까? 시체 숨길 곳을 찾으러 와서 수조의 탁한 물을 보고 좋아하고 있다. 대체 어떻게 된 놈들일까? 이게 인간일까?

인간.

눈을 뜨자 준코의 몸이 부르르 떨렸다. 지금까지와는 다른 긴장감이 낳은 떨림이었다.

저 네 명. 저놈들을—.

그들은 수조 옆에서 물러나 조금 전 삽질을 하던 곳으로 돌아갔다. 부스럭거리며 움직였다. 정말로 여기에 시체를 넣을 작정이다. 시체? 죽은 사람?

죽은 게 아니라 저놈들이 죽인 거다. 아마 틀림없으리라. 그걸 여기서 처리하려 하고 있다. 그것도 조금 전 '아사바'가 한 말에 따르면 이런 짓을 하는 게 처음이 아닌 모양이다.

—지금까지도 그랬잖아?

맞다, 그가 그렇게 말했다. 이번 말고도 몇 명을 더 죽인 것이다. 분명히.

이런 놈들을 인간이라고 부를 수 있는가? 인간이라고 불러도 되는 건가? 아니, 그렇게 부르는 것은 자유다. 저들을 인간이라고, 일탈한 젊은이라고, 그들이야말로 사회의 희생자라고 불러도 좋다. 하지만 적어도 준코는 그렇게 부를 수 없다. 아오키 준코는 저 네 녀석을 인간이라고 생각하지 않는다. 그리고 그들을 인간이라고 생각하지 않는 이상—.

저놈들을 가차없이 처치한다.

숨을 쉬기도 힘들 정도로 심장 고동이 빨라져, 준코는 가쁘게 호흡하며 스스로를 진정시켜야만 했다. 그래도 흥분은 점점 더 높아졌다. 할 수 있다. 나는 할 수 있다. 아주 간단하게. 아까 억눌렀던 '힘'을 해방시키기만 하면 되는 것이다. 그것만

31

으로도 충분하다. 망설일 게 뭐가 있는가.

나는 평범한 인간이 아니니까. 그래, 저것들이 인간이 아닌 것과 마찬가지로.

그들이 시체를 끌고 이쪽으로 돌아왔다. 구두가 땅바닥에 끌리는 소리가 났다. 어쩌지? 어느 쪽부터 하지? 누구부터 노릴까?

거리가 너무 가까우면 자신도 위험해질지 모른다. 게다가 여기는 위치적으로도 불리하다. 좀 더 시야가 확보된 곳으로 나가서 네 녀석의 위치를 파악할 수 있으면 좋을 텐데.

"야, 다리를 들어."

'아사바'의 목소리가 들렸다.

"최대한 한가운데로 던져 넣어야 해."

"머리부터 집어넣자."

누군가가 웃으며 말했다.

"머리부터 처박아버려."

준코는 고개를 살짝 내밀어 그들을 시야에 넣었다. 네 녀석은 수조를 사이에 두고 건너편에 있었다. 앞에 선 두 명이 시체의 몸통과 다리를 잡고 수조 위로 들어 올리려 했다. 손전등이 그 양 옆에서 비쳤다. 덕분에 준코는 앞에 선 두 명의 얼굴을 볼 수가 있었다.

두 녀석 모두 얼굴이 의외로 가지런했다. 뺨과 이마가 아직 어린애들 피부였다. 한 명은 유난히 키가 크고 화려한 체크무

늬 셔츠를 입고 있었다. 튀어나온 울대뼈가 묘하게 야만스러
워 보였다. 다른 한 명은 한창 유행하는 장발 스타일이었다. 어
깨에 살짝 닿을 정도의 길이였는데, 손전등 불빛을 받아 붉은
갈색으로 빛났다.

그들이 들어 올려 수조 테두리에 얹으려는 시체는 준코 쪽
에서 보면 뒤통수와 등 일부분밖에 보이지 않았다. 하지만 남
자이고, 양복을 입었다는 것은 알 수 있었다. 넥타이가 흘러내
려 수조의 수면에 닿았다.

뒤에 있는 두 녀석의 얼굴은 보이지 않았다. 하지만 왼쪽에
서 손전등을 비추던 녀석이 주변에 신경이 쓰이는지 잠깐 등
을 돌렸을 때, 그가 입은 점퍼의 등에 적혀 있는 로고가 보였
다. 'Big one'이라고 적혀 있었다.

준코는 바로 결단을 내렸다. 저 장발을 노리자. 머리카락은
잘 탈 것이다. 타오르면 조명 역할을 해주리라. 저 녀석의 머리
카락에 불을 붙여, 나머지 녀석들이 놀라는 사이 여기서 뛰어
나가는 것이다. 이 폐공장에 관해서라면 준코가 훨씬 잘 알고
있다. 벨트 컨베이어 반대편으로 돌아 들어가, 거기서 따라오
는 놈들을 노리자. 저 녀석들이 도망친다 해도 퇴로는 철문 하
나뿐. 거기서 기다리고 있다가 불태워버리자.

그러나 그 순간.

"준비됐어? 던진다."

앞쪽의 두 녀석이 시체를 수조 위로 밀어 올리려 할 때였다.

갑자기 '시체'가 소리를 냈다. 신음소리를 낸 것이다.

"엑! 이놈이 아직 살아 있네."

장발이 소리쳤다. 손전등 불빛이 휙 튀어 오르더니 빙글 돌았다. 준코도 놀라서 움찔했다. 그 동작이 또 다른 손전등의 둥근 불빛에 잡히고 말았다.

—이런!

"저기 누가 있어!"

"뭐라고?"

"사람이 있어. 수조 너머에!"

준코는 벽과 수조 사이에 낀 몸을 빼 밖으로 나가려 했다. 당장 뛰쳐나갈 수 있을 거라고 생각했는데, 1~2초 시간이 걸렸다. 그만큼 꽉 끼어 있었던 것이다. 그 1~2초 사이에 손전등 불빛이 돌아와 준코를 잡았다. 얼굴이 정면으로 비쳤다. 반사적으로 손을 들어 눈을 가렸다.

"여자야—."

녀석들 가운데 한 놈이 어리둥절해하며 소리쳤다. '아사바'의 목소리가 들려왔다.

"멍청아, 빨리 잡아!"

녀석들의 움직임은 재빨랐다. 밖으로 나가려 하는 준코의 앞쪽으로 돌아가 진로를 막으려 했다. 제일 오른쪽에 있던 손전등을 든 녀석이 손을 뻗어 준코를 덮쳤다. 그 손이 준코의 옷소매를 잡았다.

끌어당기는 바람에 몸이 앞으로 고꾸라질 듯이 기울어, 준코는 그 '시체'를 보았다. 아직 살아 있다! 그 사람은 자기 두 팔로 수조 테두리에 매달려 간신히 몸을 지탱하고 있었다. 눈은 반쯤 뜬 상태였다. 얼굴이 말이 아니었다. 퍼런 멍이 들고 찢어져 상처가 났다. 퉁퉁 부은 얼굴이었다.

저 사람이 다치게 해선 안 된다.

표적을 정했다. 준코는 앞장서서 달려드는 녀석을 바라보았다. 그 얼굴이 웃고 있었다. 여자가, 이런 데 여자가 숨어 있다니, 하는 표정을 노골적으로 드러내며 웃는 표정이었다. 그렇다. 놈들은 두려워하지 않고 있다. 상대가 여자라서, 상대가 평범한 사람이라서. 죽여버릴 수 있다. 해치울 수 있다. 마치 분쇄기에 넣듯이 간단하게 없애버릴 수 있다. 그렇게 생각하고 있으리라.

준코는 억누르고 있던 힘을 풀었다.

앞에서 오던 녀석이 갑자기 뒤로 튕겨져 날아갔다. 그 녀석의 손에서 손전등이 떨어졌다. 손전등은 우아한 곡선을 그리며 허공을 날아가, 천장의 캣 워크로 올라가는 금속제 사다리 중간에 부딪혀 유리가 깨졌다. 그 모습을 준코는 보았다. 준코만 보았다. 녀석들은 튕기듯 뒤로 날아간 동료를 보고 있었다. 뒤로 튕겨져 날아간 그 녀석 또한 반원을 그리며 허공을 날았다. 반원의 정점에 이르렀을 때 셔츠와 바지, 머리카락에 불이 붙었다. 놈은 불덩어리가 되어 공장 바닥에 떨어졌다. 그리고 꼼짝도 하지 않았다. 비명조차 지르지 못했다. 준코는 방금 힘을 풀어준 방사의 여운을 느꼈다. 화살처럼 뿜어져 나간 힘이 불길이 되어 타오르기 전에 놈의 목을 부러뜨린 모양이었다.

그 대신 다른 녀석들이 비명을 질렀다. 세 녀석 모두 멈춰 서서 꼼짝도 하지 않았다. 우스울 정도로 놀란 표정이었다. 조금 전까지 지었던 천박한 웃음이 얼굴에 그대로 남아 있었다.

준코는 천천히 등을 펴고, 고개를 돌려 놈들을 바라보았다. 가장 가까이에, 손을 뻗으면 닿을 듯한 거리에 있는 놈은 체크무늬 셔츠를 입은 녀석이었다. 그 옆에는 장발. 그 옆에는 또 다른 손전등을 든 녀석. 녀석은 덩치가 작았다. 새빨간 스웨터 셔츠를 입고, 자수가 들어간 조끼를 걸치고 있었다. 귀에는 피어싱을 했다.

멈춰 선 녀석들 쪽으로 준코는 한 걸음 다가갔다. 놈들이 한 걸음 뒤로 물러났다. 스웨터 셔츠를 입은 녀석은 두 걸음 물러났다. 준코는 그의 입이 당장이라도 울음을 터뜨릴 것처럼 부들부들 떨리는 걸 보았다. 튕겨져 날아간 녀석의 시체에 붙은 불이 활활 타올랐다. 살이 타는 고약한 냄새가 주위에 가득 찼다.

"아니, 뭐야."

장발이 말했다. 그 목소리가 떨렸다. 눈알을 굴려 준코를 훑어보았다.

"넌 뭐야. 뭘 가지고 있는 거야?"

준코는 말없이 그들을 노려보았다. 무얼 가지고 있느냐고 물었어? 무기를 가지고 있느냐는 소리야? 그래, 무기가 있지. 하지만 찾아낼 수는 없을걸.

왜냐하면 내 무기는 머릿속에 있으니까.

준코는 천천히 미소를 지었다. 웃으며 한 걸음 더 앞으로 내딛었다. 놈들은 다시 한 발짝씩 뒷걸음질 쳤다. 녀석들은 공장 한복판까지 물러섰다.

"뭐야, 이건."

장발이 떨면서 말했다. 눈은 준코를 바라보며 온몸을 후들후들 떨었다.

"이건 뭐야. 어떻게 해봐, 아사바!"

아사바라고 불린 녀석은 체크무늬 셔츠를 입은 키 큰 놈이었다. 그래, 네가 아사바냐? 아오키 준코는 그의 눈을 보았다. 녀석의 눈이 제일 차분해 보였다. 놈도 역시 떨고 있기는 하지만 그 차분한 눈동자 안에서 감정의 동요가 느껴졌다. 공포, 아니면—.

준코는 얼굴로 흘러내린 머리카락을 손으로 쓸어 넘겼다. 그리고 세 녀석을 단칼에 베어버리듯이 고개를 획 저었다.

힘은 부드럽게 뿜어져 나갔다. 준코의 뺨에 열기가 느껴졌다. 숙련된 맹수 조련사가 미세한 거리와 강도를 가늠해 채찍을 휘두르듯 준코도 힘을 완벽하게 제어했다. 준코의 눈에 뿜어져 나가는 열기의 채찍이 보였다.

하지만 그 채찍을 '아사바'는 몸을 움직여 피하려고 했다. 그의 어설픈 노력은 그다지 성공적이지 못했다. 녀석은 뒤로 튕겨 나가 벨트 컨베이어 위에 내동댕이쳐졌다. 그래도 역시 피한 보람은 있었다. 나머지 두 녀석은 뜨거운 채찍을 맞은 순간, 온몸에 불이 붙었다. 얼굴이 타들어가고, 손이 타고, 머리카락에 불이 붙었다. 비명마저 불타올랐다. 벨트 컨베이어 위에 쓰러진 '아사바'는 미친 듯이 허우적거리며 눈을 휘둥그렇게 뜨고 불붙은 두 놈을 바라보았다. 녀석의 청바지 끝자락에서도 연기가 피어올랐다.

—이번에는 기필코.

준코는 '아사바'를 겨냥했다. '아사바'도 준코를 바라보았다. 도망치려고 하지 않았다. 고개를 가로젓기만 했다. 준코를 제지하려는 듯 한 손을 앞으로 내밀고. 한 손을. 두 손이 아니라.

두 손을 내밀어, 내 앞에. 제발 그러지 말라고 울면서 소리를 질러봐. 조금 전까지만 해도 네놈들은 저 불쌍한 남자한테 그러라고 시켰겠지? 너도 똑같이 납작 엎드려서 목숨을 구걸해봐.

힘은 아직 넘친다. 이만한 대규모 방사는 오랜만이다. 힘은 기다리고 있었다, 이런 때를.

준코는 턱을 치켜들고 '아사바'를 바라보았다. 턱을 흔들어 다시 힘을 뿜으려 했다. 그때 '아사바'의 손이 그의 허리, 바지 주머니 쪽으로 움직였다. 소리를 지르며 뭔가를 꺼내더니 준코 쪽으로 내밀었다.

총이다. 그 사실을 깨달은 순간, 준코는 어깨에 심한 통증을 느꼈다.

충격은 강렬했다. 준코는 자기 몸이 붕 떠서 뒤로 날아가는 것을 느꼈다. 이게 총인가? 감탄에 가까운 생각이 머릿속을 스쳤다. 이게 총의 위력인가?

땅바닥에 벌렁 나자빠졌다. 뒤통수가 부딪혀 눈앞에 별이 번쩍거렸다. 왼쪽 어깨가 불에 덴 듯이 아팠다. 뜨뜻한 액체가 팔을 타고 흐르는 게 느껴졌다. 피다. 피가 난다.

준코는 흐릿해지는 의식과 필사적으로 맞섰다. 정신을 잃으면 안 된다. 일어서야 한다. '아사바'를 잡아야 한다. 놈들이 수조 안에 버리려던 저 불쌍한 남자의 생명도 준코가 어떻게 하느냐에 달려 있다. 그를 구해야 한다. 허우적거리며 다시 일어서려 했다. 지독한 현기증에 머리가 빙빙 도는 것을 필사적으로 견디며 준코는 손으로 땅바닥을 긁었다.

그때 다시 총성이 울렸다. 그리고 발소리가 들려왔다. 도망친다. 아사바다! 준코는 또 총에 맞은 줄 알았지만 새로운 충격이나 통증은 없었다. 놈은 누굴 쏜 걸까?

준코는 팔꿈치로 몸을 지탱하며 간신히 윗몸을 일으켰다. 그때 경첩 떨어진 문이 열리는 소리가 났다. 시선을 돌리니, 공장 밖 가로등 불빛에 비치는 가늘고 긴 철문 틈새로 아사바가 빠져나가 도망치는 모습이 보였다. 뒤도 안 돌아보고 문도 안 닫고, 쏜살같이 도망치는 모습이.

주위 여기저기에서 붉은 불길이 타오르고 있었다. 하지만 활활 타오르는 게 아니라 점점 약해졌다. 놈들의 옷과 머리카락 그리고 몸이 다 타버렸다는 증거였다. 준코는 그 불길을 셌다. 하나, 둘, 셋. 세 명을 해치웠다. 도망친 놈은 아사바뿐이다.

떨리는 무릎으로 일어서서 수조 쪽으로 다가갔다. 조금 전까지 수조에 기대어 있던 그 불쌍한 남자는 이제 수조 옆에 쓰러져 있었다. 사그라지는 붉은 불빛을 받으며 옆으로 누운 채 자기 몸을 지키려는 듯이 잔뜩 웅크리고 있었다.

그 남자의 옆구리가 흥건하게 젖어 있었다. 셔츠가 찢어졌다. 조금 전 그 총소리―. 아사바가 노린 것은 이 남자였다. 아직 살아 있다는 걸 알고, 총을 쏜 것이다.

오른쪽 뺨이 붉은 불빛 속에서도 창백했다. 남자는 눈을 감고 있었다. 준코는 바닥을 기어 그에게 다가갔다. 손을 들어 머리카락을 쓰다듬었다. 뺨을 만졌다. 아직 온기가 있었다.

"정신 차려."

준코는 말을 걸었다.

"제발, 눈을 떠봐."

제발―. 준코는 반복했다. 자기 목소리가 갈라져 나오고 있다는 사실을 깨달았다. 제발, 제발. 그렇게 속삭이며 준코는 그의 뺨을 두드렸다.

그의 눈꺼풀이 움찔 움직였다. 속눈썹이 떨렸다. 가까이에서 보니 준코와 비슷한 또래였다. 도망친 아사바와 여기서 재가 되어버린 놈들보다는 나이가 위였지만 그래도 젊었다. 죽기에는 너무 이른 나이다. 그것도 이런 식으로 죽기에는.

"정신 차려."

남자의 어깨를 잡고 흔들었다. 그의 머리가 불쑥 움직이더니 눈을 반쯤 떴다. 눈동자는 초점이 전혀 맞지 않았다. 준코는 그의 귀에 대고 말했다.

"힘을 내, 죽으면 안 돼. 구급차를 불러줄게. 힘내야 해."

준코가 그렇게 말하자 남자의 입술이 움직였다. 한쪽 눈을 제대로 떴다. 그의 시선이 준코를 찾았다. 준코가 얼굴을 가까이 가져가자 그 눈동자가 준코를 보았다.

핏발 선 남자의 눈은 축축하게 젖어 있었다. 믿을 수 없는 것, 믿고 싶지 않은 것을 보았다는 듯이 눈동자가 흔들렸다. 준코는 오른손으로 남자의 손을 꼭 잡고 큰 목소리로 말했다.

"난 당신 편이야. 이제 괜찮아. 그놈들은 없어. 여기 가만히 있어. 바로 사람들을 불러줄게."

그리고 돌아서려 할 때, 남자의 손이 믿을 수 없을 만큼 강한 힘으로 준코의 오른팔을 잡았다. 준코의 왼팔은 이미 제대로 움직일 수도 없게 축 늘어져 있었다. 남자가 오른팔을 당기자 준코는 맥없이 균형을 잃고 그 옆에 주저앉고 말았다.

바로 눈앞에 남자의 얼굴이 있었다. 연인 사이처럼 아주 가까운 거리에서 준코는 젊은이의 얼굴을 보았다. 바짝 말라서 터진, 흙이 묻은 입가에서 피가 흘러나오고 있었다. 콧구멍에서도 피가 뚝뚝 떨어졌다.

남자의 입술이 움직이더니 목소리가 흘러나왔다.

"사, 살려줘—."

준코는 고개를 크게 끄덕였다.

"그래, 그래. 내가 도와줄 거야. 이젠 괜찮아. 안심해."

젊은이가 눈을 감았다 뜨더니 아니라는 듯이 고개를 살짝 저었다.

"살려—줘."

준코의 팔을 잡고 있던 손을 놓더니 다시 그녀의 옷을 힘껏 잡아당기며 반복했다.

"살려—줘. 그—그녀를."

남자의 입술이 부들부들 떨렸다.

준코는 숨을 멈췄다.

"그녀? 누가 또 있어?"

젊은이의 눈꺼풀이 움직였다. 경련하듯 파르르 떨리더니 젖은 눈에서 한줄기 눈물이 흘러내렸다.

"아는 사람? 애인? 어디 있는데?"

남자의 귀 가까이 입을 대고 큰 목소리로 물으며 준코는 두려운 예감에 몸을 떨었다. 다 죽어가는 이 청년에게 물어보지 않아도 대답은 뻔한 것 같았다.

여자. 아사바 같은 놈들이 여자를 내버려둘 리가 없다. 놈들에게 당한 것은 이 남자만이 아니었던가? 커플이 당한 건가?

"어디 있지?"

젊은이의 얼굴이 불쌍할 정도로 일그러지더니 굳어졌다. 잔뜩 입가를 찡그리며 간신히 목소리를 짜냈다.

"데, 데리고 가, 갔어."

"그놈들이?"

젊은이가 머리를 끄덕였다.

"어디로 갔는지 알아? 함께 있었던 거야?"

젊은이의 눈에서 다시 눈물이 흘렀다. 입가로 피를 토하며 준코의 옷을 붙들고 매달렸다.

"자, 자동차."

"차? 누구 차? 그놈들 차?"

"내— 차."

"그놈들한테 빼앗겼어?"

"그녀—."

"여자도 탔었어? 당신만 다른 곳으로 끌려가서 얻어맞았어? 그렇게 된 거야?"

"사, 살려줘—."

"알았어. 꼭 구해낼게. 어디로 끌려갔지? 기억나는 거 없어? 짐작 가는 곳은 없어?"

준코의 옷에 매달린 남자의 손에서 점점 힘이 빠져나가는 게 느껴졌다. 숨이 끊어지려 하고 있었다. 숨이 넘어가고 있다.

"제발, 힘을 내! 어디로 끌려갔는지 몰라? 가르쳐줘!"

젊은이의 머리가 축 늘어졌다. 눈을 깜빡이고 입을 뻐끔거리며 간신히 숨을 쉬었다.

"나, 나쓰, 코."

겨우 그렇게 말하더니 청년의 손이 툭 떨어졌다. 반쯤 뜬 눈은 초점을 잃었다. 몸을 부르르 떨며 울컥 피를 토하더니 숨을 거두었다. 주위의 불길도 점차 사그라져 공장 안은 다시 어두워지기 시작했다. 그 어둠 속에서 젊은이의 생명이 몸에서 빠져나가는 것을 준코는 또렷하게 느꼈다.

"이럴 수가."

준코는 중얼거렸다. 땅바닥에 털썩 주저앉아 오른손으로 간신히 젊은이의 머리를 들어 무릎 위에 얹었다. 지금 이 폐공장 안에서 살아 있는 사람이라곤 준코 한 명뿐. 세 명의 불량배는 어두워서 제대로 보이지도 않을 만큼 검게 탔다. 그들의 몸을 뒤덮고 살랑살랑 흔들리는 작은 불길이 시체에 모여드는 굶주린 곤충처럼 더 태울 것이 없나 싶어 끈질기게 달라붙어 있었다. 그 불길은 준코의 충실한 제자, 결코 상대방을 놓치지 않는 자객이다. 하지만 이 운 없는 젊은이를 구해낼 수는 없었다.

그리고 또 한 명. 아직 잡혀 있는 사람이 있다. 이 젊은이의 애인.

—나, 나쓰, 코.

아마도 그 여자의 이름이리라. 나쓰코. 그 여자는 오늘 밤 아사바 일당 네 명에게 붙잡힌 뒤 무슨 꼴을 당했을까—그런 생각을 하며 준코는 눈을 꼭 감았다. 등에 소름이 끼쳤다.

일어나야 한다. 낙담만 하고 있을 수는 없다. 나쓰코를 구해내야 한다. 너무 늦기 전에.

꺼져가는 불빛에 비친, 젊은이의 몸에서 흘러나온 피와 자기 왼쪽 어깨에서 흘러나오는 피가 똑같이 검고, 깊고 애처로운 빛깔로 보였다. 옆구리를 맞은 젊은이의 출혈은 준코보다 훨씬 심해서 그의 몸은 반쯤 피로 물들어 있었다.

준코는 얼른 청년의 몸을 뒤졌다. 신원을 알 수 있을 만한 게 없을까? 양복 윗도리 안주머니와 바지 주머니 안에는 아무것도 없었다. 지갑과 운전면허증 같은 것들은 아사바 일당이 빼앗았을 것이다. 하지만 양복 옷깃 안쪽에 이름이 새겨져 있었다.

—Fujikawa.

"후지카와 씨."

준코는 소리 내어 읽었다.

젊은이의 머리를 살며시 바닥에 내려놓고 일어섰다. 가장 오른쪽에 쓰러져 있는 시커먼 그을음 덩어리 같은 시체 옆에 손전등 하나가 불이 켜진 채 떨어져 있었다. 유리는 깨졌다. 세 녀석의 시체와 그 주변을 최대한 꼼꼼하게 살펴보기 시작했다. 뭔가 단서가 될 만한 물건이 필요했다. 놈들이 자주 다니는 곳을 알아낼 실마리가 될 만한 것을 찾아낼 수 없을까?

세 녀석의 시체는 너무나도 처참하게 불에 타 거의 찾아낼 것이 없었다. 셋 가운데 한 명은 큼직한 로고가 들어간 점퍼를 입고 있었는데, 지금은 그 로고마저도 읽을 수가 없다. 세 명 모두 완전히 불에 타, 몸뚱이가 하나같이 오그라들어 보였다.

준코는 자기가 능력을 최대한으로 뿜어냈다는 사실을 새삼 깨달았다. 몇 해 전에도 온 힘을 다해 뿜어냈던 일이 얼핏 머릿속에 떠올랐다. 그때의 상대는 네 명이었다―.

준코는 발끝으로 차서 방향을 바꾸거나, 약간 타다 만 옷자락을 들치거나 하면서 세 구의 시체를 살펴보았다. 왼쪽 어깨의 통증은 약간 가라앉았지만 피를 많이 흘린 탓인지 지독하게 춥고 현기증이 났다. 속이 울렁이는 불쾌한 구토증이 느껴졌다.

죄책감은 없었다. 털끝만큼도. 준코에게 이 폐공장에 있는 사람의 시체는 오로지 후지카와라는 청년 한 명뿐이다. 나머지 셋은 정체를 알 수 없는 짐승의 시체에 지나지 않았다.

한 번씩 돌아가며 살펴보았지만 실마리가 될 만한 것은 발견되지 않았다. 완전히 다 타버렸기 때문이다. 이럴 줄 알았으면 힘을 조절했을 텐데―. 하지만 그때는 어찌할 도리가 없었다.

손전등을 돌려 아사바가 도망친 방향을 비췄다. 검은 땅바닥과 눈에 익은 폐공장의 장비들만 보일 뿐이었다. 실마리는 찾을 수 없는 건가?

준코는 고개를 들어 귀를 기울였다. 두 차례의 총성을 듣고 혹시 주위에 사는 누군가가 경찰에 신고했을지도 모른다.

하지만 이곳을 둘러싼 밤의 정적에는 아직 변화가 없는 듯했다. 밤중에 울린 총소리가 공장 밖으로 새어나가지 않았을 리는 없다. 분명히 들렸을 것이다. 하지만 평화로운 밤에 익숙한 이 동네 사람들은 영화나 드라마 속에서 나는 총소리와 실제 생활 주변에서 들리는 그 비슷한 소리를 쉽게 연결시키지 못하리라. 굉음에 놀라 잠에서 깼다 하더라도 자동차 타이어 펑크 소리라고 여기거나 아니면 인근의 젊은 애들이 밤중에 시끄럽게 구는 것이라 여기고 얼굴을 찌푸리며 다시 잠자리로 들어갈 것이다.

그것이 준코와 다른 사람들과의 차이였다. 준코는 여기가, 지금 이 도시가 전쟁터라는 사실을 알고 있었다.

경찰에 신고하는 건 내 몫인 것 같군―그런 생각을 하며 손전등을 내렸을 때, 신발이 무엇인가를 밟고 있다는 느낌이 들었다. 몸을 숙여 집어 들고 보니 종이성냥이었다. 아마도 술집 성냥인 듯했다. 가게 이름은 '플라자.' 상호 아래에 전화번호가 찍혀 있다. 뒤집어서 보니 주소와 약도도 있었다. 도쿄 도 에도 카와 구 고마쓰카와. 가장 가까운 역은 도영(都營) 신주쿠 선 히가시오지마.

성냥은 딱 한 개비만 사용되었다. 전체적으로 새것이었다. 아사바가 떨어뜨린 걸까? 열파에 얻어맞아 비틀거릴 때 주머니에서 떨어진 걸까?

준코는 성냥을 주머니에 넣었다. 그리고 비틀거리는 몸을 애써 바로잡으며 후지카와의 시체 곁으로 돌아갔다. 몸을 구부려 그의 흐트러진 머리카락을 정돈해주었다. 문득 생각이 나서, 장갑을 벗고 피에 젖은 양복에 손바닥을 댔다. 준코의 손바닥에 후지카와의 피가 묻었다. 그 손으로 이번엔 자기 왼쪽 어깨에 난 상처 부위를 눌렀다. 준코는 그 피가 서로 섞여 후지카와의 원한이 상처를 통해 자기 몸으로 들어가기를 기도했다.

"반드시 복수해줄게."

낮은 목소리로 중얼거리고, 준코는 일어섰다.

폐공장을 나오자 밝고 차가운 밤공기가 준코를 감쌌다. 악몽에서 깨어난 느낌이 들었다. 왼팔은 꼼짝도 할 수 없고, 자꾸 비틀거리는 바람에 자전거를 탈 수가 없었다. 힘겹게 오른손으로 자전거를 밀면서 돌아가는 길에 가장 먼저 눈에 띈 공중전화 수화기를 집어 들었다. 시원스러운 목소리로 전화를 받는 경찰관에게 최대한 목소리를 낮추어 말했다.

"다야마 초 3초메에 있는 공단주택 옆 폐공장에서 사람이 죽었습니다."

"옛? 사람이 죽어요?"

"총소리가 들렸습니다. 불량배들이 사고를 친 모양입니다."

"여보세요? 지금 어디서 신고를 하고 있는 겁니까?"

안달이 난 상대방의 질문은 아랑곳하지 않고, 준코는 똑같은 어투로 말을 이었다.

"남자 한 명이 살해당했고, 여자 한 명이 유괴를 당했습니다. 범인 가운데 '아사바'라는 이름의 젊은 남자가 있습니다. 살해된 남자의 이름은 '후지카와.' 차도 빼앗겼습니다."

그렇게만 말하고 일방적으로 전화를 끊었다. 추워서 몸이 떨렸다.

경찰한테는 경찰만의 노하우가 있고, 기동력과 인력이 있다. 그들이 '아사바'를 찾아내 '나쓰코'를 구해내는 게 먼저일까 아니면 내가 더 빠를까? 어느 쪽이건 상관없다. 준코도 오로지 혼자 힘으로 모든 것을 해낼 수 있으리라고는 생각하지 않았다. '나쓰코'를 위해 구출 가능성을 가능한 한 크게 열어두어야 한다.

조직력에서는 경찰이, 민첩함에서는 준코가 더 낫다. 그리고 만약 경찰이 먼저 '아사바'를 잡더라도 최종적으로 준코가 해야 할 일에는 변화가 없었다.

'아사바'를 죽이는 일이다.

자전거를 밀며 아파트로 가는 길을 서둘렀다. 눈에 눈물이 고였다. 닦을 힘도 없이 계속 걷자니 눈물이 뚝뚝 떨어졌다. 준코는 마침내 소리 죽여 흐느꼈다.

눈물에는 오늘 밤 예상치 않게 일어난 전투와 살육에 대한 공포가 분명 섞여 있었다. 이제야 무릎이 덜덜 떨리고 상처가 아팠다. 하지만 준코는 그것을 인정하지 않았다. '후지카와'를 애도하며 우는 것이라고 생각했다. 후지카와와 아직 얼굴도 보지 못한 '나쓰코'를 위해서 눈물을 흘리는 것이라고.

준코의 신고를 받고 10분도 채 지나지 않아 경찰이 달려왔다. 먼저 도착한 순찰차의 경관은 폐공장으로 발을 들여놓는 순간, 안에 가득 찬 역한 냄새 때문에 토할 뻔했다.

신고받은 대로 그곳엔 시체가 있었다. 총에 맞아 죽은 것으로 추정되는 젊은 남자의 시체가 한 구. 나머지 시체는 여기저기 흩어져 있었다. 몇 구인지 금방 파악되었지만 불빛이 희미한 폐공장 안에서는 인간의 시체라고 판단하기 힘들 정도였다.

그 시체들은 똑같이 불에 완전히 타버린 상태였다.

폐공장 안의 장비들 가운데 화상을 입을 정도는 아니라 해도 열기가 남아 있는 것들이 있어, 조금 전에 여기서 엄청난 열이 방사되었음을 짐작할 수 있었다. 경찰관 하나가 바싹 타버린 시체 바로 옆에서 불에 녹아 휘어진 낡은 쇠몽둥이 모양의 공구를 하나 발견했다.

"이게 뭐야?"

경찰관 가운데 한 사람이 신음소리를 냈다.

"화염방사기라도 뿜어낸 건가―?"

한 대, 또 한 대 달려오는 순찰차의 사이렌 소리는 아파트에서도 들렸다. 준코는 옷을 벗고 왼쪽 어깨의 상처를 살폈다. 핏덩어리와 갈라진 살을 보니 현기증이 날 것만 같았다.

하지만 다행이었다. 소독약에 적신 거즈로 상처를 닦아내니, 총알이 스치기만 한 것을 알 수 있었다.

그래도―. 준코는 얼굴을 찡그렸다.

상처는 이 정도이지만 총알이 스쳤을 때 받은 충격은 쇠망치에 얻어맞아 뒤로 날아가는 듯한 느낌이었다. 어지간한 총으로는 그렇게까지 심하지 않으리라. 분명 구경이 큰 위험한 총일 것이다. '아사바'처럼 아직 소년이라 부르는 게 나을 어린 애가 어떻게 그런 총을 손에 넣을 수 있었을까?

겨우 치료를 끝내자, 출혈 때문인지 목이 무척 말랐다. 냉장고까지 비틀비틀 걸어가 종이 팩에 든 오렌지 주스를 꺼내 입을 대고 마셨다. 단숨에 마셨지만 속에서 받아들이질 않아, 세면대로 달려가 모두 토하고 말았다. 그리고 마치 매달리듯 세면대를 붙든 채 정신을 잃었다.

문득 정신을 차리니, 수돗물을 틀어놓은 상태였다. 얼른 얼굴을 닦았다. 그리 오래 기절했던 것은 아닌 모양이다.

기절하기 전보다 약간 기운이 나는 듯했다. 왼쪽 어깨를 움직이자 뼛속까지 쑤시는 통증이 왔다. 옷장에서 낡은 스카프를 꺼내 왼쪽 어깨에 묶었다. 그러자 통증이 좀 가라앉았다.

텔레비전을 켰다. 아직도 방송을 내보내고 있는 텔레비전에서는 역시 뉴스 같은 것은 나오지 않았다. 아침이 오기 전에는 사건에 대한 보도가 나오지 않을 것이다.

준코는 벗어던진 옷의 주머니를 뒤져 '플라자' 성냥갑을 꺼냈다. 영업시간은 오전 4시까지. 시계를 보았다. 오전 3시 40분.

이미 늦었다.

하지만 찾아갈 가치는 있으리라. '나쓰코'의 목숨이 걸려 있
으니. 준코는 다시 움직이기 시작했다.

3. 방화수사반

아침 식사를 마친 뒤, 설거지를 하고 출근 준비를 하는데 호출기가 울렸다.

의자 등받이에 걸쳐두었던 재킷 주머니를 뒤져 얼른 호출기를 확인했다. 그리고 전화를 걸었다. 바로 연결이 되어 이토 경부가 전화를 받았다.

"지금 어딘가? 여태 집이야?"

"아, 막 나가려던 참이었는데요."

이시즈 치카코가 대답했다. 전화기 옆에 있는 둥근 거울에 자기 얼굴이 비쳤다. 화장을 하던 중이라 윗입술에만 립스틱을 칠해 괴상한 얼굴이었다.

"실은 엄니가 가주었으면 하는 현장이 있는데, 바로 움직일 수 있어?"

"움직일 수 있습니다. 무슨 일이죠?"

치카코는 약간 가슴이 설렜다.

"전에 그것하고 똑같은 게 또 나왔어."

이토 경부와 치카코 사이에 '그것'이라고 부르는 사건이라면 뻔하다. 치카코는 수화기를 잡은 손에 힘을 주었다.

"나왔어요?"

"그래. 이번엔 세 명이야. 난 아직 전화로만 이야기를 들었을 뿐이지만 시체가 탄화되어 있는 상태가 그것과 많이 닮았어."

"그러면 그것과 마찬가지로 주위는 거의 불에 타지 않았고요?"

"그렇지. 그러니 상황을 살펴보고 왔으면 고맙겠네. 시미즈한테도 연락을 했으니 둘이 함께 움직여줘. 그 친구도 현장으로 직행할 거야. 거기서 만날 수 있겠지?"

"알았습니다."

치카코는 현장의 위치와 교통편, 대략적인 사건 개요 등을 메모하고 전화를 끊었다. 재킷을 입고 다시 벽에 걸린 거울을 보았다. 입술을 오물거리자 아랫입술에도 립스틱이 묻어 그럭저럭 봐줄 만했다. 백을 어깨에 걸치고 후다닥 집을 나왔다. 뺨이 상기될 정도의 흥분을 느끼면서.

이시즈 치카코는 올해로 마흔일곱이 된다. 계급은 순사장이지만 경시청 형사부의 방화수사반 형사들로부터 약간의 존경과 야유를 담아 '엄니'라고 불리는 까닭은 바로 나이 때문이다. 현장에서는 치카코의 나이가 제일 많다. 방화반을 이끄는 이토 경부마저도 치카코보다 다섯 살 아래다. 콤비를 이루어 함께 일할 때가 많은 시미즈 구니히코 같은 경우에는 아직 스물여섯이다. 아들뻘이다.

하지만 치카코는 나이에 대해서는 전혀 신경 쓰지 않는다. 오히려 이득을 보는 일이 많다고 생각한다. 교통과 여경으로 출발해 사복형사가 된 뒤에도 경무과와 경비과에서만 근무해 온 치카코가 경시청 형사부로 발탁되었을 때, 그 인사이동은 당시 치카코가 소속되어 있던 마루노우치 경찰서뿐만 아니라 조금 과장하면 도쿄의 모든 경찰서에서 화제를 불러일으킨 사건이 되었다. 3년 전 봄철 인사이동 때 일어난 일이니 치카코로서는 마흔넷이라는 나이에 크게 발탁된 셈이었다. 주위 사람들도 놀랐지만 누구보다 치카코 자신이 가장 크게 놀랐다.

실제로 이 인사이동에는 여러 가지 내막이 있었다. 다만 그 '내막'은 치카코와 직접 관계가 있는 것은 아니었다. 본청에도 더 많은 여자 형사를 등용해야 한다는 의견, 아니 역시 유사시에 여자는 크게 도움이 되지 않는다는 반대 의견, 본청으로 가고 싶어 하는 치카코보다 젊은 여형사나 여경들, 그녀들을 데려오고 싶어 한 본청 수뇌부들의 미묘한 갈등―이런 여러 요소가 뒤섞여 복잡하게 대립했다. 결국 어느 쪽의 체면도 깎을 수 없어 최종적으로 가장 무난한 위치에 있던 치카코가 어부

지리를 얻었다는 게 정확한 표현이리라.

그런 배경을 치카코 스스로도 잘 알고 있다. 하지만 특별히 삐딱하게 받아들이거나 하지는 않았다. 나이를 허투루 먹은 것은 아니다. 경찰 내부에서 어떤 힘의 줄다리기가 있었건 승진한 사람은 치카코이고, 그녀는 자기 위치에 맞게 열심히 일하면 된다고 마음먹었다.

단지 딱 한 번, 부임한 지 얼마 되지 않았을 무렵, 이토 경부를 비롯해 몇몇 방화수사반 멤버들과 술을 마실 때 '내가 중년이라 여러분은 다행이죠.'라고 웃으며 말한 적은 있다.

"묘한 소문이 날 이유도 없을 테니까요. 여러분 부인들도 마음이 놓일 거예요. 게다가 제 아이는 다 컸으니 애 때문에 갑자기 출근 못하는 일도 없을 겁니다. 마음껏 부려먹을 수 있을 거예요, 중년 아줌마라서."

농담 섞인 이 말에 쓴웃음을 짓는 멤버가 많았다. 방화수사반의 최고참인 순사부장 같은 경우에는 노골적으로 적의와 악의를 고스란히 드러내며 이렇게 말하기도 했다.

"아줌마는 거치적거리지 않게 적당히 움직이면 돼. 어차피 치카코 씨는 인사의 균형을 유지하기 위한 장기판의 졸에 불과하니까. 2년 뒤에 홍보 센터로 이동하면 그걸로 그만이지."

그런 이야기를 들으면서도 치카코는 '예, 예.' 하고 웃었다. 그런 정도의 남성 히스테리에 일일이 대응해서는 아무 일도 할 수 없다.

치카코는 고등학교 2학년 때, 근무 중에 일어난 사고로 아버지를 잃었다. 아버지는 건설 현장에서 일하는 기술자였는데 지상 10여 미터 높이의 비계(공사용 발판-옮긴이)에서 떨어졌다. 즉사였다. 공포나 통증 같은 걸 느낄 여유도 없었을 것이라는 사실이 유족에게는 유일한 위안이었다.

그 무렵에 여자 경찰이 되기로 결심했다. 공무원은 안정적이라는 게 첫 번째 이유였다. 아버지가 돌아가신 뒤, 치카코는 입원과 퇴원을 반복하는 병약한 어머니와 중학교에 입학한 지 얼마 되지 않는 여동생을 보살피는, 실질적으로 한 집안의 가장이나 마찬가지였다. 어서 사회에 나가 어머니와 동생을 보살펴야 한다. 그러기 위해서는 공무원이 되는 게 좋다. 게다가 여자 경찰관이라면 동사무소의 창구 담당 직원보다 멋지지 않은가. 여자만 세 명 남은 가정이니 듬직하기도 하리라.

그런 이유로 경찰학교에 진학했고, 여자 경찰이 되어 교통과에 근무하며 동생을 고등학교에 보내고 어머니를 보살폈다. 아버지의 유족연금과 보험금 덕분에 생활은 그다지 어렵지 않았지만, 그래도 어머니는 자주 울적한 표정을 짓곤 해 치카코를 걱정스럽게 만들었다. 전형적인 '의타적 여성'인 어머니는 돌아가신 아버지를 잊지 못해, 해가 갈수록 현실과 동떨어진 몽상과 슬픔의 세계에 빠져드는 듯했다.

그래도 치카코는 여동생에게 자주 이런 소리를 했다.

"험한 세상이라지만 어떻게 사느냐에 따라 별것 아닐 수도 있어. 그러니 너무 힘들다고 생각하지는 말자."

군이 따지자면 어머니를 닮은 편인 여동생은, 매일 불법 주차하는 사람이나 음주 운전자들을 상대하면서 이 세상의 어지럽고 비겁한 측면만 보아왔을 언니가 어떻게 이렇게 뱃속 편한 소리를 하는지 이상해했다. 그때마다 치카코는 웃으며 대답했다.

"분명 세상엔 구제할 길 없는 녀석들이 많이 있어. 하지만 그런 놈들도 잘살고 있잖아? 성실하게 살아가는 우리 같은 사람이 손해만 보게 되어 있지는 않지. 세상이란 다 이래저래 자기가 한 만큼 돌려받고 살게 마련이야."

이런 낙관론이 모든 이들에게 통하는 보편적인 것인지 어떤지는 모른다. 하지만 치카코와 가족들에게만은 분명한 진실이었다. 치카코의 여동생은 고등학교 3학년 때 담임선생과 연애를 해 졸업하자마자 결혼하게 되었다. 남자가 착실해서 치카코 입장에서는 동생이 그런 신랑을 얻는다는 사실만으로도 기뻤다. 그런데 덤까지 붙어왔다. 담임선생이 지방의 부잣집 외아들로 평범한 사람들과는 차원이 다른 재산가였다. 말하자면 신데렐라가 된 셈이다. 외아들이니 시누이나 시동생들과의 갈등도 없었다. 게다가 흔쾌히 치카코의 어머니도 가까이에서 모시며 돌봐드리겠다고 했다.

치카코 입장에서는 큰 걱정거리가 한꺼번에 두 가지나 해결되어 마음이 놓이다 못해 맥이 쭉 빠지기까지 했다. 어서 빨리 사회에 나가 돈을 벌어야 한다는 이유로 선택한 경찰 업무에도 어느 정도 권태를 느끼던 시기였다. 치카코는 우울한 나날을 보내며 경찰 생활을 그만둘까, 하는 생각을 했다.

그런데 바로 그때 뜻하지 않은 큰 공로를 세우게 되었다. 우연이라는 요소가 작용한 부분이 많기는 했지만 그래도 큰 공로였다. 순찰을 돌던 중 브레이크 램프가 깨진 차량을 발견해 멈추게 한 뒤 주의를 주는데, 운전자의 태도가 이상했다. 조사를 해보니 차 안의 트렁크에 손발이 묶인 어린이가 있었다.

이 일을 계기로 치카코는 '경찰관'이라는 직업에 대해 다시 생각하게 되었다. 인질이 되었던 어린이의 부모가 기뻐하는 모습과 경찰의 노고를 치하하는 말이 치카코의 마음을 훈훈하게 해주었다. 기운을 얻어 다시 인생의 목표를 되찾은 기분이 들었다.

게다가 이 큰 공로를 축하해준, 어려서부터 친하게 지내던 남자 친구가 불쑥 프러포즈를 하는 일까지 생겼다. 깜짝 놀라는 치카코에게 친구가 말했다.

"네 동생이 결혼하기 전까지는 무슨 소리를 해도 소용없을 것 같아서 포기하고 있었는데, 이젠 해도 괜찮지 않을까 싶어서."

이 소꿉친구가 현재 치카코의 남편인 이시즈 노리유키다. 대학에서 토목공학을 전공한 그는 큰 건설 회사에 다니고 있어 장기 출장이 많다. 하지만 그때마다 반드시 그림엽서를 보내주거나 그 지방 사투리를 배워 전화로 그 말을 쓰면서 치카코를 웃겨주는 마음씨 착한 남자다. 치카코는 프러포즈를 받고 바로 결혼, 한 해도 지나지 않아 장남 다카시를 낳았다.

남편은 지금 고베 지점 지사장으로 한신 대지진 뒤의 복구 사업에 눈코 뜰 새 없이 바쁜 나날을 보내고 있다. 물론 고베에서 혼자 생활하며 열흘에 한 번 정도밖에는 집에 들르지 못한다. 다카시는 히로시마에 있는 대학에 다니며 기숙사에서 생활하기 때문에 아버지와는 이따금 만나 식사를 하거나 술을 한잔하는 것 같지만 집에는 열흘에 한 번 정도밖에 전화를 걸지 않았다.

그래서 치카코는 움직이기가 편했다. 마음껏 부려먹을 수 있는 아줌마―자신의 이런 호언장담은 결코 거짓말이 아니었다. 자주 집을 비우면서도 성격 급하고 옛날식 장인 정신을 고스란히 간직한 시아버지의 시중을 홀로 들어온 경험도 있다. 작년에 돌아가실 때까지 시아버지는 치카코에게 마냥 고집을 부리고 끝까지 자기주장을 굽히지 않는 분이었다. 그러면서도 치카코가 없으면 금방 적적해하셨다. 그런 어른의 시중을 들어온 것이다. 직상 풋내기의 야유나 심술쯤은 전혀 신경 쓰이지 않았다.

하지만 방화수사반에서 치카코의 입지는 그리 단단하지 못했다. 다행히 이토 경부와는 마음이 맞았다. 그가 치카코의 능력과 인품을 높게 평가해서 때때로 지원 사격을 해주기 때문에 괜찮지, 그러지 않았다면 지금쯤 벌써 한직으로 밀려났을 것이다. 그런 은혜와 기대감에 보답하기 위해서라도 치카코는 일을 열심히 해야 했다.

그런 상황에서 일어난 사건이다. '그것'과 똑같이 불에 탄 시체가 또 나왔다ㅡ.

이토 경부가 바로 연락을 해줬다는 사실에 치카코는 깊이 감사했다. 벌써 재작년의 일이지만, '그것'이 일어났을 때 방화반도 더 수사에 관여해야 한다고 강경하게 주장해, 치카코는 수사반 안에서 약간 고립되기까지 했다. 하지만 포기할 수는 없었다. 경부와 이야기할 기회가 있을 때마다 수사과가 '그것'의 범인을 체포하지 못한 이상 '그것'은 분명 또 나타날 것이다, 그때는 진짜 방화반이 제대로 대응하지 않으면 안 된다고 집요하게 주장했다. 경부는 그 말을 기억하고 있다가 치카코에게 기회를 준 것이다. 엄니, 어떻게든 스스로 방법을 찾아봐ㅡ라는 이야기나 마찬가지다.

이번 현장은 아라카와 구 다야마 초. 아라카와 역 바로 다음인 다카다란 역에서 버스로 20분 정도 떨어진 곳이라고 한다. 급히 서점으로 뛰어 들어가 사온 지도를 택시 안에서 펼쳐 보며 치카코는 고개를 갸우뚱했다. 지난번 '그것'이 있었던 위치에서 북쪽으로 꽤 떨어진 지점이었다.

치카코가 '그것'이라고 말하는 사건은 재작년 가을, 9월 16일 이른 아침에 일어났다. 아라카와 강변에 완전히 새카맣게 타버린 승용차 한 대가 버려져 있었는데, 그 안에서 세 구의 시체가, 승용차로부터 10미터 떨어진 지점에서 또 한 구의 시체가 역시 형체를 알아볼 수 없을 만큼 불에 탄 상태로 발견되었다. 처음에는 그 시신들의 성별조차 제대로 알 수 없었지만, 유류품을 조사하고 시체의 골격 등을 감정한 결과 네 명 가운데 세 명이 남자, 한 명이 여자라는 결론이 나왔다. 연령은 모두가 십대에서 이십대 초반. 그야말로 끔찍한 대량 살인사건이었다.

하지만 수사가 진행되면서 사건은 다른 측면을 드러내기 시작했다. 하나는 문제의 차량이 발견되기 전날 시내 주차장에서 도난당한 것이라는 사실. 또 하나는 차량 안의 타다 만 부분—이 사실이 나중에 문제가 되는데—에 남겨진 지문 가운데 하나가 몇 해 전 도쿄 안팎에서 일어난 여고생 연쇄 살인사건의 유력한 용의자 것으로 판명되었다는 사실이다.

당시 그 용의자는 미성년자라서 수사나 보도가 상당히 조심스럽고 신중하게 이루어졌다고 한다. 치카코는 그 사건에 직접 관계하지 않아 잘은 모르지만 이토 경부에 따르면 수사본부 안에서는 그 용의자가 주범이고, 그를 리더로 한 십대 불량소년 일당이 사건을 일으킨 게 틀림없다고 보았다. 마지막까지 자백은 받아내지 못했지만, 그 불량소년들 주변에 있는 그룹—모두 다 미성년자들—에서 흘러나온 정보는 생생하고 꽤 정확했다.

하지만 안타깝게도 물증이 부족했다. 목격자들의 증언도 확실하지 않았다. 이렇게 연속적으로 일어나는 흉악사건에서는 범죄가 계속해서 일어나는 동안 운 좋게 범인의 마수에서 벗어나는 피해자가 생긴다. 그리고 그 증언이 결정적 단서가 되어 사건이 해결되는 경우가 많다. 하지만 이 여고생 연쇄 살인사건은 미수로 그친 사례가 없었다. 피해자는 모두 살해당했다.

이 사건에는 그때까지 국내에서 일어난 어떤 흉악사건보다 이질적이고 두드러진 특징이 있었다. 살인을 순전히 재미로 여기고 저지른 범행이었다는 사실이다. 금품을 노린 것도 아니고, 그렇다고 성폭행을 하려던 것도 아니다. 첫 번째 용의자를 비롯해 경찰이 확보한 용의자 그룹에 속한 미성년자 가운데는 부녀자에 대한 성폭행이나 공갈 등으로 보호관찰 처분을 받은 적이 있는 자들이 많았는데, 어찌된 일인지 이 여고생 연쇄 살해사건에서만은 순전히 '살인' 자체를 목적으로 삼고 있었다.

수법 자체는 단순하다. 인적이 드문 도로에서, 표적으로 삼은 여고생을 차량을 타고 뒤따르다 치어 죽이는 식이다. 그러나 범행을 저지르기 좋은, 사람이 잘 다니지 않는 길을 여고생이 혼자 걷는 경우는 그리 많지 않다. 그래서 그들은 표적이 될 만한 여고생을 발견하면 일단 차로 유인하거나 강제로 태워 죽음의 자동차 레이스에 어울리는 장소까지 납치하는 방식을 이용했다. 그런 과정에서 피해자의 금품을 빼앗거나 폭행을 한 흔적도 있지만 그런 짓은 놈들에게 부수입 같은 것이고, 마지막 목표는 그저 '죽인다'는 것뿐이다. 그것도 살려달라고 비명을 지르며 필사적으로 도망치는 여고생을 죽이는 짓을 즐겼다. 많은 부분이 추리에 따른 것이라 해도, 사건의 윤곽이 잡히기 시작하자 매스컴은 동요했다. 미국에서 '스포츠 킬링'이라고 부르며 두려워하는 타입의 쾌락 살인이 일본에서도 발생했다고.

매스컴이 이렇게 흥분한 반면 자신들에 대한 물증이 없다는 것을 안 용의자들은 그 사실을 교묘하게 이용했다. 자기들은 무고한 희생자라며 결백을 주장했고, 경찰 권력에 철저하게 대항하겠다고 선언했다. 일부 매스컴과 인권 단체들도 동조해 그들을 도와주는 운동을 시작했다. 용의자로 지목된 청소년들은 마치 탤런트 같은 대우를 받게 되었다. 치카코는 그때 막 방화반으로 자리를 옮긴 말단 형사로서 이 사건을 지켜보고 있었다. 그리고 용의자인 청년의 용모나 행태가 좀 더 못생기고 거칠었다면 사건은 다른 방향으로 전개되었을 거라고 생각했다. 그만큼 용의자는 일종의 스타 기질을 지니고 있었다.

이렇게 되자 물증이 없는 그들에 대한 의혹은 갑자기 힘을 잃고, 수사는 혼선을 일으키기 시작했다. 언론의 보도도 이내 열기를 잃었고, 사건 발생 반년 만에 수사본부는 해산되었다. 수사는 계속되었지만 미궁에 빠진 사건으로 취급되었다. 수사진의 사기는 떨어지고, 살해당한 여고생들은 점점 기억의 저편으로, 찜찜한 망각의 안개 저편으로 밀려나고 말았다.

세상 사람들이 이렇게 여고생 연쇄 살해사건을 잊어가고 있을 때, 아라카와 강변에서 불에 타 죽은 사람이 발견되었다. 한때 어떤 탤런트보다 이목을 모았던 용의자 소년이 보기에도 끔찍하게 타죽은 시체가 되어 매스컴의 무대로 복귀한 것이다.

시체가 불에 탔기 때문에 방화반 멤버가 수사반에 합류해 파견되었다. 현장 검증에도 입회하고 수사 회의에도 참석했다. 치카코는 이때 그 멤버에 포함되지 않아 현장 사진도 매스컴에 보도된 것 이외에는 보지 못했다. 하지만 사건 개요를 들은 순간, 머릿속에 번뜩 떠오른 것이 있었다.

이건 보복 살인이다. 자식을 가진 어머니로서의 직감이, 이것은 살인자에 대한 처단과 복수가 빚어낸 범행이라고 치카코에게 알려주었다.

게다가 불에 타죽은 모습이 너무도 이상하고 상식으로 이해할 수 없는 형태라는 점이 치카코의 관심을 더욱 자극했다. 그래서 방화반이 옆에서 조언만 할 게 아니라 수사에 더 깊숙이 참여해야 한다고 주장해 따돌림을 받는 처지가 되었던 것이다. 형사들은 상호 간의 영역 침범을 매우 싫어한다. 남자란 어떤 일에서나 지지 않으려고 경쟁하는데, 치카코는 그런 모습들이 답답해 견딜 수가 없었다.

결국 아라카와 강변에서 일어난 살인사건도 뚜렷한 해결을 보지 못하고 오늘에 이르렀다. 사람을 태워 죽이는 데 사용된 흉기마저 무엇인지 알 수가 없었다. 사건 발생 직후 현장 부근에 있던 용접용 토치가 도난당한 사실이 밝혀져, 마치 그게 흉기였던 것처럼 발표하고 보도되기까지 했지만, 용접용 토치 같은 것으로 사람을 네 명씩이나 완전히 태워버릴 수 있는 불을 뿜지는 못한다. 관계자들도 잘 알고 있지만 수사가 진행되지 않아 그런 잘못된 정보까지 그냥 방치되어 있는 상태다.

치카코는 이 사건에 대해 뚜렷한 확신과 관심을 갖고 있었다. 피해자의 유족들을 철저히 조사해야 한다고 확신했다. 그리고 범인이 도대체 어떤 방법으로 그렇게 사람을 태워 죽일 수 있었는지 궁금했다. 그래서 이 사건을 '그것'이라고 부르며, 차카코와 마찬가지로 관심과 울분을 느끼고 있다는 사실을 알게 된 이토 경부와 기회가 있을 때마다 이야기를 나누었다.

─그 범인은 반드시 다시 돌아올 거야.

리더인 첫 번째 용의자가 죽었다지만 여고생 살해와 관련된 다른 녀석들은 아직 살아 있다. 아라카와 강변에서 타죽은 나머지 세 명도 첫 번째 용의자 못지않은 흉악한 전력을 지닌 젊은이들이지만 여고생 살해사건과는 관계가 없었다. 결국 아라카와 강변에서 일어난 사건은 범인이 여고생 살해사건의 첫 번째 용의자를 처단할 때 함께 있었다는 이유로 덩달아 죽음을 당했다는 얘기다. 그렇다면 살아 있는 잔당들을 노리고 있

지 않을까? 불로 태워 죽이는, 이해할 수 없는 방법을 쓴 범인
이 어딘가에 다시 나타나지 않을까?

그런데 나타난 모양이다. 이번 다야마 초 사건도 분명히 그
럴 것이다. 치카코는 택시 안에서 입술을 꼭 다물었다.

4. 탐문

 아오키 준코는 두 팔로 몸을 안고 가끔 문질러 따스하게 하면서 좁은 골목 막다른 곳에 서 있었다.

 오전 5시 반이 가까워지고 있었다. 동이 트려면 아직 시간이 꽤 남았다. 주위는 어두워 단독주택과 연립주택의 창문이나 문도 여닫는 기척이 없었다. 다들 아직 일어나지 않았다.

 준코의 눈앞에는 깔끔하게 정지되어 철망 울타리로 둘러싼 공터가 있었다. 날이 싸늘해 잡초도 말라서 갈색이었다. 거의 한복판에 페인트 빛깔도 선명한 입간판이 서 있었다.

 '땅 팝니다. (주)다이코 부동산.'

 회사 이름 아래 전화번호도 적혀 있다. 준코는 그 번호를 여러 번 읽어 기억에 새겼다.

 매물로 나온 이 땅이 다야마 초의 폐공장에서 주운 '플라자'

성냥에 적혀 있는 지점이었다. 골목을 끼고 맞은편 쪽은 외벽이 하얀 아파트, 바로 옆은 모르타르를 칠한 이층집이다. 둘 다 주소가 적혀 있어 대조해보았는데, 팔려고 내놓은 이 땅이 '플라자'의 주소가 틀림없는 것 같았다. 말하자면 지금 '플라자'란 곳은 존재하지 않는다는 이야기다. 어떤 가게였는지 상상하기는 그리 어렵지 않았다. 주위를 둘러보면 주택과 아파트, 공공 연립주택 그리고 자그마한 가게뿐이었다. '플라자'만 반짝거리는 건물에 입주한 호화로운 스낵바였을 리 없다. 아마 일반 주택의 일부를 고쳐서 점포로 사용한, 허름한 가게였으리라. 공터가 되어 있는 지금 상태를 보더라도 그다지 넓지는 않다. 손님이 열 명 정도만 들어가도 꽉 차는 가게였을 게 틀림없다.

하지만 아무리 열심히 상상해봐야 소용없는 일이다. '플라자'는 없다. 준코의 손 안에 있는 것은 지금은 존재하지 않는 가게의 성냥이다. 그래도 가게가 다른 곳으로 이전했을 수 있다는 생각이 들어 일단 역 앞으로 돌아와 공중전화로 성냥에 적혀 있는 전화번호를 눌러보았다. 아니나 다를까, '현재 사용하지 않는 번호입니다.'라는 안내 음성만 들려왔다.

'다이코 부동산'에 전화를 걸어 적당히 둘러대고 '플라자'에 관계했던 사람이 지금 어디 있는지 알아내는 방법도 있다. 하지만 이런 새벽에는 무리일 것이다. 부동산 회사 사람들이 출근할 때까지 준코가 할 수 있는 일은 아무것도 없었다.

지독하게 춥고 상처가 쿡쿡 쑤셔서 컨디션은 최악이었다. 마치 몸에 열이 있는 것처럼 얼굴만 화끈거렸다. 그래도 애써 정신을 가다듬고 다시 입간판을 바라보며 다이코 부동산의 전화번호를 머릿속에 새겼다. 그리고 조용히 골목을 빠져나왔다.

일단 큰길로 나와 다시 역 앞을 향해 걷기 시작했다. 걸으며 코트 주머니에서 '플라자'의 성냥을 꺼내 가로등 불빛에 비춰 보았다.

이 성냥은 아직 새것이다.

폐업한 가게의 새 성냥. 이건 어떻게 된 걸까. 가게 관계자가 필요 없어진 성냥을 쌓아놓고 개인적으로 쓰고 있다는 이야기일까. 만약 그렇다면 '아사바'는 그런 성냥을 구할 수 있는 인물이라는 소리다. '플라자'를 드나들던 단순한 손님이 아니라, 예를 들면 가게 주인의 가족이라거나—.

준코는 천천히 눈을 깜빡거렸다.

이 가설이 맞는다면 준코에게는 다행이다. '아사바'가 단순한 손님일 경우에는 '플라자'가 만약에 지금도 영업을 하는 가게라 한들 그를 쉽게 찾아내기는 어려울 것이다. 하지만 가게 주인과 가까운 인물이라면 좀 더 쉽게 찾을 수 있다. '플라자'가 지금 어떻게 되었고, 주인이 어디 있는지만 밝혀낸다면 그게 돌파구가 되리라.

준코는 어두운 하늘을 올려다보았다. 어서 날이 밝아 하루가 시작되면 좋을 텐데. 어째서 부동산 회사는 스물네 시간 영업하지 않는 걸까.

안 그래도 준코와 준코가 구하고자 하는 '나쓰코'의 가장 큰 적은 시간이다. '나쓰코'는 지금 어디서 무얼 하고 있을까. 이미 살해당했을지도 모른다. 지금 이 순간 '아사바'와 그 일당이 아직 체온도 가시지 않은 시체에 흙을 덮고 있을지도 모른다. 그런 생각을 하니 머릿속이 터질 듯 화가 나고 애가 타 두 손을 꼭 쥐었다. 그러자 왼쪽 어깨의 상처가 마치 항의라도 하듯이 쿡쿡 쑤셨다. 준코는 얼굴을 찡그렸다.

역 앞으로 돌아왔지만 조금 전과 별로 다를 게 없다. 조용히 움직이기 시작하는 지하철역만 따스하게 불을 밝힌 채 마치 가족들이 일어나 아침 식탁에 모여 앉기 전 부엌에 선 어머니처럼 부지런히 아침 준비를 하고 있을 뿐이다.

역의 매점 앞에는 아직 포장도 뜯지 않은 신문더미가 쌓여 있었다. 그걸 보니 문득 생각이 났다. 텔레비전 방송은 이미 시작했을 것이다. 뉴스에서는 다야마 초 사건을 보도하고 있을까. 경찰은 어떻게 움직이고 있을까.

준코는 역 앞에서 방향을 돌려 뚜렷한 목표를 가지고 거리를 돌아다니기 시작했다. 문을 연 커피숍이나 식당을 찾기 위해서였다. 텔레비전이 있는 가게를.

히가시오지마는 처음 와보는 곳이었다. 도로가 바둑판처럼 나 있는 정돈된 동네였다. 터벅터벅 걷다보니 커다란 다리가 나타났다. 교각이 높아 건너려면 계단을 올라가야만 했다. 쑤시듯 계속 통증이 느껴지는 어깨를 누르며 계단을 오르자 넓은 강이 내려다보였다. 나카카와—약간 하류에서 아라카와와 합류하는 샛강이었다.

아라카와. 그 강의 이름은 또렷하게 기억한다. 잊을 리가 없다. 그 강변에서 일어난 살인. 그것이 지금의 준코라는 존재를 이루고 있는 핵심이고 골격이기 때문에.

—그때는 네 명을 죽였다.

기억은 선명했다. 생각하고 싶을 때는 언제든 떠올릴 수 있었다. 하지만 사람을 죽이는 광경이 악몽으로 되살아나 몸을 뒤척인 일은 전혀 없다. 잠은 늘 깊고, 편안했다.

그런 자신이 뭔가 위험한 게 아닐까 싶어 살인자가 쓴 수기라거나 사형수의 실태에 대해 쓴 책을 읽어본 적도 있다. 그 내용에 따르면 아주 평범한 살인자들—준코 같은 의도와 수단 없이 순간적인 흥분이나 이해관계, 혹은 자기방어를 위해 살인을 저지른 사람들은 자신의 범행에 대해 반성하건 않건 가리지 않고 심한 악몽에 시달리거나 환각, 환청으로 고생하는 일이 있다고 한다. 하지만 준코는 전혀 그렇지 않았다.

그것은 준코의 살인이 늘 '전투'이기 때문이다. 그리고 그 '전투'는 준코에게 의무였다.

준코는 일반인들에게 없는 능력을 지니고 태어났다. 그렇다면 그걸 사용해야 한다. 그것도 올바르고 유익한 방향으로. 다른 존재를 멸망시키고 먹어치우기 위해서만 존재하는 야수를 사냥하기 위해서.

―나는 탄환이 장전된 총이다.

준코는 조용히 생각에 잠겼다. 강을 건너온 차가운 바람이 뺨을 스쳤다. 지금까지 수없이 고민하고, 검토하고, 마음에 새겨온 개념이다. 그것이 이제는 성역처럼 마음의 특별한 곳에 살며시 그러나 확실하게 뿌리를 내렸다. 하지만 안타깝게도 이 장전된 총에는 레이더가 없다. 내비게이션도 없다. 지금 이 총부리를 겨눠야 할 적은 어디 있는 걸까.

한숨을 쉬며 올라온 계단을 다시 내려가기 위해 걸음을 뗐을 때, 시야에 불쑥 희끗희끗한 것이 잡혔다. 준코는 고개를 들었다.

내려다보이는 길 오른쪽이었다. 건물이 어수선하게 들어선 블록 모퉁이에서 흰 김이 올라오고 있었다. 굴뚝이 보이지는 않는데― 저건 뭘까?

어쨌든 모락모락 피어오르는 저 수증기 아래에는 잠에서 깨어 움직이는 사람이 있다는 증거다. 계단을 달려 내려가 김이 피어오르는 쪽으로 갔다. 어깨가 너무 아팠지만 손으로 누르며 걸음을 서둘렀다.

모퉁이를 두 개 돌자 김은 더욱 짙어졌다. 도로 위까지 뒤덮었다. 작은 가게들이 올망졸망 들어선 상점가였다. 대부분 문을 닫았는데, 한 집만은 환기팬이 돌아가고 사람이 드나들고 있었다. 흰 김은 그 가게에서 나오는 것이었다.

준코는 멈춰 서서 간판을 올려다보았다.

'이토 두부 가게.'

아니, 두부 가게잖아. 웃음이 나왔다. 그랬다. 그래서 일찍 문을 연 것이다.

흰 작업복을 입은 여자가 금속제 두부 판 같은 것을 두 손으로 들고 나왔다. 마스크를 하고, 머리에는 커다란 흰 수건을 쓰고 있었다. 준코는 상대방이 눈치 채지 못하게 조금 뒤로 물러나 전봇대 뒤에서 지켜보았다.

주위의 다른 가게들보다 제법 큰 가게였다. 소매를 위한 진열장 같은 것은 보이지 않았다. 아마도 두부를 만들어 다른 가게에 도매로 넘기는 곳인 모양이다.

가게 바로 앞에 소형 트럭이 서 있었다. 짐칸에는 희고 축축한 가루 같은 것을 가득 담은 드럼통이 실려 있었다. 비지다. 어디로 싣고 가려는 모양이다. 준코는 전봇대 뒤에서 살짝 나와 트럭 쪽으로 다가갔다. 비지에서 피어오르는 흰 김의 온기를 느낄 수 있었다. 약품 냄새 같은 것도 났다.

좀 전의 여자는 긴 호스로 물을 세게 뿜어내며 큼직한 양동이에 들고 나왔던 두부 판 같은 것을 담아 수세미로 북북 닦았다. 목을 빼고 들여다보니 가게 안에도 그 여자와 마찬가지로 흰옷을 입은 두 사람이 분주하게 기계 사이를 오가고 있었다.

준코는 등을 지고 있는 여자에게 말을 걸었다.

"저어, 안녕하세요?"

여자가 흠칫하며 뒤를 돌아보았다. 깜짝 놀랐는지 갑자기

하던 일을 멈추고 준코를 보았다. 그 바람에 손에 든 호스의 방향이 바뀌어 준코 쪽으로 물이 튀었다.

"이런, 미안!"

여자는 얼른 호스를 아래로 향했다. 물이 준코의 코트에 튀었다.

"괜찮아? 젖지 않았어?"

여자는 푸른 고무장갑을 끼고, 같은 색 장화를 신고 있었다. 여자가 준코 쪽으로 한 걸음 다가오자 장화에서 뿌득, 하는 소리가 났다.

"괜찮아요. 죄송합니다."

"아니야, 내가 미안하지."

여자의 얼굴은 반쯤 마스크에 가려 있다. 하지만 목소리만 들어도 그리 젊은 여자는 아니라는 걸 알 수 있었다. 화장기 없는 눈언저리에도 잔주름이 약간 있는 것 같다.

"일하시는 데 방해해서 죄송합니다."

준코는 정중하게 사과했다.

"길을 좀 물어보려고요."

"그래, 어딜 가려고 하는데?"

여자가 시원스럽게 말했다. 호스를 양동이에 넣더니 오른손을 살짝 허리에 댔다. 빨리 물어보라는 투였다.

"이 근처에 '플라자'란 가게 없나요?"

좀 전에 확인하고 온 '플라자'의 예전 자리는 이 두부 가게

보다 훨씬 더 역 쪽에 있다. 그렇지만 아주 먼 거리는 아니기 때문에 이런 상점가라면 상가번영회나 상인조합 같은 걸 만들어 자주 모일 테니 뭔가 알고 있을지도 모른다고 생각했다.

"플라자?"

여자는 고개를 갸웃했다.

"예, 술집일 거예요. 스낵바 같은."

"혹시 역 근처 골목에 있던 가게인가?"

역시 알고 있다.

"예, 맞아요."

"그 가게는 문 닫았어. 건물도 철거해서 공터가 되었지."

"그럼, 그 가게가 지금은 어디 있는지 모르시나요?"

여자가 비로소 약간 경계하는 눈치를 보였다. 고개를 살짝 숙이고 준코를 훑어보았다. 준코는 미소를 지었다.

"저어, 전에 그곳 지배인님한테 신세를 진 일이 있어서요…. 이 근처에 온 김에 찾아뵐까 했는데, 동네가 변해서 길을 잃었습니다."

냉정하게 생각하면 스스로 어설픈 거짓말이라는 걸 알 수 있었을 것이다. 아침 6시가 되기도 전이다. 아는 사람을 찾아가기에는 너무 이른 시각. 하지만 지금 준코는 이런저런 것들을 꼼꼼하게 계산할 여유가 없었다. 다들 잠이 든 거리에서 딱 한 집 문을 연 가게를 발견한 기쁨과 전날 밤부터 쌓였던 피로와 통증, 거기에 추적의 실마리가 끊어졌다는 초조함 때문에 집중력을 잃기 시작했다.

그리고 두부와 비지에서 피어오르는 흰 김 때문이기도 했다. 두부는 좋아하지만 만들 때는 별로 좋은 냄새가 나지 않네, 하는 생각이 들었다. 총을 맞은 직후 느꼈던 현기증을 동반한 오한 같은 게 이 흰 김에 휩싸이다보니 다시 도지는 듯했다.

"그 가게는 이제 없어."

여자가 무뚝뚝하게 말했다.

"가게 사람들이 어떻게 지내는지도 몰라. 왕래가 없었기 때문에."

"언제쯤 문을 닫았죠?"

"한 달 전쯤이었나? 잘 기억나지는 않지만."

"가게 사람들은 이 동네에 살지 않았나요?"

"모르겠어, 그런 건."

여자는 준코에게서 등을 돌리더니 양동이 쪽을 향해 몸을 구부렸다. 소리를 내며 수도꼭지를 돌렸다. 물이 멈췄다. 금속 두부 판을 들어 올리더니 그걸 안고 가게 안쪽으로 걷기 시작했다.

"저어, 죄송합니다만ㅡ."

"더 물어볼 게 있어?"

여자가 뒤를 돌아보았다.

준코는 말문이 막혔다. 아무래도 상대는 화가 난 모양이다. 초조한 나머지 무턱대고 말을 거는 게 아니었다.

"아뇨. 아닙니다. 정말 감사합니다."

재빨리 가능한 한 깊이 고개를 숙이며 정중하게 감사를 표했다. 그리고 고개를 들었는데, 갑작스레 움직여서 그런지 눈앞이 어질어질했다. 그러잖아도 좋지 않던 몸이 완전히 힘을 잃었다. 방향 감각을 느낄 수 없었다. 얼른 뭔가를 잡기 위해 손을 뻗었다.

하지만 그 손은 허공을 짚었다. 그리고 차가운 것이 몸을 적셨다. 조금 전까지 여자가 작업하던 양동이 안으로 쓰러진 것이다.

"아니, 이봐!"

여자가 비명을 지르더니 장화 소리를 내며 달려왔다. 준코는 어떻게든 일어서려고 허우적거렸다. 코트가 차가운 물에 젖어 온몸이 떨렸다. 현기증이 더욱 심해지고, 흰 김에서 나는 냄새 때문에 속이 메슥거렸다.

"아니, 어떻게 된 거야, 정신 차려!"

괜찮습니다, 고맙습니다─그렇게 말하려 했지만 목소리가 나오지 않았다. 준코는 정신을 놓고 말았다.

혼수상태에서 깨어났을 때, 먼저 눈에 들어온 것은 하얀 얼굴이었다. 준코를 들여다보고 있었다.

소녀의 얼굴이었다. 턱이 갸름하고 눈이 길고, 코끝이 살짝 위로 올라갔다. 입술은 트집을 잡으려는 사람처럼 살짝 튀어

나왔지만 귀여운 얼굴이었다.

소녀가 그 입술을 벌리고 고개를 틀더니 어깨너머로 돌아보
며 소리쳤다.

"엄마, 이 사람, 정신이 들었어."

준코는 눈을 움직여 주위를 둘러보았다. 결이 거친 널빤지
가 붙은 천장. 거기 매달려 있는 심플한 모양의 전등. 따스하고
등이 폭신했다.

어딘가에 누워 있다─.

준코를 바라보던 소녀가 몸을 구부리며 눈을 깜빡거렸다.

"괜찮아요?"

목소리가 잘 나오지 않아 준코는 고개를 끄덕였다. 움직이
면 어깨가 아팠다.

"다행이네."

소녀가 중얼거렸다. 하지만 걱정스러운 표정이었다.

"계속 지켜보고 있었는데 눈을 뜨지 않으면 구급차를 부르
려 했지. 얼마나 놀랐는데."

준코는 일어나려 했지만 몸이 무거워 뜻대로 되지 않았다.
바짝 마른 입술을 혀로 적시며 간신히 말했다.

"폐를 끼쳐서 미안해요. 빈혈인 모양이에요."

마치 저울 눈금을 읽으려는 듯이 눈을 가늘게 뜨고 소녀가
말했다.

"상처를 입었잖아요."

준코는 깜짝 놀랐다.

"아, 예. 약간."

눈치를 챘나? 하지만 의사를 부르지는 않은 모양이다. 다행이다. 의사가 진찰하면 어깨의 상처가 총에 맞아 생긴 거라는 사실이 드러난다. 경찰에 연락하면 골치 아프다.

"그렇지만 큰 상처는 아니에요. 감기 기운이 좀 있어서 어지러웠을 뿐이에요. 이젠 괜찮아요."

준코는 자기 말을 믿게 하려고 몸을 힘껏 움직였다. 오른손을 짚고 상반신을 일으켰다. 그리고 주위를 둘러보았다.

다다미가 깔린 방이었다. 거실이라기보다는 차를 마시는 다실에 가까운 구조였다. 한가운데 키 낮은 접이식 탁자가 놓여 있고, 그 둘레에 좌식 의자가 놓여 있었다. 준코는 탁자 옆에 누워 있었다. 코트와 신발은 벗겨져 있고, 몸에는 담요를 덮었다. 보풀보풀한 천을 깃 쪽에 댄 포근하고 좋은 냄새가 나는 담요였다.

이 다실에서도 아까처럼 흰 김에서 나던 냄새가 희미하게 풍겼다. 아마 여기는 이토 두부 가게 안쪽에 있는 살림채인 모양이다. 소녀는 이 방과 옆방을 가르는 유리가 끼어 있는 문을 등지고 앉았다. 그 바로 옆에 텔레비전이 있었다. 텔레비전 위에 탁상시계가 놓여 있었다. 이제 막 7시가 되려 하고 있었다.

약 한 시간가량 정신을 잃었다는 이야기다. 총에 맞은 직후에는 정신력으로 움직였지만, 역시 상처가 문제였다. 실수였다. 준코는 입술을 깨물었다.

소녀가 수상하다는 듯이 준코를 바라보았다. 그제야 준코는 소녀가 흰 작업복을 입고 있다는 사실을 깨달았다. 마스크를 하고 머리를 수건으로 감싸면 밖에서 보았던 그 여자와 같은 차림이 될 것이다. 소녀는 가게 안에서 일하던 두 명 중 한 사람이 틀림없다.

"엄마, 잠깐 와보세요."

소녀는 다시 뒤를 향해 소리쳤다. 그리고 준코를 보며 굳은 표정으로 말했다.

"엄마가 그러던데 '플라자'를 찾아왔다면서요?"

아까 가게 밖에서 본 여자가 소녀의 어머니인가?

"아, 맞아요."

"뭐 하러?"

소녀가 바로 물었다.

"혹시 언니도…, 언니도…. 아니야, 나이가 좀 많은걸."

소녀는 무슨 뜻인지 알 수 없는 소리를 중얼거리며 관찰하듯 준코를 보았다. 준코가 마주보자 살짝 고개를 숙이고, 마음을 굳힌 듯 입을 열었다.

"혹시, 아사바한테 걸려들어 몹쓸 짓을 당했어요? 그래서 찾아온 거예요?"

준코는 눈이 휘둥그레졌다. 그 얼굴을 보고 소녀는 알겠다는 듯이 고개를 끄덕였다.

"아아, 그렇구나…. 역시. 하긴 아사바를 찾아왔다면 다른 이유가 없을 테니까."

"아사바—. 아사바란 사람을 알아요?"

소녀는 어깨를 살짝 움츠렸다.

"어렸을 때부터 친구니까요. 초등학교, 중학교도 같은 델 다녔어요."

"이 동네 출신인가요?"

"네. '플라자'가 있던 곳에 살았죠. 그 가게 2층이 살림집이었어요."

"그럼, '플라자'가 문을 닫은 뒤에는 어디에 살고 있죠?"

"몰라요, 그런 거. 짐작도 안 가요."

조금 전 가게 앞에서 만난 소녀의 어머니는 '플라자'와 왕래가 없었다고 했다. 아주 냉담하게 잘라내듯 하는 말투였다. 하지만 자식의 어렸을 적 친구라면 부모끼리 약간의 왕래는 있었으리라. 소녀의 어머니가 거짓말을 했다는 이야기인데, 왜 그랬을까? 아사바네 가족을 감싸기 위해서? 아니면 얽혀드는 걸 피하기 위해서?

소녀의 우울한 표정과 시금까지 한 이야기를 감안하면 이유는 후자 쪽에 있는 게 틀림없다. 분명히 예전에도 여러 차례 '아사바'로부터 피해를 당한 여자들이 이토 두부 가게를 찾아왔으리라.

"전에도 나 같은 사람이 아사바를 찾아온 적이 있나요?"

소녀는 고개를 끄덕였다.

"경찰?"

"형사가요. 그 녀석, 무슨 짓을 저지른 게 들통 난 것 같던데."

"언제쯤이죠?"

"글쎄요…. 반년쯤 전인가?"

소녀는 벽에 걸린 달력을 멍하니 바라보았다.

"그땐 아직 '플라자'가 영업을 하고 있었고, 아사바네 엄마도 있었어요."

"어떤 사건이었는데요?"

"잘 몰라요. 형사들이야 필요가 없으면 그런 내용은 이야기 하지 않는 법이니까."

묘하게 그쪽 사정을 잘 안다는 투로 소녀가 말했다.

"한 번 의심하기 시작하면 절대로 포기하지 않고."

준코는 가만히 소녀의 작은 얼굴을 바라보았다. 화장기는 없고, 어깨에 닿을락말락한 머리카락은 깔끔하게 빗어 귀 뒤로 넘겼다. 소녀의 양쪽 귀에 여러 개의 피어스 구멍이 뚫려 있는 게 보였다.

"내가 이 가게에 온 건 정말 우연이었어요."

준코가 말했다.

"그런데 다른 사람들은―경찰도 그렇지만―어째서 아사바 문제로 여길 찾아오는 거죠?"

"뻔히 알면서."

소녀가 웃었다. 웃으니 눈이 가느다래져 마치 어린애처럼 사랑스러운 얼굴이 되었다.

"몰라요."

"거짓말. 하긴 상관없죠. 다들 거짓말을 하니까. 언니도 예외 는 아니겠죠."

"……."

"내가 1년 전쯤까지 아사바 친구들과 함께 어울렸거든요."

"함께 어울렸어요?"

"그래요. 하지만 지금은 아니에요."

소녀는 대답하더니 눈에 힘을 주고 준코를 바라보았다.

"이미 끊었어요. 이젠 전혀 관계없어요."

단호하게 말했다. 그 말에 상당히 짙은 공포가 섞여 있다는 걸 준코는 알아챘다. 그냥 번거롭다고 생각하는 정도가 아니라, 자기는 그런 불량 청소년들과 다르다고 주장하는 정도가 아니라, 매우 절박한 공포에서 겨우 빠져나와 이제는 안전하다고 스스로에게 확인하는 듯한.

이 소녀는 아사바와 그 일당들에게서 도망쳐 나왔다. 지금 다시 생각해도 몸이 떨리는 공포를 맛보고.

다야마 초에 있는 폐공장에서 본 광경이 새삼 준코의 머릿속에 떠올랐다. 그걸 알기에 나는 네 기분을 잘 이해할 수 있어. 네 말을 믿을 수 있어. 준코는 마음속으로 중얼거렸다.

"나는 아오키 준코라고 해요. 도와줘서 정말 고마워요."

준코가 살짝 고개를 숙였다.

"아무것도 한 거 없어요. 너무 그러지 말아요."

소녀는 당황해서 손을 저었다. 그리고 부끄러움을 감추려는 건지, 얼른 몸을 뒤로 틀더니 큰 소리로 말했다.

"엄마, 안 들려?"

"들려."

바로 가까이에서 소리가 난다 싶었는데, 소녀의 등 뒤에 있는 유리를 끼운 문 밖에서 어머니가 얼굴을 내밀었다.

"어머, 거기 있었네."

소녀가 입술을 비죽 내밀었다.

"엿듣고 있었지?"

어머니는 아무 대답도 하지 않았다. 소녀의 등 뒤에서 딸을 지키듯 버티고 선 채 준코를 쏘아보았다. 머리에 썼던 흰 천을 벗었을 뿐인데 아까와는 전혀 다른 사람처럼 보였다.

어머니의 나이는 많아야 사십대 중반이리라. 아까 가게 앞에서 만났을 때는 얼굴의 윤기와 표정, 생기 넘치는 목소리 때문에 더 젊게 보였다. 하지만 흰 천을 벗은 머리카락과 함께 전체적인 모습을 보니 쉰 살은 넘어 보였다. 놀랄 정도로 흰머리가 많았다. 어쩌면 원래 흰머리가 많은 체질인지도 모르니 특별하게 생각할 일은 아닐 테지만 소녀의 이야기를 듣고 난 뒤라 그런지, 그 흰머리마저도 아사바와 어울려 다니던 딸 때문에 얼마나 애를 먹었는지 보여주는 증거처럼 보였다.

"정신이 들었으면 어서 돌아가."

날카로운 목소리로 소녀의 어머니가 말했다.

"우리 애를 더 이상 성가시게 하지 마."

"엄마, 그렇게 말하면 어떻게 해."

소녀가 나무랐다.

"넌 가만있어."

"가만있을 수 없어. 나하고도 관계가 있는 일일지 모르잖아."

"넌 이제 상관없어!"

어머니 또한 소녀 못지않게 두려워하고 있었다. 준코는 가슴이 아플 정도로 그 마음을 잘 이해했다. 어떤 사정이 있었는지는 몰라도, 아사바와 관련된 일 때문에 무서운 꼴을 당한 딸을 간신히 되찾았으리라. 당연히 더 이상 얽혀들고 싶지 않을 것이다. 더구나 딸이 관련되는 것은 바라지 않을 것이다.

"따님을 끌어들일 생각은 없습니다."

준코는 천천히 말했다.

"도와주셔서 감사합니다. 고맙습니다."

준코는 일어나려 했다. 소녀가 얼른 손을 뻗었다.

"괜찮아요? 좀 더 누워 있는 게 좋을 텐데. 아무래도 병원에 가보는 게 좋겠어요."

"노부에, 쓸데없는 소리 마. 얼른 돌아가라고 해. 엄만 이제 싫으니까."

"그럼 가만있어. 난 이 언니가 걱정된단 말이야."

소녀의 이름이 노부에인가? 준코는 소녀를 바라보며 미소 지었다.

"어머니 말씀이 맞아요. 아까도 이야기했지만, 나는 무슨 목적이 있어서 여길 찾아온 건 아니에요. 정말 우연이었어요. 그러니 더 이상 폐를 끼칠 순 없어요."

방을 나오니, 신발을 벗어두는 좁은 공간에 준코의 스니커가 가지런히 놓여 있었다. 노부에의 어머니가 코트를 가져와 말없이 건넸다. 준코는 고맙다는 인사를 하고 코트를 받아든 뒤, 가게 출입구를 향해 걸었다.

노부에가 아사바의 현재 주소를 모른다고 하는 이상 계속 달라붙어봤자 아무런 소용이 없다. 준코는 전투는 잘하지만 수색은 아마추어다. 생각보다 몸이 쇠약해져 있다는 사실도 준코의 마음을 약하게 만들었다.

가게 출입구 오른쪽에 흰 작업복을 입은 또 다른 사람이―아마도 노부에의 아버지가 분명했다―서서 일을 하고 있었다. 두부 팩에 자동으로 뚜껑을 덮는 기계 앞에서, 찰칵거리며 왼쪽에서 오른쪽으로 지나가는 두부들을 관찰했다. 뚜껑이 덮인 팩을 집어 들어 옆에 놓인 박스 안에 가지런히 놓았다. 익숙한 손놀림이었다.

"고마웠습니다. 폐를 끼쳐 죄송합니다."

준코가 인사를 하자 힐끔 돌아보았다. 굳은 표정에 화난 눈을 하고 있었다. 아무 말도 없이 바로 외면했다. 머리에 쓴 천을 벗으면 역시 흰머리일까, 하는 생각이 들었다.

　밖으로 나와서 역 쪽으로 걷기 시작했다. 거리도 여기저기 잠에서 깨어나고 있었다. 사람들도 조금 늘었다. 출근하는 이들이다. 바쁜 걸음으로 준코를 앞질러갔다. 그 사람들에게 부딪히거나 하면 또 비틀거릴 것 같아 준코는 조심스럽게 보도 가장자리를 걸었다. 전차보다는 택시를 타는 게 나을 것 같다. 택시비가 부족하지는 않을까—?

　"잠깐만요, 기다리세요!"

　뒤에서 부르는 소리가 들렸다. 뭔가가 휙, 하고 준코를 앞지르더니 브레이크 걸리는 소리를 내며 멈췄다. 자전거를 탄 노부였다. 흰 작업복을 벗고 청바지에 파란 풀오버를 입었다.

　"잠깐 기다리세요. 어디로 가는 거예요?"

　준코는 저도 모르게 미소를 지었다. 착한 아이라는 생각이 들었다.

　"집에 가는 거예요."

　"정말?"

　"물론. 거짓말 아니에요."

　"어떻게 갈 긴데요? 걸어갈 수 있어요?"

　"천천히 걸으면 아무렇지도 않아요."

　"아사바는 어떻게 할 거예요?"

　"다시 찾아봐야죠. 있는 곳을 모르면 아무것도 할 수 없으니까."

핸들을 잡은 채로 한쪽 발을 땅바닥에 딛고 몸을 지탱하며 노부에는 잠깐 생각에 잠겼다. 이윽고 다시 입을 열었다.

"무슨 일 때문에 아사바를 찾아온 거죠?"

"노부에 씨하고는 전혀 상관없는 일이에요."

"이야기를 들어보지 않고는 알 수가 없죠."

"걱정 말아요. 관계없으니. 그보다—."

준코는 이토 두부 가게 쪽을 돌아보았다.

"가게로 돌아가지 않으면 진짜로 아버지 어머니와 다투게 될 거예요. 난 노부에 씨가 야단맞는 게 더 걱정되는걸."

"상관없어요."

노부에가 대뜸 말했다.

"아버지나 어머니나 은혜를 모르니."

"은혜를 모른다고? 부모님이?"

노부에의 입에서 튀어나온 말치고는 얼마나 엉뚱한 소리인가. 오히려 부모 쪽에서 딸에게 그렇게 말하고 싶은 것 아닐까.

하지만 노부에는 "그래요, 은혜를 몰라." 하고 반복했다.

"나도 아사바 패거리에게 죽을 뻔했을 때, 모르는 사람이 도와줘서 목숨을 구했어요. 그런데 곤경에 처한 사람을 내버려두다니. 그것도 아사바 때문에 어려운 지경에 처한 사람을. 그러니 은혜를 모르는 것 아닌가요?"

노부에의 진지한 말투와 '죽을 뻔했다'는 말이 준코의 뺨을 때리는 듯했다. 노부에의 얼굴을 다시 바라보았다.

자기 말의 효과를 간파했는지 노부에는 고개를 크게 끄덕였다.

"그래요. 난 그놈들에게 죽을 뻔했어요."

노부에가 거듭 말했다.

"놈들은 그런 녀석들이에요. 그러니 어떤 문제인지는 몰라도 분명히 심각한 일이라는 생각이 들어요. 그래서 언니 혼자 아사바를 만나게 그냥 놔둘 수가 없어요."

역 근처에 작은 광장이 있고, 작고 예쁜 식물을 둘러싸고 벤치가 놓여 있었다. 두 사람은 거기에 나란히 걸터앉았다.

"언니, 안색이 창백해."

노부에가 준코의 얼굴을 들여다보았다.

"춥지 않아요? 어디 커피숍이라도 들어갈까?"

"난 괜찮아. 그리고 다른 사람이 들어서 좋을 이야기는 아니잖아? 여기라면 누가 들을 염려는 없으니까."

실제로, 점점 활기를 띠어가는 역 앞 아침의 분주함 속에서 두 사람만 남겨져 있는 듯했다. 하지만 그것이 준코에게 노부에에 대한 강한 공감 같은 것을 느끼게 했다. 이 소녀가 사랑스럽게 여겨졌다.

"아까 나한테 말했지? 내가 아사바 패거리에겐 좀 나이가 많은 편이라고."

"예, 그랬었죠. 아사바한테 당한 게 누구? 혹시 언니 여동생

아닌가? 그놈들은 연상의 여자는 노리지 않아. 적어도 내가 알기로는 그랬지. 어른을 끌어들이면 변명이 통하지 않을 거라고 했어."

"변명?"

"상대가 고등학생이거나, 학생은 아니라도 비슷한 또래라면 어쨌든 친구들 사이의 싸움처럼 보이잖아? 돈을 뜯는 정도는 당하는 애들도 그냥 두려워할 뿐이지 경찰에 신고를 하거나 하진 않아. 사람들이 지나다니는 길 한복판에서 해도 눈에 띄지 않고. 여자애들도 그래. 그놈들에게 낚여서 어슬렁어슬렁 따라가는 여자애가 상대라면 경찰이 보더라도 둘 다 똑같은 부류로 여기게 되지. 하지만 어른을 상대로 하면 이야기가 달라져. 만약 아사바 패거리가 직장에 다니는 아저씨를 협박하거나 여자 회사원을 차에 억지로 태우려고 하면 곧바로 큰 소동이 벌어지겠지."

고개를 끄덕이며 준코는 눈을 감았다. 노부에의 말이 맞다. 하지만 노부에가 아사바 일당에게서 빠져나온 뒤로 놈들의 방침이 바뀐 모양이다. 그것도 크게.

―그놈들이 사람을 죽였어. 어젯밤 데이트하는 커플을 습격해서 남자를 죽이고 여자는 납치해 어딘가에 감금했어. 그뿐만이 아니야. 다른 살인도 저지른 것 같아.

목구멍까지 그런 말이 올라왔지만 준코는 그냥 삼켰다. 노부에에게 이야기할 수는 없다. 어떻게 그런 걸 아느냐고 묻는다면 대답을 할 수가 없다. 사건 현장인 다야마 초의 폐공장에는 준코가 불태워 죽인 아사바 일당 가운데 세 명의 시체가 뒹굴고 있으니.

─지금쯤이면 이미 영안실에 들어가 있을 테지만.

그런 생각을 하자, 약해진 준코의 마음속에 희미한 승리감이 되살아났다. 눈을 뜨고 노부에의 얼굴을 보았다.

"내 여동생이 지금 아사바 패거리와 어울리고 있는 것 같아서."

노부에는 혀를 찼다.

"역시. 여동생이 미인이지? 언니도 예쁜걸."

"글쎄."

"아사바는 생긴 것만 따지죠."

"노부에 씨도 예뻐."

"그렇지 않아요."

노부에가 콧방귀를 뀌었다.

"못생겼다고 날 죽이려 했는걸. 그래서 여동생이 아사바 패거리와 어울리는 걸 말리려는 거로군요?"

"그래. 여동생이… 점점 더 나빠지고 있는 것 같아 걱정이야. 그 애 입에서 자주 아사바와 '플라자'라는 이름이 나왔어. 코트 주머니에 '플라자' 성냥이 들어 있기에 도대체 어떤 곳인지 한번 보려고 왔지."

"이렇게 이른 아침에?"

"스낵바 같은 데는 밤에 가기 싫어서. 그리고 사실은 출근하는 길에 들른 거야."

노부에는 다시 준코의 옷차림을 살피듯 위아래로 훑어보았다.

"언니, 회사 다녀요?"

"그래, 작은 회사. 하지만 오늘은 상처가 아파서 그냥 쉬어야겠어."

"그 어깨는 어쩌다 다친 거예요?"

"그냥, 별일 아니야."

스스로 생각하기에도 거짓말이 자연스럽지 못했다.

"미안하지만, 거짓말을 하고 있죠?"

노부에가 낮은 목소리로 말하자, 준코는 오히려 마음이 놓였다.

"뭔가 좋지 않은 일에 말려들었고, 어쨌든 아사바가 관련되어 있겠죠. 어떻게든 그걸 해결하려고 아사바를 찾아왔고. 거기까지는 사실일 거야. 하지만 그다음 이야기들은 거짓말처럼 들려요."

"미안해."

준코는 미소를 지었다. 그 미소만으로도 노부에는 이해하리라.

이해한 것 같았다. 노부에도 웃었다.

"나, 담배 한 대 피워도 될까?"

"응, 그래."

노부에는 벤치에서 일어나 바로 옆에 있는 자동판매기로 달려갔다. 청바지 주머니에서 동전을 꺼내 담배를 사더니 다시 주머니를 뒤지며 돌아왔다.

"라이터가…. 아, 있다."

벤치로 돌아와 라이터로 불을 붙이려 했지만 바람 때문에 잘 켜지지 않았다. 라이터에서 불꽃이 튀는 타이밍을 노려 준코는 살짝 눈을 깜빡거렸다. 그리고 노부에의 입에 물린 담배 끄트머리로 시선을 보냈다.

어린애에게 숟가락으로 음식을 떠먹일 때처럼 미세한 힘 조절이 필요했다. 열파를 아주 작게 조여 살며시 밀어내듯 담배 끄트머리로 보냈다.

라이터가 켜지지 않았는데도 담배 끝에 불이 붙었다. 노부에는 약간 놀라며 담배를 얼른 입에서 뺐다.

"어머?"

노부에는 담배와 라이터를 번갈아 보았다.

"몇 살이니?"

준코가 물었다.

"아, 나? 열여덟."

노부에가 담배 든 손을 저었다.

"하지만 괜찮아. 난 이제 학교에 안 다니고 일을 하니까."

"그래?"

"중학교 때부터 몰래 피웠어. 지금은 부모님도 알아. 이 라이터도 아버지가 생일에 사주었는걸."

칠보 공예가 들어간 예쁜 라이터였다.

"예쁜 라이터구나. 나도 담배 한 대 줄래?"

이번에는 열파를 내보내지 않았다. 노부에가 자기 담배에서 불을 옮겨 붙여주었기 때문이다. 두 사람은 함께 담배를 피웠다. 준코는 처음에 기침을 약간 했지만, 담배가 마음을 진정시켜주는 느낌이 들었다.

"네가 열여덟이면, 아사바도 같은 나이겠네?"

"응. 그 녀석도 학교를 다니지 않아."

"학생이 아니군."

하지만 그래도 미성년자다. 폐공장에서 처음 봤을 때는 스무 살쯤 된 걸로 생각했는데. 체격이 좋아서 그렇게 보인 모양이다.

"그 애 이름이 뭐야?"

"게이이치. 아사바 게이이치(浅羽敬一). 아니, 그 녀석 이름도 몰랐어?"

노부에는 담배를 바닥에 던지더니 발뒤꿈치로 짓이겼다.

"그놈이 나한테 무슨 짓을 했는지 보여줘?"

준코가 보자고 하기도 전에 노부에는 등을 돌리더니 풀오버의 뒷덜미를 위로 잡아당겼다.

"등을 봐."

노부에의 가냘픈 목덜미에서 귀밑머리와 솜털이 나부꼈다. 준코는 노부에의 등을 들여다보았다. 소름이 끼쳤다.

칼에 벤 상처였다. 커다란 X자가 그어져 있었다. 양쪽 어깨에서 시작해 등을 가로질러 양쪽 옆구리까지 이어진 듯했다.

한참을 그러고 있다가, 노부에는 다시 준코를 바라보았다.

"깊이가 2센티미터나 되었어."

그리고 옷매무새를 가다듬었다.

"칼로 이랬어. 길이가 20센티미터쯤 되는 것. 끝부분이 톱처럼 생긴 칼."

준코는 노부에 쪽으로 몸을 살짝 기울이고 말없이 이야기를 들었다. 바로 앞에 노부에의 얼굴이 있었다. 마음만 먹는다면 눈동자 깊은 곳까지 들여다볼 수 있을 것 같았다.

전체적으로 밝은 느낌이 드는 갈색 눈동자였다. 하지만 오른쪽 눈동자에는 바늘로 찌른 듯 새까만 부분이 있다. 거기에 노부에가 등에 입은 상처와 함께 마음의 상처, 공포의 순간이 응축되어 담겨 있는 것 아닐까 하는 생각이 들었다. 그 검은 점 안에 아직도 피비린내 나는 생생한 현장이 있는 것 아닐까 하는.

"이런 일을 당하는 바람에 그 일당에서 빠져나온 거구나?"

노부에는 고개를 끄덕였다.

"괜찮다면, 왜 이렇게 당했는지 말해주지 않을래?"

"별것 아냐."

노부에는 어깨를 움츠렸다.

"우린 그냥 심심했어."

그리고 머리 뒤로 두 손을 깍지 끼더니 몸을 젖혀 하늘을 보았다.

"주말… 토요일이었지. 그때 아사바는 이미 퇴학을 당했지만, 난 아직 다니고 있었어. 토요일 밤이라 좋았어. 학교에 가지 않아도 되니까."

"아사바도 같은 학교에 다녔니?"

"아니. 난 여고였어. 아사바는 시나가와 쪽에 있는 남학교."

노부에는 살짝 웃었다.

"우린 모두 머리가 형편없이 나빠서 그런 별 볼일 없는 고등학교밖에 갈 수가 없었어."

준코는 노부에의 웃음을 외면하고 눈을 돌려 발밑에 떨어진 담배꽁초를 바라보았다. 노부에는 혼동하고 있다. 학교 성적이 좋지 않은 것과 머리가 좋고 나쁜 것은 아무 관계가 없다. 뿐만 아니라 인간의 선악과 학교 성적은 전혀 관계가 없다. 준코가 다야마 초에서 우연히 마주친 아사바 게이이치는 흉악했지만 미련하지 않았다. 그리고 그런 인간이 가장 무서운 것이다.

"아사바 패거리는 몇 명 정도야?"

"인원이 정해진 패거리는 아니었어. 길거리에서 만난 애가 끼어드는 경우도 있었고."

"그래…? 그래도 아사바가 리더 격이었겠지?"

"응. 그 녀석과 다나카의 형하고."

"형?"

"응. 다나카 형제가 있었어. 동생은 우리하고 동갑인데, 형은 그때 스물이었거든."

"그럼, 그 사람은 차를 갖고 있었겠네?"

"갖고 있었지. 우린 늘 그 차로 여기저기 돌아다녔어. 머릿수가 넘칠 때는 아버지 차를 몰래 끌고 나오기도 하고."

"무면허로?"

"그래. 정말 제멋대로지?"

약간 도전적인 말투로 대답하며 노부에는 준코의 얼굴을 바라보았다.

준코는 기억을 떠올리려 했다. 다야마 초의 폐공장에서 태워 죽인 세 명 가운데 다나카 형제가 있었을까. 불꽃을 방사할 때 비명을 지르던 놈들 중 형제로 보이는 닮은 얼굴이 있었던가?

"다나카 형제는 이웃에 살아?"

"아니. 어디에 사는지 몰라. 아사바하고만 친해서. 동생이 아사바의 고등학교 같은 반인 것 같던데. 동생은 이름이 준이치여서 다들 '준'이라고 불렀지만, 걔네 형은 그냥 형이라고만 했어. 이름을 제대로 들어본 적이 없어."

"네 등을 칼로 그렇게 만들 때 그 애들도 있었니?"

"있었어."

노부에는 입을 꾹 다물고 흐흥, 하며 웃었다.

"아사바가 나를 올라탄 채 칼질을 하는 동안, 준이 내 다리를 잡고 있었어. 걔네 형은 담배를 피우며 구경했고."

준코는 저도 모르게 눈을 크게 뜨고 노부에를 보았다. 노부에가 새 담배를 꺼냈다. 준코는 천천히 말했다.

"지금 얘기를 들어보면, 다나카 형제 중에서 형이라는 사람이 그 패거리의 우두머리로 보이는데?"

힘겹게 라이터를 켜서 불을 붙이더니, 노부에는 담배를 깊숙이 빨았다.

"모르겠어…. 난 늘 아사바가 리더라고 생각했어. 나를 이렇게 만들 때도 다나카의 형은 얼어서 가만히 있었던 것 아닐까? 그 사람만이 아니지. 아사바 이외에는 다들 얼었어."

"하지만…."

"내가 등에서 피를 줄줄 흘리며 울부짖자 준이 겁이 났던 모양이야. 이제 그만하라고 아사바에게 말하자 그 녀석이 화를 내며 되려 준한테 칼을 휘둘렀어. 난 그 틈에 일어나 도망친 거야."

노부에가 멍한 표정으로 말을 이었다.

"죽어라 달렸지. 어떻게든 도망쳐야 했어. 아사바가 뒤를 쫓아오다 돌아서더니 차로 돌아갔어. 차를 타고 나를 잡으려는 거라고 생각했지. 잡히면 죽일 게 분명했어. 그래서 상처가 너무 아프고 현기증 때문에 비틀거리면서도 멈추지 않고 계속 달렸지. 그때 마침 지나가던 트럭이 보이기에 온 힘을 다해 손을 흔들어—."

"어디서 그런 일이 있었니?"

"와카스 매립지. 알아?"

"도쿄 도내(都内)야?"

"그럼. 여기하고 같은 고토 구야. 유메노시마 쪽이지."

"거기서 뭘 했는데?"

"커다란 쥐가 있었어."

노부에는 두 손을 30센티미터 정도 되게 벌렸다.

"꼬리 끝까지 계산하면 이만큼 크지. 그 쥐를 쫓아다니며 죽이기도 하고, 쏘기도 하고—."

노부에가 문득 입을 다물었다. 준코는 시선을 돌리지 않고 노부에를 뚫어지게 바라보았다.

"총을 가지고 있었어?"

노부에는 대답하지 않았다.

"갖고 있었구나. 괜찮아. 이제 와서 놀랄 일도 없어. 그럴 거라고 생각했으니까."

이번에는 노부에가 놀란 모양이다.

"어떻게?"

노부에의 눈이 휘둥그레지더니, 이어서 입이 크게 벌어졌다.

"혹시… 언니, 그 어깨의 상처. 아사바가 쏜 거야? 그런 거야?"

준코는 대답하지 않고 어깨의 상처를 한 손으로 감쌌다.

"아사바는 총을 갖고 있어. 그렇지?"

노부에는 고개를 끄덕였다.

"네 등을 그렇게 만들 때도 가지고 있었어?"

"응."

"그렇다면 이상하군. 트럭 운전기사가 널 구해줬다고 했잖아? 당연히 그 사건은 널리 알려졌을 테고? 그런데 어째서 경찰이 가만히 있었을까? 네가 정확하게 봤어. 난 아사바가 쏜 총에 맞았어. 대단한 상처는 아니지만. 아사바는 지금도 총을 가지고 있어. 어떻게 1년 전 네가 그 일을 당했을 때 경찰에 압수되지 않은 거지?"

노부에는 눈에 띄게 허둥대기 시작했다. 그 모습만으로도 준코는 진상을 알 수 있었다. 놀랐다.

"너, 경찰에 신고하지 않았니?"

"응…."

"아니…. 어떻게 그런 일이 있을 수 있지? 구해준 운전기사도 깜짝 놀라서, 경찰이나 병원에 가자고 했을 텐데."

어찌해야 할지 모르겠다는 듯 노부에가 헤헤, 하며 웃었다.

"그 트럭도 문제가 있었어. 뭔지는 몰라도 버리면 안 되는 쓰레기를 몰래 투기하고 돌아오는 길이었던 모양이야."

폐기물 불법 투기?

"그러니 경찰 같은 데는 갈 수가 없지 않겠어? 병원도 경우에 따라서는 위험하고…. 그런 입장인데도 운전사는 내가 비명을 지르며 손을 흔들자 트럭을 세워주었어. 모른 척하고 지나치지 않았어. 착한 아저씨였어. 그 사람이 집까지 태워다줬지. 그리고 창백한 얼굴로 떠났지. 그다음에는 부모님이 마무리를 했어."

"부모님이 경찰에 신고하겠다고 하지 않았어?"

노부에는 전기라도 통한 듯 움찔, 하더니 심각한 표정으로 자세를 고쳐 앉았다.

"내가 하지 말라고 부탁했어."

"왜?"

"신고하면 우리 세 식구를 진짜 죽일 거라고 생각했기 때문에."

준코는 다시 노부에의 눈동자 안에 있는 검은 점을 보았다. 거기 새겨져 있는 두려움을 보았다.

"그게 옳았다고 생각하니?"

준코가 조용히 물었다.

"잘했다고 생각해."

노부에도 낮은 목소리로 대답했다.

"옳은지 그른지는 몰라. 하지만 잘했다고 생각해. 내가 이렇게 살아 있으니까."

목을 살짝 움츠리더니 말을 이었다.

"집까지 도망쳐 온 내가 잠든 사이, 아사바한테서 전화가 왔어. 다음 날이던가, 이틀쯤 지나서였나. 그때 아버지가 그 녀석에게 이제는 나를 끌어들이지 말라고 했어. 그냥 놔둬주면 이번 일을 시끄럽게 만들지 않겠다고."

준코가 보기에 그 거래는 무척 위험해 보였다. 주도권이 완전히 아사바에게 있었다. 녀석은 그 거래를 받아들일 수도 있고 깨뜨릴 수도 있다. 그게 깨질 때는 노부에가 두려워하듯 가족이 몰살당하는 결과를 초래할 것이다. 침묵을 지킨다고 해봐야 가족의 안전이 보장되지도 않는다.

"아사바가 키들키들 웃더래."

노부에가 말했다.

"그놈은 알고 있었던 거야. 누가 강한지를. 게다가 나도 그놈들과 함께 어울리면서 경찰이 알게 되면 골치 아플 만한 짓을 꽤 저질렀고."

"그걸 네 아버지도 알고 계셨겠지."

"그래. 그래서 경찰에 신고할 수 없었어. 내 앞날에도 지장이 있다면서."

그러고는 하하하, 하고 소리 내어 웃었다.

"앞날 따윈 없는데."

"있잖아. 지금은 부모님과 함께 일을 하고."

노부에는 고개를 거칠게 저었다.

"그게 내 평생의 직업이 될 리는 없잖아."

"그거야 아직 모르지만…."

"어떻든 별 볼일 없고 따분한 인생이야."

노부에는 머리카락을 쓸어 올렸다.

"일하고, 먹고, 자고, 또 일하고. 화끈한 게 없잖아. 부자가 될 수도 없어. 세상에는 훨씬 더 재밌는 일들이 있고, 잘사는 놈들도 많은데."

"그렇지만은 않아."

"왠지 나 혼자만 형편없는 신세라는 느낌이 들어. 그래서 화가 나."

준코는 막연하기는 하지만 노부에가 한때나마 아사바 일당과 어울린 이유를 알 수 있을 것 같았다. 그녀를 아사바 패거리쪽으로 이끌게 만든 것이 무엇인지 조금은 알 것 같았다.

권태와 울분인가?

그랬다. 언젠가 준코가 처치한 4인조. 놈들도 그런 소리를 했다. 세상이 재미없다고. 뭔가 화끈한 일을 하고 싶다고. 자유로운 세상이니 뭘 하든 괜찮다고. 나는 심심한데, 신나게 사는 녀석이 있다는 게 마음에 들지 않는다고.

노부에의 말에도 조금이긴 하지만 그런 마음이 있었다. 그리고 그런 마음은 지금도 그다지 변하지 않았다. 그저 '아사바'가 무섭다는 사실을 알았을 뿐. 아사바와 얽히면 안 되겠다는 걸 깨달았을 뿐.

앞으로 마주칠 아사바가 전혀 다른 얼굴을 하고 있다면 노부에는 역시 가족을 위험에 빠뜨리고, 나아가 사회에 해악을

끼치는 인물을 놓아준 결과가 될지도 모른다. 하지만 노부에
는 전혀 깨닫지 못하고 있다.

이 소녀가 진짜 피해자일까? 아니면 과거의 피해자이고, 잠
재적인 미래의 가해자일까?

준코는 생각에 잠겼다. 나는 이런 애를 위해 원수를 갚을 수
있을까?

이런 경우는 처음이었다. 용기가 모자란 탓에 복수를 하지
못하는 남자를 딱 한 사람 만난 적이 있지만—.

그 남자의 얼굴이 뇌리를 스쳤다. 준코는 얼른 눈을 깜빡거
렸다. 그렇게 하면 계속해서 못 본 척, 생각나지 않는 척할 수
있다.

"이 동네는 이웃끼리 친하게 지내기 때문에 내가 아사바 패
거리하고 어울렸다는 이야기는 이미 소문이 파다해. 그러니
언니가 우리 가게 앞에서 쓰러지지 않았다 하더라도 '플라자'
를 찾아 이리저리 묻고 다니다 결국은 나를 찾아오게 되었을
거야. 두부 가게 이토 씨의 딸 노부에가 그 애들과 어울렸지,
라는 이야기를 듣고. 하지만 우린 장사를 하기 때문에 이사를
가는 것도 쉽지가 않아. 나야 조만간 집을 나갈 생각이지만."

만약 노부에가—가령 등에 상처가 있다 해도, 속으로 아사
바를 두려워하고 있다 해도—아직 아사바와 붙어 다닌다면
서슴지 않고 함께 태워 죽일 거라는 생각이 들었다. 자진해서
흉기와 어울리는 인간도 마찬가지로 흉기다. 그게 준코의 사

고방식이고 방침이다. 그렇다면 역시 이 소녀도 가해자가 아닐까.

하지만 한편으로는 안타깝다는 생각도 들었다. 노부에는 친절했다. 걱정을 해주기도 했다. 그래서 저도 모르게 이렇게 말했다.

"넌 이제 아사바하고 어울릴 생각은 없는 거지?"

노부에가 펄쩍 뛰었다.

"무슨 소릴. 죽어도 그러지 않을 거야."

"억울하지 않아? 등에 그런 상처를 입었는데. 복수하고 싶다는 생각은 들지 않아?"

노부에는 고개를 갸웃거리며 준코의 얼굴을 물끄러미 바라보았다.

"평범한 인간이 악마에게 복수를 해? 악마한테 당하면 도망치는 방법밖에 없어."

준코는 미소를 지었다.

"그렇구나. 여러모로 고마워."

"―가려고?"

"응. 달리 뭘 할 수 있겠어? 나도 평범한 인간인걸."

새빨간 거짓말이었다. 아오키 준코는 인간이 아니다. 나는 인간이 아니다. 나는 장전된 한 자루의 총이다. 늘 표적을 찾고 있다.

올바른 표적을.

"그런데, 이야기가 나온 김에 좀 가르쳐주지 않을래? 아사바 패거리가 드나들 만한 장소 말이야. 넌 그 애들하고 헤어진 지 1년이 지났지만 단골 가게나 모이는 곳이 그리 자주 바뀌지는 않을 텐데."

"찾아가려고?"

준코는 웃어 보였다.

"아니. 방금 말했잖아. 나한텐 무리야."

노부에는 의심스럽다는 눈치였다. 준코를 약간 두려워하기 시작한 것처럼 보였다.

"그 녀석들은 '플라자'에서 모였어. 그래서 그 가게가 없어진 뒤로는 모르겠어. 게다가 늘 차를 타고 편의점이나 패밀리 레스토랑 같은 데를 돌아다니니까."

"아사바가 지금 누구와 함께 있을지 짐작이 안 되니? 아까 이야기한 다나카 형제라거나."

노부에는 고개를 저었다.

"말했잖아. 얼굴은 알아도 어디 사는 누군지 자세한 건 몰라. 우린 그런 사이였어. 패거리 중에서 나하고 아사바의 관계가 오히려 묘했지. 소꿉친구라는 게."

"연락은 서로 어떻게 했어?"

"밤중이나 주말에 플라자로 가면 누군가가 있는 식이었어."

얼굴은 안다. 행동도 함께한다. 서로 연락도 취한다. 하지만 이름도 성도 정확하게는 모른다. 일상을 떠난 익명의 관계다.

우정 같은 것도 아니다.

"하지만 네 쪽에서 누군가에게 전화를 건 경우도 있지 않았을까?"

"있기는 했는데—. 거기서 빠져나왔을 때 아버지가 내 주소록하고 호출기를 내다버렸어."

준코는 살짝 혀를 찼다. 노부에가 눈을 크게 떴다. 노부에에 대한 준코의 감정 변화를 본인도 느낀 모양이다.

"나, 거짓말하는 거 아니야. 화내지 마."

노부에가 작은 목소리로 말했다.

"아사바의 어머니가 지금 어디 사는지 모르니?"

"몰라. 아사바의 아버지 묘지가 어딘지는 알지만."

"묘지?"

아사바의 아버지가 세상을 떴나?

"그 녀석이 중학교 1학년 때 죽었어. 목을 매서."

"자살한 거니?"

"응. 다니던 공장이 망해서 해고를 당했대."

그제야 생각이 났다. 그러고 보니 그 폐공장에서 그런 이야기를 했었다.

—아사바, 이런 데를 어떻게 알고 있지?

—아버지가 예전에 여기서 일했으니까.

—그건 한참 된 이야기잖아? 네 아버지 그 뒤로는 일 나가지 않지?

—몰라. 관계없어.

그게 아사바의 아버지 이야기였던가?

경찰에 알려야 한다. 그 폐공장의 옛 종업원들을 찾아내 아사바를 추적하는 것은 준코가 할 수 있는 일이 아니다. 경찰이 할 일이다. 인질인 '나쓰코'가 있는 곳을 찾아내지도 못한 채 그저 시간만 흘러가는 지금 상황에서 준코가 제일 먼저 해야 할 일은 알아낸 정보를 경찰에 알려주는 것이다.

"아사바의 아버지 이름, 뭐였는지 알아?"

"모르겠어."

"묘지는 어디지?"

"아야세에 있는 사이호지(西芳寺)라고 하는 절이야."

"그런 걸 어떻게 알고 있지?"

노부에는 준코의 심각한 표정에 몸을 약간 뒤로 물렸다.

"몇 차례 간 적이 있으니까…."

"뭘 하러?"

"몰라. 아사바만 들어가고 난 기다렸어. 오래된 절인데, 낮에는 누구든 드나들 수 있는 곳이었어."

"고마워."

준코는 몸을 돌렸다. 전화, 전화를 찾아야 한다.

노부에가 벤치에서 일어났다.

"저기, 언니."

준코는 잘 있으라는 인사를 던지듯 어깨너머로 손을 흔들었다.

"언니는 누구야? 대체 무얼 하려는 거야?"

노부에는 모르는 편이 낫다. 그래서 준코는 대답하지 않고 계속 걸었다.

다시 노부에를 만날 일이 없으면 좋을 텐데. 부모와 함께하는 조용한 삶 속에서 나름의 행복과 목표를 발견하면 좋을 텐데. 등에 난 상처는 어쩌면 다른 사람이 당할 일을 자신이 대신 당해 인생이 바뀐 것이라고 생각해주면 좋을 텐데. 그리고 무엇보다 '아사바'가 아직 노부에의 마음속에 깃들어 있다는 사실을 깨달아주면 좋을 텐데.

준코는 노부에가 그런 것들을 깨달아주길 진심으로 바랐다. 왜냐하면 이미 알고 있기 때문이다. 자신의 권태, 불만, 욕구를 죄 없는 다른 사람의 목숨과 바꾸려는 인간의 최후가 어떻게 되는가를. 적어도 나, 아오키 준코가 그런 놈들을 어떻게 다루는가를.

사건 현장인 다야마 초의 폐공장 주위에는 '출입 금지' 로프가 쳐져 있었다. 구경꾼들이 둘러싸 그 일대가 갑자기 소란스러워졌다.

이시즈 치카코는 로프 바로 안쪽에 서서 팔짱을 끼고 공장의 낡은 벽을 올려다보았다. 함석은 여기저기 갈라지고, 페인트칠은 벗겨지고, 빗물 홈통의 일부가 부서져 지붕 끄트머리에 매달려 있다. 몰락한 공장의 모습이 곳곳에 남아 있어, 마치 메마른 공기 속에 몸을 감쌀 코트도 없이 추운 듯 등을 웅크리고 있는 노인을 떠올리게 했다.

누구도 불을 목격하지 못했겠군, 이라고 치카코는 생각했다.

현장 검증을 하느라 푸른 제복을 입은 감식 담당자들이 바삐 움직이고 있었다. 지금 치카코가 서 있는 울타리 안쪽 부분은 지면을 샅샅이 훑는 유류품 수사가 막 끝난 곳이었다. 아직 다른 곳을 마음대로 돌아다닐 수 없었다. 감식 담당자들도 폭 50센티미터 정도의 정해진 통로로만 다녔다.

네 구의 시체는 아직 공장 안에 있다. 사진 촬영에 시간이 걸렸다는 얘기다. 공장 내부가 너무 어둡고 전기도 들어오지 않아 고감도 필름을 사용한 뒤, 외부에서 광원을 끌어들여 다시 촬영했다.

경찰은 낮임에도 어두운 현장 때문에 애를 먹었지만, 시체 옆에 손전등 하나가 떨어져 있는 것을 발견했다. 피해자의 것인지 가해자의 것인지는 모르지만 사건 관계자 중에 여기가 어둡고 전기가 들어오지 않는 곳이라는 사실을 아는 인물이 있다는 증거이리라. 여기서 무엇을 할 생각이었는지는 몰라도 미리 준비를 한 것이다.

공장 내부로 들어올 수 있는 방법은 하나뿐이다. 건물 동쪽 벽에 있는 철문의 경첩이 떨어지고, 문을 움직인 흔적이 보였다. 그곳 말고는 들어올 길이 없다. 정문은 물론이고 공장 건물 정면에 있는, 앞뒤로 열리는 철문에도 자물쇠가 있고 쇠사슬까지 감겨 있었다. 거기에는 손을 댄 흔적이 보이지 않았다.

지금은 정문이나 공장 철문도 활짝 열려 있고, 경비 경찰이 서 있다. 철문 안쪽에는 파란 비닐 시트가 커튼처럼 드리워져 시야를 가렸지만 찬바람에 시트가 펄럭일 때마다 구경꾼들이 안을 들여다보려고 까치발을 하거나 서로 밀쳤다.

치카코는 다시 공장 벽을 올려다보았다. 공장은 3층 건물 정도의 높이였다. 2층쯤 되는 부분에 창문이 있었다. 유리는 깨져서 일부가 떨어져나갔고, 남아 있는 유리에 누군가가 대충 테이프를 붙여두었지만, 그 테이프가 지저분한 걸로 보아 상당히 오래전에 붙인 것 같았다. 창틀 윗부분에 오래되어 회색으로 변한 새집 같은 것이 눈에 들어왔다. 공장이 조업을 할 때는 소음이 심해 새가 집을 짓지 않았으리라. 문을 닫은 뒤에 제비나 참새, 직박구리 같은 작은 새들이 와서 집을 지었을 것이다. 하지만 그들도 얼마 있다가 이곳을 떠나고, 다시 적막해진 이 공장에 마지막으로 찾아온 것이 살인사건인 셈이다.

─저 창문.

치카코는 생각했다. 인간이 완전히 재로 변할 정도의 불길이 저 창문에 비치지 않았을 리 없다. 하지만 지금까지 인근 주민들로부터 그런 불을 목격했다는 신고는 들어오지 않았고, 관할 소방서나 인근 파출소도 전혀 이상을 감지하지 못했다. 누구도 불길을 보지 못했다는 얘기다.

하지만 안에는 바싹 타버린 시체가 있다. 태워 죽인 것인지, 타 죽은 것인지 아직은 모르지만 불에 탄 것은 분명하다. 그렇다면 불은 거의 순간적으로 타올랐다가 상당히 높은 온도를 유지하면서 그들을 단숨에 태워버리고 바로 꺼졌다는 이야기가 된다.

자세한 내용은 부검을 해보기 전에는 뭐라고 말할 수 없다. 시체의 피부, 내장, 뼈가 어떤 상태인지를 조사해야만 시체가 타는 데 걸린 시간, 최고 온도 등을 추정하는 작업에 들어갈 수 있다. 하지만 쭉 둘러보는 것만으로도 치카코는 이번 사건이 '그것'―아라카와 강변 남녀 4인 살인사건과 같은 수법이라는 사실을 알 수 있었다. 소름이 끼칠 정도로 아주 비슷한 냄새가 풍겼다.

그렇다. 사건 자체는 그야말로 냄새가 난다. 하지만 시체에서 냄새가 나지 않는다는 점까지도 아라카와 사건과 이번 사건은 비슷하다. 물론 살이 탄 냄새는 난다. 그렇지만 살아 있는 인간을 이만큼 태워버리기 위해서 절대적으로 필요한 것, 연소 촉진제의 냄새가 나지 않는다. 뭐든 상관없다. 가솔린, 신나, 석유. 촉진제를 쓰지 않으면 짧은 시간에 사람 하나를 태워버리는 일은 불가능하다. 그리고 일반적으로 연소 촉진제는 모두 독특하고 이상한 냄새가 난다. 예외적인 것으로 로켓 연료가 있지만 그것은 쉽게 손에 넣을 수 있는 게 아니다.

이번 사건과 관련해 치카코는 정식 수사 멤버가 아니라 방화반에서 파견한 옵서버 같은 위치였다. 그래서 지금도 이렇게 현장 검증이 끝날 때까지 대기하고 있는 것이다. 하지만 이곳에 도착했을 때, 반드시 필요하다고 고집을 부려, 옵서버의 권한을 넘어선 일을 가장 먼저 했다. 공장 내부로 들어가서 시체에 접근해 냄새를 맡은 것이다.

정말로 연소 촉진제가 사용되지 않았는지에 대해서는 시체 자체와 피부, 입고 있던 옷의 재, 현장의 흙 등을 채취해 분석해야만 확인할 수 있다. 하지만 수사관이 코로 냄새를 맡아보는 것도 중요하다. 경험이 풍부한 방화(放火) 수사의 베테랑이라면, 냄새만으로도 어떤 연소 촉진제가 사용되었는지를 알아낼 수 있다.

하지만 여기서는 아무런 냄새도 나지 않았다. 치카코는 아직 방화 수사의 베테랑이라고 할 수 없지만, 이 문제와 관련해 감식과의 가스 크로마토그래피(gas chromatography: 열 안전성이 좋고 휘발성인 유기·무기화합물을 분리하는 기술-옮긴이)는 치카코와 같은 분석 결과를 내놓을 것이다.

아라카와 사건도 그랬다. 현장에 도착한 수사관들은 그 어떤 연소 촉진제의 냄새도 맡지 못했다. 가스 크로마토그래피 또한 현장의 공기 중에서 아무것도 잡아내지 못했다. 그 사건에서도 누가 무엇을 이용해 불을 지르고, 무엇을 이용해 높은 온도로 연소시켰는지 아직 밝혀지지 않았다.

"이시즈 선배."

부르는 소리에 뒤를 돌아보니 시미즈 구니히코가 로프를 빠져나와 이쪽으로 다가오고 있었다. 이토 경부에게 보고하기 위해 잠깐 빠져나갔다 돌아오는 길이다.

"아직 이야기 안 해줍니까?"

시미즈는 불만스러운 투로 말했다.

"언제까지 기다리게 하려는 거야."

"성미 한 번 급하네."

"하지만 저도 수사에 참여할 권리가 있다고요."

이 사건은 수사1과 4계가 담당하게 되어서 시나가와라는 삼십대 중반의 경부가 현장을 지휘하고 있었다. 치카코는 시나가와 경부와 직접적으로 인사를 나눈 적은 없었다. 이토 경부의 말로는 상당한 실력을 갖춘 반면 고집이 세서 남의 의견에 귀를 잘 기울이지 않는 사람이라고 한다. 치카코가 방화수사반으로 오기 전 미나토 구에서 일어난 금융업자 일가 강도 살인 방화사건 때 그와 함께 일한 적이 있는데, 그 고집 때문에 난처한 적이 많았다고 했다.

"너무 그렇게 부루퉁한 얼굴 하지 마."

치카코가 달래듯 말했다.

"이 사건은 방화라기보다 살인을 하기 위한 수단으로 '불'을 이용한 사건이니까."

"그거야 말씀 안 해도 알고 있죠."

"경부님은 뭐래?"

"정보 수집이 가장 중요하다고."

치카코는 고개를 끄덕였다. 시미즈는 부루퉁한 표정으로 입을 다물었다. 하지만 그도 실은 상황을 모르는 게 아니라 그저 불만을 드러내고 싶을 뿐이다. 실제로 치카코보다 약간 먼저 도착한 그는 막 현장 검증을 시작하려는 감식 요원들에게 방화수사반으로서 특별히 조사할 필요가 있는 항목을 몇 개 적어준 터였다.

"시나가와 경부가 우리한테 아무 설명도 하지 않기에 좀 전에 슬쩍 찔러보고 왔는데요."

시미즈가 말을 이었다.

"가장 먼저 신고한 사람은 여자라고 합니다. 젊은 여자 목소리였대요. 그 신고가 없었다면 한동안 여기에 네 명의 시체가 있다는 사실을 아무도 눈치 채지 못했을 거예요."

"공장 밖에서 보면 알 수가 없지."

치카코도 고개를 끄덕였다.

"인근 사람들이 아무도 불을 보지 못했다는 이야기는 들었어."

"언제부터 문을 닫은 거지? 이 공장 말이에요."

치카코는 경찰수첩을 꺼내 메모한 페이지를 넘기며 말했다.

"원래는 이사야마 철강이라는 회사였대. 도산해서 사장이 도망간 게 1991년 봄쯤이고. 버블 경제가 무너질 무렵이군."

"7년 전인가요…?"

시미즈는 눈썹을 슬쩍 들어 올리며 치카코를 보았다.

"이시즈 선배, 탐문 수사 했어요?"

치카코는 고개를 저었다.

"구경꾼 중에 이 부근에 사는 사람들이 있었는데, 그들이 하는 이야기를 들었을 뿐이야. 그러니 증거를 확보하기 전에는 확실하다고 할 수 없지만, 이웃 사람들은 의외로 또렷하게 기억을 하는 법이니까."

시미즈는 마른 어깨를 움츠렸다.

"조심해야 할 아줌마들 수다 아닙니까?"

"이런 이야기를 한 건 아저씨들이었어. 그래, 맞아. 이사야마 철강의 채권자인지, 한때 야쿠자 같은 남자들이 여기를 출입하던 시절도 있었대. 그 남자들이 문의 경첩을 부쉈을지도 모르지."

"아, 그래요?"

시미즈는 다시 부루퉁한 표정을 지었다.

그때 파란 비닐 시트가 젖혀지더니 4계에 있는 형사 하나가 얼굴을 내밀었다.

"자, 이리로."

형사가 손짓을 하며 불렀다. 치카코와 시미즈는 통행이 허락된 길을 따라 그쪽으로 달려갔다.

비닐 시트 안쪽은 수사관들이 끌어온 불빛에 전체적으로 눈이 부실 만큼 환했다. 형사들이 몇 있었지만, 치카코의 시선은 땅바닥에 누운 네 구의 시체에 꽂혔다. 마치 부름을 받기라도 한 듯 치카코는 그쪽으로 다가갔다.

한 명은 오른쪽에 있는, 물이 찬 수조 옆에 주저앉듯이 쓰러져 있었다. 나머지 세 명은 그 반대쪽, 벨트 컨베이어와 부품 수납장 같은 것이 있는 곳에 모두 머리를 왼쪽 벽으로 향한 채 쓰러져 있었다.

시체 세 구의 자세는 제각각이었다. 천장을 보고 누워 두 손을 펼치고 있는 사람, 기어가는 자세를 취한 사람, 자면서 뒤척일 때처럼 오른쪽 옆구리를 바닥에 붙이고 머리는 땅바닥에 댄 사람.

게다가 왼쪽 세 구의 시체와 오른쪽 한 구 사이에는 극단적인 차이가 있었다. 왼쪽 세 구는 시커멓게 탔지만 오른쪽 한 구는 전혀 타지 않았다. 옷과 피부가 검게 보이는 부분도 있지만 가까이 가서 살펴보니 그을음을 뒤집어쓴 것뿐이었다.

게다가 이 한 구의 시체엔 유독 선명한 출혈과 얻어맞은 상처가 있었다. 4계 형사들을 제쳐놓고 시체 관찰에 정신이 팔린 치카코를 시미즈가 팔꿈치로 찌르며 끌어당겼다. 치카코가 타지 않은 시체의 상처를 가리키자 시미즈가 약간 상기된 목소리로 말했다.

"총상 아닙니까?"

치카코는 짧은 묵념을 올리고 정확히 네 구의 시체 중간 지점에 모여 수군거리는 형사들 쪽으로 다가갔다. 그들 한가운데 있는 작지만 단단한 체격의 남자가 시나가와 경부다.

"방화반의 이시즈와 시미즈입니다."

치카코가 고개를 숙이자, 경부가 턱을 끄덕였다.

"이토 경부한테 이야기는 들었습니다. 우리로서는 시체를 태우기 위해 무엇이 사용되었는지, 그걸 밝히는 데 협조를 부탁드리고 싶습니다만."

뜻밖에 부드러운 말투였다. 딱딱한 돌멩이도 모서리는 둥근 법인가?

"지금 단계에서는 방화반이 우리 팀에 들어와도 별로 할 일이 없을 겁니다. 감식 분석 결과나 부검 결과도 나오지 않았으니. 그런데 전에 비슷한 수법의 사건이 있었다면서요? 그쪽을 알아봐주시겠습니까?"

"아라카와 강변 사건입니다."

치카코가 말하자, 시나가와 경부 옆에 있던 땅딸막한 남자가 얼른 말했다.

"2계에서 담당한 사건 말이군. 기누 씨가 수사하고 있지."

2계의 기누가사 순사부장을 말하는 모양이다.

"아라카와 경찰서에서는 수사를 계속하고 있습니다. 사실 저희는 맨 먼저 그 사건과의 관련성을 생각했습니다."

"너무 서둘러 단정하는 건 좋지 않아."

조금 전의 그 땅딸막한 형사가 말했다.

"그 사건은 나도 아는데, 이번 경우하고 다른 부분도 많아.

총 문제도 그렇고."

시미즈가 발끈했다.

"타지 않은 시체에 분명히 총상이 있더군요."

땅딸막한 형사가 눈썹을 추켜세웠다 내렸다.

"헤에, 그걸 보기는 했군?"

시미즈가 뭐라고 대꾸하며 덤빌 것 같아 치카코는 약간 앞으로 나서며 그를 제지했다.

"오늘 밤 수사 회의 때까지 아라카와 강변 사건에 관한 자료를 모을 수 있는 데까지 모아보겠습니다. 그리고… 시체를 운반하기 전에 30분가량 볼 수 있을까요? 소견을 기록해두고 싶습니다."

"그러시죠."

시나가와 경부가 쌀쌀맞게 대답했다.

"히구치, 자넨 여기 있어. 난 차로 갈게."

시나가와 경부를 따라 나머지 두 명이 나갔다. 남은 사람은 히구치라고 불린 그 땅딸막한 형사뿐이었다.

"자, 편하게 보셔. 하지만 얼른 정리해줘. 빨리 부검하고 싶으니까."

어차피 아무것도 알아내지 못할 거라는 투였다. 치카코는 시미즈를 끌어당겨 시체 검안에 들어갔다. 히구치가 빈정거리는 눈빛으로 바라보고 있는 게 등 뒤로 느껴졌다.

조사한 소견을 정리하고 히구치에게 알리자 그는 거만한 태도로 비닐 시트 밖으로 나가더니 소리를 질러 감식 요원들을 불렀다. 그들이 시체를 들고 나갔다. 그것을 지켜본 뒤 히구치도 밖으로 나갔다.

치카코는 히구치에게 살짝 고개를 숙이고, 기다렸다는 듯이 불만을 토해내려는 시미즈를 말리며 그의 뒤쪽을 가리켰다.

"이거, 눈치 챘어?"

시미즈는 부루퉁한 표정으로 뒤를 돌아보았다. 그는 작업용 공구 따위를 넣어두는 데 쓰이는 선반 앞에 서 있었다. 숯덩이가 된 세 구의 시체 중 하나가 바로 이 옆에 쓰러져 있었는데, 그 시체의 오른손 끝이 그 선반 밑 부분에 닿아 있었다. 시체의 위치를 표시한 흰색 테이프가 땅바닥에 붙어 있다.

"이거라니, 뭐죠?"

치카코가 쭈그리고 앉아, 선반의 밑부분을 손으로 가리켰다.

"이거 말이야. 몸을 숙이고 봐."

시미즈는 시키는 대로 했다. 그의 눈이 휘둥그레졌다.

"녹았네…."

선반의 밑부분이 녹아서 모양이 일그러져 있었다. 자세히 관찰하지 않으면 알 수 없지만, 전에는 곧았을 부분이 안쪽으로 휘어져 곡선을 그리고 있다.

시미즈가 눈을 크게 뜬 채 검은 선반을 올려다보며 한 손으로 두드렸다. 금속 소리가 났다.

"철제 선반이죠?"

치카코가 고개를 끄덕였다. 누군지 모르지만 이 참혹한 사건을 일으킨 인물은 쇠를 녹일 정도의 열을 뿜어내는 도구를 갖고 있다는 이야기다.

"이제 어떡하죠? 아라카와 경찰서로 갈까요, 아니면 본청으로 돌아가서 기누가사 순사부장을 만날까요?"

"기누가사 씨는 나도 알아. 히구치 씨보다는 훨씬 신사적이지. 관할 경찰서에 근무할 때 내 선배로 계시던 분이야."

"그럼 방향은 정해졌네요."

치카코와 시미즈는 밖으로 나왔다. 완전히 타지 않은 시체의 그 원통한 표정이 마음을 깊이 파고들었지만, 치카코는 왠지 흥분 때문에 몸이 떨렸다.

"우리가 따돌림을 당하는 느낌이에요."

분주하게 움직이는 수사관들 옆을 지나며 시미즈가 분하다는 듯이 말했다.

"맡은 역할이 다르니까."

"이게 처음부터 방화사건이었다면 입장이 정반대일 텐데."

"말도 안 돼. 재수 없는 소리 하지 마. 이렇게 강력한 도구로 불을 지르고 다니는 사람이 있다면 큰 소동이 날 거야."

"선배, 이 범인이 무얼 사용했는지 아시겠어요?"

치카코는 고개를 저었다.

"전혀 모르겠어."

"화염방사기…?"

"쉽게 구할 수 없고, 구했다 해도 저런 짓은 할 수가 없어. 뻔히 알면서 왜 그래."

아라카와 강변 사건 때도 일부 주간지가 떠들썩하게 화염방사기를 범행 도구로 거론했지만 그야말로 웃기는 소리였다. 경찰 쪽에서는 수사 초기 단계부터 가능성이 없는 것으로 일축했다.

"그냥 해본 소리예요. 그럼 어떤 게 있을까? 초소형 레이저총 같은 걸까?"

"시미즈 씨, 방화수사반에 온 지 몇 년 됐지?"

"얄밉게 그런 건 왜 물어보세요? 아직 1년밖에 되지 않았어요. 어차피 엄니하고는 비교할 수가 없죠."

치카코는 빙긋 웃었다.

"나도 아직 아마추어야. 어서 돌아가서 기누가사 순사부장과 방화반 선배들의 지혜를 빌리기로 하지. 적어도 시나가와 경부가 협력을 요청했으니, 당당하게 맡은 일을 하자고."

한숨을 내쉬며 시미즈는 손을 들어 지나가던 택시를 잡았다.

치카코나 시미즈도 이 단계에서는 아직 모르는 사실, 알려지지 않은 사실이 너무 많았다. 첫 번째 신고자인 그 여성이 도주한 사건 관계자 중 한 명으로 '아사바'란 인물을 거론했다는 사실, 총상을 입고 죽은 남자의 여자 친구가 인질로 잡혀 있다는 사실도 모르는 상태였다. 조금 전 시나가와 경부가 공장 건물을 나갈 때, 본부에서 첫 번째 신고자로부터 다시 연락이 왔다는 무전이 들어왔는데, 그 여성이 '아사바'는 이 폐공장에서 예전에 근무한 적이 있던 인물의 아들이고, 그 사람의 집이 히가시오지마에 있었으며, 상당히 위험한 전력을 지닌 열여덟 살 소년이라고 말했다는 사실도 치카코와 시미즈는 알 수가 없었다.

5. 더러운 벌레

이토 노부에가 가르쳐준 대로 사이호지는 아야세에 있었다. 임제종(臨濟宗)에 속한 사찰로 전화번호부를 뒤졌더니 대표전화 두 개가 실려 있었다. 어느 정도의 규모인지는 몰라도 꽤 큰 절인 모양이었다.

집에서 전화를 걸어보니, 아마도 사무국 직원인 듯한 중년 여성의 시원스러운 목소리가 들려왔다. 그곳을 찾아가고 싶은데 길을 알려주시면 고맙겠습니다, 라고 했더니 능숙하게 설명해주었다. 수상하게 여길 경우를 대비해 둘러댈 변명까지 생각해뒀지만 필요가 없었다.

아야세 역에서 내린 다음 가르쳐준 길을 더듬어 사이호지 정문을 발견했을 때, 그 여직원이 거침없이 길을 알려준 까닭을 바로 알 수 있었다. 절의 부지 안에 유치원을 경영하고 있었던 것이다. 정오가 조금 지난 시각이라 유치원 아이들이 건물 안에서 점심을 먹고 있는지, 아니면 벌써 집에 돌아갔는지 무척 조용했다.

유치원을 내려다보는 위치에 자리 잡은 사이호지는 절이라기보다 체육관을 떠올리게 하는 직사각형의 회색 건물이었다. 정문도 똑같은 회색 콘크리트여서, 거기에 걸려 있는 '西芳寺'라는 나무 간판만이 오래된 분위기를 풍기고 있었다. 건물 자체는 그다지 새것은 아니었다. 지은 지 20년가량 되어 보이지만, 그래도 절이라는 이미지와 동떨어진 이 네모난 회색 건물 정문 앞에 멈춰 서서 한동안 올려다보았다. 어쩐지 그냥 문 안쪽으로 들어간다 해도 아무도 말을 걸지 않고, 어디 가느냐고 묻지도 않을 것 같다는 생각이 들었다. 준코는 천천히 걸음을 옮겨 안으로 들어섰다.

정면에는 사이호지, 오른쪽에는 부속 유치원 건물, 묘지는 왼쪽에 있는 모양이었다. 포장된 바닥은 깨끗하지만 무미건조한 느낌이 들었다. 경내에는 여기저기 화분이 놓여 있고, 이름 모를 빨간 꽃이 찬바람에 고개를 숙인 채 서로 어깨를 기대듯이 피어 있었다.

전용 문을 지나 묘지로 들어섰다. 생각보다 좁고, 검정색과 흰색 그리고 그 두 가지 색의 틈새를 메우는 짙은 회색 비석이 간격을 맞춰 빽빽하게 늘어서 있었다. 바닥은 역시 콘크리트로 포장했지만 절 경내보다 10센티미터쯤 돋웠고, 묘가 늘어선 열을 따라 가느다란 배수구가 나 있었다. 통로 중앙에도 네모난 배수구가 있는데, 그 안은 물에 젖어 있었다.

준코가 머뭇머뭇 걸음을 옮기는데, 바로 오른쪽에 줄지어 있는 묘지에서 노부인 하나가 불쑥 나타났다.

누가 뭐라고 말을 걸 경우에 대비해 준코는 성묘용 꽃을 한 다발 들고 왔다. 노부인은 성묘를 마치고 나가려던 참인지 느릿한 걸음으로 준코가 있는 출입구 쪽으로 다가왔다. 준코의 손에 들려 있는 꽃을 보더니 살짝 허리를 숙이고 말을 걸었다.

"추운데 성묘하러 왔어요?"

약간 당황해서 준코도 가볍게 인사를 건넸다.

"수고하십니다."

노부인은 고개를 깊숙이 숙이고 준코 곁을 지나갔다. 부인이 들고 있는 물통이 무척 무거워 보였다. 그 안에 담긴 투명한 물이 노부인이 걸을 때마다 출렁거렸다.

왠지 꺼림칙한 기분이 들어 바로 움직일 수가 없었다. 가만히 서서 노부인이 묘지를 나갈 때까지 기다렸다. 문득 아사바 게이이치는 이 절에, 자기 아버지가 묻혀 있는 이곳에 도대체 무엇 하러 왔던 걸까, 하는 생각이 들었다.

노부에를 밖에서 기다리게 하고 아사바만 절 안으로 들어갔다고 했다. 그것도 몇 차례씩이나. 아사바 게이이치가 자살한 아버지의 묘소에 참배하기 위해 물통을 들고 콘크리트 통로를 걸어가는 모습은 상상할 수가 없었다. 더욱이 아사바가 이 절의 스님이나 직원을 만나 이야기를 나누는 모습은 도무지 상상하기 어려웠다.

아무튼 아사바의 아버지 묘를 찾아야 한다. 아마 거기에 무언가가 있을 것이다.

혼자 남자 고개를 들어 주위를 둘러보기 시작했다. 그다지 흔한 성(姓)은 아니다. 비석에 새겨진 이름을 별로 어렵지 않게 찾아낼 수 있으리라.

오른쪽 가장자리 통로부터 시작해 순서대로 살폈다. 평일이라 아무도 없었다. 쭉 늘어선 비석에 새로운 꽃은 보이지 않았다. 꽃은 물론 비쭈기나무(차나뭇과의 작은 상록 활엽 교목으로 관상용-옮긴이)도 대부분 잎이 시들어 떨어지고, 수반의 물도 탁해졌다. 유족들이 놓고 간 비석 앞의 공물(供物)들은 지저분하게 바싹 말랐다.

조금 전 노부인이 있다가 나간 쪽에 싱싱한 꽃과 향이 놓인 묘가 딱 하나 있었다. 노부인이 참배한 묘 같았다. '다카키 가 선조들의 묘'라 적혀 있고, 비석 뒤에 있는 소도바(卒塔婆: 무덤 뒤에 세우는 탑 모양의 긴 판자-옮긴이)에도 검은색으로 새롭게 쓴 듯 선명한 부분이 있었다. 노부인은 최근 여기에 납골한 누군가를 참배하러 온 모양이었다.

오른쪽 통로를 모두 살펴봤지만 아직 '아사바 가'의 묘는 발견되지 않았다. 일단 중앙 통로로 나가 왼쪽으로 가려고 하는데, 왼쪽 끄트머리 통로 끝부분에 커다란 아미타불상이 보였다. 싱싱한 꽃과 공물에 둘러싸인 채 우아한 손 모양을 하고 앉아 조용히 웃고 있었다.

조금 전 노부인과 마주쳤을 때처럼 꺼림칙한 기분이 들어 준코는 아미타불상을 외면했다. 여기서 뭘 하는 거냐고 나무라는 듯했다. 몰래 남의 묘나 찾고 있는 자신에 대한 혐오감을 떨쳐낼 수가 없었다. 이런 것밖에 할 일이 없다는 초조함과 안타까움, 무력감이 더욱 그런 기분을 부추겼다.

아사바 게이이치만 찾아낼 수 있다면, 맞닥뜨릴 수만 있다면 두려울 게 없다. 순식간에 그놈을 태워 죽이고, 뼈까지 재를 만들어버릴 테다. 가령 영혼의 부활이 가능하다 해도 아사바 게이이치의 혼만은 전능하신 하느님과 자비심 깊은 부처님도 어찌할 수 없을 지경으로 박살내줄 수 있다.

찾을 수만 있다면. 표적을 발견하지 못한 총구만큼 비참한 것도 없다.

마음을 가다듬고 준코는 다시 움직이기 시작했다. 묘비의 이름을 확인하면서 종종걸음으로 통로를 걸었다. 아미타불상이 보이는 곳에서는 마치 불상이 자기를 지켜보는 듯한 기분이 들었지만 애써 무시하기로 했다.

그리고 마침내 '아사바'라는 성이 적힌 비석을 찾았다. 왼쪽 통로 북쪽에서 여섯 번째. 그 묘는 만약 준코가 묘지 입구로 들어와 바로 왼쪽으로 꺾었다면 지금보다 절반은 빨리 발견할 위치에 있었다.

하긴 무언가를 찾는다는 것은 때론 이런 법이다. 검은 화강암 비석 앞에 서서 준코는 힘없이 웃었다.

쓸쓸하고 초라한 묘였다. 수반의 물은 완전히 말랐고, 꽃을 꽂는 부분도 비어 있었다. 이전에도 계속 비어 있었고 앞으로도 비어 있게 되리라. 묘 앞에 바친 공물도 전혀 없었다. 바로 왼쪽 묘에 있는 꽃의 시든 이파리가 아사바 가문의 묘 앞에 흩어져 있었다.

머리를 기울여 비석 옆을 보니 이곳에 묻힌 사람들의 이름이 새겨져 있었다. 모두 네 명의 이름이 있었다. 그중 가장 나중에 적힌 이름은 아사바 슈지. 마흔두 살의 나이에 세상을 떴다.

아사바의 아버지일 것이다. 준코는 눈을 가늘게 뜨고 좁은 틈새로 안쪽을 살필 때처럼 새겨진 글자와 글자 사이에서 뭔가 느껴지는 게 없을까 싶어 뚫어지게 들여다보았다. 아사바의 아버지. 자기 자식에게 가장 존경받는 사람이 되라는 바람을 담아 '敬一(게이이치)'란 이름을 지어준 아버지. 직장을 잃고 실의에 빠져 목을 매 자살한 사람. 그가 남겨진 아내와 자식을 어떻게 생각했었는지는 알 수 없다. 게이이치가 살인을 저지르는 괴물이 되었다는 사실을 생전에 알았다면 그는 어떻게 했을까? 자기 목을 매기 전에 자식의 가느다란 목에 밧줄을 감았을까?

멈추고 있던 숨을 천천히 토해내며 중얼거렸다.

"이제 곧 당신에게 아들을 보내드리지."

낮게 으르렁거리는 듯한 목소리였다.

"아들을 보내주겠어. 당신이 제멋대로 남겨두고 간 것을 내가 정리해줄게. 난 그래서 여기 온 거야."

하지만 격앙된 감정 이외에는 여기서 얻을 게 없을 듯했다. 이런 살풍경한 묘비—아사바 게이이치가 이곳을 찾아온 것은 이미 예상했듯이 세상을 떠난 아버지를 추억하기 위해서는 아니라는 사실을 확인할 수 있을 뿐이었다. 실망과 동시에 한기가 느껴져 준코는 팔짱을 꼈다. 비석 옆구리에 새겨진 '아사바 슈지'라는 이름을 다시 한 번 노려보며, 마음을 가라앉힌 후에 그 자리를 떠나려 했다.

그때 비석 뒤, 소도바가 세워져 있는 틀 바로 바깥쪽에 작은 케이스가 놓여 있는 게 보였다.

담배 케이스—필터 없는 피스(PEACE) 담배 케이스였다. 짙은 감색에 은빛 테두리라 바로 알아볼 수 있는 디자인이다. 뚜껑이 닫힌 채 묘비 뒤쪽에 사람들 눈에 띄지 않도록 살짝 놓여 있었다.

고인이 담배를 좋아했던 사람일 경우 묘소에 담배를 바치는 일은 흔하다. 하지만 그렇다면 묘소 정면 수반 옆 같은 데다 올려놓는다. 이런 곳에 놓지는 않는다. 어떤 생각이 뇌리를 스쳤다.

손을 뻗어 케이스를 집어 들었다. 무게는 가벼웠지만 안에서 뭔가가 움직였다. 달그락거리는 소리가 났다.

뚜껑을 열어보았다.

─열쇠다.

열쇠 하나가 들어 있었다. 번호표가 붙은 열쇠고리에 달려 있는 흔해빠진 것이었다. 아마도 코인 로커용 열쇠인 모양이다. 번호는 '1120.' 어디에 있는 로커일까?

그리고 케이스 밑바닥에 종이쪽지 같은 것이 들어 있었다. 메모인 모양이다. 꺼내서 펼쳐보았더니, 흰 종이 위에 갈겨쓴 듯한 글자가 적혀 있었다.

'받으면 전화해줘, 쓰쓰이.'

글씨 아래 전화번호 같은 숫자가 적혀 있었다. 숫자의 수로 미루어보아, 휴대전화 번호이리라.

열쇠를 손에 쥐고 준코는 다시 비석을 올려다보았다.

아사바 게이이치는 자기 아버지가 잠든 이 묘를 아마도 위법적인 무엇인가를 주고받기 위한 연락처로 이용하는 모양이다. 마치 어린애 같은, 옛날 영화 같은 방식이지만 나름대로 제 역할을 하고 있으리라. 노부에가 말하지 않았던가. 아사바 게이이치가 전에도 몇 차례 이곳을 방문했었다고. 그게 다 이런 메시지나 열쇠를 주고받기 위해서였을 것이다.

─받으면 전화해줘.

'무엇'을 받으면 연락해달라는 걸까?

총일까─ 하는 생각이 들었다. 준코를 쏜 총. 후지카와를 죽인 총. 총에 맞은 자리가 갑자기 쑤셨다. 마치 준코의 생각에 공명하고, 준코의 생각을 대변하기라도 하듯이.

"고마워."

비석을 향해 중얼거리고, 준코는 열쇠와 메모를 코트 주머니 안에 넣었다. 홀쩍 몸을 돌려 묘지 출구로 향했다. 딱 한 번 고개를 돌려 그 아미타불상을 보았다. 정면의 모습이 보였다. 이제 비참하다는 생각도 들지 않았고, 조바심이 나지도 않았다. 쫓기는 기분도 들지 않았다.

전화는 좀체 연결되지 않았다.

언제 어디서나 통화할 수 있는 것이 휴대전화인데, 몇 번을 걸어도 전화를 받을 수 없다는 메시지만 들려왔다. 찬바람 속에서 공중전화의 수화기를 들고 그 메시지가 나오면 찰칵 훅(hook)을 눌렀다. 그리고 다시 걸었다.

열 번을 넘게 반복하니 기계적인 동작이 되었다. 그래서 수화기에서 사람의 음성이 들려왔을 때도 자칫하면 그냥 훅을 누를 뻔했다. 깜짝 놀라 얼른 손을 멈췄다.

"여보세요?"

수화기를 통해 부스럭거리는 잡음이 들려왔다. 준코는 좀더 큰 목소리로 말했다.

"여보세요? 여보세요?"

잡음보다 제대로 들리지 않는 남자의 쉰 목소리가 대답했다.

"예, 누구죠?"

기뻐서 눈앞이 확 열리는 것 같았다. 설원에서 사냥감의 발자국을 발견한 사냥꾼처럼 준코는 가슴이 설렜다.

"저어, 쓰쓰이 씨 되십니까?"

잠시 뜸을 들이다 상대가 물었다.

"당신 누구요?"

"게이이치 — 아사바 게이이치한테 부탁을 받고 전화하는 건데요."

"뭐라고요?"

"사이호지에 다녀왔어. 피스 담배 케이스 안에 있는 내용물을 가져오라고 해서."

"......."

"거기 코인 로커 열쇠가 있을 테니 가져오라고 해서. 그런데 돌아오니 게이이치는 어디로 갔는지 코빼기도 보이지 않고, 휴대전화도 받지 않아. 이거 중요한 일이지? 그냥 있으려니 신경이 쓰여서."

될 수 있으면 반말에 예의 없는 말투로 이야기했다. 지금 나는 아사바 게이이치와 사귀는 여자다. 게이이치를 따라다니는 여자다. 게이이치의 부탁을 받고 사이호지에 갔다. 그리고 피스 담배 케이스에서 열쇠를 꺼내 아사바를 찾아갔는데, 그를 만날 수가 없다. 하지만 케이스 안에 있던 메모에는 바로 전화를 해달라고 적혀 있다. 아사바가 중요한 일이라고 말했기 때문에, 그냥 있어도 괜찮은 건지 어떤지 알 수가 없어 일단 이번호로 전화를 한 것이다—.

"아까부터 전화한 게 당신이야?"

"아, 그래."

"왜 아사바가 직접 걸지 않고?"

"몰라, 난 부탁을 받았을 뿐이야."

"당신은 누구야?"

"몰라도 돼. 당신이야말로 누구지?"

"아사바가 남한테 부탁할 리가 없는데."

"어째서? 어떻게 그런 걸 알 수 있지? 난 사이호지에 다녀왔다고."

열쇠를 쥔 손에 땀이 났다. 준코는 언성을 높여 말을 이었다.

"뭐야, 이거. 바로 전화해달라고 쓰여 있어서 걸었는데. 왜 내가 잔소리를 들어야 하지?"

"아, 잠깐."

상대방의 말투가 약간 누그러졌다. 어떤 자세로 통화를 하고 있었는지는 모르지만, 몸을 똑바로 일으킨 모양이다. 목소리가 더 또렷하게 들렸다.

"당신이 누군지는 모르지만 아사바 본인이 아니면 난 이야기하지 않겠어."

"아사바의 부탁을 받았다니까."

토라진 듯한 목소리로 말하며 준코는 잠깐 눈을 감았다. 머리를 써야 해. 지금 이 사람을 구슬리기 위해서는 어떻게 해야 할까?

"저어, 아사바의 태도가 이상했어."

"이상해?"

"응, 나한테 사이호지에 다녀오라고 부탁할 때도 왠지 허둥지둥했어. 지금 생각해보니 어떤 사람하고 통화를 하고 있던 것 같기도 하고. 그때는 밖으로 나갈 거라는 이야기가 없었는데, 돌아와 보니 없더라고."

목소리를 낮추며 준코가 말했다.

"저어, 아사바가 혹시 무슨 골치 아픈 일에 말려든 거 아니야? 요즘 내내 안절부절못하던데. 경찰이 이러니저러니 하면서."

상대방은 말이 없었다. 준코도 입을 다물고 기다렸다. 여기서 걸려들지 않으면 다음에는 어떻게 해야 할까.

상대방은 천천히 확인하는 듯한 말투로 물었다.

"아가씨, 당신이 지금 갖고 있어?"

"뭘? 아, 그 피스 담배 케이스에 들어 있던 거?"

"그래."

"잘 가지고 있지."

"그걸 가져오라고 한 아사바가 돌아와 보니 사라졌다는 건가?"

"응."

"어디 갔는지 몰라?"

"전혀 모르겠어."

준코가 말을 이었다.

"저어, 당신이 쓰쓰이 씨 맞아? 난 걱정이야. 당신은 아사바와 빨리 연락하고 싶어 했잖아?"

잠깐 뜸을 들인 뒤, 상대방이 말했다.

"그래, 아무래도 당신을 만나야 할 것 같은데."

준코는 숨을 삼키고 눈을 크게 떴다.

"당신을 만나서 돌려받는 게 좋을 것 같군."

남자가 쉰 목소리로 말했다.

"돌려받다니, 뭘?"

"케이스 안에 있던 것."

상대방은 그 '내용물'에 대해 애써 확실하게 말하지 않으려는 눈치였다. 준코가 진짜 그걸 가지고 있는지 어떤지 확인하려는 것이다. 매우 신중하거나, 아니면 겁쟁이다.

"열쇠지, 이거?"

준코가 말했다.

"코인 로커 열쇠 같은데, 어디 있는 코인 로커일까?"

그 안에는 무엇이 보관되어 있는 걸까? 준코는 바로 그걸 알고 싶었다.

"아가씨는 어디 열쇠인지 모르는 게 나아."

남자는 그렇게 말하더니 잠깐 전화기 곁을 떠났는지 목소리가 들리지 않았다. 잠시 후 돌아와 이렇게 말했다.

"지금 필기도구를 가지고 있나?"

아무것도 없었다. 하지만 마음이 급해 준코는 얼른 대답했다.

"있어, 말해."

"미토 가도(街道)와 간나나 길이 교차하는 부근에 있는 아오토 육교라고 아나?"

"알아."

"그 사거리에서 왼쪽으로 꺾어지면, 시라토리 쪽에서 보면 왼쪽인데, 첫 신호등 바로 앞에 '커런트'라는 가게가 있어. 커피숍이지. 그리로 열쇠를 가지고 와줘."

"그거야 상관없지만. 저어, 아저씨."

"뭔데?"

"난 아사바한테 이야기도 하지 않고 아저씨한테 열쇠를 줄수는 없어."

상대방이 잠시 침묵했다.

"아사바하고 의논해야 해. 아저씨, 아사바가 어디 있는지 몰라?"

"집에 없으면 나도 모르지."

"집이라니, 어디?"

"아사바하고 사귀는 거 아니야, 아가씨? 어떻게 그 녀석 집을 모르지?"

남자의 쉰 목소리에서 경계하는 기색이 느껴졌다.

준코는 불만스럽다는 듯이 말했다.

"내가 알고 있는 아사바네 집은 하임오니시라는 오차노미즈에 있는 지저분한 아파트야. 그렇지만 그 애는 거기는 진짜 자기가 사는 집이 아닌 것처럼 말한 적이 있어. 가구 같은 것도 별로 없고, 다른 남자애들하고 함께 자는 때도 많아서."

하임오니시라는 이름은 되는 대로 꾸며낸 것이었다. 마음속으로 기도를 했다. 아저씨, 제발 걸려들어줘. 부탁이야. 아사바가 사는 곳을 가르쳐줘. 그 녀석이 여자를 감금할 만한 장소를 가르쳐줘.

"하임오니시? 오차노미즈라고?"

"응, 역 뒤에 있는 지저분한 아파트."

"그럼 아가씨가 사이호지에서 열쇠를 가지고 와 돌려주려고 간 곳도 그 하임오니시야?"

"그래."

"난 그런 곳 몰라."

"역시. 그러면 아사바가 사는 집은 다른 곳에 있는 거로군."

분해서 못 견디겠다는 듯이 준코는 혀를 찼다.

"날 속였어. 다른 여자가 있는 거야. 그러니까 진짜 주소를 가르쳐주지 않았겠지. 어휴, 성질나."

"이봐, 아가씨 ―."

"아저씨, 아사바가 있는 곳을 가르쳐줘. 내가 그 자식하고 직접 이야기할게. 그다음에 '커런트'라는 가게로 아저씨를 만나러 가겠어. 아저씨도 나 혼자 가는 것보다 아사바랑 함께 가는 게 낫지? 용건이 뭔지는 몰라도 아사바랑 빨리 연락을 하고 싶어 했으니까."

단숨에 말했다. 하지만 반응을 기다릴 틈도 없이 말이 끝나자마자 쌀쌀맞은 대답이 들려왔다.

"아사바가 아가씨한테 집을 가르쳐주지 않았다면 나도 가르쳐줄 수가 없지."

마치 놀리듯이 야비한 목소리로 말했다.

"그 녀석 여자 문제로 골치 아픈 일에 휘말리기는 싫으니까."

이런 구렁이 같은 녀석!

"그러지 말고 가르쳐줘, 응?"

"아니, 안 돼. 커런트로 와. 열쇠를 받아야겠어. 아사바한테는 내가 다시 연락해서 건네줄게."

"아저씨…."

"안 돼."

더 이상 우겨봐야 안 될 것 같았다. 준코는 한숨을 내쉬며 말했다.

"알았어."

남자가 가르쳐준 '커런트'의 위치를 다시 한 번 확인했다. 남자가 쉰 목소리로 말했다.

"내친김에 전화번호도 알려주지."

"자, 잠깐만 기다려."

이번에는 진짜 필기도구가 필요했다. 얼른 주위를 둘러보았지만 좁은 공중전화 박스 안에는 쓸 만한 것이 보이지 않았다.

어쩔 수 없다. 준코는 바로 결심했다. 다행히 찬바람이 몰아치는 거리엔 지나다니는 사람이 거의 없었다.

"됐어, 불러."

수화기에 대고 말했다. 그러면서 전화기 오른쪽의 유리를 노려보았다. 남자가 번호를 불렀다. 준코는 집중력을 높였다. 뿜어져 나오는 힘을 마치 레이저 메스처럼 가늘고 날카롭게 만들기 위해 눈을 가늘게 떴다.

"3604에—."

3, 6, 0, 4. 마치 물엿 위에 젓가락으로 금을 긋듯이 유리에 숫자를 새겼다.

"—228이야."

2, 2, 8. '8'의 아랫부분 동그라미를 마무리할 때는 힘이 넘쳐 숫자에 짧은 꼬리가 붙었다. 눈을 꼭 감고 힘을 거두었다.

"받아 적었어?"

"적었어."

"아마 30분이면 갈 수 있을 거야. 3시에 어때?"

이제 막 2시 10분이 지났다.

"알았어. 아저씨, 꼭 나와야 해."

"아가씨야말로 오지 않으면 곤란해. 아사바한테도 도움이 되지 않을 테고."

쉰 목소리의 남자가 비로소 위협하는 듯한 투로 말했다.

"이건 말이야, 아가씨가 생각하는 것보다 중요한 일이야. 알았어? 커런트에 먼저 가 있을게. 창 쪽의 빨간 시트 자리에 앉아 경마신문을 보고 있을게. 젊은 여자들은 별로 오지 않는 가게니까 아가씨가 들어오면 바로 알 수 있어. 아, 그런데 아가씨 이름은 뭐지?"

준코는 순간적으로 대답했다.

"노부에."

"노부에? 알았어. 그럼 기다리고 있을게."

전화가 끊어졌다. 준코도 수화기를 내려놓았다. 잠시 박스 안에서 내뱉은 거짓말과 앞으로 파악해야 할 정보를 정리한 뒤 밖으로 나왔다.

다행히 근처에 있는 작은 담배 가게에서 라이터와 포켓 티슈, 볼펜 따위를 팔고 있었다. 그걸 사서 전화박스로 돌아가 백 안에 있던 '플라자' 성냥을 꺼내 그 안쪽에 유리에 새겨둔 전화번호를 옮겨 적었다.

바로 앞에 보이는 골목에서 학생으로 보이는 소년 두 명이 나왔다. 준코는 얼른 전화박스에서 나와 미토 가도 방향으로 걷기 시작했다. 큰 사거리만 찾으면 된다. 걸으면서 뒤를 돌아보니 두 소년이 막 전화박스 앞을 지나고 있었다. 준코는 길가의 전신주 뒤에 몸을 숨겼다. 두 소년이 나누는 이야기가 드문드문 들려왔다. 웃고 있는 듯했다. 좀체 전화박스 근처를 떠나지 않았다.

잠시 후, 두 소년이 이쪽으로 걸어왔다. 준코 바로 앞을 지나

길을 건너더니 반대편 보도로 갔다. 건너편에 빵집이 있었다. 거기서 빵을 사려는 모양이었다.

준코는 고개를 돌려 전화박스를 날카롭게 노려보았다.

힘은 일직선으로 전화박스를 향해 날아갔다. 쓱, 하며 마른 천이 마찰하는 듯한 소리와 함께 전화박스에 명중했다. 그 순간, 준코는 자기가 의도한 것보다 더 많은 힘을 쏘아냈다는 사실을 깨달았다. 쉰 목소리의 남자와 전화로 승강이를 하느라 초조했기 때문이다.

전화박스 주위의 콘크리트 토대에서 흰 연기가 났다. 곧이어 전화박스의 유리가 일제히 위에서 아래로 깨졌다. 도미노처럼 차례로, 마치 블라인드 커튼을 치듯이 유리가 깨지며 떨어졌다. 전화박스 바닥에는 누가 장난으로 소금이라도 뿌린 양 엄청난 유리조각이 수북이 쌓였다. 순식간이었다.

질산칼륨 냄새가 났다. 소리를 듣고 조금 전의 그 학생들이 빵집에서 뛰어나왔을 때 이미 준코는 그 자리에 없었다. 유리 한 장만 깨도 되는 건데. 손가락으로 관자놀이를 톡톡 두드렸다.

커런트는 지저분한 가게였다.

뜨내기손님을 거부한다기보다는 오히려 그런 손님들에게도 버림받은 듯한 가게였다. 단골손님들과 마찬가지로 초라하고 비위생적이며 수지가 맞지 않을 뿐만 아니라 애써 장사를 하려는 의지도 없다고 세상을 향해 외치고 있는 듯했다. 입구 손잡이를 만지니 손이 끈적거렸다. 손잡이나 자물쇠는 놋쇠로 만든 것이었다. 그것을 확인하고 나서 준코는 문을 열었다.

안으로 들어가자 지저분한 바닥에 빨간 비닐 시트 의자가 싸구려 합판 테이블을 둘러싸고 몇 개 놓여 있었다. 정면 카운터 안쪽에 요란한 앞치마를 걸친 여자가 바로 앞의 의자에 걸터앉은 남자 손님과 큰 소리로 웃고 있었다. 두 사람이 웃으며 준코를 돌아보았다. 어서 오라는 말도 없고, 남자 손님이 입을 헤벌쭉하게 벌리고 웃으며 준코를 핥기라도 하는 듯한 시선으로 바라보았다. 와이셔츠에 양복바지를 입었지만 넥타이는 하지 않았고, 목 언저리에 두꺼운 금목걸이가 보였다.

준코는 곧바로 오른쪽 창가를 바라보았다. 거기에 덩치 작은 중년 남자가 혼자 웅크리고 앉아 있었다. 회색 작업복 상하의를 걸치고, 같은 색 모자를 썼다. 경마신문을 펼치고 있던 그 남자가 준코를 보더니 신문을 슬쩍 들어 보였다.

준코는 그 사람에게 다가가 맞은편 자리에 앉았다. 빨간 비닐 시트도 지저분하고, 군데군데 찢어져서 안에 채워 넣은 것이 튀어나왔다. 앉아 있기도 너무 불편하고, 진드기가 바지를 타고 다리로 기어 올라올 것 같았다.

"아가씨가 노부에 씨?"

"전화로 통화한 아저씨?"

"맞아."

"금방 알아봤어."

준코는 웃어 보였다.

"하지만 이 가게의 시트는 창가뿐 아니라 모두 다 빨갛군."

정면에서 보니, 그가 앉은 좌석 바로 뒤에 놓인, 한눈에 가짜라는 것을 알 수 있는 관엽식물의 색 바랜 플라스틱 잎사귀가 남자 얼굴 바로 옆까지 튀어나와 있었다. 그 때문인지 남자의 얼굴이 축축한 정글에 숨은 원숭이처럼 보였다. 그것도 너무 늙어서 동료들로부터 버림받은 원숭이처럼.

"열쇠는 가져왔나?"

"그보다, 나도 주문 좀 할게."

남자는 커피를 마시고 있었다. 커피 잔에 담겨 있어서 겨우 커피로 보일 뿐인 새카만 액체다.

목이 마른 것은 아니었다. 다만 이 가게의 상태를 파악하기 위해 시간을 벌고 싶었다. 만약 이 남자한테서 알아내고 싶은 정보를 뽑아낼 수 있다면 그다음에는 어떻게든 해볼 수 있다. 다만 소동이 일어나는 것만은 피하고 싶다. 지금 여기엔 몇 명이 있는 걸까. 출입구는 정면에 있는 문뿐인가?

다행히 창문은 모두 작고, 스테인드글라스를 흉내 내 종잇조각을 잔뜩 붙여두었다. 게다가 커튼까지 쳐져 있었다. 저 커튼에 불이 붙지 않도록 조심하면 바깥 도로 쪽에서 내부를 들여다볼 염려는 없겠다.

"아이스커피가 좋겠네."

준코가 말하자 남자는 손을 슬쩍 들고 카운터 안쪽에 있는 여자에게 사인을 보냈다.

"아이스커피 한 잔."

여자는 뾰로통한 표정을 지으며 대답도 하지 않았다. 그 여자와 이야기를 하던 남자 손님이 손에 든 잡지를 읽는 척하며 준코의 얼굴을 힐끔힐끔 훔쳐보았다.

"차가운 물도 한 잔 줘."

준코는 카운터에 있는 여자에게 말했다.

"그리고 화장실은 어느 쪽이지?"

여자는 준코가 실례되는 말을 하기라도 한 것처럼 눈을 험악하게 뜨더니, 카운터 왼쪽을 대충 가리켰다. 그쪽에 스크린 도어가 하나 보였는데, 화장실을 가리키는 표찰이 붙었던 자국이 남아 있었다.

준코는 일어서서 화장실로 향했다. 카운터 앞을 지날 때 왼쪽에서는 남자 손님이, 오른쪽에서는 여자가 노골적이고 무례한 시선을 보냈다. 준코는 얼른 카운터 안쪽을 훑어보았다. 여자 바로 뒤에는 대형 냉장고가 있고, 바로 옆에는 가게 안쪽으로 통하는 미닫이문이 하나 있었다. 운이 없군, 여닫이문이라면 좋았을 텐데—.

준코는 남자 손님 곁을 지나가면서 방긋 웃었다. 남자의 시선이 반짝거리며 준코를 따라왔다.

화장실도 지저분했다. 악취 때문에 숨을 쉬기도 힘들었다. 이런 곳에서 손을 씻으면 오히려 더 더러워질 것만 같았다. 준코는 두 손으로 몸을 감싸고 눈을 감았다.

남자 손님은 바로 나가지 않을 것 같았다. 일격에 가게 여자와 그 남자, 두 명을 해치워야 한다는 얘기다. 그리고 그 전에 퇴로를 차단해둬야 한다.

악취와 비위생적인 분위기가 마음을 어지럽혔지만 준코는 애써 집중력을 높여 작업의 순서를 확인했다. 그리고 화장실을 나왔다.

문을 열고 나가니 여자가 느릿한 걸음으로 창 옆자리에서 카운터 쪽으로 돌아오는 중이었다. 테이블에 찬물이 놓여 있었다.

"고마워."

그렇게 말하며 준코는 웃었다.

"아, 그리고 성냥 하나만 줘."

카운터를 향해 서 있는데, 남자 손님의 시선이 뒤에서 엉덩이 부분을 훑고 지나가는 것이 느껴졌다.

여자는 카운터 안쪽에서 웅크리고 앉아 성냥을 꺼내고 있었다. 준코는 어금니를 꽉 깨물고 자기 바로 뒤, 출입문을 향해 힘을 쏘았다. 짧고 두꺼운 바늘 모양의 힘이 충실한 사냥개처럼 놋쇠 손잡이와 자물쇠를 향해 날아갔다. 눈 깜빡할 사이에 손잡이와 놋쇠가 녹아 붙었다.

뿌직! 하는 소리가 났다. 손잡이가 녹아 붙는 바람에 문의 경첩 쪽이 떨어진 모양이다.

"어, 뭐야?"

남자 손님이 등받이에 기댄 채 고개를 돌려 문을 보았다.

"문에서 연기가 나네."

카운터에 있던 여자가 몸을 내밀었다.

"어?"

문손잡이 주위에서 검은 연기가 보였다. 그 냄새가 났다. 하지만 준코는 망설이지 않았다. 즉시 뒤에 있는 남자 손님을 바라보았다. 그는 문 쪽을 보느라 준코에게 뒤통수를 무방비로 드러내고 있었다. 그의 오른쪽 머리 부분을 후려치듯 힘을 휘둘렀다.

이번에 쏜 힘은 두꺼운 바늘이 아니라 채찍 모양이었다. 준코가 고개를 젓자 힘은 큰 곡선을 그리며 정확하게 남자의 오른쪽 관자놀이를 때렸다.

남자가 끽소리도 못하고 바닥에 쓰러졌다.

"아니, 당신!"

카운터 안에 있는 여자가 비명을 질렀다. 준코는 힘의 채찍을 그 여자를 향해 휘둘렀다. 힘은 소리를 내며 그 여자를 때리고, 카운터를 지탱하는 기둥을 부러뜨렸다. 그 바람에 여자가 뒤로 붕 날아갔다.

여자는 미닫이문 앞에 쓰러졌다. 완전히 정신을 잃었다. 준코는 곧이어 냉장고 쪽을 보았다. 힘의 채찍을 그쪽을 향해 다시한 번 휘두르자 냉장고 옆구리가 녹아내렸다. 냉장고는 그 충격을 이기지 못하고 흔들리더니 천천히 여자 쪽으로 기울었다.

"아니, 대체 뭐 하는 거야!"

작업복을 입은 쉰 목소리의 남자가 준코를 향해 돌진했다. 준코는 고개를 저어 힘의 채찍으로 남자의 옆구리를 후려쳤다. 남자는 튕겨나가 바닥에 엉덩방아를 찧었다. 거의 동시에 카운터 안쪽의 냉장고가 옆으로 쓰러졌다.

기절한 여자의 몸에서 5센티미터도 떨어지지 않은 곳이었다. 예측은 정확했다. 여자를 깔아 죽이기 위해 냉장고를 쓰러뜨린 것은 아니다. 미닫이문을 막아두고 싶었을 뿐이다.

준코는 그 작업을 마치고 카운터 앞을 떠났다. 바닥에 쓰러진 남자 손님의 손이 준코가 지나는 길을 가로막듯 축 늘어져 있었다. 밟지 않도록 조심하며 넘어갔다.

심장 박동은 이제 스스로도 셀 수 없을 만큼 빨라졌다. 체온이 올라가 이마에 땀이 났다. 하지만 힘을 썼기 때문에 나타난 현상은 아니다. 이런 정도의 힘을 쓰는 것은 준코의 몸에 아무런 영향도 주지 않는다. 흥분했기 때문이다. 본성을— 장전된 총 같은 본성을 드러내, 누가 권력을 쥐고 있는지, 누가 제일 강한지, 그것을 확실하게 보여줄 상황이 드디어 온 것이다. 그런 상황이 준코를 기쁘게 만들었다.

"떨 것 없어, 아저씨."

바닥에 쓰러져 간신히 고개를 들고 준코를 쳐다보는 작업복 남자에게 그렇게 말했다.

"죽이지는 않겠어. 내가 묻는 것에 순순히 대답하면 돼. 그러면 되는 거야."

"주, 주….".

남자의 입이 떨리고 있었다. 그가 침을 흘리며 말을 이었다.

"주, 죽이지만 말아줘."

바닥에 쓰러져 꼼짝도 못했다. 어떻게든 도망치려고 발버둥을 치는 듯했지만, 머리만 계속 흔들 뿐이다.

"허리뼈가 부러졌어."

준코는 미소를 지었다.

"미안해. 처음부터 거칠게 다룰 생각은 없었어. 이렇게 된 건 다 아저씨 때문이야. 아까 통화할 때 아사바가 어디 있는지만 가르쳐줬어도 별일 없었을 텐데."

당장 울음이라도 터뜨릴 것 같은 남자에게 한 걸음 더 다가갔다.

"자, 내 질문에 대답해. 아사바는 지금 어디 있어? 아사바하고는 어떤 관계지?"

남자는 입을 부들부들 떨었다. 피가 섞인 침이 바닥에 축축 늘어졌다.

"대답해. 한 사람의 목숨이 걸려 있어. 가르쳐줘."

준코는 웅크리고 앉아 남자의 얼굴을 들여다보았다. 눈동자가 흔들리고 공포 때문에 눈꺼풀이 경련을 일으켰지만, 준코의 강한 시선에 묶여 고개를 돌리지도 못했다.

"사—."

"사?"

"사쿠라이."

"사쿠라이? 사람 이름?"

"가, 가게 이름."

남자는 마른침을 삼키더니 혀가 꼬이는지 더듬더듬 말했다.

"그 녀석— 아사바 패거리가 자주, 모이는 가게야. 난 몰라. 다른 건, 난 몰라."

"그 사쿠라이라는 가게는 어디 있어?"

"우, 우에."

"어디야!"

남자는 몸을 웅크리며 눈을 감았다.

"죽이지 말아줘."

"제대로 털어놓으면 죽이지 않아. 어디야? 이야기해."

"우에하라, 4초메. 요요기우에하라 역 근처야. 주류 양판점. 역 앞에 간판이 있어 쉽게 찾을 수 있을 거야."

남자는 기침을 하기 시작했다. 그리고 계속 침을 흘렸다. 바닥에 쓰러진 그의 몸은 허리를 중심으로 이상한 모양으로 꺾여 있었다. 상반신은 경련을 일으키듯 덜덜 떠는데 다리는 축 늘어져 움직이지 않았다. 마비된 상태인지도 모른다.

준코가 손을 뻗어 남자의 어깨에 얹었다. 남자는 화들짝 놀라, 눈물 젖은 충혈된 눈으로 준코의 얼굴을 쳐다보았다.

"아저씨, 거짓말하는 거 아니지?"

"거짓말 아니야. 진짜야."

"사쿠라이 주류 양판점이 정말로 아사바 일당이 모이는 곳이야?"

남자는 목에 용수철이 달려 있는 것처럼 마구 끄덕였다.

"아사바 엄마가 하는 가게야. 나도 딱 한 번 가본 적이 있어. 그 녀석이 돈을 제대로 마련할 수 있을지 어떨지 미덥지 않아서. 그랬더니 자기 엄마를 만나보라고 했어."

준코가 다시 눈을 가늘게 떴다.

"돈이라니, 무슨 돈? 이 열쇠하고 관계가 있는 돈?"

준코는 재킷 주머니에서 사이호지에서 찾아낸 그 열쇠를 꺼내 남자 얼굴에 들이댔다.

남자는 다시 정신없이 고개를 끄덕였다.

"그래, 맞아."

"아저씨, 이건 어디 있는 코인 로커 열쇠야?"

"시, 시부야 역 북쪽 출구에 있는 코인 로커."

"안에는 뭐가 들어 있지?"

남자는 고개를 저으며 애원했다.

"제발. 난 아무것도 몰라. 제발 죽이지 마. 제발, 부탁이야."

"묻는 말에 대답해. 안에 뭐가 들었어?"

준코는 남자의 어깨를 흔들었다.

"말 못하겠어? 내가 해줄까? 권총이지? 아니야?"

남자는 입술을 떨며 다시 침을 흘리기 시작했다. 준코는 바닥에 늘어뜨린 남자의 손을 보았다. 매우 거친 손이었다. 손톱 끝이 갈라졌고 검은 때가 끼어 있었다. 기계기름일 것이다.

"아저씨, 기술자로군. 아니야?"

남자의 손을 바라보며 준코가 말했다.

"선반공이야? 기술은 좋겠군, 분명히."

"저어, 아가씨—."

"권총을 만들어? 만들어서 파는 거야?"

"난 아무것도 몰라!"

"아까부터 이야기했잖아. 아는 대로 정직하게 대답하면 난 더 이상 아무 짓도 하지 않을 거야. 아저씨를 죽이지도 않겠어. 그러니 대답해. 몰래 권총을 만들어 파는 거지? 그걸 아사바와 그 일당들한테 파는 거지? 그렇지?"

체념한 듯이 고개를 푹 수그리고 남자는 흐느껴 울었다.

"이런 이야길 한 걸 들키면 날 정말 죽일 거야."

"누가 죽여? 아사바?"

"아사바 정도가 아니야. 그런 놈은 양아치에 불과해."

숨을 헐떡이며 남자가 말을 이었다.

"요—용돈을 벌고 싶었을 뿐이야. 그래서 그놈들에게도 팔았을 뿐이야."

준코는 그제야 이해가 됐다.

"그래… 그런 거였어? 아저씨, 권총 불법 제조 일당 멤버군.

말단 조직원이지? 아사바 일당에게 판 것은 동료 몰래 빼낸 거지?"

남자는 말이 없었지만 대답한 것이나 마찬가지였다.

"그런 거였군. 잘 알았어."

준코는 천천히 일어섰다. 남자는 애원하듯 준코를 쳐다보았다. 바닥을 기다시피 하면서 손을 뻗어 준코의 발목을 잡으려 했다.

"전부 이야기했어. 난 다 이야기했어. 아가씨, 난 다 털어놓았어."

"그래, 고마워."

준코는 미소를 지으며 발을 뒤로 뺐다. 준코의 신발 끝에 닿았던 남자의 손이 다시 바닥에 떨어졌다.

"솔직하게 말했어. 그러니 봐줘, 응? 죽이지 말아줘. 오늘 있었던 일은 아무에게도 말하지 않을게."

"아저씨, 답례로 나도 한 가지 가르쳐줄게."

"구급차 좀 불러줘, 응? 아가씨, 제발. 오늘 이야기는 하지 않을게."

"아저씨가 만들어서 판 총에 맞아 어젯밤 사람이 죽었어."

"아가씨—."

"난 그곳에 있었지. 사실은 말이야, 나도 그 총에 맞았어."

남자는 이미 준코의 말은 듣지도 않았다. 목숨을 구걸하며 준코의 다리에 매달리려고만 할 뿐 아무 이야기도 듣지 않았다.

기어와 다시 준코의 발을 잡으려 했다.

더러운 벌레 같다는 생각이 들었다.

"좀 전에 내가 정직하게 대답하면 죽이지 않겠다고 했지?"

남자가 바보같이 기뻐하며 고개를 끄덕였다. 그 얼굴을 내려
다보며 남자와 마찬가지로 기쁜 표정을 짓고 준코는 말했다.

"그건 거짓말이야."

다음 순간 힘을 끌어냈다. 지저분하게 주름이 잡힌 남자의
목을 향해 힘은 포효하며 날아갔다.

단 한 방에 남자의 목이 부러졌다. 그 바람에 바닥에 깔린
판자가 부서졌다.

남자의 머리카락에 불이 확 붙었다. 바지에 옮겨 붙지 않도
록 준코는 재빨리 뒤로 물러났다. 고개를 돌리니, 출입구의 문
이 보였다. 조금 전 녹아 붙은 자물쇠 부분을 다시 한 번 노려
보았다─.

놋쇠로 된 자물쇠는 준코가 뿜어낸 고출력의 힘을 견디지
못하고 바로 녹아내리기 시작했다. 손잡이가 바닥에 툭 떨어
졌다.

문의 한가운데를 밀고 밖으로 나왔다. 문에서 타는 냄새가
났지만 가게 밖으로는 연기도 새나오지 않고, 거리를 오가는
사람들도 전혀 이상하게 여기지 않는 듯했다.

문이 기울어지지 않도록 조심스럽게 살짝 밀어 닫았다. 가
까이에서 자세히 보면 자물쇠 부분이 이상하다는 걸 눈치 채

겠지만 얼핏 봐서는 아무도 모를 것이다.

문 밖에 걸려 있던 '영업 중'이란 팻말을 뒤집어 '준비 중'으로 해놓았다. 그리고 걷기 시작했다. 아오토 육교 사거리에서 신호를 기다리던 젊은 여자에게 요요기우에하라 역으로 가려면 어떤 노선을 타는 게 좋은지 물었다.

여자는 친절하고 정중하게 가르쳐주었다. 그리고 쓴웃음을 지으며 덧붙였다.

"저, 실례지만 얼굴에 뭐가 묻었어요. 검은 때 같은—그을음인가?"

준코는 손을 들어 뺨을 문질렀다. 손바닥에 검은 얼룩이 묻었다.

"고마워요. 조금 전 환기용 팬을 청소했거든요."

살짝 웃으며 말했다.

6. 공통점

아오키 준코가 '커런트'를 출발한 바로 그 시각, 이시즈 치카코는 경시청 형사실 한 모퉁이에서 기누가사 순사부장을 만나고 있었다.

기누가사가 소속된 수사 2계는 요즘 1주일 전에 아카바네에서 일어난 강도살인 사건을 수사하고 있다. 그래서 기누가사도 아카바네기타 경찰서 수사본부로 나갈 때가 많지만 마침 본청에 돌아와 있어 만날 수 있었다.

52세의 기누가사는 체구는 작지만 풍채가 좋은 남자였다. 성실하고 꼼꼼하게 일하는 타입의 형사인데, 눈이 약간 처진 온화한 얼굴에다 인품도 좋다. 정식으로 대면한 건 처음이지만 후배들이 '기누 상'이라고 부르며 존경한다는 소문은 자주 들어 알고 있었다.

기누가사는 설탕을 듬뿍 넣은 인스턴트커피를 마시고 있었다. 치카코가 보기에도 피곤한 것 같았다. 와이셔츠 옷깃에는 때가 묻어 있었다. 강도살인 사건이 일어난 뒤에는 제대로 잠도 못 자고 목욕도 하지 못했을 것이다.

"다야마 초 사건에 대해서는 들었습니다."

기누가사는 커피를 마시며 말했다.

"우리도 정신이 없어서 얼핏 듣기만 했을 뿐 자세한 내용은 모릅니다만."

"재작년 2계에서 맡았던 아라카와 강변 사건하고 상황이 비슷합니다. 그 사건은 아라카와 서에서도 계속 수사를 한다고 들었습니다. 어쩌면 동일범일지도 몰라서요. 도움을 받고 싶은데, 누가 사건을 가장 잘 파악하고 있을까요?"

사실 기누가사한테 여러 가지 의견을 듣고 싶었지만 지금 그의 안색을 봐서는 무리일 것 같았다.

기누가사는 가는 눈을 더 가늘게 뜨고 잠시 생각에 잠겼다. 커피를 한 모금 더 마시고 나서 입을 열었다.

"아라카와 경찰서 형사과에 마키하라란 친구가 있죠. 젊지만 상당히 뛰어난 형사입니다. 도움이 될 거예요. 제가 한마디 해두겠습니다."

"감사합니다."

기뻐하는 치카코의 얼굴을 보며 기누가사는 살짝 목소리를 낮춰 말했다.

"다야마 초 사건은 정식으로 따지면 4계에서 담당해야 할 사건이죠?"

"예. 저희는 옵서버 입장이죠."

"힘들겠군요."

기누가사가 웃으며 말했다.

"방화 살인이면 방화반에 맡기는 것이 좋을 텐데."

"단순한 '방화 살인'이라고 하기엔 미묘한 사건이죠. 아라카와 강변 사건도 그랬고요."

기누가사가 천천히 고개를 끄덕였다.

"그것도 기묘한 수법이었죠. 보기에는 피해자 네 명 모두 타죽은 것 같고, 실제로 그런 정도의 화상이면 충분히 치명상이 되었을 텐데ー."

치카코도 그건 알고 있었다. 해부 결과 피해자 네 명 모두 목 부분에서 골절이 발견되었다. 목뼈가 부러진 것이다. 하지만 불에 타기 전에 골절이 생긴 것인지 그 뒤에 생긴 것인지가 분명치 않았다.

화재로 인해 사망한 시체는 머리 부분에 마치 둔기로 얻어맞은 듯한 상처가 남는 경우가 종종 있다. 그 부분만 놓고 보면 '이런, 방화 살인인가?' 하는 오해를 불러일으킬지도 모를 처참한 상처지만, 사실은 시체가 고온에서 불에 타는 동안 뇌가 팽창해 두개골이 파괴되어 생긴 상처인 경우가 많다.

하지만 목 부분의 골절이라면 이야기가 다르다. 고온에서 불에 탔다고 해서 목뼈가 부러진 경우는 적어도 아직까지는 없다. 그렇다면 아라카와 강변 사건의 네 피해자는 목이 부러진 뒤 그 시체가 불에 탔다는 이야기가 된다. 하지만 온몸을 뒤덮은 화상에서는 분명 생활반응(生活反應)이 남아 있었다. 이것은 피해자들이 산 채로 불에 탔다는 사실을 뒷받침한다. 시체에는 모순된 두 가지 사실이 함께 존재하고 있었다.

아라카와 강변 사건 피해자들을 검시한 법의학교실에서는 네 피해자가 '불에 타 죽은 것'으로 최종적인 결론을 내렸다. 하지만 피해자들을 태워 죽이기 위한 수단으로 무엇인지는 모르지만 강력한 충격파를 가진 흉기가 함께 사용되었고, 피해자들의 몸에 불이 붙는 것과 동시에 목뼈 골절도 일어난 것 같다는 게 법의학교실의 의견이었다. 결국 방화와 경부 골절이 거의 동시에 일어났다는 이야기다.

게다가 이 '충격파'라는 가설을 뒷받침하는 또 하나의 근거가 있다. 바로 피해자 세 명이 타고 있던 차의 유리창이다. 하나도 남김없이 완전히 박살이 나 있었다. 하지만 유리창은 피해자들이 불에 타기 전에 파괴된 것 같았다. 피해자들 주변에 떨어져 있던 유리 파편 중 녹은 것이 몇 개나 있었기 때문이다. 그리고 파편이 흩어진 방향을 고려할 때, 유리를 깨뜨린 그 어떤 '힘'은 차의 바깥쪽, 그것도 차체 오른쪽 뒷부분에서 발생한 것 같았다.

하지만 그런 '힘'을 가진 흉기가 이 세상에 과연 존재할까?

그 문제 말고도, 짧은 시간에 인간의 몸을 탄화시킬 만큼 완전히 태울 정도의 열을 내는 매체는 얼마 되지 않는다. 강력한 충격파를 동반하면서도 거창한 운반 기계를 필요로 하지 않고 간단하게 들어 옮길 수 있는 크기의 매체는 더욱 그렇다—그 매체의 중량도 염두에 두어야 한다.

여기에 또 한 가지 까다로운 조건이 붙는다. 아라카와 강변 사건에서는 피해자 네 명 중 세 명이 같은 차 안에서 불에 타 살해되었다. 땅바닥에 쓰러진 피해자는 한 명뿐이었다. 이것은 그 미지의 '흉기'가 피해자들이 피할 틈도 없을 만큼 빠르게 작동하는 것이어야 한다는 얘기다.

피해자들은 모두 안전벨트를 매고 있지 않았다. 물론 끈이나 로프에 묶인 흔적도 보이지 않았다. 자유로운 상태였다는 뜻이다. 옆 사람이 타 죽는 것을 가만히 보고 앉아 있을 까닭이 전혀 없다. 도망칠 수 있었다. 그렇다면 그들은—적어도 차 안에서 발견된 세 명은 거의 동시에 이 '흉기'를 이용한 공격을 받고 살해되었다고밖에 할 수가 없다. 바깥에서 죽은 한 명의 피해자도 차 밖으로 얼른 도망친 것이라기보다는 애당초 밖에 있다가 살해되었다고 보는 것이 자연스럽다. 차의 문이 모두 잠겨 있었기 때문이다.

"아라카와 사건은 상식으로 이해할 수 없는 것이 너무 많은 사건이었습니다. 이번 사건도 동일범이거나 적어도 동일한 흉기를 사용한 살인이 틀림없다고 생각합니다."

치카코는 현장인 폐공장의 철제 선반 일부가 녹아 있었다는 이야기를 해주었다.

"어쨌든 폐공장이라 내부가 어수선하기 때문에 다른 어떤 기계나 설비에 부서지거나 녹은 부분이 있는지 지금으로선 판단할 수 없습니다. 조금 전 현장을 살펴본 바로는, 이번엔 유리창이 전혀 깨지지 않은 것 같습니다."

"문제는 이번 피해자들도 목뼈가 부러졌느냐, 하는 것이겠군요."

"그렇겠죠…. 그런데 이번에는 총상을 입은 시체가 하나 나왔습니다."

기누가사가 작은 눈을 깜빡거렸다.

"총상을 입었다고요?"

"예, 젊은 남자입니다. 아마 그 총상이 치명적이었겠죠. 그 피해자만은 시체가 타지 않았습니다. 같은 장소에서 발견되었는데, 그 사람만은 화상을 전혀 입지 않은 것 같더군요."

한숨을 내쉬며 치카코는 기누가사의 표정을 살폈다.

"이것도 아라카와 사건과 공통된 점 아닙니까?"

기누가사는 치카코의 어깨너머 아득한 곳을 뚫어지게 바라보며 중얼거렸다.

"연소 범위가 지극히 좁다—."

"그렇습니다. 아라카와 사건에서, 운전석의 피해자는 뼈까지 탔는데 그 옆에 있던 안전벨트는 전혀 타지 않았습니다. 그을지도 않았죠. 아니, 피해자들의 시체를 들어냈을 때 그들이 앉았던 좌석 시트도 타지 않았습니다. 맞죠?"

그뿐만이 아니다. 뒷좌석에서 발견된 시체는 의복의 일부가 타다 말았다. 몸은 탄화될 정도로 탔는데 셔츠의 팔 부분과 바지의 무릎 아랫부분이 고스란히 남아 있었던 것이다. 피해자들이 묶여 있지 않았다는 사실도 그래서 알아낼 수 있었다.

다시 눈을 깜빡거리더니, 기누가사가 치카코를 바라보았다.

"연소 촉진제 흔적은?"

"현장에서는 아직까지 발견되지 않았습니다. 아무 냄새도 나지 않았고요."

"그것도 공통점이군요."

기누가사는 빈 종이컵을 움켜쥐고 찌그러뜨린 뒤 일어섰다. 치카코도 일어났다.

"그런데 이번에는 총상을 입은 시체가 있다?"

그렇게 중얼거리며, 기누가사는 피곤한 듯이 고개를 살짝 저었다.

"우리 쪽 강도살인 사건도 총을 흉기로 사용했습니다."

"두 명이 총에 맞아 죽었다면서요?"

"파친코 경품교환소에서, 점원 두 명이 즉사했습니다. 정말 방법이 없군요. 제대로 된 총기 대책이 나와야지. 지금은 정신없이 돌아다니고 있습니다."

기누가사가 본청으로 돌아온 것은 '총기범죄 특별대책본

부'에 보고서를 제출하기 위해서라는 사실을 치카코도 알고
있다.

"어쨌든 마키하라한테 연락해보십시오. 옵서버 입장이라면
오히려 자유로울 수도 있겠죠. 어느 정도 선입견을 버린 상태
에서 조사를 해보는 게 좋을지도 모르겠군."

"선입견이요?"

어떤 선입견을 말하는 거냐고 물어볼까 망설이는데, 기누가
사가 웃었다.

"아, 뭐랄까요. 이상하다, 기묘하다, 이렇게 생각하며 조사하
는 게 아니라 일단 '기묘하다'라는 느낌을 배제하고 백지 상태
에서 다시 조사해보라는 뜻입니다. 소용없는 일일지도 모르
지만."

"무슨 말씀인지 알겠습니다. 감사합니다."

기누가사는 형사실 출입구 쪽을 향해 걸어갔다. 치카코는
그 뒷모습을 지켜보며 다시 자리에 앉았다.

하지만 기묘한 사건이야—라고 생각했다. 이리 봐도 저리
봐도 기묘한 것은 기묘한 것이다.

게다가….

방금 기누가사가 한 '선입견 배제'라는 말도 그가 덧붙여서
설명한 의미로 던진 이야기는 아닌 것 같다는 느낌이 들었다.
사실은 좀 더 다른 의미로 말한 것은 아닐까.

미간을 찡그리며 생각에 잠겼다. 그 때문에 형사실을 나가

는 기누가사 순사부장이 옆에 있는 쓰레기통에 종이컵을 던져 넣으며 자연스럽게 힐끔 돌아보고 아주 잠깐 날카로운 시선으로 이쪽을 노려보았다는 사실을 치카코는 전혀 눈치 채지 못했다.

7. 검은 눈물

　요요기우에하라 역 앞에 정말로 '사쿠라이 주류 양판점'이
란 간판이 있었다. 개찰구를 나와 바로 눈에 들어오는 좋은 위
치에 걸린, 다다미 절반 정도 되는 큼직한 간판이었다. 게다가
새것이었다.

　준코는 가까이 가서 그 간판을 쳐다보았다. 거기엔 가게 주
소와 함께 위치를 알려주는 간단한 약도까지 그려져 있었다.
역에서 도보로 10분이라고 했다. 약도를 외웠다.

　—아사바의 엄마가 하는 가게야.

　작업복을 입은 남자는 그렇게 말했다. 그래서 아사바 일당
이 자주 모인다고.

　이 간판만 보면 '사쿠라이 주류 양판점'은 제법 장사가 잘되
는 모양이다. 적어도 망한 '플라자'보다는 장사가 잘될 것이다.

작업복을 입은 남자의 말에 과장이 없다면, 그 뒤에 더 잘 풀렸다는 이야기가 된다.

외운 길을 따라 걸으며 준코는 얼굴을 찡그렸다. 하지만 세상일이 그렇게 만만할 수 있을까? 우선 아사바의 어머니가 운영하는 가게라면 왜 '사쿠라이 주류 양판점'일까. 어째서 '플라자' 같은 술집이 아니라 주류 양판점일까. 아사바의 어머니는 그 가게에서 어떤 지위에 있는 걸까. 월급쟁이 사장? 하지만 어머니가 근무하는 직장에 자식과 그 패거리들이 모여들어 진을 치고 있는 모습은 좀 상상하기 힘들다. 고용주가 좋아할 리없다. 무엇보다 '주류 양판점'에 불량한 놈들이 '자주 모인다'는 것이 묘하다. 술집에 모인다면 또 이해가 되지만.

아사바 일당도 자기들이 무슨 짓을 저질렀는지 알고 있으리라. 젊은 여성을 납치해 도주한 것이다. 폐공장 사건도 언론에 보도되기 시작했다. 그들도 빼앗은 '후지카와'의 차에 '나쓰코'를 태운 채 멋대로 돌아다닐 수 있을 거라고는 생각하지 않을 것이다. 분명히 어딘가에 숨어 있다. 그리고 그 '어딘가'는 90퍼센트 이상의 확률로, 자기들이 잘 알아서 안심하고 숨을 수 있는 '아지트'일 것이다.

이미 몇 차례 이런 종류의 추적과 전투를 치러본 준코는 잘알고 있다. 이런 경우 도망치는 쪽이 무작정 모텔이나 호텔로들어간다거나, 어딘가에서 다른 차를 마련해 바꿔 타는 꾀를내는 경우는 거의 없다. 아니, 정확히 말하면, 준코가 표적으로 삼은 부류의 살인자들에게는 그런 지혜가 없다고 해야 할까. 핏자국이 생생한 상태로, 혹은 피해자를 납치해 '아지트'로 돌아간다—그건 결코 대담무쌍해서도 아니고 두려움이 없어서도 아니다. 그들 머릿속에는 그렇게 하면 곤란하다거나 발각될지도 모른다거나 위험하다는 생각 자체가 떠오르지 않는 것이다. 무슨 짓을 해도 잡히지 않을 거라고, 의심받지도 않을 거라고 생각한다. 살인을 저지른 직후에는 특히 더 그렇다. 피와 살육 때문에 흥분해서 천하에 자기만큼 강하고 영리한 인간은 없다고 생각한다.

그런 의미에서, 그들은 '아지트'로 도망간 것이 아니다. 노획물을 가지고 '아지트'로 돌아갔을 뿐이다. 더 느긋하게 즐기기 위해.

바로 그런 이유 때문에 준코도 '아지트'를 찾고 있는 것이다. 어쨌든 단서를 잡은 것 같기는 한데, '아지트'가 '주류 양판점'이라니—이런 경우는 처음이었다. 대체 어떤 가게일까?

외운 약도와 주소를 떠올리며 걸음을 옮기다보니 길 옆 전신주에 '사쿠라이 주류 양판점, 이쪽으로'라는 간판이 보였다. 우회전을 하라고 표시되어 있었다. 준코는 모퉁이를 끼고 오른쪽으로 돌았다. 그리고 걸음을 멈췄다.

3층짜리 건물이었다.

작기는 하지만 빌딩은 빌딩이었다. 그 건물 1층에 '사쿠라이 주류 양판점'이라는 간판이 있었다. 가게 정면의 폭이 대략 4

미터쯤 되어 보였다. 출입구 옆에는 맥주 자동판매기가 있고, 때마침 앞치마를 두른 자그마한 여자가 맥주를 바꿔 넣고 있었다.

준코가 서 있는 곳에서는 그 여자의 옆모습밖에 보이지 않았다. 젊은 여자는 아닌 듯했다. 빨간 앞치마에 청바지를 입고 있다. 짧게 자른 머리를 앞치마 못지않게 새빨갛게 염색했다. 사쿠라이 주류 양판점 양쪽에는 지극히 평범한 2층짜리 일반 주택이 있었다. 빙 둘러보니 주택들이 한적하게 늘어선 중에 군데군데 자리 잡은 작은 가게가 셋, 4층짜리 약간 작은 연립 주택도 섞여 있었다. 저쪽에는 세탁소가, 이쪽에는 양품점이 그리고 여기에는 사쿠라이 주류 양판점이. 도쿄 어디서나 볼 수 있는 동네 풍경이다.

사쿠라이 주류 양판점이 있는 빌딩은 새로 지은 것인지 다른 건물에 비하면 외벽이 아직 새하얗다. 바로 뒤에 지은 지 오래된 낡은 3층짜리 건물이 붙어 있어 유난히 더 희게 보였다. 기울어가는 햇살이 그 새하얀 벽을 비추고 있었다.

1층은 주류 양판점, 2, 3층은 살림집이었다. 2층 베란다에는 빨래가 잔뜩 널려 있었다. 하지만 3층은 베란다 한가운데 칸막이벽이 있을 뿐 아무것도 내놓은 게 없었다. 단지 창문 안쪽에 싸구려 노란색 커튼이 무겁게 드리워져 있을 뿐이었다. 준코는 저런 종류의 커튼을 다른 곳에서도 본 적이 있었다. 집을 구하러 다닐 때였다. 입주자가 없는 집 창에는 흔히 저런 커튼이

쳐져 있다. 햇볕에 다다미나 벽지가 변색되는 것을 막기 위해 집주인이 노란색 커튼을 쳐두는 것이다.

빨간 앞치마를 걸친 여자는 도로 쪽을 등지고 묵묵히 자동판매기에 캔 맥주를 넣고 있었다. 조용히 다가가며 준코는 판단을 내렸다. 베란다 상태로 봐서 2층은 사쿠라이 주류 양판점의 살림집일 테고, 베란다에 칸막이벽이 설치된 3층은 아마 세를 놓은 방일 것이다. 여기서 보이지 않는 쪽에 분명히 3층 방으로 올라가는 세입자용 계단이나 엘리베이터 입구가 있을 것이다.

3층의 두 방은 건물 크기로 보아 독신자용 원룸일 것이다. 그리고 지금은 입주자가 없다. 방이 비어 있다는 얘기다.

─아사바 패거리가 자주, 모이는 가게야.

그 남자는 이렇게 말했다. 주류 양판점에 모인다면 이상하지만, 저 방이라면 납득이 간다. 아사바 일당은 저 방을 쓰고 있을 것이다. 그렇다면 '아지트'로 충분하다.

문제는 아사바의 어머니가 여기서 어떤 입장에 있느냐다. 그리고 아사바 일당과의 관계다.

─엄마를 만나보라고 했어.

불법 권총 제조 대금 이야기를 아사바는 자기 어머니와 하라고 했다. 어머니는 아사바가 총을 지니고 있다는 걸 알고 있다는 얘긴가?

그렇다면 살인에 관해서도 알고 있지 않을까? 그 남자의 말과 이 사쿠라이 주류 양판점의 모양새로 미루어보건대, 아사바가 '나쓰코'를 이리로 데려왔을 가능성도 있다. 가슴이 두근거렸다.

아사바의 어머니에게 물어보면 그만이다. 말하지 않으려 한다면 입을 열게 해주면 된다. 아사바가 여기 있으면 좋고, 없다 하더라도 정보는 얻을 수 있다. 준코는 씩 웃었다.

빨간 앞치마를 걸친 여자 바로 뒤로 다가섰다.

"안녕하세요?"

여자가 뒤를 돌아보았다. 그리고 준코가 바로 앞에 서 있는 것을 보고 깜짝 놀라 몸을 뒤로 젖혔다.

"아니, 뭐야, 당신?"

여자가 쉰 목소리로 말했다.

준코는 미소를 지은 채 여자를 막고 섰다. 여자는 뒤로 물러나 자동판매기에 몸을 기댔다.

"깜짝 놀랐네―. 손님이세요?"

"안녕하세요?"

준코는 또 한 번 웃는 얼굴로 반복했다.

"아사바 어머니 되십니까?"

여자는 눈을 크게 뜨고 준코를 얼른 훑어보더니 말없이 손을 들어 뺨을 긁었다. 손톱이 길고 새빨갛게 칠해져 있었다.

"아사바입니다만, 누구시죠?"

쉰 목소리로 대답했다.

준코는 앞니가 보일 정도로 활짝 웃었다. 빙고.

"아사바 게이이치의 어머니죠?"

"그런데."

여자가 가는 눈썹을 찡그렸다. 그린 눈썹이었다. 붉은 갈색이다.

"무슨 일이지? 당신 누구야?"

"잠깐 의논할 게 있어서."

준코는 성큼성큼 가게 입구로 향했다. 겉보기와 달리 가게 안은 좁았다. 상품 진열을 제대로 하지 않은 모양이다. 좌우에 냉장 진열장. 정면에 카운터. 카운터 옆에 안으로 통하는 문. 지금은 활짝 열려 있었다. 복도와 그 바닥에 깔린 매트가 보였다.

가게 안에는 아무도 없었다. 적어도 지금은 다른 점원이 보이지 않았다.

준코는 곧바로 카운터로 향했다. 여자가 허둥지둥 쫓아왔다.

"아니, 무슨 일이야? 당신, 누구지?"

준코는 뒤를 돌아보고 여자의 얼굴을 정면으로 응시했다.

사십대 중반쯤일까. 화장이 무척 진해 나이를 쉽게 가늠할 수 없었다. 살짝 추켜올라간 듯한 쌍꺼풀. 작은 코와 주걱턱. 비쩍 마른 토끼 같은 입. 하지만 젊은 시절에는 제법 미인으로 통했을지도 모르겠다. 아니, 본인은 지금도 충분히 그렇다고 생각하리라.

준코가 카운터로 다가가자, 여자가 서둘러 쫓아왔다.

짙은 향수 냄새가 났다.

준코는 천천히 입을 열었다.

"아사바 어머니, 이건 비밀스러운 얘긴데, 여기서 해도 괜찮을까요? 가게에 다른 사람은?"

여자가 미간을 찡그리더니 힐끔 입구 쪽을 돌아보고 나서 말했다.

"가게는 나 혼자 봐. 바깥양반은 배달 나갔어."

"바깥양반? 어머, 재혼했어요?"

여자는 미간을 더욱 찡그리며 이마와 눈초리에도 추한 주름을 지었다. 대꾸는 없었다.

"뭐, 상관없지. 용건을 말하죠. 난 아사바 게이이치를 찾고 있어요. 지금 어디 있는지 알아요? 어떤 사람이 아사바가 친구들과 이 가게에서 자주 모인다고 하던데. 지금도 위층 방에 있습니까?"

게이이치라는 이름을 듣자 여자는 고개를 숙이며 눈을 치켜떴다. 그 눈에서 불꽃 같은 것이 튀었다.

"당신은 누구지? 뭐 하러 왔어? 게이이치한테 무슨 볼일이 있는 거야?"

준코는 살짝 웃었다.

"여기 있어요, 없어요?"

"없어."

"정말?"

여자가 손을 뻗어 준코의 두 팔을 잡았다. 막무가내로 끌어당겨 가게에서 내쫓으려 했다.

준코는 아파서 얼굴을 찡그렸다.

"잠깐. 거칠게 굴지 말아요. 난 다쳤어."

"거칠게 나온 건 당신 아니야? 남 일하는 곳에 다짜고짜 들어와서—."

"아프니까, 이 손 놔, 아줌마."

준코는 웃음을 지우고 말했다.

"나, 당신 아들이 쏜 총에 맞았어."

마치 따귀라도 맞은 듯이 여자가 눈을 크게 떴다. 그 눈을 빤히 들여다보며 준코는 말했다.

"당신 아들이 산 불법 제조 권총에 맞았어."

더러운 것을 뿌리치듯, 여자는 준코의 두 팔을 놓았다. 얼른 뒤로 물러났다.

"당신, 무슨 소리야? 정신이 이상한 거 아니야? 무슨 권총—."

"알고 계실 텐데."

준코는 한 걸음 다가갔다. 여자의 얼굴을 똑바로 바라보며 그러나 한 치의 빈틈도 없이, 가게 출입구 밖의 상황도 한눈에 살폈다. 지나다니는 사람은 없었다.

"알고 있을 거야. 아사바한테서 돈을 지불하라는 이야기를 들었을 텐데. 권총 빼돌리는 남자를 만난 적 있잖아? 그 남자가 여기 왔었지? 그 사람한테 들었어."

"당신….."

여자의 입술이 부들부들 떨리기 시작했다.

"당신, 대체 누구야?"

"그건 영원한 수수께끼지."

준코는 웃었다.

"그보다 내 질문에 대답해. 아사바 게이이치는 여기에 살지? 당신의 멍청한 아들놈. 모른다는 소리는 통하지 않아. 말해."

여자는 준코를 노려보았다. 눈에 핏발이 섰다. 얼굴을 불쑥 들이대더니 침을 튀기며 말했다.

"싫어!"

준코는 웃음을 터뜨렸다.

"어머, 그러셔?"

"무슨 장난을 치는 건지 모르겠지만, 아가씨는 상대를 잘못 골랐어. 얼른 돌아가."

"어머, 그래?"

"내가 부드러운 얼굴로 이야기할 때 돌아가."

"당신한테 무슨 부드러운 얼굴이 있어? 화장만 덕지덕지한 형편없는 여편네가."

여자의 표정이 풀 먹인 빨래처럼 굳어졌다. 그 표정이 우스 워 준코는 웃음을 머금었다.

"형편없는 여편네?"

여자의 뺨이 두꺼운 화장으로도 감출 수 없을 만큼 붉게 달아올랐다.

"어디, 다시 한 번 말해봐!"

"얼마든지 해주지, 이 못생긴 년아."

여자의 새빨간 입술이 뻐끔뻐끔 움직였다. 팔을 치켜들더니 준코의 얼굴을 향해 내려쳤다.

다음 순간, 그 팔이 타올랐다.

불길은 여자의 팔에서 시작되었다. 손가락도, 손목도, 팔꿈치도, 두 팔 모두 거침없이 타오르는 불길에 휩싸였다. 여자는 오른팔을 치켜든 채 입을 떡 벌리고 불붙은 자기 팔을 바라보았다. 그리고 비명을 지르려는 듯 숨을 들이켰다.

여자가 숨을 토하려는 순간, 준코는 끌어올린 힘의 채찍으로 여자의 뺨을 때렸다. 준코 입장에서는 살짝 따귀를 때리는 정도로 힘을 조절했지만, 여자의 머리가 옆으로 홱 돌아가더니 거의 쓰러질 것처럼 비틀거렸다. 여자가 쓰러지지 않도록 잡아 세운 다음, 익숙한 손놀림으로 불붙은 오른팔을 잡고 위아래로 크게 흔들었다. 불길은 마술처럼 사라졌다. 하지만 여자가 입고 있던 스웨터는 완전히 불에 타 팔에 검게 눌어붙었다. 살 타는 냄새가 풍겼다.

"소리 지르지 마. 말을 듣지 않으면 이번엔 머리카락을 태워주겠어."

웃는 얼굴로 그렇게 말하며 준코는 두 손으로 여자의 멱살을 잡았다.

"자, 어머니, 안으로 들어가시지. 들려주고 싶은 얘기가 있어."

준코는 여자를 끌고 가게 안쪽으로 들어갔다. 마루가 깔린 작은 방이었는데, 사무실 대신 쓰는지 책상이 놓여 있었다. 전화기도 보였고, 작은 세면대도 있었다. 구석 쪽에는 맥주 상자가 쌓여 있고, 그 상자에 반쯤 가려진, 2층으로 올라가는 계단이 보였다.

안쪽에 한 짝짜리 문이 보였다. 여자의 멱살을 잡은 채 준코는 턱으로 그쪽을 가리켰다.

"저건 어디로 통하는 문이지?"

여자는 입을 뻐끔거렸다. 입가에 흰 거품을 물고 있었다.

"말할 수 있을 거야."

준코는 여자의 목을 불끈 추켜들었다.

"말도 못할 정도로 세게 때리지는 않았어. 쓰다듬은 정도지. 자, 말해."

여자는 입을 비죽 내밀더니, 힘겹게 턱을 벌리고 침을 흘리며 말했다.

"차, 창고."

"창고? 좋았어. 안으로 들어가."

여자를 창고로 끌고 들어가 문을 닫았다. 육중하고 탄탄한 문이었다. 종이박스와 맥주병, 술병을 빽빽하게 채운 플라스틱 케이스가 쌓여 있고, 바닥은 콘크리트가 그대로 드러나 있었다. 두 발에 힘을 주며 준코는 여자의 멱살을 고쳐 잡고 벽으로 밀어붙였다.

"이봐, 난 당신의 그 멍청한 아들을 찾고 있어."

어루만지듯 부드러운 목소리로 말했다.

"왜냐고? 그놈은 살인자에다 젊은 여자를 납치해 도망을 다니고 있기 때문이야. 난 그 여자를 구하러 왔어. 그렇기 때문에 인정사정 보지 않아. 알겠지?"

여자의 눈에 눈물이 고였다. 콧물이 주르륵 떨어졌다.

"사, 살려줘."

"더럽게. 이봐, 콧물 같은 거 흘리지 마. 얼굴이 엉망이 되잖아."

"살려줘ㅡ."

"당신 하소연 듣고 있을 여유가 없어. 말해. 아사바 게이이치는 지금 여기 있어? 아니면 다른 곳에 있나? 응?"

"어, 없, 없ㅡ."

"없어? 정말? 거짓말하면 이번엔 정말 봐주지 않겠어. 당신 얼굴이 자랑스럽지? 이렇게 예쁘게 화장도 하고 말이야. 앞으로도 화장을 하고 싶겠지? 피부도 손질하고 싶겠지? 소중한 얼굴을 불에 탄 돼지처럼 만들고 싶지는 않을 거 아니야?"

여자의 두 눈에서 눈물을 뚝뚝 흘렸다. 검은 눈물이었다. 마스카라 색이다.

"속이 시커먼 인간은 눈물까지 까맣군. 재미있어."

준코는 웃으며 여자의 머리를 벽에 툭 밀쳤다. 여자는 신음

하며 눈을 감았다.

"아사바는 지금 여기 없어?"

눈을 감은 채 여자가 고개를 끄덕였다. 몇 번이고, 몇 번이고.

"그럼, 어디 있지?"

"모, 몰라."

준코는 여자에게서 한 걸음 뒤로 물러섰다.

"눈을 떠봐."

여자가 눈을 떴다. 이번에는 오른쪽 발끝이 타오르고 있었다. 여자는 으악, 하고 소리를 지르며 도망치려 했다. 준코는 그녀를 벽으로 세게 밀쳤다.

"샌들이 타고 있을 뿐이야. 깩깩거리며 소란 떨 것 없어."

여자가 발을 동동 구르더니 샌들을 벗었다. 신발이 휙 날아가 뒤집히더니 고약한 냄새를 풍겼다.

두 손으로 얼굴을 감싸며 미끄러지듯 주저앉았다. 준코는 팔짱을 끼고 여자를 내려다보았다.

"아사바 게이이치는 어디 있지?"

여자는 머리를 감싼 채 쭈그리고 앉아 있었다. 그렇게 계속 웅크리고 있으면 준코에게서 벗어날 수 있을 거라고 생각하는 듯.

"당신은 알고 있을 거야. 어디 있어? 이 건물 위층에 있는 방이 아사바의 아지트지? 그렇지?"

흐느껴 울며 웅크리고 앉아 두 팔로 자기 몸을 끌어안은 채 여자는 그저 고개만 저었다.

준코는 주위를 둘러보았다. 그리고 여자의 모습을 바라보며 뒷걸음으로 옆쪽 사무실로 갔다. 찾는 것은 책상 제일 아래 서랍에 있었다. 비닐 끈. 그리고 책상 밑에 지저분한 양동이가 하나 있고, 그 테두리에 걸레 한 장이 걸쳐져 있었다. 만져보니 축축했다.

"말을 하지 않으니 묶어야겠군."

준코가 다가가자 여자는 엉덩이를 뒤로 밀며 무작정 도망치려 했다. 계속 창고 안으로 피했다.

"번거롭게 만들지 마. 위층에 가보고 싶어. 정말 아사바가 없는지 보고 와야겠어. 당신이 하는 말을 믿을 수 없으니까."

"거짓말하지 않았어."

여자는 엉엉 울었다. 조금 전 맞았던 뺨에 빨간 자국이 나 있었다. 그 때문인지 말투가 이상했다. '거짓말'이 '거지마'로 들렸다.

아사바가 여기 없을 경우, 이 여자는 중요한 정보원이다. 그냥 죽여버릴 수는 없다. 몸을 묶고 창고 문을 용접해 가둬두자. 서두르지 않으면 배달을 나갔다는 '바깥양반'이 언제 돌아올지 모르고, 손님이 와서 가게에 아무도 없다는 걸 알면 수상하게 여길 것이다.

조바심이 나자 준코는 심한 두통을 느끼기 시작했다. 힘을 억제해서 쓰고 있기 때문이었다. 더 시원스럽게 해방시켜줘,

라며 머릿속에서 아우성을 치고 있었다. 준코 자신도 그럴 수만 있다면 이 건물을 몽땅 다 태워버리고 싶었다.

'나쓰코'만 구해내면 그럴 수도 있다. 그때까지는 참아야 한다.

걸레로 재갈을 물리기 위해 여자의 머리카락을 잡고 고개를 들게 했다. 그때였다.

비명이 들렸다. 희미하지만 틀림없었다. 여자 목소리였다. 눈앞에 있는 여자가 낸 소리는 아니었다.

순간, 잘못 들은 게 아닐까 생각했다. 하지만 눈물에 화장이 지워져 얼룩덜룩한 여자의 얼굴을 보고, 눈을 보고 나서야 잘못 들은 게 아니라는 사실을 깨달았다.

여자의 눈은 공포로 가득 차 있었다. 두 눈이 소리를 지르고 있었다. '들켰어!'라고.

준코는 창고의 천장을 올려다보았다.

위층 방 어딘가에 아사바가 있다.

8. 소용돌이

잠깐 위쪽에 신경을 쓰던 준코의 허점을 노리고 아사바의 어머니가 몸을 던졌다. 준코를 밀어 넘어뜨리고 도망치려 한 것이다. 두 눈을 부릅뜨고 잡아먹을 듯이 노려보고 있었다.

두 사람의 눈이 마주친 순간, 준코의 머릿속을 뭔가가 무서운 속도로 스치고 지나갔다. 순식간에 떠오른 그 기억은 선명하게 되살아나 지금 눈앞에서 벌어지고 있는 일이 오히려 꿈속인 것처럼 천천히 속도를 늦추었다. 아사바 어머니의 움직임이 오일 속에 둥둥 떠다니는 기름 찌꺼기처럼 완만해졌다. 준코는 현실에서 멀어져 아사바 어머니의 광기 어린 눈을 바라보며 회상 속으로 빠져들었다—.

저런 눈을 분명히 본 적이 있다. 그것은, 그것은 분명히—.

—왜 그런 짓을 했지, 준코?

어머니의 목소리다.

―왜 옆집 개한테 그런 심한 짓을 했어? 귀여운 멍멍이였잖아? 너도 좋아했잖아?

하지만, 하지만 그 개가 말이야, 엄마.

―갑자기 날 깨물었어.

―이상하게 몸을 뒤틀면서 달려와 갑자기 덤벼들어 나를 깨물었어.

―옆집 멍멍이가 무서웠어. 그래서, 그래서 나는―.

아사바 어머니의 기세에 밀려 준코는 그녀와 함께 창고 바닥에 쓰러졌다. 등과 팔꿈치가 바닥에 부딪혔다. 그 바람에 어깨의 상처에서 다시 피가 흘러나오는 것이 느껴졌다.

그래, 그때 그 옆집 멍멍이하고 똑같아. 미친개도 이런 눈빛을 하고 있었어. 이 여자와 같은 눈빛을.

―그래서 멍멍이를 태워버렸어!

그랬다. 그랬었다. 준코는 기억이 떠올랐다. 처음으로 자신이 살아 있는 생물체를 죽인 기억. 어째서 이럴 때 그 기억이 떠오른 걸까.

―동물이 널 괴롭히면, 너한테 반항하면 모두 태워서 죽여버려야 하니, 준코? 그럴 생각이야? 그럼 아빠나 엄마가 널 야단치거나 때리면, 네 기분을 상하게 하면 바로 태워 죽일 거야?

아사바의 어머니는 준코의 몸을 뛰어넘지 않고 그냥 짓밟으며 도망쳤다. 창고 문을 향해 뛰어갔다.

—그렇게 하면 네 주위엔 아무것도 없어. 아무것도 살지 않
게 될 거야.

　—넌 외톨이가 되고 말 거야.

　—외톨이가 되고 싶은 거니, 준코?

　먼 옛날 어머니가 던진 물음이 회상의 느슨한 흐름을 끊었
다. 슬로모션 같았던 현실이 원래 속도를 되찾았다. 준코는 벌
떡 일어섰다. 아사바의 어머니는 막 문 앞에 이르러 허우적거
리며 문을 열려 하고 있었다. 그 뒷모습, 뒤통수를 향해 준코는
힘을 모아 일격을 가했다.

　아사바의 어머니는 창고 문과 함께 앞으로 날아갔다. 잠깐
큰 대자로 손발을 펼친 채 문에 달라붙어 있던 그 여자가 마치
마법 양탄자를 탄 옛날이야기의 주인공처럼 허공을 날아가는
것이 보였다.

　준코는 난장판이 된 가게 매장에서 문과 함께 불타고 있는
아사바 어머니의 잔해를 보았다. 그 형체를 제대로 알 수 있는
것은 두 다리뿐이었다. 놀랍게도 아직 왼쪽 다리의 샌들은 그
대로 남아 있었다.

　폭발음과 화염에 놀라 이웃 사람들이 몰려들 것이다. 준코
는 재빨리 움직여 위층으로 가는 계단을 찾았다. 어렵지는 않
았다. 아래에서 난 소리를 듣고 누군가가 우당탕 계단을 내려
왔기 때문이다.

　"뭐야, 시끄럽게."

준코는 계단 쪽으로 달려갔다. 내려온 사람은 젊은 남자였다. 장발에 위에는 아무것도 걸치지 않고 지저분한 사각 팬티한 장만 입고 있었다. 피부가 허연 삐쩍 마른 몸을 올려다보며 준코가 소리쳤다.

"아사바는 어디 있어?"

장발 남자가 계단 중간에 멈춰 섰다.

"아니, 뭐야, 넌."

"아사바는 어디 있지?"

준코는 계단에 발을 디디며 소리쳤다.

"저리 비켜."

장발 남자가 뒤로 물러났다. 계단을 잘못 디뎌 비틀거리며 난간을 잡았다.

"넌 뭐야? 여기서 뭘 하는 거야?"

가게 쪽으로 사람들이 몰려오며 외치는 소리가 들렸다.

"사쿠라이 씨, 사쿠라이 씨!"

가게 주인의 안전을 걱정하고 있었다. 목소리가 가까워졌다. 꾸물거릴 틈이 없다.

준코는 위에 있는 장발 남자를 쳐다보며 그를 향해 힘을 쏘았다. 남자는 지푸라기처럼 뒤로 날아갔다. 2층 계단으로 올라가는 벽에 세게 부딪히더니 불이 붙었다.

"비키지 않은 게 잘못이야."

준코는 계단을 뛰어 올라갔다. 2층에 올라가자마자 바로 오른쪽 문이 벌컥 열렸다. 응접세트 같은 것이 얼핏 보이고, 남자의 머리가 쑥 튀어나오더니 문 뒤에서 내다봤다. 그리고 다시 쾅, 하고 문이 닫혔다.

방금 그 남자도 아사바는 아닌 것 같았다. 아사바 말고 몇 명이나 있는 걸까. 폐공장에서 세 명을 처치했는데, 아사바가 다른 패거리를 이리로 불러들인 것일까? 무엇 때문에?

방금 닫힌 문 안쪽에서 다시 여자의 비명이 들려왔다. 잘못 들을 수 없을 정도로 또렷하고 절실한 공포가 느껴지는 절규.

무엇 때문에 패거리를 불렀을까? 뻔하다. '나쓰코'를 강간하기 위해서다. 준코는 문을 부쉈다. 준코가 흥분한 만큼 '힘' 또한 거세져 분출되려고 날뛰었다. 문은 일격에 박살이 났다. 조각난 파편에 불이 붙어 천장까지 튀어 올랐다. 그중 몇 개가 준코의 머리 위에 떨어져 머리카락 그을리는 냄새가 코를 찔렀다.

문 안으로 들어가 보니 그곳은 거실이었다. 팔걸이가 달린 의자와 유리 테이블이 보이고, 그 위에 벗어던진 옷가지가 쌓여 있었다. 바닥에도 양말이며 속옷이 흩어져 있었다. 방금 흩어진 문짝 파편이 거기에 떨어져 불이 붙고 연기를 피워 올리기 시작했다.

거실 왼쪽에 미닫이문이 하나 있었다. 아마도 다다미가 깔린 방일 것이다. 이런 소란에도 열리지 않는 저 문 안에 분명히 '나쓰코'가 있으리라. 그리고 아사바도.

준코는 걸음을 내딛었다.

바로 그때였다.

"꼼짝 마! 움직이지 말란 말이야!"

갑자기 소리가 들렸다. 오른쪽 구석에 남자가 쭈그린 채 몸을 숨기고 있었다. 두 손을 들어 준코를 겨냥했다.

총을 들고 있었다.

준코는 머리만 틀어 그쪽을 보았다. 유리 테이블 위의 불붙은 옷에서 나는 연기가 준코의 눈을 찔렀다. 눈물이 조금 나와 깜빡거렸다.

"꼼짝 말라고 했잖아. 쏜다!"

말을 마치자마자 남자가 방아쇠를 당겼다. 준코의 머리 오른쪽으로 총알이 핑, 하고 허공을 가르는 소리가 나더니 옆쪽 벽에 큼직한 구멍이 났다.

준코는 벽 쪽은 보지도 않고 총을 들고 있는 남자를 바라보았다.

덩치가 크고 탄탄한 체격의 젊은이였다.

역시 위에는 아무것도 걸치지 않았지만 아래는 색 바랜 카키색 바지를 입었다. 양말을 신지 않은 발바닥을 이쪽으로 향하고 있었다. 문짝 파편이 탄 재를 밟았는지 시커멨다.

쏘겠다고 위협한 주제에 실제로 총알이 나가자 당황한 눈치였다. 총을 든 손이 위태롭게 흔들렸다.

준코가 한 걸음 다가가자 남자는 웅크리며 몸을 벽에 붙였다.

"가, 가까이 오지 마!"

남자의 손이 방아쇠를 더듬거렸다. 준코는 눈을 가늘게 뜨고 총을 향해 힘을 발사했다. 그러자 남자가 총을 집어던졌다.

"앗, 뜨거워!"

남자의 두 손이 시뻘게졌다. 부드러운 손바닥에 불에 뎄을 때 생기는 물집이 부풀어 올랐다. 남자는 으아악, 소리를 지르며 두 손을 바지에 문질렀다.

"뜨겁지?"

준코는 중얼거리듯 상냥한 어투로 말하고 방긋 웃었다.

"미안해. 하지만 걱정 마. 이제 아무 아픔도 느끼지 않게 해줄 테니."

그리고 동시에 힘을 짜냈다. 벽 쪽에 붙어 있던 남자는 순식간에 불길에 휩싸였다. 머리카락이 타오르고, 부릅뜬 두 눈이 녹아내리는 것을 보며 준코는 미닫이문 쪽으로 고개를 돌렸다.

미닫이문이 10센티미터쯤 열려 있었다. 준코가 시선을 그리로 향하자 쾅, 하고 닫혔다.

준코는 미소를 지었다.

방 안에 연기 냄새가 가득했다. 방 전체의 온도도 올라갔다. 그게 문짝 파편에서 번진 불이나 방구석에서 타고 있는 남자 때문이 아니라 자기 자신 때문이라는 것을 준코는 알고 있었다. 분노가 타오르고, 제어를 해도 힘이 자꾸만 몸 밖으로 뻗어나와 실내 온도를 높이는 것이다.

이대로 문을 열어 아사바를 발견하면, 그 순간 섬광을 방사해 '나쓰코'까지 태워버릴지 모른다. 준코는 심호흡을 한 번 하고 살짝 고개를 저었다. 거실 창문의 레이스 커튼에 마술처럼 불길이 확 일었다. 사쿠라이 주류 양판점 주인에게는 미안하지만 이 가게는 완전히 태워버려야겠다.

준코는 신중하게 몸을 미닫이문에 붙이고 자세를 낮췄다. 불붙은 커튼의 열기 때문에 등이 뜨거웠다.

단숨에 문을 열었다.

세 평 남짓한 일본식 방이었다. 가구는 거의 없고 한복판에 흐트러진 이불이 깔려 있었다. 여자가 울먹이는 소리는 들리는데, 얼굴은 보이지 않았다. 준코는 방 안으로 발을 내딛었다.

창문이 열려 있었다. 그 바깥으로 철제 계단이 보였다. 3층으로 통하는 계단인 모양이다. 난간을 넘어서면 바로 계단이다.

열린 창문으로 소방차의 사이렌이 들려왔다. 이쪽으로 오고 있었다.

흐느끼는 소리. 준코는 뒤를 돌아보았다. 창문 맞은편에 있는 수납장 옆, 그 구석에 몸을 잔뜩 웅크린 젊은 여자가 있었다. 옷은 걸치지 않았지만 커다란 타월 같은 것을 몸에 둘렀다.

"나쓰코 씨?"

다가가며 물었다. 젊은 여자는 몸을 더욱더 웅크리며 눈물로 범벅이 된 얼굴을 타월로 가렸다.

준코는 얼른 여자 옆에 쭈그리고 앉아 두 팔로 감싸 안았다.

"걱정 마. 난 당신 편이야. 구하러 왔어. 후지카와 씨 부탁을 받고 당신을 찾아다녔어."

후지카와라는 이름을 듣자마자 여자가 고개를 번쩍 들었다. 마치 그 이름에 매달리듯, 그 이름이 생명줄이라도 되는 듯.

"후지카와? 그 사람, 살아 있어? 무사해?"

전투 때문에 준코의 신경은 긴장되어 있었다. 힘은 흥분을 저절로 증식시켰다. 마치 고속 증식로 같은 메커니즘으로 계속해서 더 강한 파워를 만들어냈다. 그만큼 준코는 정신적으로 지쳐 있어, 앞뒤 계산을 하기 힘들었다. 나쓰코가 순식간에 쏟아낸 질문에 그럴듯한 거짓말을 해줄 정도의 여유가 없었다.

"아, 그 사람은 무사해."

그렇게 말하기는 했지만 반응은 늦었고, 표정은 말과 달랐다. 나쓰코가 그걸 읽어냈다.

"그 사람, 죽었어? 거짓말하지 말고. 죽은 거야?"

나쓰코가 떨리는 목소리로 물었다. 그녀는 준코에게 매달렸다. 가까이서 보니 얻어맞았는지 얼굴과 몸에 검푸른 멍이 잔뜩 있었다. 입술은 찢어져 부어올랐다. 준코에게 매달린 오른쪽 팔뚝 부드러운 살에 담뱃불로 지진 커다란 화상이 보였다.

"그래."

준코는 고개를 끄덕였다.

"놈들이 죽였어. 죽기 직전 나한테 너를 구해달라고 부탁했어."

나쓰코의 얼굴이 크게 일그러졌다. 아직 그녀의 몸에 그만한 체력이 남아 있다고 믿을 수 없을 만큼 큰 소리로 울기 시작했다. 더욱 목청을 높여 비명 같은 소리를 질렀다. 그리고 몸을 부들부들 떨었다.

"자, 일어서. 어서 빠져나가자."

거실은 불타고 있다. 커튼에서 천장으로 불이 옮겨 붙었다.

"저 창밖 계단을 통해 위로 가자."

준코가 부축해 일으키려 하자 그녀는 격렬하게 뒷걸음질을 쳤다.

"안 돼! 저 계단 위에는—."

"널 납치해서 못된 짓을 한 남자가 도망쳤지?"

나쓰코는 몸을 떨며 고개를 끄덕였다.

"조금 전 큰 소리가 들리자— 미닫이문 틈새로 계속 보고 있었어. 당신이 이리 오기 전에 창문으로 도망쳤어. 저 바깥 계단을 타고 올라갔어."

"그를 쫓아가야 해."

"우릴 죽일 거야."

"괜찮아. 내가 더 강해."

자신감을 갖고 준코는 단언했다.

"널 이렇게 만든 놈이 창밖으로 도망친 녀석?"

나쓰코의 팔뚝에 난 화상을 가리키며 준코가 물었다. 그녀는 고개를 끄덕였다.

"그렇다면 그놈에게 더한 고통을 안겨줘야지. 자, 가자. 어쨌든 여기 있으면 타 죽을 거야."

주위에는 나쓰코가 입을 만한 옷이 보이지 않았다. 언제부터 나쓰코가 발가벗겨져 있었을까를 생각하니 관자놀이가 쑤시기 시작했다. 힘이 마구 날뛰려 했다. 나쓰코는 준코의 재킷을 걸치고 창문 난간을 넘었다. 바깥 계단으로 이동하는 것은 그리 힘들지 않았다. 좁은 땅에다 무리해서 세운 건물의 설계 실수 덕택이었다. 재킷이 슬쩍 벌어져 나쓰코의 허벅지 안쪽에서도 피가 흐른 흔적이 군데군데 보였다. 준코는 가슴이 답답하고 관자놀이가 심하게 쑤셨다.

나쓰코가 바깥 계단으로 이동하자 준코도 뒤를 따랐다. 바깥 계단의 층계참에 서니 이미 해는 졌지만 시야가 넓어졌다. 이웃 사람들이 길가에 나와 이쪽을 올려다보거나, 창문을 가리키며 떠드는 모습이 건물 틈새로 언뜻언뜻 보였다. 소방차의 빨간 차체도, 소방대원의 은빛 내화복도 보였다.

"나, 무서워."

나쓰코가 울었다.

준코는 그녀의 왼팔을 꼭 껴안았다.

바깥 계단으로 나와서야 이곳을 통해서는 아래로 내려갈 수 없다는 사실을 깨달았다. 1층으로 그리고 안전한 땅바닥까지 이어져야 할 계단에는 부서진 맥주 박스와 골판지 상자, 커다란 나무상자 등의 잡동사니가 잔뜩 쌓여 있었다. 계단을 창고로 쓰나? 치우기도 쉽지 않을 것 같았다. 타고 넘기도 어려울 것이다. 밑에서 사람들이 떠들썩한 까닭도 이 때문인지 모른다.

하지만 2층에서 뛰어내릴 수도 없다―.

"별수 없군."

3층까지 올라갔다. 건물은 3층이지만 바깥 계단은 위로 더 이어졌다. 작은 급수 탱크가 보였다. 옥상이 있을 것이다.

아사바도 같은 루트로 도망쳤다면 옥상으로 갔을 것이다. 위로 올라가려 하는데 3층 비상계단 안쪽에서 콰당, 하는 소리가 났다. 준코는 긴장했다. 아사바일까?

그러나 바깥 계단에서 비상문을 열고 안으로 들어가니 3층은 쥐죽은 듯 조용했다. 복도를 따라 문이 세 개 있었다. 어느 문이나 다 꼭 닫혀 있었다. 손잡이를 잡고 흔들어보았지만 열리지 않았다. 막다른 곳에 작은 엘리베이터가 있고, 그 문도 닫혀 있었다. 아사바는 이미 여기 없는 걸까? 그렇다면 방금 난 그 소리는 무엇일까?

준코는 이곳에 와서 처음으로 망설였다. 나쓰코를 먼저 피하게 하는 것이 나을까? 아니면 마지막까지 함께 행동하는 것이 나을까? 아래층의 화재 때문에 엘리베이터는 이용할 수 없다. 이제 와서 나쓰코를 화재로 죽게 만들 수는 없다. 도망치려면 옥상으로 가야 하지만 혼자 보내기는 걱정스럽다.

"나쓰코 씨, 여기 있어야 해."

작은 목소리로 말했다.

"무슨 일이 있으면 곧바로 문을 열고 바깥 계단으로 나가. 알았지? 그리고 옥상으로 가서 큰 소리로 도움을 청해. 사다리차가 오면 쉽게 내려갈 수 있을 거야."

나쓰코는 창백한 얼굴로 준코를 올려다보았다.

"당신은?"

"난 여기 있는 방들을 살펴볼 거야. 아사바를 잡아야 해."

"그놈은 총을 갖고 있어. 위험해, 안 돼. 가면 안 돼."

나쓰코가 떨며 말했다.

"그렇다면 더욱 그놈이 어디 있는지 확인하고 피해야 해. 옥상으로 나갔다가 뒤에서 그놈이 총이라도 쏘면 어떡해?"

"그렇지만…."

"걱정 마. 방 세 개를 살펴보고 곧바로 함께 피할 테니까."

나쓰코를 비상문 앞에 웅크리고 있게 한 다음, 준코는 재빨리 몸을 움직였다. 문 옆에 있는 벽에 몸을 딱 붙이고 '힘'을 쏘아 자물쇠를 녹였다. 그리고 문을 열었다. 방을 들여다보았다. 설령 아사바가 총을 겨눈다 해도 즉각 대응할 만한 '힘'이 몸 안에 가득했다.

방 세 개를 모두 열어보았지만 인기척이 없었다. 화장실 문도 열어보았다. 아사바는 보이지 않았다.

엘리베이터의 버튼을 눌렀다. 문이 열리지 않았다. 역시 전기 시스템이 화재로 손상된 모양이다.

연기가 스며들어와 3층 복도에도 냄새가 진동했다. 준코는 빠른 걸음으로 나쓰코에게 돌아갔다.

"녀석은 없어. 아쉽지만 도망친 모양이야. 우리도 옥상으로 가자."

나쓰코를 부축해 다시 바깥 계단을 올라갔다. 조금만 더 가면 옥상이다. 자세를 낮추고 거의 기다시피 해서 옥상에 도착했다. 말이 옥상이지 두 평 남짓한 넓이였다. 낮은 난간이 빙 둘러져 있고 한가운데 급수 탱크가 있었다.

고개를 들어 주위를 둘러보려는데, 이상한 것이 눈에 띄었다. 급수 탱크 밑에 담배 가루가 잔뜩 떨어져 있었다. '꽁초'가 아니라 '잔해'였다. 담배 부스러기가 찬바람에 이리저리 흩어졌다. 필터가 세 개나 굴러다니는 것을 보면 세 개비 분량이다. 누군가가 시간을 죽이기 위해 담배를 피운 게 아니라 담배를 해체하고 있었던 모양이다.

─이게 뭘까.

아사바 일당이 마약에도 손을 대고 있는 걸까. 담배의 내용물을 빼내고 그 안에 대마초를 넣어 피우는 방법이 있다는 이야기를 주간지 같은 데서 읽은 적이 있다.

뒤에서 나쓰코가 몸을 웅크린 채 살짝 재채기를 했다. 준코는 뒤를 돌아보고 나쓰코의 어깨를 격려하듯 쓰다듬은 뒤 무릎을 세우고 주위를 살폈다.

옥상 동쪽 끝에 불쑥 튀어나온 작은 방이 보였다. 외짝 문에

'출입 금지'라는 팻말이 붙어 있었다. 엘리베이터용 동력실인 모양이다.

아사바가 여기까지 올라왔다면 아직 아래로 내려가지 못하고 숨어 있을 가능성이 높다. 몸을 숨길 곳은 동력실뿐이다. 준코는 손짓으로 나쓰코에게 그 자리에 있으라고 한 다음, 재빨리 무릎걸음으로 급수 탱크 쪽을 향해 움직였다. 급수 탱크를 방패삼아 동력실을 살폈다. 문이 열리는 기척은 없었다. 아사바가 저 안에 숨어 있지 않은 걸까? 자기를 습격한 사람이 누군지 확인도 하지 않고, 반격도 하지 않은 채 벌써 도망친 것일까? 하지만 어떻게? 아사바가 아래로 내려가려면 소방 사다리차의 도움을 빌릴 수밖에 없을 것이다. 주위에는 내려갈 만한 곳이 없었다.

준코는 얼른 몸을 일으켜 동력실로 갔다. 조심스럽게 문으로 다가가 손잡이를 잡았다. 천천히 오른쪽으로 돌리자 아무 소리도 내지 않고 부드럽게 돌아갔다. 앞으로 당겨서 여는 문인 모양이다.

살짝 당겨보았다. 육중하다. 10센티미터 정도가 열렸다. 기척을 살폈다.

아무런 기척도 없었다. 가슴이 뛰는 것을 억누르며 준코는 조심스럽게 문을 도로 닫았다. 고개를 돌려 나쓰코를 보았다. 계단 옆에 쪼그리고 있었다. 준코가 걸쳐준 재킷으로 몸을 겨우 가린 모습이 무척 추워 보였다. 절반 이상이 드러난 양쪽 허

벽지에 찰과상과 멍이 그대로 보여 더욱 측은했다.

준코는 크게 숨을 들이쉬고 힘껏 문을 열어젖혔다. 생각보다 힘이 들었다. 열린 문에 등을 붙이고 섰다. 아사바가 튀어나오거나 총성이 들리면 곧바로 자세를 낮추고 모든 힘을 방사할 작정이었다.

바람소리가 들려왔다. 구급차와 소방차의 사이렌과 구경꾼들이 고함치는 소리도 들렸다. 소리는 위로 올라가는 법이니까—이 긴장된 순간에도 멍하니 그런 생각을 했다.

아사바는 나오지 않았다. 하지만 뭔가를 끄는 소리가 들렸다.

준코는 문에서 몸을 살짝 뗐다. 섬광 발사 준비를 마친 상태에서 힘을 계속 제어하기 위해서는 무서울 정도로 강한 의지가 필요하다. 이를 악물고 있다보니 관자놀이가 펄떡펄떡 뛰었다.

준코는 자세를 더욱 낮추고 천천히 오른손으로 땅바닥을 짚었다. 그리고 거의 기다시피 문 앞으로 나아갔다.

그때 위에서 검은 그림자가 흔들렸다. 준코는 얼른 일어섰다. 몸을 반쯤 일으켰을 때, 검은 그림자가 정면으로 덮쳐왔다.

검은 그림자는 사람이었다. 그 체중을 이기지 못해 준코는 그림자와 함께 콘크리트 바닥에 쓰러졌다. 피 냄새가 확 끼쳤다.

뒤에서 나쓰코가 요란한 비명을 질렀다. 준코는 버둥거리며 엎어진 사람의 몸 아래서 빠져나왔다. 상반신은 옷을 걸치지 않았지만 바지는 입고 있었다. 발도 맨살이다. 피투성이였다.

머리에도, 어깨에도, 가슴에도, 배에도. 그리고 뒤통수는 거의 형태를 알아볼 수 없을 정도였다.

준코는 손을 뻗어 축 늘어진 남자의 짧은 앞머리를 잡았다. 힘을 주어 머리를 치켜들었다.

젊은 남자였다. 두 눈을 뜨고 있었다. 그 눈 안에도 피가 흘러들어가 있었다.

이마 한복판에는 검붉은 구멍이 뻥 뚫렸다. 준코의 엄지손가락이 들어갈 정도의 크기였다.

다시 나쓰코가 비명을 질렀다. 길게 이어지는 날카로운 그 목소리는 틀림없이 밑에 있는 사람들에게도 들릴 것이다. 구조대원들이 필요 이상으로 서두르게 될 것이다. 준코는 재빨리 나쓰코에게 달려갔다.

"정신 차려. 괜찮아. 조용히 해, 제발 조용히!"

두 어깨를 잡고 흔들어도 나쓰코는 계속 비명을 질렀다. 준코는 손을 들어 나쓰코의 뺨을 때렸다.

추위에 새파랗게 질린 나쓰코의 뺨에 빨간 손자국이 났다. 비명을 그치더니 헐떡거리며 숨을 들이쉬고 떨기 시작했다.

"저게 아사바 게이이치?"

준코는 턱으로 뒤에 있는 남자의 시체를 가리켰다.

나쓰코는 계속 벌벌 떨었다. 시체 쪽은 바라보려 하지도 않았다.

"확인해줘, 제발. 저게 아사바 게이이치야?"

떨리는 나쓰코의 입술이 어떻게든 말을 해보려고 움직이느라 일그러졌다.

"아, 아사바—."

"그래, 아사바. 아, 그래? 저놈 이름을 모르나? 하지만 얼굴이나 옷차림은 알 수 있겠지? 저 녀석이 후지카와 씨를 그렇게 만든 놈이야? 조금 전까지, 내가 쳐들어올 때까지 2층에 나쓰코 씨를 감금하고 있던 녀석? 그래?"

나쓰코의 두 눈에서 눈물이 흘렀다. 계속 눈을 깜빡거리고 온몸을 떨며 나쓰코는 여러 차례 고개를 끄덕였다.

"그래…?"

준코는 고개를 돌려 아사바의 시체를 보았다. 아무것도 걸치지 않은 어깨가 보였다. 바람을 맞고 있는 맨살이 묘하게 희다. 그의 왼쪽 팔에 어떤 흉터가 있었다. 상당히 오래된 흉터 같았다. 깊이 벤 상처를 꿰맨 흔적 같다. 어렸을 때 난 흉터인가?

아사바가 저 상처를 입었을 때, 그의 어머니는 틀림없이 걱정했을 것이다. 그를 안고 병원으로 달려가, 우는 자식을 달래며 고통스런 치료가 끝난 뒤 잘 참았다고 칭찬했으리라. 그 아들이 남에게 거리낌 없이 상처를 입히고 죽이는 걸 즐기는 괴물 같은 인간이 되어버릴 줄은 꿈에도 생각 못 했을 것이다.

인생의 갈림길이 어디였을까. 거기에 표지판이 있다면 누구나 깨달을 텐데. 뭐가 잘못된 것일까.

나는 이해할 수 없다—준코는 시선을 아사바의 상처에서 나쓰코에게 돌렸다.

"이제 괜찮아. 저 녀석은 죽었어."

그렇게 말하며 살짝 나쓰코를 껴안고 흔들었다.

"나쓰코 씨한테 나쁜 짓을 한 놈이 대가를 치른 거야."

나쓰코의 목에서 헉헉거리는 소리가 흘러나왔다. 소리 없이 흐르던 눈물에 비통한 울음소리가 섞이기 시작했다. 뭔가가 찢어지는 듯한 소리를 내며 나쓰코는 몸을 가누지 못하고 울었다. 나쓰코의 어깨를 안고 찬바람을 향해 눈을 가늘게 뜨며 준코는 생각했다.

—아사바는 그럼 어떻게 죽은 거지?

자살인가? 가지고 있던 총으로 머리를 쐈을까? 아사바 말고는 아무도 없었으니 달리 생각해볼 여지가 없었다. 무엇보다 아사바는 주범이다. 두목이다. 놈들 패거리 중에서 그를 죽일 수 있는 사람은 아사바 자신뿐이다.

"우, 우, 우린."

고통스러운 듯이 숨을 몰아쉬며 나쓰코가 입을 열었다.

"첫, 데이트, 였어."

"후지카와 씨하고?"

나쓰코가 경련을 일으키듯 고개를 끄덕였다.

"우리, 쉬는 날이어서, 그래서 드라이브 가자고 해서—정말 처음으로—그 사람, 회사 선배인데—."

준코는 나쓰코의 등을 쓰다듬어주었다.

"됐어. 지금은 억지로 말하지 마."

살짝 무릎을 짚고 일어서서 준코는 아사바의 시체로 다가갔다. 주위를 한 바퀴 둘러보았다. 권총은 없다. 동력실 안에 있을 것이다. 아사바는 그 안에서 머리를 쏘고, 시체가 되어 자기를 쫓아온 사람이 문을 열길 기다렸다. 마지막 위협. 시체인 상태로 엎어져 추적해온 상대방의 몸에 자기 피를 칠해준다―.

"나, 나―어떻게 이런―어떻게 이런 끔찍한 일이―일어난 거지?"

나쓰코가 쉰 목소리로 계속 중얼거렸다. 준코는 아사바의 시체를 넘어 동력실 쪽으로 가면서 잠깐 눈을 감았다. 나쓰코의 물음에 너희들은 운이 없었다, 좋지 않은 때에 좋지 않은 곳에 있다가 아사바라는 나쁜 놈을 만났다, 그뿐이다―차마 그렇게 대답할 수는 없었다. 사실대로 설명하자면 그렇게밖에 말할 수 없지만, 그러기엔 너무 잔인하다.

활짝 열린 문 안쪽, 캄캄한 동력실에서 짙은 기름 냄새가 났다. 준코는 안으로 발을 디디며 바닥과 어두운 부분을 번갈아 살폈다.

권총은, 있었다.

동력실 한쪽 구석, 반쯤 부서진 골판지 상자 위에 떨어져 있었다. 골판지 상자는 덮개가 찢어져 안에서 전선 조각 같은 게 튀어나와 있었다. 준코는 권총을 집기 위해 손을 뻗다 전선 끄

트머리에 손등을 찔렀다. 마치 아사바의 의지를 대변해 마지막 저항을 시도하는 듯했다

"끝까지 속을 썩이는군."

그렇게 말하며 준코는 권총을 집어 들었다. 전선에 찔린 손등에 작은 핏방울이 맺혔다. 머리를 숙여 피를 핥았더니 입 안에 쇠 맛이 확 퍼졌다. 동력실 안에 가득 찬 기계기름 냄새도 났다.

지금까지 준코가 치러온 전투에서, 살려달라며 목숨을 구걸하는 놈은 많았다. 아니, 거의 모두가 그랬다. 남의 목숨은 장난감 다루듯 하는 주제에 자기 목숨이 위험해지면 꼴사납게 울며 몸부림을 쳤다. 준코에게 기어와 발끝을 핥듯 애원하는 녀석도 있었다. 그런 놈들은 모두 자기가 저지른 나쁜 짓을 인정하려 들지 않고, 꼭 남의 탓을 했다. 먼저 죽은 누군가에게, 이미 준코의 손에 처형당한 누군가에게 책임을 떠넘겼다. 그놈이 꼬드긴 거야. 그놈이 협박을 해서 거들 수밖에 없었어. 나는 사실 그런 짓 하고 싶지 않았어. 믿어줘―.

하지만 자살한 놈은 없었다. 여태 한 명도 보지 못했다.

아사바는 특별한 놈일까? 흉악함에서나 처신에서나? 아니다. 그보다 더 흉악하면서도 죽고 싶어 하지 않던 놈을 준코는 본 적이 있다. 많은 여고생을 차로 쫓아가 사냥하듯 죽음으로 몰아넣은 어린 녀석이었다. 그놈은 이번엔 자기가 사냥감이 되었다는 것을 마지막까지 받아들이려 하지 않았다. 섬광을

발사하려는 준코에게 그놈은 이렇게 소리쳤다. ―이런 짓을 하고도 그냥 넘어갈 수 있을 것 같아?

그런데 아사바는 스스로 자기 머리를 쏘아 죽었다. ―정말 그럴까?

준코는 고개를 저으며 차가운 총신을 움켜쥐었다. 무게감이 느껴져 좋았다. 몸을 돌려 동력실에서 나가려 했다.

바로 그때―.

"누구야? 거기 누구야?"

나쓰코의 목소리가 들렸다. 준코는 얼른 동력실 문턱을 넘었다. 밖으로 나오자 조금 전 그곳에 그대로 쪼그린 채 앉아 있는 나쓰코가 보였다. 아사바의 시체도 그대로였다.

나쓰코는 오른쪽을 보고 있었다. 준코에게 옆모습을 보인 채 몸을 벽에 찰싹 붙였다. 급수 탱크에 몸을 숨겨 준코가 있는 곳에서는 보이지 않는 누군가에게, 뭔가를 향해 소리를 지르고 있었다.

"거기 누구야―. 앗! 당신은?"

깜짝 놀라 두 눈을 부릅뜨고 나쓰코가 목소리를 삼켰다. 준코는 뛰어나갔다. 나쓰코가 있는 곳으로, 그 짧은 거리를 마치 날아가듯이, 거의 곤두박질치듯이 달렸다. 하지만 답답할 정도로 느리게 느껴졌다. 그때 슬로비디오 같은 광경이 눈앞에서 펼쳐졌다.

아사바의 시체를 뛰어넘는 순간, 찢어지는 듯한 총성이 울리며 나쓰코의 몸이 뒤로 날아갔다. 머리가 뒤로 크게 젖혀지면서 눈이 커지고, 두 팔이 춤추듯 허공을 휘저었다. 당장이라도 누군가에게 안기듯이, 나쓰코는 허공을 향해 두 팔을 벌리고 그대로 뒤로 넘어졌다.

나쓰코의 이마에서 솟아나온 피가 콘크리트 바닥에, 계단 벽에, 준코의 뺨에 튀었다.

"나쓰코!"

안아 일으켰지만 이미 축 늘어져 있었다. 이마에 구멍이─아사바의 그것과 똑같은 구멍이 뚫려 있었다. 그리고 틀림없는 화약 냄새.

준코는 나쓰코가 쓰러지기 전에 보고 있던 방향으로 고개를 돌렸다. 아무것도 보이지 않았다. 막 해가 진 초저녁 하늘만 보일 뿐이었다. 준코는 일어서서 옥상 난간으로 바짝 다가갔다. 미친 듯이 좌우를 둘러보았다.

왼쪽과 오른쪽에 2층 건물이 있었다. 내려다보이는 지붕 위에는 이 사쿠라이 주류 양판점의 창문에서 뿜어져 나오는 검은 연기로 가득했다. 하지만 큰길에서는 보이지 않던 뒤쪽은 2층짜리 슬래브 옥상이 있는 주택이었다. 준코가 난간에서 몸을 내밀고 그쪽을 보는 순간, 그 슬래브 옥상에서 누군가가 재빨리 몸을 날려 지상으로 모습을 감췄다─그렇게 보였다. 연기가 자욱해 준코의 시야를 가로막았기 때문이다.

─뛰어내려?

저건 누굴까? 저런 곳에 왜 사람이 있었지? 저 사람이, 저 사람이 나쓰코를 쏜 인간인가?

—왜?

아사바 말고도 뒤쫓아야 할 적이 있었던 걸까? 후지카와와 나쓰코를 덮친 패거리의 리더는, 주모자는 아사바가 아니었단 말인가?

멍해서 비틀거리는데, 발바닥에 무언가 작고 딱딱한 것이 밟혔다. 준코는 자동인형처럼 움직여 그것을 집어 들었다. 무엇인지 바로 알 수 있었다.

탄피였다. 길이는 3센티미터 정도. 만져보니 아직 뜨거웠다. 하지만 준코는 그것을 꼭 쥐었다.

나쓰코의 시체 쪽으로 다가갔다. 이제 그럴 필요도 없는데, 나쓰코에게는 이미 아무 소리도 들리지 않을 텐데, 발소리를 죽이고 최대한 조용히 그 옆에 무릎을 꿇었다. 어젯밤 이후 나쓰코는 끔찍한 일을 당하고 온갖 더러운 말을 들었을 것이다. 그 옆에서 더 이상 소란스러운 소리는 내고 싶지 않았다.

나쓰코는 눈을 뜨고 있었다. 준코는 아사바의 총을 발아래 내려놓고, 손을 뻗어 그 눈을 감겨주었다. 나쓰코의 눈은 이미 메말랐지만, 마치 그녀를 대신하듯 준코의 눈시울이 뜨거워졌다.

준코는 나쓰코를 대신해 몇 초 동안 울었다.

—미안해.

너를 구해내지 못했어. 내가 뭔가를 빠뜨렸기 때문에, 누군가를 놓쳤기 때문에, 이렇게 마지막 순간에 너를 죽게 만들고 말았어.

나쓰코의 시체에 손을 얹고, 준코는 고개를 돌려 아사바의 시체를 바라보았다.

완전히 죽어 있었다. 더 이상 누군가를 위협할 수도 없는, 해를 끼칠 일도 없는 살덩어리였다. 만신창이가 된 그 뒤통수를 바라보다 칼날에 벤 듯한 싸늘한 전율과 함께 준코는 문득 생각했다.

—저건 자살이 아니었나?

아사바 역시 살해당한 게 아닐까?

하지만, 하지만 대체 누구에게?

조금 전 뒷집 옥상에서 사라진 그 사람. 그자가 아사바를 죽인 사람일까? 만약 그렇다면, 그는 누굴까? 어떤 사람일까?

아사바의 동료라면 자기들이 저지른 범행의 증인을 없애기 위해 나쓰코를 죽이는 것은 이해가 되어도 아사바를 죽일 리는 없다. 아사바의 적이라면 나쓰코를 죽일 리가 없다. 상반된 입장에 있는 아사바와 나쓰코 두 사람을 이곳에서 쏴 죽이다니—그럴 필요가 있는 사람은 대체 누구일까?

아사바의 동료라면 지금까지 어디 있었지? 나쓰코는 창문으로 도망친 것은 아사바 혼자라고 했다.

아사바의 적이라면, 대체 어디서 온 걸까?

옥상 주위를 검은 연기가 갑싸기 시작했다. 그 광경이 마치 준코의 마음속에 소용돌이치기 시작한 의문과도 같았다.

준코는 사다리차에 의해 구출되었다.

사다리차에서 건너온 소방대원이 바로 담요를 덮어주어, 그것을 머리부터 뒤집어썼다. 겁을 먹고 움츠러든 척했다.

"다른 사람이 있습니까?"

소방대원이 빠른 말투로 물었다. 고개를 힘차게 끄덕였다. 말은 하지 않았다.

소방대원들이 나쓰코의 시체를 발견하기 전에 준코는 아래로 내려왔다. 누군가가 구급차 쪽으로 안내해주었지만, 준코는 그 손을 부드럽게 뿌리쳤다.

"속이 좋지 않아 토할 것 같아요. 잠깐 실례하겠습니다."

그리고 가까운 하수구 쪽으로 달려갔다. 현장은 소방대원들과 구경꾼들로 몹시 붐볐다. 머리를 감싸 안고 인파 속으로 들어가 고개를 숙인 채 재빨리 현장을 빠져나올 수 있었다.

길을 건넌 다음, 겹겹이 둘러싼 구경꾼들 뒤에서 사쿠라이 주류 양판점을 바라보았다. 연기를 뿜어내며 검게 그을린 건물은 어울리지 않게 밝은 간판을 내건 대형 비석 같았다.

패배감과 함께 송곳으로 찌르는 듯한 두통을 느꼈다. 자칫하면 쓰러질 것 같아 걸음을 멈추지 않았다.

이번 전투는 실패다. 구해내야 할 사람을 두 명이나 잃고 남

은 것은 수수께끼뿐. 하지만 준코는 지금 그런 자신에게 화를
낼 기력도 남아 있지 않았다.

준코는 걸었다. 총에 맞아 죽은 전우의 인식표를 움켜쥐고
전선에서 후퇴하는 병사처럼, 그 탄피만 손에 꼭 쥐고.

9. 파이로키네시스

　경시청에서 기누가사 순사부장과 이야기를 나눈 뒤, 이시즈 치카코는 바로 아라카와 경찰서로 향했다. 기누가사가 가르쳐 준, 아라카와 강변 사건을 계속 수사하고 있다는 마키하라 형사를 만나기 위해서였다.

　도심의 저녁 도로 정체가 시작될 시간까지는 아직 여유가 있어 택시를 탔다. 흔들리는 차 안에서 멍하니 다야마 초의 폐공장 상황을 머릿속에 떠올리고 있는데 운전기사가 말을 걸었다.

　"아주머니, 고생이 많구려."

　치카코는 살짝 놀라며 상념에서 벗어났다.

　"저 말인가요?"

　되묻자 운전기사가 껄껄 웃었다. 곁눈질로 힐끔힐끔 백미러에 비친 치카코를 살피며 말했다.

"그야, 경찰서에 가는데 좋은 일일 리가 없겠지. 무슨 일 때문인가? 자제분이 무슨 짓을 저질렀나요? 요즘 애들은 못돼먹어서."

정수리가 벗겨진 약간 뚱뚱한 남자였다. 치카코와 비슷한 또래인 것 같았다. 그래서인지 반말 투로 이야기를 했다.

치카코는 속으로 쓴웃음을 지었다. 혼자 택시를 타고 도쿄도 안에 있는 경찰서나 병원으로 갈 때 종종 이런 일이 있다. 운전기사들은 아무도 치카코를 형사라고 보지 않았다.

그러나 이렇게까지 노골적으로 '당신 자식이 뭔가 나쁜 짓을 해서 경찰서에 불려가는 것 아니냐?'는 질문을 받기는 처음이었다. 기분이 상하기보다는 오히려 흥미가 일었다. 상상력이 무척 풍부한 운전기사였다.

아니면 이 근처에서 '못돼 먹은 요즘 애들'을 만난 적이 있는 걸까? 그런 경험 때문에 이런 소리를 하는 건지도 모른다.

그걸 캐보기 위해 슬쩍 떠보기로 했다.

"정말이지 요즘 애들은 힘들어요."

일부러 그렇게 응수했다.

"어른 못지않게 머리가 있고, 체격도 커요. 하지만 역시 애들이기 때문에 뭔가가 부족하기 마련이죠."

운전기사는 고개를 크게 끄덕이더니 다시 백미러에 비친 치카코의 얼굴을 보았다. 차분하지 못하고 이리저리 움직이는 운전기사의 작은 눈이 보였다.

"나도 지난번 근무 때 애들한테 당할 뻔했죠."

그랬구나, 하는 생각이 들었다. 아무래도 치카코의 추측이 맞았던 모양이다.

"당할 뻔했다는 건, 택시 강도 말인가요?"

"그렇죠. 세 명이 탔는데 모두 미성년이었어요. 머리는 잔뜩 염색을 하고 헐렁한 바지를 걸치고."

"어디서 태웠는데요?"

"신토미 초 중앙회관 근처. 아주머니도 알죠?"

"아, 대충 압니다. 몇 시쯤이었나요? 늦은 시간이었죠?"

"그리 늦은 시간도 아니에요. 11시 전이었죠. 녀석들이 신주쿠로 가자고 하더군요. 아직 전철이 다닐 시간이라, 요 녀석들 돈 씀씀이가 헤픈 놈들이라는 생각을 했으니까요."

행선지를 대더니 시끄럽게 떠들었다고 한다. 그 내용을 들어보니 세 녀석 모두 신토미 초 부근에 사는데, 집에서 몰래 나와 놀러 가는 중인 모양이었다. 저런 녀석들 부모는 무얼 하는 사람일까 싶어 운전기사는 어처구니가 없었다고 한다.

"나라면 아직 학교에 다니는 아들이 밤 11시가 지나서 놀러 나가는 건 절대 허락하지 않을 거예요. 두들겨 팰 겁니다."

"그래야죠."

치카코는 맞장구를 쳤다.

"게다가 평일이었으니, 학교에도 제대로 가지 않는 녀석들이겠죠."

그날 밤의 일 때문에 운전기사의 분이 안 풀린 모양이었다. 콧숨을 거칠게 내쉬며 말을 이었다.

"차 안에서도 싸가지가 없더군요. 이 운전석 등받이에 발을 걸치지 않나. 그것도 맨발로 말이에요. 신호등 때문에 멈췄는데, 옆에 선 택시에 젊은 여자 손님이 탄 걸 보더니 창문을 열고 희롱하더군요. 그것도 요즘엔 깡패들도 쓰지 않을 저속한 말로 놀리는 거예요. 듣고 있는 나도 깜짝 놀랄 정도였죠."

"그 애들 술에 취했나요?"

"아뇨, 멀쩡했어요. 그러니 더 불안했죠. 멀쩡한 정신에 그런 짓을 할 수 있는 놈들이니."

운전기사의 말이 맞다. 하긴 술은 마시지 않았어도 무슨 약물을 마셨을 가능성은 있다.

"골치 아픈 손님들을 태웠구나, 하는 생각이 들더군요. 야단을 쳐서 내리게 하고 싶었지만 상대가 세 명이니 속은 부글부글 끓어도 참을 수밖에 없겠다는 생각을 하며 가다가 구단시타 사거리에 왔을 때—."

그곳에도 신호 대기를 하느라 멈춘, 젊은 여성이 탄 택시가 있었다. 하지만 이번엔 여자 손님 혼자가 아니라 중년 남자와 함께 타고 있었다.

"그걸 보고 그 녀석들이 또 소란을 떨기 시작하더군요. 뭐야, 저 아저씨 용서할 수가 없다느니, 하며 창문을 열고 꽥꽥 소릴 지르더군요. 상대방은 깜짝 놀랐죠."

마침 신호가 바뀌자 옆 택시는 쏜살같이 출발했다. 물론 그 야만스러운 세 녀석으로부터 도망친 것이다.

"그러자 놈들이 나한테 그 택시를 뒤쫓으라더군요."

저 꼰대를 반드시 잡겠다느니, 하며 제대로 알아듣기도 힘든 소리를 버럭버럭 질렀다. 나이 든 주제에 용서할 수가 없다느니, 저런 놈은 살려두면 안 된다느니, 무척 시끄럽게 떠들어댔다.

"도저히 참을 수가 없어, 내리라고 했죠. 난 그 택시를 뒤쫓아 가기 싫다, 고 했더니 녀석들이 더 난리를 치더군요. 뭐냐, 이 자식 건방지다. 운전사 주제에 손님 말을 안 듣는다느니. 나도 화가 나서 한마디 했습니다. 운전사 주제라니, 난 너희들에게 고용된 사람이 아니다, 라고 호통을 쳤죠."

세 녀석이 웃음을 터뜨렸다. '운전사 주제에 까불지 말라.'느니 '아저씨, 지금 누구한테 그런 소릴 하는 거야.'라느니. 마구 소리를 질렀지만 운전기사의 눈에는 종류를 알 수 없는 짐승들이 짖어대는 것처럼 보였다고 한다.

"같은 인간이라는 생각이 들지 않더군요. 그래서 나도 상당히 기분이 상했어요. 구단시타 사거리에는 파출소도 있고, 녀석들이 멋대로 지껄이게 놔둘 수 없다는 생각에 차를 세우고 내렸죠. 그리고 파출소 불빛을 확인하고 나서 이렇게 쏘아붙였죠—."

너희들, 입만 열었다 하면 '나이 든 주제에.'라느니 '운전사 주제에.'라고 하는데, '주제'라는 말을 상당히 좋아하는 것 같다. 그래, 그렇게 떠드는 너희들은 뭐냐? 별 볼일 없는 똘마니들이고, 아무 쓸모도 없고, 부모에게 빌붙어 놀기나 하면서 자기 힘으로는 돈 한 푼 벌지 못하지 않느냐. 네놈들이 어디 사는 누구고, 무엇을 하는 놈들인지 이 세상 누가 신경이나 쓰겠느냐. 너희들이 왜 그렇게 자기가 대단하다고 생각하는지 몰라도, 너희 같은 놈들은 그저 사회의 쓰레기에 지나지 않는다. 쓰레기 주제에 말만 번지르르한 거 아니냐!

세 녀석의 얼굴에서 웃음이 사라졌다.

"녀석들 안색이 창백해지더군요. 나도 운전대 잡은 지 20년이 되고, 수많은 사람들의 온갖 표정을 보았지만 그렇게 순식간에 핏기가 사라지는 걸 본 적은 그때가 처음이었죠."

그놈들이 차에서 내리더니 아무 말 없이 운전기사를 잡으려 했다. 기사는 몸을 돌려 파출소를 향해 달렸다.

"내가 어디로 도망치는지 그놈들도 알아차렸죠. 한 놈이 위험하다고 소리치며 쫓아오는 걸 멈추고, 또 한 녀석도 그만두었죠. 그런데 또 한 놈, 덩치가 제일 크고 머리를 노란색으로 물들인 녀석만은 무턱대고 쫓아오더군요. 물론 그 녀석도 다른 놈들이 말려서 포기하기는 했지만요."

놈들은 홧김에 운전기사의 택시를 발로 걸어차고 갔다. 운전기사는 파출소로 뛰어 들어가 사정 이야기를 한 뒤, 충분히 기다렸다가 차로 돌아왔다.

"문이 푹 꺼져 있더군요. 엄청 세게 발길질을 한 거죠."

파출소 순경은 그런 불량소년들을 지나치게 도발하는 말이나 행동을 해서는 안 된다고 충고했다고 한다.

"그런 놈들은 절제를 못하기 때문에 진짜 살해당하는 경우도 있다더군요. 나도 그놈들이 미쳐 날뛰는 꼴을 보았기에, 앞으로 조심하겠다고 대답하기는 했지만."

치카코는 생각에 잠겼다. 그 세 녀석은 분명히 운전기사의 말을 듣고 화가 났을 것이다. 하지만 그 녀석들이 폭발한 원인은 단순히 분노 때문만은 아니다.

그들은 두려웠던 것이다. 운전기사의 말이 자기들의 급소를 찌르자 두려웠을 것이다.

─네놈들이 어디 사는 누구고 무엇을 하는 놈들인지 모르지만.

─너희 같은 놈들은 그저 사회의 쓰레기에 지나지 않는다.

요즘 젊은이들에게는 정말 두려운 말이다. 별 볼일 없는 자신에 대한 두려움.

자유롭게 자라고, 부족할 것 없고, 풍요로운 자신. 하지만 그런 풍요를 누리는 사람은 자기뿐만이 아니다. 옆에 있는 저 녀석도, 뒤에 있는 저 녀석도 모두 마찬가지다. 그러나 이렇게 만족하고 있는 자신은 분명 뭔가 특별한 존재일 것 같고, 분명히 옆이나 뒤에 있는 놈과는 다른 존재일 것이고, 그래야만 하는데─.

그런데 그 '차이'가 보이지 않는다. 배불리 먹으며 순수 배양된 '강력한 자존심'만 마치 물에 넣어 키우는 구근(球根)처럼 무색투명한 허무의 한복판에 둥실 떠 있을 뿐, 그걸 싸고 있는 '자기 자신'에는 빛깔도 없고 모양도 없다. 존재감마저도 없다.

그래도 하루하루 생활하는 데는 아무런 어려움이 없다. 놀고, 돈을 쓰고, 즐거워 견딜 수가 없다. 그래서 평소에는 잊고 지낼 수 있다. 자신에겐 자존심 이외에 아무것도 없다는 사실을. 그리고 그들의 자존심은 영양을 잔뜩 섭취해 점점 뿌리를 뻗고, 방자하기 짝이 없는 인간으로 성장해 정글의 넝쿨처럼 서로 얽히고 꼬여 점점 움직일 수도 없게 된다. 어디를 가건, 무엇을 하건 그 비대하고 복잡하게 뒤엉켜 원래의 구근보다 큰 공간을 필요로 하게 된 자존심의 뿌리를 끌고 다녀야만 하기 때문에 그들의 행동은 지독하게 굼뜨다. 그래서 좋든 싫든 나태해진다.

"─라고 생각해요."

치카코는 혼자만의 생각에서 깨어났다. 운전기사가 뭐라 말을 걸었다.

"어떻게 생각해요, 손님?"

"글쎄요, 저도 그렇게 생각…한다고 해야 하나?"

적당히 고개를 끄덕이자 운전기사는 용기를 얻은 듯 말을 이었다.

"그렇죠? 역시 계속 미국에 의존해 보호만 받기 때문에 안

돼요. 다시 징병제를 실시해서 젊은 놈들을 모두 군대에 한 번 처넣어 심성을 뜯어고쳐야지. 지금 이런 상태에선 만약 전쟁이라도 일어나면 큰일이에요. 요즘 애들은 자기에게만 이익이 된다면 나라를 몽땅 팔아치워도 상관없다고 생각한다니까요. 아니, 그건 고사하고, 이 나라가 미국의 속국이 됐으면 좋겠다는 생각까지 진짜로 하고 있다고요. 그렇게 되면 자기도 할리우드에서 스타가 될 기회가 늘어날 줄 알고."

치카코가 상념에 잠겨 있는 동안, 운전기사의 생각은 상당히 엉뚱한 방향으로 나아간 모양이었다. 치카코는 쓴웃음을 지었다. 화제를 좀 더 무난한 방향으로 돌리기 위해 교통 정체에 관한 이야기를 꺼내려 할 때, 핸드백 안에서 휴대전화 벨이 울렸다. 치카코는 얼른 전화를 받았다.

"이시즈입니다."

운전기사가 깜짝 놀란 눈으로 이쪽을 바라보는 모습이 백미러에 비쳤다. 치카코는 고개를 숙였다.

전화를 건 사람은 시미즈 구니히코였다. 방화반의 자기 자리에서 전화를 거는 거라고 했다. 지금 어디 있는지 묻기에 택시를 타고 아라카와 경찰서로 가는 중이라고 대답했다.

그러자 시미즈의 목소리가 활기를 띠었다.

"그럼 마침 잘됐네요. 바로 아오토 육교로 가세요. 가쓰시카구 아오토요. 아시죠?"

"아, 아는데. 왜 그러지? 무슨 일 있어?"

"또 터졌어요. 그 불에 태워 죽인 사건이."

"뭐라고?"

치카코가 고개를 들자 운전기사가 긴장한 표정을 지었다.

"아오토 육교 부근에 있는 커런트라는 커피숍입니다. 사망자 두 명, 중상자가 한 명 나왔어요. 죽은 사람의 상태가 다야마 초에서 발견된 검게 타버린 시체와 아주 흡사합니다. 현장 상황도 똑같아요."

"이럴 수가…."

아라카와 강변 사건과 어젯밤에 일어난 다야마 초 사건은 동일범의 소행이라고 치카코는 확신하고 있었다. 이건 연쇄살인이다. 하지만 이렇게 빨리 또 다른 사건이 일어날 줄이야.

"알았어. 바로 그리 갈게."

"저도 가겠습니다. 현장에서 봬요."

치카코는 전화를 끊고 운전기사에게 행선지를 바꾸겠다고 했다. 택시는 마침 신호 대기로 정차 중이었다.

그때 치카코의 머릿속에 한 가지 생각이 스쳤다.

"미안합니다. 행선지 변경은 잠깐만요. 잠깐 차를 세우고 기다려주십시오."

그리고 휴대전화로 아라카와 경찰서 대표전화 번호를 눌렀다. 형사과의 마키하라를 바꿔달라고 하자 기다려주십시오, 라고 대답했다. 녹색불이 두 번 들어올 동안 기다렸다.

"마키하라입니다."

이윽고 전화를 받은 목소리는 연약하고 자상한 느낌이 드는 음성이었다. 나이도 젊은 것 같았다. 그러고 보니 기누가사 순사부장도 마키하라를 젊지만 뛰어난 형사라고 평했다.

치카코는 얼른 이름을 대고 자신의 입장을 설명했다. 이어서 아오토 육교 부근에서 일어난 사건 이야기를 하고, 괜찮다면 함께 현장으로 가지 않겠느냐고 말했다.

"지금 제가 택시를 타고 근처에 있기 때문에 바로 마키하라 씨를 픽업해서 갈 수 있어요."

마키하라는 머뭇거리는 기색이 없었다. 치카코가 말을 마치자마자 대답했다.

"좋습니다. 가겠습니다. 지금 어디 계시죠? 거리 이름이나 큰 건물 이름을 가르쳐주세요."

치카코는 사거리 신호등 아래 매달린 표지판을 보았다. 그걸 그대로 읽었다.

"알겠습니다. 서에 들렀다 가는 것보다 제가 그리로 가는 게 빨라요. 기다려주십시오."

"저는 택시 옆에 서 있을게요. 도토(東都) 택시입니다. 노란색 차체에 빨간 줄 두 개."

"이시즈 씨라고 하셨죠?"

"그렇습니다. 약간 통통한 아줌마니까 금방 알 수 있을 겁니다."

치카코는 웃음을 머금고 그렇게 말했지만 마키하라는 웃지 않았다.

"5분이면 도착할 겁니다."

전화를 끊자 운전기사가 눈을 깜빡거리며 치카코를 바라보았다.

"아주머니, 경찰이에요?"

"예. 사실은 그래요."

"와아, 깜짝 놀랐네."

운전기사는 흰 장갑을 낀 손으로 자기 이마를 찰싹 때렸다.

"부인, 대단하십니다."

치카코는 미소를 지었다. 역시 중년 여성에겐 '부인'이란 호칭 이외에는 적당한 게 없는 모양이라고 생각했다. 하긴 실제로 부인이니 틀린 호칭은 아니지만.

마키하라 형사는 정말 5분 만에 왔다. 정확히 5분 걸렸다.

큰 키에 삐쩍 말라 묘하게 긴 팔과 다리를 가진 남자가 길 건너편에서 잰걸음으로 이쪽을 향해 다가왔다. 처음 그 모습을 보고, 만약 저 사람이 마키하라 형사라면 기누가사 순사부장이 말하는 '젊다'는 기준과 치카코가 생각하는 '젊다' 사이에는 10년 이상의 차이가 나는 거라고 생각했다. 검은 코트 자락을 휘날리며 달려오는 남자는 무척 지쳐 보여 뛰는 모습에서도 전혀 패기 같은 것이 느껴지지 않았다.

─마흔 살 이쪽저쪽이 아닐까?

문득 이런 생각이 들었다. 그렇다면 기누가사는 치카코를 몇 살이라고 생각했을까. 실제보다 더 들어 보였을지도 모른다. 그리고 그런 치카코보다 나이가 적기 때문에 마키하라를 '젊다'고 표현한 것 아닐까?

이렇게 따지고 있는 걸 알면, 그러니 여자는 한가하다고 하는 거야, 라며 동료들이 놀릴 것 같다는 생각을 하며 그 남자를 지켜보았다. 횡단보도 건너편에서 신호를 기다리던 그 남자가 치카코를 알아보았다. 살짝 고개를 숙여 인사했다. 아아, 역시 저 남자가 마키하라 형사군. 치카코도 살짝 고개를 숙였다.

신호가 바뀌자 마키하라가 횡단보도를 뛰어서 건너왔다. 치카코는 슬쩍 손목시계를 보았다. 정확히 5분이 지난 시각이었다.

"본청에서 나온 이시즈 씨?"

치카코가 대답했다.

"그렇습니다. 마키하라 씨? 잘 부탁드리겠습니다."

계급은 묻지 않았다. 마키하라가 묻지 않았기 때문이다. 얼른 택시에 올라탔다.

"그럼, 아오토 육교로 갑시다."

운전기사가 예, 하고 대답했다. 조금 전까지 쓰던 스스럼없는 말투는 사라졌다. 운전기사는 백미러를 보며 계속 눈치를 살폈다.

"제 이름은 어느 분한테?"

마키하라가 물었다. 목소리는 전화 음성과 거의 마찬가지로 조용하고 매끄러웠다.

"기누가사 순사부장입니다."

그러자 마키하라가 불쑥 두 눈썹을 추켜세웠다.

"예에?"

그러더니 중얼거렸다.

"그거 놀랍군요."

치카코는 다시금 마키하라 형사의 나이에 대한 추측을 수정했다. 가까이서 보니, 눈 아래 피부의 윤기와 입 주위의 탄력 등으로 미루어 역시 젊은 남자라는 생각이 들었기 때문이다. 기껏해야 서른 정도 되었을까? 흰머리도 없다. 그런데 멀리서는 왜 그렇게 지치고 초라해 보였을까.

─자세가 나쁘기 때문일 거야, 분명히.

마키하라가 치카코 쪽으로 슬쩍 얼굴을 돌렸다. 그 눈도 맑고 깨끗했다.

"기누가사 씨가 뭐라고 하면서 제 이름을 말하던가요?"

"아라카와 강변 사건에 관한 조사를 하려면 당신이 도움이 될 거라면서요."

"예에?"

마키하라가 또 놀란 표정을 지었다.

"젊지만 뛰어난 형사라고 하셨죠."

치카코는 마키하라가 곧 웃음을 터뜨리지 않을까, 하고 생각했다. 눈 주위에 당장이라도 웃을 것처럼 재미있어하는 표정이 떠올랐기 때문이다.

하지만 마키하라는 웃지 않았다.

"기누가사 씨 전화를 받지 못했습니까?"

"아뇨, 아무 말도 듣지 못했습니다."

"그래요? 그럼 제가 너무 성급하게 연락을 드린 건지도 모르겠네요."

마키하라가 앞을 보며 물었다.

"기누가사 순사부장이 저를 뛰어난 형사라고 했나요?"

"예. 그렇습니다."

"괴짜라고 한 게 아니고요?"

치카코는 마키하라의 얼굴을 바라보았다.

"그런 말씀은 없었는데요."

"헤에."

그렇게 중얼거리더니 마키하라는 이번에야말로 살짝 웃었다. 웃으니 얼굴이 어린애 같았다.

"그건 의외로군요."

빈정거리듯 그렇게 말하고 마키하라는 입을 다물었다. 치카코도 말없이 흔들리는 택시에 몸을 맡겼다. 마키하라가 여전히 약간 놀란 표정인 채로 고개를 돌려 치카코를 바라보았다. 눈동자의 색이 옅었다. 치카코는 잠깐 유리구슬을 보고 있는 기분이 들었다.

마키하라가 불쑥 말했다.

"파이로키네시스(Pyrokinesis)."

마치 주문을 외우는 듯했다. 치카코가 물었다.

"예? 뭐라고요?"

"염력 방화 능력."

옅은 눈동자로 치카코의 얼굴을 바라보며 그렇게 말하더니 마키하라는 다시 앞을 보았다.

"아라카와 강변 살인사건 수사본부에서 난 그걸 주장했습니다. 이 사건을 조사하려면 염력 방화 능력을 염두에 두고 지식을 쌓아야 한다고요."

마키하라는 개구쟁이처럼 웃었다.

"어때요? 괴짜죠?"

시미즈는 아오토 육교 아래 사거리에서 내리면 '커런트'를 금방 찾을 수 있을 거라고 했다.

"간판과 가게 출입문의 차양은 아무런 피해도 없이 남아 있답니다. 사상자가 세 명이나 난 화재인데, 터무니없는 이야기죠. 그렇죠?"

시미즈의 말처럼 오렌지색 간판은 멀쩡했다. 그걸 올려다보며 구경하는 사람들이 몰려 있었다. 가게 앞에는 순찰차 두 대가 정차해 있었는데, 치카코가 슬쩍 둘러보니 그 밖에 기동순찰대의 차량도 두 대 있었다.

현장의 경비를 맡은 관할 경찰서 순경에게 용건을 말하자 현장 지휘관을 소개해주었다.

치카코도 안면이 있는 1과 6계의 경부였다. 친절하게 맞아주기는 했지만 지금 단계에서는 방화수사반에 정식 협조를 의뢰할 사건인지 아닌지 판단할 수 없다며 점잖게 선을 그었다.

그래도 일단 현장 상태는 보여주었다. 출입문은 완전히 떨어져나가 통로를 표시한 노란 띠가 어두운 가게 안으로 뻗어 있는 것이 보였다. 출입문으로 다가가자 합성 도료와 합판이 탔을 때 나는 달콤하면서도 역겨운 냄새가 짙게 풍겼다.

마키하라는 아무 말도 없었다. 마키하라의 신분과 소속도 치카코가 소개해야만 했다. 말없이 치카코 뒤를 얌전하게 따라왔다.

마키하라는 여러 면에서 치카코가 집에서 기르던 콜리를 떠올리게 했다. '커런트' 안으로 들어가 통로를 표시한 노란 띠 위에 섰다. 그제야 비로소 잠에서 깬 듯 마키하라가 고개를 들더니 치카코를 지나 가게 안으로 들어갔다. 그때의 동작—치카코를 지나갈 때의 지극히 자연스러운 동작도 콜리를 생각나게 만들었다.

콜리는 아는 사람에게 얻어 강아지 때부터 기른 개였다. 순종은 아니지만 예뻤다. 처음에는 '이안'이라고 불렀다. 그 이름을 지은 사람은 당시 중학생으로 한창 건방을 떨던 아들이었다. 아일랜드 이름인 '이안'은 영어로 '존'에 해당한다고 뽐내며 설명했다. 아무것도 아닌 일에도 잘난 척하고 싶어 하는 아들에게 쓴웃음을 지었었다. 치카코와 남편은 아들이 없을 때면 콜리를 존이라고 불렀다. 하지만 동물이란 정직한 법이다. 제일 많이 돌봐주는 치카코를 가장 잘 따랐고, 그래서 결국 이름도 존으로 굳어졌다.

존은 건강해서 털에 윤기가 흘렀지만 무척 조용하고 온순했다. 산책을 데리고 가도 뛰어오르거나 펄쩍 뛰는 일이 없었다. 평소 걸음걸이로 따라올 뿐이었다. 어렸을 때부터 그랬는데 커가면서 더욱 차분해져, 남편은 이 개가 이상하리만큼 조숙해 오래 못 살지 않을까 걱정하기도 했다.

존은 치카코가 집에 있을 때면 항상 뒤에 바짝 붙어 있곤 했다. 큰 몸집을 소리도 없이 날렵하게 움직여 슬그머니 뒤로 다가왔다. 소파에 앉아 잡지 같은 걸 읽다가 문득 고개를 들면 무릎 바로 옆에 존의 코가 보여 깜짝 놀란 일도 한두 번이 아니다.

"너, 언제부터 여기 있었니?"

그렇게 말하며 귀를 쓰다듬어주면 존은 눈을 가늘게 떴다. 그럴 때마저도 소리를 내거나 머리를 치켜들지 않는 차분한 개였다. 치카코가 정원을 손질할 때면 마당 구석에서, 세차를 할 때면 차고 안에서 조용히 기다렸다. 치카코가 튤립 뿌리를 심느라 정신이 팔려 현관에 누가 와 있다는 걸 알아차리지 못하거나 하면 존은 날쌔게 치카코 앞으로 와 일깨워주었다. 방금 마키하라가 보여준 동작은 그런 존과 무척 닮았다.

아들이 대학에 합격한 해, 여름이 저물어갈 즈음이었다. 어찌된 일인지 갑자기 힘이 없어 보이더니 털빛도 안 좋아졌다. 그리고 사흘도 지나지 않아 몸져눕고 말았다. 당시 치카코는 요즘보다 훨씬 더 바쁠 때라 바로 수의사에게 데려가지 못한 게 잘못이었다. 식중독이나 감기일 거라 생각해 개집에 더운 물을 넣어주고, 낡은 담요를 깔아 잠자리를 따뜻하게 해주고 그냥저냥 시간을 보내는 사이, 존은 음식을 먹지 못하더니 결국은 벌렁 누워 일어나지도 못하는 상태가 되고 말았다.

그리고 이튿날 이른 아침, 조용히 숨을 거두었다.

업자에게 부탁해 화장을 한 뒤, 마당에 작은 무덤을 만들어 그 뼈를 묻었다. 남편은 치카코가 예상한 것보다 훨씬 더 허전해했다. 그리고 이런 것이 있으면 더 슬프다며 그날로 개집을 부숴버렸다.

존을 잃고 나서야 비로소 치카코도 함께 지낸 몇 해 동안 개가 얼마나 큰 위로를 주었는지 깨달았다. 1주일가량은 슈퍼마켓에서 애완견 사료만 봐도 눈물이 나와 어찌할 바를 몰랐다.

그런데 이 마키하라가 존과 비슷한 느낌이 들었다. 덕분에 정말 오래간만에 존의 모습을 떠올렸다. 치카코는 약간 우습다는 생각이 들었다.

어쩌면 다루기 무척 까다로운 사람일지도 모른다고 생각했는데, 보고 싶은 존을 떠올리게 해준 것이다. 그러니 어찌 우습지 않겠는가. 당신은 예전에 내가 기르던 얌전한 콜리를 닮았어요, 라고 하면 마키하라는 어떤 표정을 지을까. 만난 지 얼마 되지도 않는 아줌마에게 개를 닮았다는 소리를 들으면 화를 낼까, 난감해할까.

"제 얼굴에 뭐가 묻었나요?"

마키하라의 질문에 치카코는 제정신이 들었다. 주방 안, 옆으로 쓰러진 냉장고 앞에 서서 마키하라가 치카코를 바라보고 있었다. 특별히 의아해하는 것도 아니고, 캐묻는 투도 아니었다. 물론 놀리는 말투도 아니었다.

"아뇨. 아무것도 아니에요."

치카코는 살짝 손을 들어 부정했다. 얼굴에 웃음이 떠오르지 않도록 입에 힘을 주고 눈앞의 광경을 둘러보았다.

사상자가 쓰러져 있던 위치는 테이프로 표시되어 있었다. 제대로 왁스칠도 하지 않은 듯 엉망인 가게 바닥에 두 명. 주방 안쪽에 커피숍 주인인 여자 한 명. 조금 전 들은 이야기로는 사망자나 중상자 모두 화상이 심하지만 불에 탄 범위가 그다지 넓지 않고, 사망자의 직접적인 사인은 경골 골절 때문으로 보인다고 했다.

시체 가운데 한 구는 바닥에 엎어져 있었는데, 그 목과 머리의 상태만 봐도 경부가 부러졌다는 걸 알 수 있을 만큼 부자연스러운 방향으로 뒤틀려 있었다고 했다. 다른 한 구도 시체를 옮기려고 들어 올렸더니 망가진 인형처럼 목이 힘없이 흔들렸다고 했다.

─흉기는 강한 충격파를 지닌 고열의 불길이다.

매번 반복되는 패턴이다. 하지만 그런 도구나 기계가 과연 이 세상에 존재하기나 하는 걸까.

가게 안을 대략 훑어본 바에 따르면, 작은 화재가 났을 때 남는 흔적 이상은 아니었다. 하지만 작은 화재라도 일반적인 경우와는 달랐다. 바닥은 역시 불에 탔다. 커튼에도 그을음이 묻어 있었다. 의자의 비닐 시트도 일부분 눌어붙었다. 특히 엎어져 있었다던 시체 바로 옆 의자는 앉는 부분이 녹아 비닐이 눈물방울 모양으로 매달려 있었다.

한편, 각 테이블의 다리 부분에는 아무런 자국도 없었다. 앉는 부분이 녹은 의자 바로 앞 테이블 위에 종이 냅킨을 꽂아둔 유리컵이 있었는데, 냅킨은 깨끗했고 유리컵도 열을 받은 흔적이 없었다.

치카코는 코를 킁킁거렸다. 여기 들어올 때 맡았던 단내가 났다. 그뿐이다. 이번에도 연소 촉진제 같은 것은 사용되지 않았다. 감식반이 가게 안의 공기를 몇 군데로 나누어 채취해두었을 테니 가스 크로마토그래피로 분석한 결과를 보면 더 정확한 내용을 알 수 있겠지만, 분명 연소 촉진제 성분은 나오지 않을 것이다.

─물론 현재 알려져 있는 연소 촉진제일 경우에만 해당되는 이야기지만.

속으로 한숨을 내쉬며 치카코는 자신의 생각을 수정했다. 알려지지 않은, 새로운 연소 촉진제를 사용했다면 풍부한 샘플이 없는 한 수사진 입장에서는 분석할 방법이 없기 때문이다.

치카코는 팔짱을 꼈다. 시체 한 구가 있던 자리를 표시한 테이프를 내려다보았다. 신원은 아직 밝혀지지 않았지만, 사십대에서 오십대 사이의 노무자 차림을 한 남자라고 했다. 다른 한 사람도 역시 남자였다. 나이는 사십대. 목 부분에서 위쪽으로 상당히 심한 화상을 입었는데, 타다 남은 머리카락으로 미루어 파마를 했다.

분위기로 보아 이곳이 점잖은 아저씨들이 드나드는 가게라고는 상상하기 어려웠다. 두 사람 모두 정확한 신원 조회를 하려면 의외로 어려움이 따를지 모른다. 무엇보다 이 살인의 목적이 무엇이며, 누구를 노린 것인지도 아직 모르는 상태다.

"자, 이제 되셨습니까?"

순경이 말했다. 치카코는 출구 쪽으로 걸어갔다. 마키하라는 아직도 주방 부근을 어슬렁거리고 있었다. 치카코가 밖으로 나와 심호흡을 하고 있는데 곧이어 그도 따라 나왔다. 무뚝뚝한 표정이었다.

치카코는 현장 지휘관과 인사를 나누고, 협력할 일이 있으면 이야기해달라고 말했다. 상대방은 그 말을 인사치례로 받아들였다. 속으로는 어서 돌아가기를 바라고 있을 것이다. 방화반 지휘자인 이토 경부로부터 정식 명령을 받지도 않았는데 수사 중인 사건과 관련이 있을 것 같다는 느낌만 가지고 달려온 치카코와 마키하라는 솔직히 부담이 될 수밖에 없었다. 게다가 본청에서 나온 치카코만이라면 몰라도 관할이 다른 마키하라까지 함께 있으니 더욱 그랬다.

"철수할까요?"

치카코는 마키하라에게 말하며 손목시계를 들여다보았다. 시미즈의 도착이 늦어지고 있다.

아오토 육교 사거리를 향해 걸음을 옮기자 마키하라가 조용히 쫓아왔다. 정말로 존을 닮았다.

"현장에서 무얼 보고 싶었던 겁니까?"

앞을 바라본 채 치카코에게 물었다.

"뭐랄까…, 평범한 화재는 아니란 걸 확인하고 싶었습니다."

치카코는 솔직하게 대답했다. 실제로 현장에서 연소 촉진제 냄새가 났거나 시체 부근 바닥이 무너져 내릴 정도로 불에 탔다면 치카코는 상당히 실망했을 것이다.

"무슨 생각을 하시는 거죠?"

치카코는 웃었다.

"아무 생각도 안 해요. 아니, 생각할 수가 없군요. 너무 이상한 사건이라서요."

"이상합니까?"

마키하라가 그렇게 말하더니 걸음을 멈췄다. 마침 그때, 차한 대가 사거리를 무서운 속도로 꺾어지더니 치카코 앞쪽에서 고꾸라질 듯이 멈췄다.

운전석 문을 열고 튀어나온 사람은 시미즈였다.

"늦었네."

치카코는 여유 있게 말을 건넸지만, 시미즈의 표정이 굳어 있는 걸 보고 입을 다물었다.

"또 터졌습니다."

시미즈가 숨을 헐떡거리며 말했다.

"이번엔 요요기우에하라에 있는 주류 양판점입니다. 대관절 이게 어떻게 된 건지!"

흥분한 시미즈는 치카코 옆에 있는 마키하라에게 눈길도 주지 않았다. 성큼성큼 다가오더니 못마땅한 듯이 입을 내밀고 점점 더 거칠게 내뱉었다.

"이번에도 터무니없는 사건입니다. 역시 비슷한 수법으로 남자 두 명과 여자 한 명이 살해되었습니다. 그 밖에도 총에 맞아 죽은 시체가 두 구나 나왔고요. 젊은 남녀입니다. 현장인 주류 양판점은 3층 건물로 옥상이 있는데, 총을 맞은 시체는 그 옥상에서 발견되었습니다."

치카코는 눈이 휘둥그레졌다. 당장은 사건 자체보다 시미즈가 화를 내는 모습에 더 흥미가 끌렸다.

"그런데 왜 그렇게 화를 내는 거야?"

시미즈는 창피했는지 이내 목소리를 낮추며 중얼거렸다.

"내가 무슨 화를 냈다고 그래요?"

"하지만 화가 난 얼굴인데. 왜 그래?"

그제야 시미즈는 주위의 시선과 귀를 의식했다. 그리고 비로소 마키하라가 옆에 있다는 걸 깨달았다. 놀라서 입을 쩍 벌렸다.

"이분은 누구?"

애써 '이분'이라는 정중한 표현을 하면서도 '누구십니까?'라고 묻지 못하는 시미즈가 우스웠다. 치카코는 마키하라를 간단하게 소개했다. 마키하라는 아무 말 없이 살짝 고개만 숙일 뿐이었다.

"이시즈 선배, 너무 돌아다니지 않는 게 좋겠어요."

시미즈가 목소리를 낮췄다.

"그래? 왜?"

"그게… 요요기우에하라 사건에 대한 소식이 들어온 직후, 이토 경부님이 저한테 그랬습니다. 위에서, 방화반은 이번 사건들에서 손을 떼라는 명령이 내려왔대요."

"위에서라고?"

"예. 경부님도 화가 나신 것 같았습니다. 하지만 분명히 방화가 주체인 사건은 아니니까요. 총도 사용되었고, 사망자의 치명적인 사인은 모두 경골 골절이잖아요? 우리가 현장에서 일어난 원인 모를 화재와 시체에 남아 있는 화상에 관해 의견을 구할 때까지 너희는 잠자코 있어라, 그런 이야기죠."

"하지만 시체에 남아 있는 화상은 죽기 전에 생긴 겁니다.

지금까지 일어난 사건에서, 화상은 모두 살아 있을 때 입은 거였어요."

계속 입을 다물고 있던 마키하라가 담담한 말투로 불쑥 끼어들었다. 시미즈는 깜짝 놀라 자기보다 머리 하나 정도는 키가 큰 마키하라를 쳐다보았다.

"그렇기 때문에 사인과 사용된 흉기, 화상이나 작은 화재의 관련성을 생각해볼 필요가 있죠. 방화 중심의 사건이 아니라고 보는 시각은 잘못된 겁니다."

"그럼 본청에 그렇게 이야기하고, 제안을 하시지 그래요?"

시미즈는 '본청'이란 단어에 힘을 주며 말했다.

"직접 이야기하기 뭐 하면 상신서라도 쓰시지?"

도저히 참을 수가 없어 치카코는 웃음을 터뜨렸다. 조금 전에는 예전에 기르던 개를 떠올렸는데, 이번엔 아들의 어린 시절이 떠올랐다. 학교 성적은 좋았지만 유별났던 사내애와 약삭빠르고 분위기를 잘 맞추지만 말만 앞서지 행동이 따르지 않는 사내애의 다툼.

"아니, 이시즈 선배, 왜 웃으세요?"

시미즈가 정색을 하고 따졌다.

"아니, 아니야. 아무것도 아니야."

치카코는 웃음을 참으며, 시미즈가 타고 온 자동차 쪽을 바라보았다.

"그런데 저걸 직접 운전해서 일부러 나를 데리러 온 건가? 이번 사건에서 손을 떼게 하려면 휴대전화 한 통으로도 되는데."

시미즈는 뻐기듯이 흠, 하고 콧소리를 냈다.

"그래요. 저도 이시즈 선배 성격을 잘 아니까요. 그냥 돌아오라고 전화해봐야 듣지 않을 게 빤하잖아요."

"그럼, 저 차를 우리가 쓸 수 있는 거네?"

"쓸 수 있죠―. 그런데 뭘 하려고요?"

"잠깐 사람을 좀 만나러 가고 싶어서. 혼자 돌아가기 곤란하면 함께 가지 않을래?"

시미즈보다 마키하라가 먼저 물었다.

"누굴 만나러 가는 거죠?"

"지금 진행되고 있는 세 사건과는 아무런 관계도 없는 사람이에요. 다만, 아주 약간의 관계는 있다고 해야 할까? 하지만 관련성이 워낙 없기 때문에 만나서 얘기해도, 이번 사건에서 손을 떼라는 이토 경부의 지시를 어기는 게 되지는 않을 거예요."

"뭔가 이상한데요."

시미즈는 의심이 많다.

"전에도 만난 적이 있는 분들이라 놀라지는 않을 거라고 생각해. 함께 갈래?"

시미즈는 잠깐 망설이는 표정을 지었다. 하지만 곧 뻐기듯 잔뜩 무게를 잡으며 말했다.

"알겠습니다. 함께 가시죠. 제가 운전하겠습니다."

아무래도 치카코를 감시할 작정인 모양이다.

치카코와 시미즈는 차 쪽으로 걸어갔다. 하지만 마키하라는 움직이지 않았다. 두 손을 얇은 코트 주머니에 넣고 얼굴을 살짝 찡그리고 있었다.

치카코는 걸음을 멈추고 돌아보았다.

"안 가실 겁니까?"

잠깐 무슨 말을 할까 생각하듯 하늘을 쳐다보고 나서 다시 치카코를 보며 물었다.

"저도 당연히 동행할 거라는 표정을 짓는 걸 보니, 아라카와 강변 사건 관계자를 만날 생각이군요?"

"예, 그렇습니다."

"하지만 그 사건으로 살해된 네 명의 비행 청소년 유족은 아니다. 맞습니까?"

치카코는 아무 대답도 하지 않았지만 기뻤다. 마키하라는 감각이 상당히 날카롭다.

"그 넷 중 예전에 여고생 여러 명을 납치, 살해한 게 아닌가 하는 의심을 받았던 아이가 있었죠. 이름은 고구레 마사키, 그때 열일곱 살이었습니다."

"예, 그랬죠."

치카코가 대답했다.

"그 고구레 마사키에게 살해된 걸로 짐작되는 여고생들 유족을 만나러 가는 거군요. 아닙니까?"

치카코는 놀라움과 동시에 만족을 느꼈다.

"용케 거기까지 짐작을 하셨네요."

"그럴 거라는 생각이 들었습니다."

차를 향해 걸으며 마키하라가 말했다.

"그때 나도 여고생들 유족을 만나러 갔습니다. 여러 차례 갔었죠. 아라카와 강변 사건은 고구레 마사키를 노린 일종의 보복 살인이 아닐까, 하는 생각이 들었기 때문입니다. 수사본부에선 받아들이지 않은 의견이었지만요."

역시 마키하라도 그걸 보복 살인이라고 여기는 건가? 치카코는 기누가사 순사부장이 마키하라를 소개해준 게 고마웠다.

"아무리 주장을 해도 소용이 없었습니다. 고구레가 여고생 살해사건의 주범이었는지조차도 확실하지 않다면서요. 나도 애를 써보기는 했지만, 결국은 포기하지 않을 수 없었습니다. 그때 얼핏 들었어요. 본청 방화반 안에 그 사건을 여고생 살해사건에 대한 보복과 처단을 위한 살인이라고 생각하는 형사가 있다는 소문을 말입니다. 하지만 그 형사는 아라카와 강변 사건 수사에는 관계하지 않았죠."

맞다. 치카코는 그때만 해도 방화반으로 온 지 얼마 되지 않아, 마키하라가 말한 것과 같은 의견을 갖고 있었지만 내부에서 조심스럽게 주장하는 게 고작이었다.

마키하라는 조수석 문을 열더니 고개를 숙이고 타기 직전, 비로소 치카코의 눈을 정면으로 바라보았다. 그 눈이 웃고 있는 듯했다.

"그 형사가 이시즈 씨였군요."

그가 활짝 웃었다. 무척 유쾌한 모양이었다.

"당신도 대단한 괴짜로군요."

시미즈 혼자 탐탁지 않은 표정을 짓고 있었다.

"그런데, 행선지는 어디에요?"

"오다이바로 가줘."

치카코는 힐끔 손목시계를 보았다.

"지금쯤이면 그 부부도 집에 돌아와 계실 시간이니까. 저녁 식사도 마쳤겠지."

운전석에는 시미즈가, 조수석에는 마키하라가 탔다. 치카코는 뒷좌석에 살짝 걸터앉아 운전석 시트 등받이에 손을 대고 몸을 앞으로 내민 채 이야기를 시작했다.

"마키하라 씨 말씀대로 저는 아라카와 강변 살인사건에 흥미를 느꼈고, 나름대로 의견도 있었지만 수사에는 관여하지 않았습니다. 그때는 그럴 만한 입장이 아니라서. 하지만 그 바로 전에 일어난 여고생 연쇄 납치 살인사건에는 약간 관여를 했습니다. 순서로 치면 그쪽이 먼저이기 때문에 그다음에 일어난 아라카와 강변 살인사건에 신경이 쓰여 견딜 수가 없었죠."

여고생 살인사건으로 세상이 떠들썩할 무렵, 치카코는 마루노우치 경찰서 경무과 소속이었다. 경무과에서 맡은 업무는 습득물 취급이나 사고 증명서 발행, 각종 서류 접수 등, 말하자면 사무적인 일들이었다.

"그래서 여고생 살인사건 수사에도 직접 손을 대지는 않았습니다만—."

말을 이으려는데, 시미즈가 놀리는 말투로 이야기를 끊었다.

"그런 이시즈 선배가 느닷없이 본청 형사과로 스카우트되자 대단한 화제가 되었죠. 여자라서 덕을 봤다고."

"그래. 덕은 덕이지만 도덕(道德)의 덕이지. 착한 일을 해서 덕을 쌓으면 좋은 결과가 있기 마련이야, 시미즈 씨."

치카코는 웃는 얼굴로 응수했다.

시미즈는 흥, 하고 코웃음 치는 소리를 냈다.

"그건 아니죠. 그저 인사이동의 역학관계 덕이죠."

시미즈가 밉살스럽게 말했다. 하지만 눈빛은 웃고 있었다.

치카코는 이 어린 후배의 '뭔가 한마디 응수해서 상대의 신경을 거스르는 얘기를 해도 상대방이 웃으며 용서해줄 것이라고 믿는 증후군'에 이미 익숙했다. 요즘 젊은이들은 대개가 그렇기 때문이다. 치카코의 하나뿐인 아들 또한 예외가 아니었다.

마키하라는 말없이 앞을 보고 있었다. 묘하게도 시미즈와 나란히 앉으니 실제보다 더 나이가 들어 보였다.

"그 무렵 마루노우치 경찰서의 다나카 부장을 중심으로 한 달에 한 번꼴로 연구 모임을 가졌습니다. 내용은 매달 달랐는데, 대개 외부에서 강사를 초빙해 이야기를 듣는 방식이었죠."

치카코는 손가락을 꼽으며 헤아렸다.

"내용은 '범죄에 제대로 대처하는 동네 만들기'라거나 '아파트 및 연립주택의 방범 체제', '학교 교육에서 약물 중독에 관해 어떻게 가르쳐야 하나' 같은 재미있는 주제가 많았죠. 그래서 경무과가 주최하기는 했지만, 수사과와 경비과에서도 많은 사람들이 모여들었어요. 그런데 아마 다섯 번째 모임 때였을 겁니다. '범죄 피해자의 마음의 상처에 관하여'라는 주제가 있었죠."

마키하라가 눈썹을 살짝 치켜뜨는 게 백미러에 비쳤다.

"한신 대지진과 지하철 사린 사건 때문에 지금은 거의 일반적인 표현이 되었지만, 'PTSD(post traumatic stress disorder)'라고 있잖아요, 그것에 관해 전문 연구자를 초청해 강의를 들었죠."

"뭐더라…? 외상 후 스트레스 장애?"

시미즈가 암송하듯이 중얼거렸다.

"범죄나 재해를 당한 사람이 나중까지 그 공포를 잊지 못하고 고통스러워한다는 거죠?"

"그래. 피해자 본인은 물론이고, 그 가족이나 유족에게도 같은 현상이 일어나지."

"하지만 우리가 거기까지 생각할 필요가 있을까요? 그런 건 의사나 카운슬러가 할 일이 아닌가요? 우린 피해자 장례식 때 눈물을 흘리던 남편이 사실은 범인인 경우도 봤어요. 유족이 입은 마음의 상처까지 깊이 배려한다면 엄격한 수사를 할 수가 없죠."

그럴듯한 소리를 하고는 있지만 시미즈가 그만한 경험을 쌓은 것은 아니다. '그럼 구체적으로 어떤 게 엄격한 수사냐?'라고 물으면 분명히 대답을 못할 것이다. 나 원 참, 이 도련님, 오늘은 유난히 다루기 힘드네―. 치카코는 속으로 쓴웃음을 지었다.

마키하라가 억양 없는 목소리로 말했다.

"취조 단계에서도 피해자가 입은 마음의 상처에 대한 배려를 해야 할 경우가 있지 않겠습니까?"

시미즈가 흘끗 마키하라를 보았다.

"어떤 경우요?"

"전형적인 사례는 강간이겠죠."

한 방 먹은 꼴이지만, 시미즈는 그걸 인정하지 않았다. 자기는 강간 피해자를 다뤄본 적이 없다고 툭 내뱉었다.

"그렇죠, 아무래도 본청에서는 잘 다루지 않는 사건이니까요."

시미즈는 다시 곁눈질로 마키하라를 노려보았다. 이 친구의 마음은 너무 쉽게 읽힌다. 파친코 기계에서 움직이는 구슬을 보는 것처럼 간단하다. 게다가 파친코 구슬은 사람이 예상한 곳으로 떨어지지 않지만, 시미즈의 마음은 99퍼센트의 확률로 치카코가 예상한 곳으로 떨어진다.

시미즈가 입을 비죽 내밀며 말했다.

"그래도 일선 경찰서에 있다보면 다루는 사건이 한정되게 마련이죠."

마키하라는 아무런 표정 변화 없이 진지하게 대꾸했다.

"맞는 말씀입니다."

시미즈는 입을 다물고 운전을 계속할 수밖에 없었다.

치카코는 화제의 방향을 바꾸었다.

"그때의 연구 모임은 특별히 관심이 높아 정해진 시간을 넘기며 진행될 정도였어요. 다들 진지하게 임했다는 이야기죠. 그래서 다음 회에 다시 한 번 같은 주제를 다루게 되었죠. 그런데 강사로 초빙된 정신의학 전문의가 피해자나 피해자 가족, 유족으로부터 직접 그 속마음을 들어보는 기회를 마련하는 게 어떻겠느냐는 제안을 했어요. 물론 피해 관계자들이 경찰의 연구 모임 같은 데서 이야기를 하겠다는 승낙을 받아야 했죠."

"그게 실현되었군요."

마키하라가 얼른 물었다.

"그렇습니다. 마침 강사 선생님의 카운슬링을 받은 분들을 중심으로 만들어진 모임이 있었어요. 그분들이 자기들과 같은 입장에서 고통스러워하는 많은 피해자와 유족의 심정을 깊이 이해하는 데 도움이 된다면 어디서든 이야기를 하겠다고 나서 주셨죠."

그날 연구 모임에는 네 명이 참석했다. 각각 강도와 살인 등으로 가족을 잃거나 자신이 다친 사람들이었다.

"그중 여고생 연쇄 유괴 살해사건으로 딸을 잃은 부부가 계셨죠. 방금 말씀드린 피해자와 유족 모임에서 중심적인 역할을 하는 분들이었어요."

지금 만나러 가는 사람도 그 부부라고 설명했다.

"그때는 아직 사건에 대한 수사가 진행 중인 상태였죠. 아, 그 고구레 마사키란 아이와 그 애를 리더로 하는 일당이 매스컴에 막 다뤄지기 시작하던 무렵이었습니다. 그렇기 때문에 그 부부의 마음에 난 상처에서 피가 철철 흐르고 있을 때였죠. 강사이자 그 부부의 카운슬러인 정신과 의사는 아직 여러 사람 앞에서 이야기하는 건 피하는 게 좋겠다고 말렸답니다. 하지만 꼭 이야기를 들려주고 싶다고 했대요. 아직 수사가 진행 중인 사건의 피해자 유족이기 때문에 느끼는 기분도 있고, 두 분 모두 학교 선생님이라 교육자 입장에서도 이야기를 하고 싶은 게 있다고 하셨죠."

치카코는 그 연구 모임을 생각하면 지금도 마음이 아프다. 굳은 결심을 하고 모임에 나온 두 사람이 될 수 있으면 눈물을 보이지 않으려고, 흐트러진 모습을 보이지 않으려고 계속 자신을 억제하며 이야기하던 모습이 무척이나 애처로웠다.

"모임이 끝난 뒤, 말씀해주신 분들을 모두 댁까지 모셔다 드리기로 했는데, 그때 그 부부 교사의 댁이 우리 집하고 아주 가까운 곳이라 함께 택시를 타고 가게 되었습니다. 그래서 또 여러 가지 이야기를 듣게 되었죠. 특히 피해자와 유족을 위한 모임의 활동 내용에 관해서요―."

"선배, 그래서 감동했다는 거예요?"

시미즈가 말했다.

"워낙 감동을 잘하시니까."

"그래, 맞아. 그 뒤로 친하게 오가며 지내고 있지."

가쓰시카에서 아리아케까지, 도쿄 도의 동쪽을 가로질러 가야 하는 길이지만 그다지 밀리지는 않았다. 차는 미토 가도를 타고 순조롭게 달렸다.

"두 분이 모두 교사라면—."

마키하라가 기억을 더듬듯 눈을 가늘게 떴다.

"딸 이름이 사다 요코—. 살해당했을 때 고등학교 2학년이었죠?"

치카코는 고개를 끄덕였다.

"그래요. 요코 양이었죠. 농구부였는데, 키가 173센티미터였다고 합니다. 여고생 연쇄 유괴 살인사건의 두 번째 피해자였죠. 첫 번째 여학생이 사고를 당한 뒤, 어머니가 걱정이 되어학교에서 돌아올 때 조심하라고 하자, 자기 같은 키다리는 절대 노리지 않을 테니 걱정 없다고 웃으며 대답했다더군요."

사다 부부에게는 딸이 '키다리'라는 사실과 그 애의 농구에 대한 열정이 지우려야 지울 수 없는 추억이 되었다. 요코의 장례식을 치른 뒤, 버스를 타고 가다 창밖으로 학교 운동장에 있는 농구 골대를 보기만 해도 울음이 치밀어 견딜 수가 없었다고 했다.

"그런데 지금 그런 분들을 만나러 가서 무얼 할 건데요?"

시미즈는 실은 '만나러 가봐야 무슨 소용이 있겠느냐?'고 묻고 싶었을 것이다. 불만이 가득한 표정이었다. 그래도 애써 '무슨 소용이 있겠느냐?'를 '무얼 할 건데요?'로 표현하니, 귀여운 구석이 있다.

창밖에 보이는 도쿄 시가지는 완전히 야경으로 바뀌었다. 차창 밖을 내다보며 치카코는 천천히 말했다.

"아라카와 강변 살인사건 수사 첫 단계에서는 수사본부 내에서도 여고생 살해사건과 깊은 관계가 있을 거라고 의심하는 주장이 많아, 솔직하게 말하면 여고생 유족들의 사건 당시 알리바이까지 조사했다고 하더군요. 이 얘기는 조사를 받은 사다 씨 부부한테 들었습니다."

고구레 마사키라는 청년이 살아온 과거를 감안하면 당연한 조치였을 것이다.

"예, 했죠. 웬만큼은."

마키하라가 대답했다.

"그 조사를 통해 유족 중엔 의심스러운 인물이 없다는 걸 알게 되었죠. 그런 특수한 살해 방법을 실행할 노하우를 지니고 있을 만한 사람도 없었어요. 때문에 그 시점에서 보복 살인 쪽은 전혀 생각하지 않게 된 겁니다. 아주 깔끔하게. 그 뒤로는 아무리 주장해도 소용이 없었습니다."

지친 말투였다.

"하지만 그렇게 해서 수사본부의 방침이 변경된 뒤에도 사다 씨 부부는 아라카와 강변 살인사건이 보복 살인일 거라고 믿고 계셨어요."

치카코가 말했다.

"그럼, 사다 씨 부부는 피해자 유족 중에 범인이 있다고 생각하는 거네요? 결국은 자기 동료 가운데 범인이 있다는 이야기가 되는데."

시미즈가 그렇게 말하며 눈을 깜빡거렸다.

"그렇다면 마음에 집히는 구석이라도 있다는 얘긴가요?"

"아니, 아니야. 그렇지 않아."

"하지만—."

"그 부부 말로는, 보복이라기보다는 차라리 처형을 한 것 같다고 했어."

"처형?"

"그래. 아까 마키하라 씨도 처단이란 단어를 사용했잖아."

마키하라는 말이 없었다. 시미즈가 또 곁눈질로 그를 보았다.

"그 경우는 말이야, 고구레 마사키와 아라카와 강변 사건 당시 그 애와 어울리던 아이들을 죽인 범인이 살해당한 여고생들의 유족이 아니더라도 상관이 없는 거지. 제삼자라도 괜찮은 거야. 고구레 마사키의 소행과 그가 법적인 처벌을 받지 않았다는 사실에 분노를 느껴, 그런 인간들은 살려둘 수 없다고 마음먹은 사람이라면 누구든 상관없다는 이야기지."

시미즈가 입을 살짝 벌렸다.

"그러면 그건 사형(私刑)이잖아요?"

"그런 셈이지."

"그건 허용이 안 돼요. 이 나라는 법치 국가니까요."

"맞아."

"우선 고구레 마사키가 여고생을 살해한 주범이란 확증이 없잖아요. 그 애는 죄가 없었을지도 몰라요. 실제로 물증이 없어서 체포나 기소도 당하지 않았으니까."

한숨을 내쉬고, 마키하라가 말했다.

"그게 처단일 경우에는, 고구레가 진짜 범인일 필요는 없지요. 처단을 하기로 마음먹은 사람이 고구레를 범인이라고 확신만 하면 되는 거죠."

시미즈는 마키하라의 말보다 한숨에 더 기분이 상한 듯했다.

"그 정도는 저도 압니다."

"그럼 됐고."

"됐다니, 무슨 말투가 그렇습니까?"

"실례."

치카코가 웃으며 끼어들었다.

"어쨌든 고구레 마사키는 그가 여고생 살해 주범이라고 믿는 누군가에게 처단을 당했고, 어쩌다 그와 어울리던 친구들도 뜻하지 않은 죽음을 당했다는 것이 아라카와 강변 사건의 진상이라는 게 제 생각이고, 사다 씨 부부도 같은 의견이죠. 하지만 앞으로가 중요합니다."

"뭔데요?"

시미즈가 또 화를 내며 이야기를 재촉했다.

"그게 처단이나 처형이라면, 누가 했건 그 인물은 언젠가 그리고 적어도 한 번은 자기가 한 일에 그런 의미가 있다는 사실을―살해당한 여고생들의 복수를 위해 정의의 철퇴를 내려쳤다는 사실을―어떤 형태로든 유족에게 알리지 않을까? 사다씨 부부는 그런 생각을 하고 있어요."

마치 바람이 불어 들어온 듯 짧은 침묵이 흘렀다. 신호 대기를 위해 자동차를 세운 시미즈가 핸들에서 손을 떼고 머리를 긁었다.

"그건 또…."

살짝 웃는 소리를 냈다.

"그렇다면 마치 무슨 영화 같네요."

"아니, 있을 수 없는 일은 아니죠."

마키하라가 말했다.

"다만, 그런 연락을 유족만 받을 거라고는 볼 수 없어요. 매스컴 쪽에 범행 성명을 내는― 이런 경우에는 처단 성명이 되나?― 어쨌든 그런 방법도 있죠."

"그렇지만 아직 그런 이야기는 나오지 않았잖아요."

"지금까진. 하지만 앞으로는 어떻게 될지 몰라요. 고구레 마사키는 어디까지나 여고생 살해의 주범 격이고, 당시 그와 공범 관계에 있던 일당의 멤버 대부분이 아직 생생하게 살아 있어요. 모두 다 처치했을 때, 천천히 성명을 낼 생각인지도 모르죠."

"조직력이나 수사 기술도 없이 그들을 모두 찾아낼 수 있을까요?"

"그것도 알 수 없죠. 그 처단자는 혼자가 아니라 조직이 있는 일당일지도 모르니까요."

다시 험악해질 것 같은 운전석과 조수석 사이로 치카코가 머리를 들이밀며 끼어들었다.

"저기 표지판이 있는 모퉁이로 돌아."

시미즈는 얼른 깜빡이를 켰다. 치카코가 교통과에 있었다면 확성기로 주의를 주고 싶은 운전이었다. 차가 제 방향을 잡고 달리기 시작하자 시미즈는 또 거친 목소리로 말했다.

"처단자 조직이라니, 어쨌든 너무 비현실적인 주장이네요. 우린 경찰이지 소설가가 아니니 현실을 직시해야죠."

마키하라가 다시 의미심장한 한숨을 쉬었다. '누가 일련의 사건이 처단자 조직의 짓이라고 했나?' 하는 표정이었다. 치카코는 웃고 말았다.

"물론, 그럴 수도 있다는 이야기일 뿐이야. 다만 사다 씨 부부는—."

시미즈의 잔뜩 부은 얼굴을 보며 얼른 말을 이었다.

"이 가설이 맞았을 경우에 대비해, 유족 단체 입장에서 정보를 받을 수 있는 통로를 마련하고 싶다는 거지. 그러니까 만약 이게 처단이고, 심판을 내리는 제삼자가 있다면, 그 인물이 유족에게 메시지를 전달하고 싶을 때 제대로 받을 수 있도록 하고 싶다는 거야. 아니면 처단을 위해 살인을 하고 있는 제삼자에게 적극적으로 대응해, 메시지를 전달받을 수 있도록 하거나."

마키하라가 천천히 고개를 끄덕였다.

"그렇군요…."

"어떻게 적극적으로 대응하죠?"

"잡지에 투고하거나 신문에 투서를 하거나."

"답답하군."

"그래. 그래서 최근 인터넷에 홈페이지를 만들었어. 물론 거기로 처단자를 불러들이려 하고 있지는 않아. 여고생 살해 관련 정보를 제공해달라고 부탁하거나, 다른 흉악사건으로 피해를 입은 분들과 유족에게 피해자 모임 참여를 권하고 있지."

"흐음, 그렇군요?"

시미즈는 그제야 납득했다.

"그러니까, 우린 그 사다 씨에게 무슨 정보가 들어오지 않았는지 알아보러 가는 거군요?"

"그렇지."

치카코는 손을 들어 앞쪽을 가리켰다. 어둠 속에서 고층 아파트가 무대의 배경처럼 모습을 드러냈다.

"저 아파트야. 잠깐, 전화를 걸어보자."

휴대전화를 꺼내 사다 부부의 전화번호를 찾아 통화 버튼을 눌렀다. 호출음이 두 번 울리자마자 저쪽에서 전화를 받았다.

"아, 이시즈 씨!"

사다 부인이었다. 힘이 들어간 목소리였다.

"아, 이제야 통화가 되었네. 우리가 점심때부터 몇 번이나 전화를 했는데요."

10. 피해자 모임

사다 부부의 집은 오다이바의 바다가 내려다보이는 고층 아파트 11층의 2LDK였다. 실내에는 가구와 자질구레한 물건이 잔뜩 있었지만, 그것들이 어수선한 느낌을 주지 않고 오히려 따스한 가정적 분위기를 자아냈다.

거실 창 쪽에 아직 새것인 불단이 자리 잡고 있었다. 물론 하나뿐이던 딸의 영혼이 사는 집이었다.

"요코야, 이시즈 씨가 오셨단다."

사다 부인이 밝은 목소리로 말하며 불단에 있는 초에 불을 붙였다. 치카코는 향에 불을 붙이고 합장했다. 불단에 모신 작은 액자 안에서, 교복 차림의 여자아이가 얼굴에 미소를 짓고 있었다. 흑백사진인데도 스포츠를 좋아했던 사다 요코의 건강하게 그을은 뺨과 이마가 또렷하게 드러났다.

두 형사도 치카코를 따라했는데, 마키하라는 꽤 오래 합장한 뒤 부인을 돌아보며 물었다.

"위패에 계명(戒名: 스님이 세상을 뜬 사람에게 붙여주는 이름-옮긴이)을 붙이지 않습니까?"

속명(俗名)인 요코라는 이름만 적혀 있기 때문이었다.

사다 부인은 불단을 바라보면서 고개를 끄덕였다.

"어려운 계명을 붙이기보다 요코를 요코 그대로 불러주는 게 더 낫겠다는 생각이 들어서요."

밝은 색 천을 댄 소파에 자리를 잡고 나서 치카코는 두 형사를 소개했다. 사다 부부는 마키하라가 아라카와 강변 사건의 수사본부에 있었다는 이야기를 듣더니 얼굴을 마주보았다.

"우리도 그때 수사본부에 계신 분을 많이 만났습니다만, 뵙지 못한 것 같군요."

"형사가 워낙 많으니까요."

마키하라는 다시 불단에 있는 요코의 위패를 보고 나서 이렇게 말했다.

"한때 수사본부에서는 고구레 마사키를 리더로 하는 여고생 살해사건의 피해자 유족을 여러 번 조사한 적이 있습니다."

사실은 그 문제로 찾아온 것이라고 치카코가 설명했다.

"하지만 그 전에 말씀을 먼저 듣고 싶네요. 무슨 일이 있었나요?"

"그럼, 먼저 이걸 좀 봐주시겠어요?"

부인은 날렵하게 일어나 옆방으로 가더니 바로 돌아왔다. 컴퓨터용 연속 인쇄용지를 한 묶음 들고 있었다.

"이거, 프린트했습니다. 오늘 아침 그 폐공장 사건 뉴스가 보도된 뒤, 이시즈 씨가 오실 때까지 저희한테 들어온 이메일입니다."

치카코는 프린트 용지를 받아들고 쭉 훑어보았다. 메일은 대부분 짧은 것이 많고 길어봤자 겨우 열 줄 정도였지만, 그중엔 한 페이지를 가득 채운 긴 내용도 있었다.

"피해자 모임 회원끼리는 이메일을 보낼 때 반드시 닉네임 이외에 본명도 적는 규칙이 있습니다만, 우리 홈페이지를 보고 이메일을 보내는 사람들은 그렇게 하지 않아요. 그래서 누가 보낸 건지 모릅니다. 거기 프린트한 내용도 반가량은 그런 익명 메일입니다만…."

치카코는 고개를 끄덕이며 읽고 있던 메일에서 시선을 들었다.

"이 중에 뭔가 신경 쓰이는 내용이 있습니까?"

사다가 손을 뻗어 교사다운 능숙한 손짓으로 가리켰다.

"3페이지에 있는 위에서 두 번째 이메일입니다."

닉네임 '하나코 씨'로부터 온 것이었다. 다른 두 명의 형사를 위해 치카코는 소리 내어 읽었다.

"안녕하세요? 이따금 사다 씨와 동료 분들의 홈페이지에 들어오곤 합니다. 반년쯤 전부터입니다. 오늘 아침, 다야마 초에서 또 이상한 사건이 일어났습니다. 아라카와 사건과 아주 흡사하네요. 사실 저는 예전에 아라카와 사건이 일어난 현장 부근에 살았던 적이 있습니다. 사건이 일어났을 때 저는 아직 학생이었죠. 학교에서 한때 아라카와 사건은 불량배 패거리들 사이에 분열이 생겨 일어난 싸움이라는 소문이 나돈 적이 있죠. 고구레 일당을 죽인 일당의 리더가 우리 학교에 있느니 없느니 하는 이야기였습니다. 저보다 2학년 위인 남학생이었죠. 지금 그 애가 어디서 어떻게 사는지는 모릅니다. 사다 씨와 동료 분들이 찾아보면 좋지 않을까 생각합니다."

내내 얌전히 있던 시미즈가 사다 씨 집의 가정적인 분위기에 마음이 놓였는지 갑자기 본바탕을 드러내며 노골적으로 무시하듯 말했다.

"이거 뭐야? 엉터리 제보죠? 요즘에도 이런 짓을 하다니. 강변에서 살해당했을 때 고구레 마사키는 학생이 아니었으니 인근 고등학교 불량배들과 싸우거나 했을 리가 없어요."

치카코는 분위기를 무마하려고 사다 부부를 바라보았다. 두 사람은 웃고 있었다.

"예, 시미즈 씨 말씀이 맞습니다. 이런 정보는 별 도움이 되지 않겠죠. 하지만 뒤에 있는 건…."

이번에는 사다 부인이 손가락으로 가리켰다. 다음 페이지였다.

"아까 그 '하나코 씨'가 또 보낸 메일입니다."

분명히 또 '하나코 씨'가 보낸 메일이다. 점심때가 조금 지나서 보낸 것이었다. 치카코는 다시 소리 내어 읽었다.

"점심시간에 옛 친구와 전화 통화를 했습니다. 그 친구는 지금도 아라카와 강변 쪽에 살기 때문에 저보다 여러 가지 일들을 잘 기억하고 있죠. 그 친구 이야기로는 강변에서 사건이 일어난 뒤, 1년간 서른 살 정도의 마르고 키 큰 남자가 혼자 자주 강변 현장을 보러 왔다고 하더군요. 경찰인 줄 알았답니다. 하지만 홈페이지를 둘러보니 경찰 혼자서 사건 현장에 가는 일은 없을 것 같아 신경이 쓰이는군요. 이번 다야마 초 사건에서도 서른 살 정도 된 키 크고 마른 남자가 현장을 어슬렁거린다면 어떻게 될까요?"

치카코가 고개를 들자 마키하라가 손을 뻗어 출력된 컴퓨터 연속 용지를 집어 들었다.

"서른 살 정도의 키 크고 마른 남자."

치카코가 확인하듯 말하자 시미즈가 또 끼어들었다.

"선배, 이것도 믿을 게 못돼요. 아라카와 강변 사건은 재작년에 일어났어요. 이제 와서 그런 남자가 이러쿵저러쿵한다는 건 진지하게 검토할 정보가 아니에요—."

치카코는 시미즈를 보며 웃었다. 그를 침묵시키기 위해서. 이 나라의 어머니들은 모두 아이의 입을 다물게 하는 기능을 지닌 이런 웃음을 체득하고 있다. 적어도 치카코 세대까지는.

"이 삼십대 남자라는 사람이 문제죠? 다른 의미에서?"

사다 부부는 나란히 고개를 끄덕였다. 남편이 말했다.

"다다 씨가 아닐까, 하는 생각이 들어서요."

프린트 용지를 들여다보던 마키하라가 얼른 고개를 들었다.

"다다 가즈키 말인가요? 다다 유키에의 오빠인?"

사다 부부가 놀란 표정을 지었다.

"다다 씨를 아십니까?"

"아라카와 강변 사건이 일어난 직후에 그 이름을 알게 되었습니다. 물론 알리바이 조사 대상자 리스트에서요. 그 사람과 그 부모의 이름을 봤습니다."

"어머니는 전부터 줄곧 병원 생활을 하고 계셨는데, 그 사건 조금 뒤에 세상을 뜨셨죠."

"다다 유키에가 누굽니까?"

시미즈의 질문에 치카코는 자세를 바로하고 설명했다.

"다다 유키에 양은 사다 요코 양과 마찬가지로 여고생 살해 사건 피해자야. 그 여학생의 오빠가 가즈키 씨지."

사다 부인이 이어서 설명했다.

"여동생이 그렇게 죽고, 어머니는 사건 때문에 쇼크를 받아 건강이 더 망가지고, 가족들도 뿔뿔이 흩어졌죠. 저와 남편이 처음 작은 피해자 모임 같은 걸 만들었을 때, 가즈키 씨와 부친에게도 동참하라고 했지만 계속 그냥 내버려둬 달라고만 했습니다. 그렇지만 가즈키 씨가 한때 상당히 심각한 상태에 있는 것 같다는 얘기를 들었어요. 우린 남의 일이 아닌 데다 걱정도

되어서 거절을 당하면서도 계속 권유했지만 역시 소용이 없었습니다."

"그때 다다 가즈키 씨를 직접 만난 적이 있습니까?"

마키하라가 물었다.

"아뇨, 전화 통화만 했습니다. 그 무렵 가즈키 씨는 혼자 살고 있었기 때문에 낮에는 회사에 나가고 밤에도 귀가 시간이 불규칙해서 찾아가도 허탕만 쳤죠. 그래도 꾸준히 전화 연락은 하려고 했습니다."

"그런데 왜 그 다다 가즈키 씨가 '하나코 씨'가 보낸 메일에 나오는 남자라는 거죠?"

시미즈가 물었다. 이건 타이밍이 잘 맞는 질문이었다.

"아, 그렇지, 그래요. 여고생 살해사건이 일어났을 무렵에는 그래서 다다 가즈키 씨를 만날 수가 없었죠. 그런데 저희가 홈페이지를 열고 얼마 지나지 않았을 때니까, 2년 전쯤인가요? 아라카와 강변 사건이 일어난 직후였습니다. 그때 찾아왔어요."

"그 사람이요?"

마키하라가 확인했다.

"예. 그런데 뭔가… 이상한 느낌이 들었어요. 우리 활동에 참여하겠다는 건 아니었습니다. 위안이나 카운슬링이 필요한 것도 아닌 것 같았고. 그냥 강변 사건에서 고구레 마사키가 죽었다는 사실에 크게 충격을 받은 것 같았습니다."

"충격을 받았다? 쾌재를 부르지 않고요?"

마키하라는 얼굴을 살짝 찡그렸다.

"동요하는 것 같았나요?"

"예, 뭐…. 마음이 어지러운 모양이었습니다. 우리 집을 방문했을 때는 아직 강변 사건의 충격이 생생할 때라 당연한 일인지도 모르겠습니다만."

"하지만 그 사건을 다다 가즈키 씨가 저지른 것은 아니죠? 수사본부는 여고생 유족의 신변을 조사한 다음 용의선상에서 제외했으니까."

시미즈가 말했다.

늘 그렇지만 시미즈의 말투에서는 자신이 속한 경찰 조직의 능력에 대한 의문이나 완벽하지 않을 수도 있다는 생각이 전혀 느껴지지 않았다. 이토록 긍지와 신뢰를 갖고 조직에 소속될 수 있다면 그것도 나름대로 행복일 것이라는 생각이 들었다.

"가즈키 씨 짓이 아닙니다. 그 사람은 그런 잔혹한 짓을 저지를 사람이 아니죠. 하지만 여동생을 사랑했기 때문에 범인을 용서할 수 없었고, 그래서 괴로워했던 겁니다. 용서할 수 없다고 해서 고구레 마사키를 선뜻 죽일 수 있는 사람이었다면 그렇게 괴로워하지도 않았을 겁니다."

"그럼, 그 방문 뒤에는? 다다 가즈키하고는 계속 교류를 했습니까?"

마키하라가 다음 이야기를 재촉했다.

"그게, 잘 안 됐습니다. 우리를 찾아왔을 때도 그 사람은 왠지 이상한 모습이었어요. 우리한테 무얼 원하는지 알 수가 없었죠…. 무슨 목적으로 우릴 방문한 것인지 알 수가 없었습니다. 강변 사건 자체에도 흥미가 없다고 했어요. 고구레 마사키는 자기가 저지른 짓에 어울리는 벌을 받았고, 누가 그 벌을 내렸건 신경 쓰지 않겠다는 투였죠. 자기를 조사하러 온 경찰한테도 그렇게 말했다더군요."

"물론 아라카와 강변 사건 현장 같은 데는 갈 생각도 없다고 하더군요. 우린 현장에 가서 고구레 마사키와 그 친구들이 쓰러져 있던 현장을 보고 왔습니다. 왠지 그렇게 하지 않으면 마음이 진정되지 않아서요. 그들을 위해 꽃을 가지고 갈 마음은 들지 않았지만요."

"고집이 셌군요."

"예…. 우린 가즈키 씨가 갑자기 무엇 하러 왔나 싶어, 한동안 고개를 갸웃거렸습니다. 그리고 아무래도 마음이 괴로워 같은 짐을 지고 있는 우리 부부와 이야기를 하고 싶었던 게 아닐까, 하는 결론을 내렸습니다. 하지만 그 뒤로는 연락도 없고…."

시미즈가 '그게 뭐가 어떻다는 건데요?'라는 표정을 지었다. 치카코는 또 미소를 지었다.

사다가 살짝 기침을 하고 말을 이었다.

"그러니까, 우리가 둔해서 늦게 깨달았다는 이야기가 되는데, 가즈키 씨가 찾아온 뒤로, 여러 사람을 만나고 데이터를 정

리하고 작은 모임을 가지며 반년쯤 지났을 때였어요. 문득 가
즈키 씨가 정보를 원했던 게 아닐까, 하는 생각이 들더군요. 아
시다시피 우리는 여고생 살인사건 피해자 모임 명의로 홈페이
지를 운영하고 있습니다. 그래서 수사본부가 해체된 지금, 어
떤 의미에서는 우리 홈페이지가 가장 많은 정보가 오가는 공
간이죠. 인터넷이다보니 전국에서 이런저런 정보와 의견이 들
어옵니다. 가즈키 씨는 그런 정보들을 알고 싶었던 게 아닐까,
그래서 우리를 만나러 온 게 아닐까. 경우에 따라서는 우리한
테 더 접근할 생각으로 말이죠. 결과적으로는 그렇게 되지 않
았지만요….”

“그런데, 정보를 모아서 어쩌겠다는 걸까요?”

시미즈가 물었다.

“그건 모르죠. 하지만 상상은 할 수 있습니다. 여고생 살인사
건의 전체적인 모습을 밝히고, 그것이 강변 살인사건과 어떻
게 연결되어 있는가, 심판을 받아야 할 사람이 남아 있지 않은
가, 있다면 어디 있는가. 그런 것을 알고 싶었겠죠.”

“그건 경찰이 할 일입니다.”

“하지만 수사는 진행되지 않고 있습니다.”

사다 부인이 단호하게 대꾸하자 시미즈는 입을 비죽 내밀었
다. 그리고 고집스러운 표정을 지으며 말했다.

“그렇지만 다다 가즈키가 무슨 생각으로 움직이는지는 판단
할 수 없죠. 지금 이야기도 단순한 상상에 불과하고요.”

"물론 그렇죠."

교직에 몸담았던 사다 씨의 목소리는 차분하면서도 설득력이 있었다. 시미즈의 말을 일단 받아들인 뒤 되받아쳤다.

"그래서 바로 이 이메일이 문제가 되는 겁니다. 다다 가즈키는 키가 크고, 여동생 사건 이후로 더 말랐으니까요. 잠시 원래 체중을 되찾은 적도 있는 모양이지만 우리가 만났을 때는 너무 말랐다 싶을 정도로 야위었습니다. 그래서 이 '하나코 씨'의 이메일을 읽고, 현장에 자주 나타난다는 그 남자가 가즈키 씨 아닐까, 생각한 거죠."

"그렇군요."

마키하라가 맞장구를 쳤다. 하지만 그의 눈은 아직도 프린트 용지 위의 글씨를 더듬고 있었다.

"가즈키 씨는 우리한테 강변 현장에 갈 생각이 없다고 했습니다. 하지만 실제로는 인근 주민의 기억에 남을 정도로 그곳을 오갔다면, 그때 우리가 추측한 게 반드시 틀린 것만은 아니다, 라는 생각이 들기 시작했습니다. 역시 다다 가즈키는 정보를 원하고 있다. 찾고 있다. 혼자 그런 행동을 계속하고 있다—."

"이번 사건 현장에도 나타날지 모른다는 거군요. 정보를 찾고 있다면요. 강변 사건의 수법과 이번에 일어난 일련의 사건에 쓰인 수법이 비슷하다는 사실은 누가 보더라도 알 수 있으니까요."

치카코가 말했다.

"그렇습니다. 그래서 저희가 이시즈 씨한테 연락을 드린 겁니다. 이시즈 씨라면 이번에 가즈키 군을 찾을 수 있을지도 모른다는 생각에."

시미즈가 뜻밖이라는 듯이 눈을 깜빡거렸다.

"가즈키를 찾다니요? 두 분도 지금 그 사람이 어디 있는지 모르시나요?"

"모릅니다. 어머니가 세상을 뜬 뒤 바로 회사를 그만두고, 살던 연립주택에서도 이사를 하고, 아버님 말씀으로는 지난 2년 동안 집에도 오지 않았답니다. 이따금 전화만 걸려올 뿐이라더군요."

치카코는 상황이 이해되었다.

"알겠습니다. 그런 일이라면 신경을 쓰겠습니다. 다다 씨를 만나게 되면 두 분께서 걱정하고 계시다는 이야기를 해줘야겠군요."

사다 부부의 얼굴에 안도의 기색이 번졌다.

"어머, 이런. 차도 내오지 않고. 실례했습니다."

부인이 일어서서 불단 앞을 지나 부엌으로 들어갔다. 위패 앞에 놓인 꽃이 살짝 흔들렸다. 마치 요코가 '엄만 덜렁댄다니까.' 하고 손을 저으며 웃는 것만 같았다.

사다 부인이 내온 향기 좋은 커피를 마시며 치카코는 방문한 목적을 설명했다. 오늘 받은 이메일을 읽었기 때문에 이야기는 빨리 정리되었다.

고구레 마사키 패거리를 죽이고, 이번에도 또 같은 수법으로 살인을 거듭한 범인의 목적이 '제재'이고 '처단'이라면 어떤 형식으로든 그걸 선언할 가능성이 있다—그때 그 매체로 부부가 운영하는 홈페이지를 사용할 수도 있다. 치카코의 이런 설명을 부부는 입을 꾹 다물고 들었다.

"게시판이나 이메일 체크에 신경을 쓰도록 하겠습니다. 분명히 이시즈 씨 말씀이 맞을 것 같군요."

치카코는 부부가 지나치게 신경을 쓰지 않도록 살짝 진정시켰다.

"하지만 너무 심각하게 생각하진 말아주세요. 이번 사건—오늘 하루, 세 건의 사고가 일어났습니다. 세 건이기는 하지만 사상자 수를 따지면 강변 사건의 곱절은 될 겁니다. 분명히 수법은 똑같지만, 강변 사건의 범인이 이번 세 사건의 범인이라면, 동기가 무엇인지 이해하기 힘든 것도 사실입니다."

사다가 얼굴을 찡그리며 죽은 딸의 사진을 바라보았다.

"정말이지, 너무 많이 죽이는군요…."

"오늘 일어난 세 사건의 피해자가 어떤 사람들인지 알고 계세요?"

"아뇨, 아직은 거의."

"그럼, 신분을 알게 되면 또 여러 각도로 생각을 바꿔야 할지도 모르겠군요. 살해당한 사람들이 나쁜 짓을 하지 않은 일반 시민들이었다면요."

사다 부부가 저녁 식사를 하고 가라고 권했지만 치카코 일행은 사양하고 나왔다. 차를 갖다놓아야 하기 때문에 시미즈는 경찰서로 돌아가겠다고 했다.

"그래…? 그럼 난 전차를 타고 돌아갈까?"

"선배, 서에 들르지 않을 거예요?"

"오늘은 들러봤자 소용없을 거야. 방화반은 손을 떼라는 지시도 있었으니까. 집에 가서 이토 경부한테 올릴 보고서를 쓰면서 어떻게든 이번 사건 수사를 계속 진행할 수 있는 방법을 궁리해 봐야지."

"나도 이만 실례하겠습니다."

마키하라의 말에 시미즈는 '당연하잖아?'라는 표정을 지었다. 그가 탄 차의 라이트가 모퉁이를 돌아 보이지 않게 될 때까지 치카코는 쓴웃음을 짓고 있었다.

"사다 씨 부부를 만나보길 잘했죠?"

치카코는 마키하라의 우울해 보이는 옆얼굴을 쳐다보며 말을 걸었다. 그는 사다 부부에게서 그 프린트 용지를 얻어가지고 나왔는데, 지금은 옆구리에 끼고 있었다. 겨울 밤바람이 불자 마키하라의 코트 자락과 프린트 용지가 팔락팔락 휘날렸다.

"다다 가즈키가 신경 쓰이는군요."

치카코의 질문에는 대답하지 않고 그가 말했다.

"그래요. 어떻게 할 생각일까요. 사건의 진상을 밝히는 건 그 사람 혼자 힘으론 무리일 텐데."

치카코는 걸음을 뗐다. 마키하라도 반걸음 뒤처져 따라왔다. 그는 내내 말이 없었다. 함께 전차를 탈 줄 알았는데, 오다이바 역이 보이자 마키하라가 말했다.

"그럼 이만. 고마웠습니다."

"전차 안 타세요?"

"이 부근을 좀 걷겠습니다."

"어머, 추운데."

"생각할 게 있어서요."

'무엇을요?'라고 묻기도 전에 마키하라가 불쑥 말했다.

"신경이 쓰여 견딜 수가 없군요. 다다 가즈키가 대체 누굴 찾고 있는 것인지."

"예?"

물어보려 했지만 소용없었다. 마키하라는 어느새 돌아서서 점점 멀어지고 있었다.

11. 이상한 전화

아오키 준코는 피곤했다. 겨우 집에 도착했을 때는 피로 때문에 걷기도 힘들 정도였다. 총에 맞은 어깨의 상처에서 또 피가 나기 시작했다.

방으로 들어가 바로 침대에 쓰러져 정신없이 잤다. 한두 시간 뒤인지, 열 몇 시간 뒤인지는 알 수 없지만 중간에 잠에서 깼다. 목이 말라 견딜 수가 없어 냉장고에서 페트병을 꺼내 그대로 입을 대고 마셨다. 그리고 옷도 갈아입지 않고 다시 침대로 돌아갔다. 해가 질 무렵인지 창밖이 약간 어두웠다.

다음에 눈을 떴을 때는 창문으로 밝은 햇살이 쏟아져 들어오고 있었다. 비틀거리며 일어나 화장실에 다녀왔다. 또 목이 마르고, 배가 너무 고팠다. 냉장고 안을 보니 빵과 치즈, 햄 따위가 얼어붙어 딱딱했다. 그걸 꺼내 멍한 상태에서 기계적으로 조리해 묵묵히 입에 넣었다.

식사를 마치고 조금 지나자 그제야 정신이 들었다. 자신이 얼마나 처참한 모습을 하고 있는지 새삼 깨달았다. 속옷과 셔츠는 계속된 전투에 땀에 절었고, 진흙까지 묻었다. 상처에서 나온 피가 말라붙어 뻣뻣했다. 옷을 갈아입지 않고 그냥 잠을 잤으니 침대 시트나 베갯잇도 지저분해졌을 것이다. 모두 세탁을 해야겠다. 그런 생각을 하며 베란다를 비추는 화사한 햇살을 바라보다 몇 시쯤 되었을까 궁금했다. 얼마나 오래 곯아 떨어졌던 걸까.

좁은 거실에 있는 시계의 바늘이 정오에서 5분 지난 시각을 가리키고 있었다. 어젯밤에 돌아와 점심때까지 잤다는 건가?

텔레비전을 켜니 NHK에서 뉴스를 방송하고 있었다. 그 화면에 날짜가 보였다. 놀랍게도 사쿠라이 주류 양판점 사건이 일어난 지 꼬박 이틀이 지났다. 준코는 어이가 없어 자기 몸을 내려다보았다.

채널을 다른 곳으로 돌리니, 한낮의 와이드쇼 프로그램이 요요기우에하라에 있는 사쿠라이 주류 양판점 앞에서 중계를 하고 있었다. 준코가 부순 셔터 대신 파란 비닐 시트가 가게 앞을 덮고 있었다.

무의식중에 먹이를 노리는 맹수처럼 눈을 가늘게 뜨고 준코는 텔레비전 화면을 뚫어지게 바라보았다. 아사바가 죽어 있었다―동력실 문을 여는 순간, 머리에 총을 맞고 축 늘어진 아사바의 몸이 준코 쪽으로 쓰러졌다─그때의 광경, 그때의 놀라움. 잊지 않았다.

누가 아사바를 쏘아 죽인 걸까? 그때 준코와 '나쓰코' 말고 누가 그곳에 있었던 걸까?

하지만 텔레비전에서는 그런 의문에 답이 될 만한 정보는 나오지 않았다. 경찰 당국도 아직 거기까지는 파악 못했을 것이다. 준코는 고개를 저으며 일어나 냉장고에서 차가운 생수를 꺼내 단숨에 다 들이켰다.

채널을 다시 NHK로 돌렸다. 뉴스는 계속되고 있었다. 잠시 보니, 아사바를 리더로 하는 젊은이들이 최근 일이 년 사이, 불법 제조한 권총을 들고 다니며 강도나 폭행 같은 여러 사건을 저질렀다는 이야기, 각성제 밀매에도 관계한 것 같다는 이야기, 그날 사쿠라이 주류 양판점에 함께 있지 않아 목숨을 건진 다른 멤버들이 줄줄이 체포되고 있다는 이야기 등을 보도했다. 아무래도 경찰은 사쿠라이 주류 양판점의 참사가 이 일당의 내부 갈등 때문인 것으로 보고 있는 듯했다.

피해자들의─나쓰코와 '후지카와'의 신분도 밝혀졌다. 후지카와 겐지와 미다 나쓰코. 26세, 23세 커플로 도쿄 도에 있는 컴퓨터 회사에 다녔다고 한다.

잠깐 구해냈을 때 본 나쓰코의 그 가냘프고 흰 어깨가 떠올랐다. 후회와 죄책감이 준코를 채찍질했다. 그때 더 빨리 나쓰코를 그 자리에서 데리고 나왔다면. 혼자 남겨두지 않고 곁에 있어주었다면.

나쓰코도 총을 맞고 죽었다. 준코는 나쓰코가 죽기 직전에
한 말을 기억한다. 나쓰코는 누군가를 발견하고 놀라서 소리
쳤다.

ㅡ거기 누구야ㅡ. 앗! 당신은?

그 말로 미루어 그 '누구'인가의 얼굴을 나쓰코는 전부터 알
고 있었을 것이다. 그렇지 않다면 '당신은?'이라고 말하지 않
았을 것이다.

경찰 당국은 사쿠라이 주류 양판점으로 끌고 온 나쓰코를
어떻게 처리할 것인지를 놓고 일당 내부에서 의견이 엇갈려
싸움이 벌어졌다고 생각하는 모양이다. 아나운서가 사회부 기
자와 함께 화가 난 것 같은 얼굴로 번갈아가며 말했다.

이윽고 화면이 바뀌더니 얼굴 부분을 모자이크 처리한 십대
소년의 영상이 나왔다. 사건 현장에 없었고, 아직 체포되지 않
은 아사바 일당의 멤버 중 하나라고 했다. 기자의 질문에 대답
하는 소년의 목소리도 음성을 변조했다.

ㅡ그래, 넌 언제 그 그룹에 들어갔니?

ㅡ반년쯤 전에.

ㅡ어떻게 들어갔어?

ㅡ친구를 따라 들어갔다고 할까? 별생각 없이.

ㅡ무얼 하는 그룹이지?

ㅡ자세한 건 아무것도 몰라.

—예전에 자동차 절도로 잡힌 적 있지?

—아사바가 시켜서 한 일이야.

—훔치긴 했구나.

—하지만 잡혔어. 그래서 얻어맞았지. 그 뒤로는 거의 어울리지 않았어.

—무서워서?

—응. 날 데리고 갔던 친구도 아사바를 무서워했어. 화를 냈어. 정말, 그런 놈은 용서할 수 없다면서.

—무얼 용서할 수 없었다는 거지?

—마음에 들지 않으면 바로 린치를 하고, 돈도 자기 혼자 차지하고.

—각성제 밀매로 번 돈 말이니?

—그래. 하지만 다른 돈벌이도 여러 가지 하는지, 아사바는 늘 돈이 많았어.

—지금까지 아사바와 다른 멤버가 다툰 적은 있었니?

—다퉜다기보다 말다툼 같은 건 한 적이 있어.

—무슨 일로?

—여러 가지라 잘 기억나지 않아.

—전혀?

—아사바가 너무 심한 짓을 하려고 한다면서 말리던 녀석이 있었는데, 그 녀석과 말다툼을 한 적이 있어. 난 겁이 나서 모르는 척했지만.

준코는 일어나서 욕실로 갔다. 수도꼭지를 틀어 욕조에 물을 받기 시작했다. 뜨거운 김이 기분 좋게 뺨에 닿았다. 거실로 돌아오니, 화면은 다시 아나운서와 기자가 이야기하는 장면으로 바뀌어 있었다.

"방금 그 소년의 증언에 따르면, 일당 내부에서도 대립이 있었던 것 같군요. 그게 이번 총격사건과 관련이 있을 거라는 것이 현재 수사본부의 견해죠?"

"아직 밝혀지지 않은 것이 많기 때문에 단정 지을 수는 없습니다만, 그런 방향으로 생각해도 좋을 것 같습니다."

"피해자인 후지카와 씨와 미다 씨가 납치되었던 다야마 초의 주차장과, 거기서 500미터가량 떨어진 곳에 있는 폐공장—후지카와 씨의 시신이 발견된 곳입니다만—그리고 요요기우에하라에 있는 사쿠라이 주류 양판점으로 그 일당이 이동을 했습니다. 그런데 이 사건 말고, 요요기우에하라 주류 양판점에서 사건이 일어나기 두 시간쯤 전에 가쓰시카 구 아오토에 있는 커피숍에서 비슷한 폭발 화재 사건이 발생했습니다. 여기서도 사상자가 세 명이나 나왔습니다만, 이 사건과의 관련성은 없습니까?"

"그 문제는 아직 확실치 않습니다. 사상자도 소년들이 아니기 때문에 직접적으로 관련이 있는지 어떤지 아직 모르는 상태입니다. 하지만 부분적인 폭발 화재가 발생했다는 사실, 사상자가 화상을 입었다는 사실 등 공통점이 많기 때문에 신중한 수사가 필요하겠죠."

그렇다면 경찰은 아직 아오토의 '커런트'에서 죽은 중년 남자가 아사바 일당에게 불법 제조한 권총을 대주고 있었다는 사실도 파악 못한 셈이다. '커런트'에서 남자 손님 하나와 주인 여자가 뜻하지 않게 말려든 걸 떠올리며 준코는 입술을 깨물었다. 어쩔 수 없는 상황이었고, 이젠 돌이킬 수도 없는 일이다―.

사회부 기자는 사쿠라이 주류 양판점 부근의 지도를 보여주면서 말했다. 주류 양판점 주인인 사쿠라이라는 인물은 홀아비인데 1년쯤 전부터 아사바의 어머니와 교제했고, 최근 반년 동안은 동거를 한 것이나 마찬가지였다. 자기 어머니가 사쿠라이 주류 양판점에서 살기 시작하자 아사바도 자주 드나들게 되었고, 양판점 3층이 아사바 일당의 아지트가 되었다고 한다.

사쿠라이 씨는 크게 후회하며 아사바 일당을 쫓아내려 하기도 하고, 패거리들 때문에 이웃에서 항의를 하면 오히려 그들에게 하소연을 하기도 했던 모양이지만, 아사바의 어머니에게 덜미를 잡혀 속수무책이었던 것 같다. 사건 당시엔 배달을 나가 현장에 없었기 때문에 목숨을 건졌지만, 몸을 떨면서 경찰의 조사에도 적극 협력했다고 한다.

사쿠라이의 말에 따르면 아사바의 어머니는 자식에게 엄하지 않았고, 아들이 저지르고 다니는 나쁜 짓 대부분을 알고 있었다. 준코는 '당연하지, 한 층 위에서 그런 짓을 하고 있었으니.' 하고 생각했다. 주류 양판점 주인인 사쿠라이 역시 아사바의 나쁜 짓을 보고도 못 본 척했을 것이다. 무서웠을 테니까. 제 몸 소중한 줄만 알고. 그가 그때 가게에 없었다는 게 분해서 견딜 수가 없었다. 함께 태워버렸으면 좋았을 텐데.

욕조에 물이 차자 준코는 거실을 나와 욕실로 갔다. 어깨의 상처는 피가 굳어 화산 분화구처럼 보였다. 타월을 대고 뜨거운 물에 들어갔지만 펄쩍 뛸 정도로 아팠다.

좁은 욕조 안에서 최대한 편한 자세를 취하고, 욕조 테두리에 머리를 얹은 뒤 눈을 감았다. 몽롱한 영상이 눈앞에 펼쳐졌다. 영상은 모양새를 갖추지 못했지만 빛깔만은 또렷했다. 불빛이다. 준코가 그 무엇보다 사랑하고 자랑스럽게 여기는 빛깔이다.

살며시 타월을 움직이자 굳었던 핏덩어리가 녹아 어깨의 상처가 그대로 드러났다. 살이 찢어졌지만 뼈는 보이지 않았다. 역시 아주 큰 상처는 아니다. 무리하지 않고 곪지 않도록 조심하면 분명 괜찮을 것이다. 안도의 한숨을 내쉬며 다시 눈을 감았다.

몽롱한 영상이 시리지고, 아사바의 죽은 얼굴이 떠올랐다. 준코의 숨통을 물어뜯을 것처럼 굴던 아사바 어머니의 적의에 찬 얼굴도 보였다. 그 여자는 자신이 경영하던 가게가 힘들어졌건 건물 주인에게 쫓겨났건, 어쨌든 장사를 할 수 없게 되었을 것이다. 그리고 사쿠라이 주류 양판점 주인이라는 그럴듯한 먹잇감을 물었다. 가게 주인을 속이고 아들과 그 패거리를 끌어들여 사쿠라이 주류 양판점을 사실상 빼앗았다―.

후지카와 겐지와 미다 나쓰코 이전에도 희생자가 몇 명 더 있었을 것이다. 사쿠라이 주류 양판점 3층에 있던 흐트러진 이불엔 대체 몇 명의 피와 땀 그리고 비명이 묻어 있었던 걸까. 그런 지옥 같은 방이 위층에 있는데도, 아사바의 어머니는 태연한 얼굴을 하고 있었다.

어떻게? 어떻게 그럴 수가 있을까?

커런트에서 죽인, 불법 제조 권총을 팔던 그 중년 남자도 마찬가지다. 돈을 벌자고 한 짓일 테지만, 그렇게 해서 세상에 나온 권총에 누군가가 살해되거나 다칠 가능성이 있다는 걸 모르지는 않았을 것이다. 뻔히 알면서도 모른 척한 것이다.

어떻게? 어떻게 그럴 수가 있을까?

준코는 눈을 뜨고 파스텔 톤의 핑크색 욕실 천장을 쳐다보았다. 비누 냄새가 어렴풋이 나고, 욕조에서 피어오르는 평화로운 김이 주위를 감쌌다.

―난 도무지 이해할 수가 없어.

아오키 준코는 지금까지 나쁜 일들을 수없이 보아왔다. 나쁜 사람들도 수없이 보아왔다. 아사바 게이이치 같은 '악'은 어디에나 있다. 어쨌든 그런 '악'은 존재한다. 이른바 '쓰레기'다. 사회가 살아 숨 쉬는 한 근절할 수가 없다. 나타나면 퇴치하는 방법밖에 없다.

하지만 아사바의 어머니나 불법 제조 권총을 팔던 남자 같은 '곁다리 악'은 어떻게 해야 하나. 어떤 '흉악'에 편승한 '악'은 어떻게 할까. 그들의 태만과 터무니없는 욕심이 사회에 얼마나 해를 끼치는지는 거의 헤아리기 힘들 정도다. 그런데 그들 자신은 '악'이 아니다. 한없이 '악'에 가깝지만 혼자서는 기능하지 않는다. 어디까지나 다른 '악'에 편승하고, 다른 '악'에서 파생하기 때문에.

─결국 함께 태워버릴 수밖에 없어.

이젠 망설이거나 마음 아파할 일은 없다. 준코는 스스로를 그렇게 타일렀다.

저녁이 다 되어서야 겨우 직장에 전화를 걸었다. 점장은 준코의 무단결근에 화가 나서 해고하겠다고 했다.

할 수 없다. 준코는 아무런 반론도 하지 않았다. 앞으로 한동안 일을 하지 않는 편이 시간을 자유롭게 쓸 수 있어 나을 것이다.

전화를 끊은 뒤 쇼핑을 하러 나갔다. 먼저 들른 편의점에서 신문을 몇 개 샀다. 어느 신문이나 1면에 큰 제목으로 아사바 일당의 사건을 다루고 있었다. 준코는 신문을 쇼핑용 천 가방에 아무렇게나 쑤셔 넣고 초콜릿과 과자 상자를 계산대로 들고 갔다.

'힘'을 많이 쓴 뒤에는 달콤한 것이 너무 먹고 싶어진다. 과자 한 상자 정도는 순식간에 먹어치운다. '힘'을 방출하느라 소비된 몸 안의 에너지가 당분으로 채워지는 것이라면 그건 '힘'이 초래하는 그 격렬한 현상에 비해 너무 어울리지 않는다는 생각이 들지만 사실이니 어쩔 수가 없다. 어렸을 때부터 그랬다.

준코에게 '힘'을 컨트롤하는 훈련을 시킨 뒤, 부모님은 늘 프루트 팔러(fruit parlour: 과일을 주재료로 한 케이크나 음료를 파는 가게-옮긴이)나 케이크 가게에 데리고 갔다. 뭐든 먹고 싶은 걸 고르라며 살짝 머리를 쓰다듬던 아버지의 손길을 지금도 잊을 수가 없다.

아버지와 어머니는 지극히 평범한, 착하고 정직한 분들이었다. 두 분 모두 준코 같은 '힘'을 갖고 있지는 않았다. 하지만 어머니의 어머니, 준코에게 외할머니 되는 분이 준코와 비슷한 능력을 지니고 있어, 그 때문에 괴로운 삶을 살았다는 사실을 준코는 어머니로부터 들은 적이 있다.

— 할머니는 대단한 미인에다 멋진 분이셨어.

— 게다가 아주 당당한 분이셨지. 정의의 편이셨어.

— 하지만 아빠나 엄마는 네가 할머니와 같은 능력을 지니고 태어나지 않기를 기도했단다. 왜냐하면 그런 '힘'을 갖고 있으면 너무 힘이 드니까.

— 하지만 너는 '힘'을 지니고 태어났어. 그래서 아빠와 엄마는 네가 그 능력을 올바르게 쓸 수 있도록, 그 능력을 사용해 행복해질 수 있도록 평생을 노력할 거야. 그러니 마음 놓아도 돼.

아버지, 어머니…. 준코는 중얼거렸다.

건축가였던 아버지는 준코가 고등학교 1학년 때, 공사 현장 비계에서 떨어져 세상을 떠났다. 원래 몸이 약했던 어머니는 아버지의 뒤를 따라가듯 2년 뒤에 돌아가셨다. 그래서 고등학교를 졸업할 무렵, 준코는 혼자가 되었다.

부모가 남긴 예금과 보험금, 어머니가 외할머니로부터 물려받은 재산 덕분에 생활에는 불편이 없었다. 그 재산은 모두 변호사에게 관리를 맡겼기 때문에 운용에 골치를 썩을 일도 없다. 실제로, 검소하게 생활한다면 평생 직장에 나가지 않아도 될 정도였다.

하지만 준코는 세상과 거리를 두고 살아갈 생각은 없었다. 타고난 '힘'을 부모님이 원하던 대로 활용하기 위해서는 사회와 관계를 유지해야만 한다. 장전된 한 자루의 총과도 같은 아오키 준코는 그 총구를 늘 올바른 방향으로 겨눠야 했다.

쇼핑을 마치고 집으로 돌아오니 전화벨이 울리고 있었다. 두 손에 가득 짐을 들고 있어 바로 전화를 받을 수가 없었다. 허둥대는 사이에 전화벨 소리가 그쳤다.

누굴까? 준코에게 허물없이 전화를 걸 만큼 친한 사람은 없다. 적어도 이 다야마 초에서는.

30분쯤 지나 부엌에서 샐러드를 만들고 있는데, 다시 전화가 왔다. 이번에는 서둘러 달려가 받을 수 있었다.

"여보세요?"

아무 말도 없었다. 뭐야, 장난 전화인가. 준코는 맥이 빠졌다.

"여보세요, 누구세요?"

다시 큰 목소리로 물었다. 대답이 없으면 끊으려고 손을 막 움직이려 했을 때였다.

"아오키 준코 씨?"

남자 목소리였다. 놀리는 말투였다. 준코는 수화기를 얼른 다시 귀에 댔다.

"여보세요?"

"목소리를 듣게 되어 반갑군, 아오키 준코 씨."

젊은 남자다. 또렷하게 잘 들리는 말투였다.

"누구십니까? 몇 번에 거셨어요?"

"지금은 말할 수 없어."

남자가 대꾸했다.

"너에 관해 모든 걸 다 아는 건 아니니까 말이야. 사실은 아직 연락하면 안 되는데, 네 목소리를 빨리 듣고 싶어서. 예쁜 목소리로군."

"무슨 소리지? 무슨 말을 하는 거예요?"

남자가 웃었다. 그 웃음이 뜻밖에 시원스러웠다.

"괜찮아, 그렇게 걱정하지 않아도. 이제 곧 정식으로 만나러 갈 테니까 말이야."

"당신, 누구죠?"

잠시 뜸을 들였다가 대답이 들려왔다.

"가디언."

"예? 뭐라고요?"

"가디언. 수호자라는 뜻이야. 모르나?"

킥킥 웃으며 남자가 말을 이었다.

"모르면 그걸로 됐어. 곧 알게 될 테니까. 지금은 그냥 우리가 당신의 움직임에 감탄하고 있다는 사실만 알아주면 돼."

그렇게 말하더니 밝은 말투로 덧붙였다.

"게다가 당신은 대단한 미인이야. 그럼, 다음에 다시 이야기하지."

전화는 끊어졌다. 준코는 기가 막혀 한동안 멍하니 서 있었다.

12. 리포트 파일

　아오키 준코가 상처를 치료하고 정신없이 자고 있던 이틀 동안, 이시즈 치카코는 준코가 일으킨 사건의 충격파가 퍼져가는 것을 지켜보고 있었다. 하지만 수사에 참여한 입장이 아니라 완전히 방관자일 수밖에 없었다.

　수사 당국은 일찍부터 이 세 사건 중 적어도 다야마 초의 폐공장에서 일어난 사건과 요요기우에하라에 있는 사쿠라이 주류 양판점 사건은 아사바 게이이치를 우두머리로 하는 비행 청소년 일당의 내부 다툼이 커져 발생했을 것이라 '해석'하고, 그 견해를 공적인 기자회견은 아니지만 사건 담당 기자들에게 정보 제공 형식으로 흘려보냈다. 언론은 그 해석에 따라 '거친 십대', '젊은이들의 흉악 범죄 급증', '소년법 개정의 필요성' 같은 제목 아래 다른 사람의 목숨을 하찮게 여기는 소년들의 잔인한 실태를 규탄하며 보도 경쟁을 펼치고 있었다.

치카코는 물론 이런 추측을 받아들이지 않았다.

하지만 현재의 추측이나 해석이 아무리 잘못되어 있든 사건은 이제 시작에 불과했다.

'방화반은 관계하지 말라.'는 상부의 지시가 있었다는 시미즈의 이야기는 사실인 듯했다. 이토 경부는 치카코에게 직접 다른 일을 부탁하고 싶다고 했다.

"무슨 일인데요?"

저도 모르게 힐문하는 투로 물었다. 이토 경부는 치카코의 동그란 얼굴을 쳐다보며 쓴웃음을 지었다.

"그렇게 화내지 말고."

치카코는 마음을 가라앉히기 위해 시선을 돌려 경부의 손을 보았다. 이 또래의 남성으로는 드물게 이토 경부는 늘 결혼반지를 꼈다. 오늘 아침에도 거친 손에 어울리지 않을 정도로 우아한 은색 반지가 빛나고 있었다.

"이번 사건에 대한 당신의 생각이 어떤지 잘 알고, 나도 그런 추측이 가능성은 있다고 생각해. 다야마 초와 그 주류 양판점에서 일어난 사건은 분명히 고구레 마사키 일당의 아라카와 사건과 관계가 있을 거야."

"그렇다면—."

경부가 손을 들어 치카코의 말을 가로막았다.

"하지만 지금 그걸 주장하는 건 좋지 않아. 아마도 이런 지적을 당할 게 뻔해. 그럼 흉기는 뭐냐. 복수하려는 사람이 한 명이냐, 두 명이냐. 그런 적은 인원으로 어떻게 그 많은 사람을 죽인단 말이냐. 결국, 그런 어이없는 주장은 검토할 가치도 없다고 무시당해 오히려 힘들어질 거야."

치카코도 어제 현장에서 느꼈던 어두운 분위기를 떠올렸다. 복수하려는 자의 범행이라고 적극 주장해온 마키하라가 우울한 표정을 짓고 있던 모습도.

"지금은 좀 신중하게 대처하는 게 좋아. 펄펄 끓는 냄비를 다루는 일은 다른 녀석들한테 맡기고 정보를 수집하면서 때를 기다리는 거지. 분명 우리가 개입할 기회는 올 거야. 어젠 그때를 위해서 일단 얼굴을 내밀어둔 거야."

그럼, 현장 수사관들하고 인사나 해두라는 것이었나? 주제넘게 나설 생각은 털끝만큼도 없지만 방화수사반도 이 사건을 주목하고 있다는 걸 부드럽게 인식시켜두기 위해서?

"그렇습니까? 알겠습니다."

치카코는 그제야 고개를 숙였다.

"그런데 절 부르신 다른 용건은?"

경부는 책상 서랍을 열더니 파일 한 권을 꺼냈다. 공식적인 사건 기록철이 아니라 얇은 비닐 파일이었다.

책상 위에 올려놓더니, 치카코를 보며 고개를 끄덕였다.

"이 건이야."

치카코는 파일을 집어 들었다. 제목은 없었다. 페이지를 넘기자 꼼꼼하고 선이 가는 글자가 가득 적혀 있었다. 여자 글씨 같았다.

"꼼꼼하게 읽어봐. 그리고 가능하면 이 리포트를 쓴 여형사를 도와주면 좋겠어. 방화수사반뿐만이 아니라 경험을 쌓은 선배 여형사의 어드바이스가 필요해."

그의 말투 밑바닥에 여느 때와 다른 감정이 흐르고 있다는 게 문득 느껴져 치카코는 경부의 얼굴을 바라보았다. 경부는 슬쩍 주위를 살피더니 치카코 쪽으로 약간 몸을 내밀며 작은 목소리로 말했다.

"말하기 좀 그런 이야기인데, 화내지 않고 들어주겠나?"

"예."

"이 리포트를 쓴 여형사는 지금 추오 구 미나토 경찰서 소년 과에 근무하고 있어. 사복형사가 된 지는 아직 5년도 안 되고, 나이는 스물여덟 살이지. 경찰관이 된 건 아버지 영향을 받았기 때문인데, 아버지가 훌륭한 경찰관이었어. 내가 존경하는 선배였지."

그렇게 된 건가? 치카코는 미소를 지었다.

"경부님한테 이 여형사가 딸이나 마찬가지란 말씀인가요?"

이토 경부도 웃었다.

"딸이라니, 너무하군. 나이 차이가 많이 나는 여동생이라고 해줘. 아직 미숙하지만 열성적이야. 사실 이 파일도 그 여형사가 나한테 개인적으로 의견을 구하기 위해 보낸 거야. 그런 의미에서 내가 이 건을 당신한테 맡기는 건 일종의 직권 남용이 되는 셈이지만—."

경부는 웃음을 지우더니 목소리를 더욱 낮춰 말했다.

"그런데 내용이 아주 재미있어. 일단 읽어봐. 분명히 흥미를 느낄 거야. 소규모 연쇄 방화사건이지만 이해가 되지 않는다는 점에서는 아라카와 강변 사건이나 이번 사건과 마찬가지니까."

치카코는 그날 밤이 깊어서야 리포트를 다 읽었다. 형사부 사무실에서는 이런저런 일들이 있어 분량이 상당한 파일 한 권을 집중해서 읽기 힘들었다. 게다가 논리적으로는 경부의 말이 옳고 또 옳을지도 모른다는 것은 이해가 가지만 마음속으로는 납득할 수 없었기 때문에 정신이 자꾸만 다야마 초를 비롯한 그 세 사건 쪽으로 쏠렸다.

남편은 귀가가 늦어 치카코 혼자였다. 식탁 위에 파일을 펼치고 읽기 전에 홍차를 한 잔 끓여 옆에 두었지만, 다 읽었을 때는 입도 대지 않은 홍차가 식어 있었다. 치카코는 일어나 다시 물을 끓였다.

분명히 이해하기 힘든 사건이었다.

미나토 경찰서 관내의 고급 아파트에 사는 열세 살 소녀 주위에서 계속 소규모 화재가 발생한다고 했다. 여기까지만 듣는다면 단순한 사건이다. 그 불은 모두 소녀가 있는 곳에서 발생했다—그러니까 화재 현장에는 늘 그 소녀가 있었다는 이야기다. 소규모 화재는 지금까지 열여덟 차례나 발생했으며, 소녀의 동급생들이 화상을 입어 병원에 실려 간 일도 있었다.

모든 현장에 있었다는 소녀. 매우 수상하다. 그런데 이 소녀는 자신이 불을 지르지 않았다고 주장한다. 자기는 아무 짓도 하지 않았다고. 분명히 항상 자기가 있는 곳에서 작은 불이 났지만 그냥 느닷없이 '나타난 것'이라고 주장했다.

리포트에 따르면, 상대가 열세 살짜리 소녀이기 때문에 수사를 진행하는 미나토 경찰서의 담당자도 닳고 닳은 범죄자를 다루듯 할 수 없어 무척 고심하는 모양이다. 게다가 그 흔한 불량소녀도 아니다. 학교 성적도 좋고 품행에도 문제가 없는 데다 집안도 번듯하다. 아버지는 큰 은행의 지점장이고, 어머니는 유복한 의사의 딸로 친정이 경영하는 종합병원 이사였다. 소녀는 그런 부모의 늦둥이 외동딸이라 사랑을 독차지하며 성장했다.

리포트에는 '이 소녀와 만나 이야기를 나눈 사람은 대부분 그 사랑스러움과 밝은 성격, 온순함에 이끌려 소녀가 하는 말을 믿고 싶어질 것이다.'라고 적혀 있었다. 하지만 아무리 무죄를 주장하고 아무리 황당무계한 일이라 우기더라도, 열여덟 번이나 일어난 작은 화재 현장에 늘 그 소녀가 있었다. 상황 증거이긴 하지만 강력한 증거다.

담당 여형사는 정확성을 중시하는 꼼꼼한 성격인 모양이다. 열여덟 차례의 작은 화재에 관한 상황을 각 항목별로 정리해

기록했다. 치카코는 그걸 세심하게 읽고, 이 서류를 작성한 사람에게 호감을 느꼈다. 사실 여부가 확인된 것은 어떤 일도 빠뜨리지 않고 적되 자신의 억측이나 추측은 쓰지 않았다. 게다가 작은 화재가 반복될 때마다 소녀의 주변에서 나돌기 시작한 소문은 '소문이다.'라고 밝힌 뒤에 기록했다. 또한 그런 소문이 소녀의 부모에게 어떤 영향을 끼치고 있는지에 대해서도.

다시 끓인 홍차를 마시며, 치카코는 이 리포트를 쓴 사람—이토 경부가 존경한다는 선배 경찰의 딸인 여형사를 만날 일이 기대되었다. 어떤 여성일까?

—기누타 미치코 씨라?

동시에 기누타 형사가 이 사건 때문에 고민하다 불안에 싸여 개인적인 관계를 이용해 이토 경부에게 상담을 요청한 것에 대해 반감을 느낄 필요는 없겠다는 생각도 들었다. 왜냐하면 미나토 경찰서 소년과에 있는 다른 형사들이 아무리 번듯한 가정에서 자란 착한 아이라 해도 연속되는 이 작은 화재가 그 소녀의 짓이 분명하다고 생각하는 상황 속에서, 기누타 형사만은 과연 그렇게 단정해버려도 괜찮은 걸까 고민하며 이 사건에 다른 형사들이 간과하는 진짜 걱정스러운 다른 측면이 있다는 사실을 정확하게 깨닫고 있을 것이기 때문이다.

열여덟 건의 작은 화재는 약간의 편차는 있어도 회를 거듭할 때마다 조금씩 그 규모가 커지고 있다. 소녀가 손가락에 화상을 입은 것은 열여덟 번째 화재 때였다. 이때 최초로 부상자가 나왔다.

다음에는 더 큰 불이 나는 것 아닐까?

그게 언제일까? 첫 번째 화재는 소녀가 열한 살 4개월 되었을 때 집에서 일어났다. 그 뒤로 3주에서 한 달 간격을 두고 계속 발생했다. 그리고 소녀가 화상을 입은 열여덟 번째 화재는 이달 초, 보름 전의 일이다. 앞으로 1주일에서 열흘 사이에 열아홉 번째 화재가 일어날 가능성이 있다는 얘기다.

그날 새벽 2시가 되어서야 겨우 귀가한 남편과 야식을 먹고 잠이 들 무렵, 치카코는 히죽거리며 이토 경부한테 당했다고 생각했다. 경부의 말대로, 분명 아라카와 강변 사건이나 이번 세 사건과 잠시 거리를 두어야 할지도 모른다. 그게 결과적으로 나을지도 모른다. 하지만 기분은 내키지 않는다. 그래서 경부는 아주 능숙하게 다른 먹이를 던져준 것이다. 실제로 치카코는 이 소녀의 사건에 관심이 끌렸다.

이튿날 아침, 치카코는 기누타 미치코 형사의 집으로 전화를 걸었다. 이토 경부로부터 리포트를 건네받은 것이 비공식적이기 때문에 처음엔 실례가 될지도 모른다고 생각했다.

7시 반이 약간 지났을 무렵인데, 텔레비전 뉴스에서는 다야마 초를 비롯한 세 사건의 속보를 내보내고 있었다. 소리를 끄고 화면만 보면서—불에 탄 사쿠라이 주류 양판점을 비추고 있었다—전화를 걸자 곧바로 받았다. 이미 일어나 활동 중인지, 시원시원한 말투였다.

"예, 기누타입니다."

머릿속으로 그리던 것보다 더 귀엽고 따스하게 느껴지는 목소리였다. 허스키하고 대단히 '유능한' 느낌이 드는 목소리를 상상했던 치카코는 속으로 쓴웃음을 지었다. 자신이 무의식중에 아직 남성 중심 사회인 경찰 안에서 두각을 나타내는 여형사라면 모두 어딘가 남성적인 부분을 지니고 있을 거라고 굳게 믿고 있다는 얘기다. 이래서야 어떻게 경찰 내부의 머리 굳은 '아저씨들'한테 불평을 할 수 있겠는가.

"안녕하세요. 저는 경시청 소속 이시즈 치카코입니다."

치카코는 자기소개를 하고, 이토 경부로부터 파일을 건네받게 된 사정을 간단히 설명했다. 기누타 미치코는 치카코의 말을 듣더니 깜짝 놀라 얼른 사과했다.

"죄송합니다. 본청에 계시면 바쁠 텐데, 이렇게 전화를 주시다니. 이토 아―, 이토 경부님께 상담을 청한 건 시간 날 때 그분의 어드바이스를 받을 수 있으면 좋겠다고 가볍게 생각해선데."

이토 아―, 라고 하다가 정정한 건 '이토 아찌'일까 아니면 '이토 아저씨'일까. 이런 생각을 하며 치카코는 살짝 웃었다.

"저야말로 경부님께 의뢰를 받았다고 하지만, 허락도 없이 리포트를 읽은 걸 사과해야겠네요. 하지만 저는 기누타 씨가 맡고 있는 그 사건이 흥미롭습니다. 도움이 될지 어떨지 자신은 없지만 어떠세요? 한 번 뵐 수 있겠어요?"

"물론이죠, 감사합니다."

기누타 미치코의 목소리가 밝아졌다.

"이시즈 씨 시간만 괜찮다면 언제라도 뵙고 싶습니다. 실은 제가 오늘 쉬는 날인데—."

"그럼, 내일로 할까요?"

"아뇨, 저는 오히려 오늘이 좋습니다. 오늘 하루는 가오리짱 하고 지낼 생각이었으니, 이시즈 씨도 그 애를 만나볼 수 있으니까요."

치카코는 잠깐 입을 다물었다. 가오리짱—구라타 가오리는 그 소녀의 이름이다.

"그 화재를 일으켰다고 의심받는 구라타 가오리 양을 만난다고요? 쉬는 날에?"

"그렇습니다."

기누타 미치코는 단호하게 대답했다.

치카코는 기누타 미치코가 이토 경부에게 상담을 청한 진짜 이유를 알 것 같았다. 그 리포트에는 모든 것이 적혀 있는 게 아닐지도 모른다. 진짜 문제는 그 문서에 적힌 내용 이외에 있는 것이 아닐까?

"기누타 씨, 혹시 구라타 가오리 양과 개인적으로 친해진 겁니까?"

'소년과 형사'가 수사나 보호 대상인 소년소녀와 친해지는 일은 그리 드물지 않다. 그렇게 해서 개인적인 신뢰 관계를 쌓아 갱생에 힘을 보태거나 범죄를 미연에 방지할 수도 있기 때문이다. 하지만 이 경우는 좀 곤란하다는 생각이 들었다. 구라타 가오리는 일반적으로 소년과에 드나드는 연령의 청소년보다 훨씬 어리고, 지금 기누타 미치코는 그 애를 '가오리쨩'이라고 불렀다. 게다가 '가오리쨩을 만난다.'가 아니라 '가오리쨩하고 하루를 지낸다.'고 했다.

조금 지나치게 친해진 것 아닐까? 아무리 열세 살짜리 소녀라 해도 연속 방화사건의 혐의가 있는데.

"하루를 지낸다니, 구라타 가오리 양하고 놀러갈 생각인가요?"

치카코가 물었다.

"이시즈 씨도 제가 지나치다고 생각하시는군요?"

기누타 미치코가 한숨을 섞어 말했다.

"자세한 이야기를 드리면 이토 경부님께서도 그런 말씀을 하실 거라고 각오했습니다. 제가 근무하는 경찰서에서도 그 문제로 꾸중을 듣고 있으니까요."

"역시…."

치카코는 중얼거렸다. 하지만 그다음엔 입을 다물었다. 잠시 침묵이 흐른 뒤, 기누타 미치코가 의외라는 듯이, 또 약간 대들 듯이 목소리에 힘을 주며 물었다.

"화내지 않으세요? 그렇게 하면 수사를 제대로 할 수 없게 된다고 말씀하시지 않나요?"

이런 경우 흔히 있는 일이지만, 기누타 미치코는 자기가 한 말에 스스로 빠져들었다. 흥분해서 말이 빨라졌다.

"저는 구라타 가오리가 사실대로 이야기하고 있다고 생각합니다. 그 애는 불을 내지 않았어요. 방화 같은 건 하지 않았습니다. 이상하게 작은 화재가 계속 일어나는 건 사실이지만, 가오리짱은 용의자가 아니라 피해자입니다. 저는 그렇게 확신하고 있어요. 어떻게 하실 건가요, 이시즈 씨? 절 야단치시거나 웃어넘기실 건가요?"

치카코는 킥킥 웃었다.

"전화에 대고, 무턱대고 그러진 않아요. 아직 당신이나 구라타 가오리 양을 만나보지도 못했으니까요. 그보다 저는 기누타 씨가 오늘 가오리 양과 함께 있을 거라는 사실을 숨기지 않고 선뜻 말씀해주신 게 마음에 듭니다."

선배 행세를 하며 애써 그렇게 말했다.

"사건 내용이 그 파일에 적힌 것과 같고, 당신이 가오리 양한테 그런 태도를 취하고 있다면, 경찰서 안에서 이런저런 이야기가 많겠지만요. 게다가 당신은 심정적으로는 가오리 양을 편들면서도 그 파일의 리포트를 아주 냉정하게 객관적으로 썼습니다. 그것도 훌륭한 태도라고 생각해요."

기누타 미치코는 비로소 웃었다.

"감사합니다. 저도 이시즈 씨를 만나는 게 기대되네요."

만날 장소를 정하고 전화를 끊은 뒤, 치카코는 '혹시 내가 기누타 미치코에게 테스트를 당한 게 아닐까?' 하는 생각이 들었다.

미치코는 이토 경부가 직접 맡지 않고 부하에게 넘길 경우도 전혀 예상 못하진 않았을 것이다. 만약 이토 경부가 다른 사람에게 넘기면 그때는 먼저 한 방 먹이겠다―'저는 오늘 쉬는 날인데, 구라타 가오리짱과 보낼 겁니다. 저는 그 애 편이죠. 그 애는 방화범이 아닙니다.'

이 이야기를 듣고 웃거나 화를 내는 상대라면 기대할 것이 없다. 어차피 공적인 업무가 아니니 싸워서 물리치면 된다. 기누타 미치코는 처음부터 그런 계획을 세운 게 아닐까?

―머리가 좋은 사람이네.

의욕이 더 솟았다. 치카코는 힘차게 집을 나섰다.

13. 초능력 소녀

기누타 미치코는 키가 컸다. 170센티미터는 넘지 않을까, 눈대중으로 키를 재면서 치카코는 생각했다. 요즘은 남녀를 가리지 않고 키가 큰 사람과 인연이 있는 모양이다.

문제의 소녀, 구라타 가오리가 사는 아파트는 단순히 고급일 뿐만 아니라 현기증이 날 것 같은 초고층이었다. 기누타 미치코는 그 출입구의 커다란 자동문 앞에 서 있었다. 아파트 앞의 정원을 지나 출입구 쪽으로 걸어가면서, 치카코는 이 아파트의 매물(賣物) 팸플릿 한 페이지에 지금 자기가 보고 있는 것과 같은 광경이 찍힌 사진이 실려 있어도 결코 이상할 게 없을 거라고 생각했다.

"기누타 씨입니까? 제가 이시즈입니다."

말을 걸자 키 큰 여자가 깜짝 놀란 듯이 치카코를 내려다보왔다. 눈을 깜빡거렸다.

"이시즈 씨군요? 실례했습니다. 기누타예요."

그렇게 말하며 성큼성큼 다가왔다. 치카코는 오른손을 쑥 내밀었다.

기누타 미치코는 아주 자연스럽게 치카코의 손을 잡고 잠깐 힘을 꾹 주었다가 놓았다. 무척 익숙한 동작이라는 인상을 받았다.

"가오리쨩에겐 이시즈 씨를 제 선배라고 소개할게요—."

출입구의 자동문을 지나면서, 기누타 미치코가 말했다. 하지만 자동문 안쪽에 펼쳐진 공간의 호화로운 모습에 놀라 치카코는 잠시 기누타 미치코의 말을 듣지 못했다.

이런 곳을 뭐라고 불러야 좋을까. 역시 로비라고 불러야 할까. 치카코가 사는 작은 단독주택이 통째로 들어갈 만한 넓이였다. 게다가 위로는 이 아파트의 3층 정도 높이까지 탁 트여 있었다. 그 공간의 상부는 삼각추 모양으로 마무리를 해서, 이 로비에 들어온 사람에게 대리석과 유리로 이루어진 피라미드 안쪽에서 위를 쳐다보는 기분이 들게 했다.

"멋진 곳이군요."

사회 견학을 위해 처음 국회의사당이나 최고재판소를 방문한 초등학생처럼 천장을 우러러보며 빙글 돌면서 치카코가 중얼거렸다. 약간 앞에서 걷던 기누타 미치코는 걸음을 멈추고 웃는 표정을 지었다.

"그렇죠? 저도 여기 처음 왔을 때는 깜짝 놀랐어요. 너무 놀라서 딸꾹질이 날 정도로."

한 번 더 빙글 돌고 나서, 치카코는 주위로 시선을 돌렸다. 출입문에서 보아 왼쪽에 폭이 넓은 카운터가 있었다. '프런트'였다. 단정하게 차려입은 중년 남자가 혼자 안쪽에 서서 일을 하고 있었다. 그때 전화가 울렸다. 그 남자가 수화기를 집어 들고 전화를 받았다. 이 부분만 잘라내서 본다면 마치 호텔 같았다.

반대편 벽에는 대리석의 황금빛에 잘 비치는 베이지색에 선명한 검정색으로 악센트를 준 소파가 두 세트 놓여 있었다. 각각의 소파 세트 중앙에 배치한 유리 테이블 위에는 붉은 장미 꽃송이와 안개꽃이 섞여 꽂혀 있었다. 소파 세트를 내려다보는 벽을 온통 채운 벽화는 아무래도 타일을 모자이크처럼 조합해 만든 것인 모양이다. 베네치아의 시가지와 수로, 곤돌라가 그려져 있었다.

치카코는 한숨을 내쉬었다. 선망이라기보다 차라리 경외감에서 나온 한숨이었다. 사람이, 평범한 가정의 사람이 과연 이런 곳에 살아도 되는 걸까, 하는 생각이 마음 한구석을 스쳐 갔다.

"가시죠."

살짝 재촉하는 투로 기누타 미치코가 말했다. 치카코는 얼른 걸음을 옮겼다. 두 사람 앞쪽에는 방금 지나온 자동문보다 훨씬 작은 자동문이 있었다. 출입구의 자동문은 투명 유리였는데 이건 젖빛 유리였다. 게다가 이 자동문 바로 왼쪽에는 거의 공원에서나 볼 수 있는 음료수대 정도의 크기로 치카코 가슴 높이까지 오는 대리석 기둥이 서 있었다. 그 윗부분에 달린 패널에는 여러 개의 버튼이 붙어 있고, 그 옆에 수화기가 놓여 있었다.

"오토 로크군요, 당연하겠지만."

치카코가 말하자 기누타 미치코는 고개를 끄덕이며 손을 뻗어 수화기를 들고 제일 오른쪽 버튼을 눌렀다. 그 버튼 하나만 뚝 떨어진 곳에 붙어 있었다.

"안녕하세요, 기누타입니다."

기누타 미치코는 수화기에 대고 예의 그 따스하게 느껴지는 목소리로 말했다. 치카코의 귀에는 제대로 들리지 않았지만, 수화기 저편에서 누군가가 뭐라고 말하는 소리가 들렸다. 무슨 숫자를 부르는 것 같았다.

기누타 미치코는 계속 고개를 끄덕였다.

"예, 알겠습니다."

그리고 수화기를 내려놓았다. 거의 동시에 희미하게 부웅, 하는 소리가 닫혀 있는 자동문 쪽에서 들려왔다. 미치코가 그쪽으로 걸어가자 자동문이 조금씩 열렸다.

"구라타 씨 댁은 몇 층인가요?"

"꼭대기 층입니다. 39층이요."

기누타 미치코가 대답했다.

"펜트하우스죠. 전용 엘리베이터가 따로 있어요."

젖빛 유리 자동문 안으로 들어가니, 그곳이 엘리베이터 홀이었다. 좌우 두 개씩 있는 엘리베이터 문이 예의 바른 도어 보이처럼 서로 마주보고 있었다. 전용 엘리베이터는 더 안쪽, 오른쪽으로 꺾어져 짧은 복도 끝에 있었다. 공용 엘리베이터보다 훨씬 작고, 양쪽으로 열리는 문 옆에 상승·하강 버튼과 함께 전자계산기처럼 0부터 9까지의 숫자가 쓰인 패널이 설치되어 있었다.

기누타 미치코는 익숙한 손놀림으로 그걸 눌러 네 자리 숫자를 입력하면서 말했다.

"이 엘리베이터는 정해진 암호 번호를 입력하지 않으면 문이 열리지 않게 되어 있어요. 암호는 매주 말에 변경되기 때문에…."

조금 전의 통화는 그 번호 때문이었던 것이다. 이만한 고급 아파트, 그것도 펜트하우스니 경비에 신경을 쓰는 건 당연한 노릇이다. 하지만 치카코는 기누타 미치코를 따라 작은 전용 엘리베이터에 타면서, 어제 읽은 '기누다 리포트'에 적혀 있던 열여덟 건의 작은 화재 가운데 구라타 가오리의 집 안에서 발생한 여덟 건의 화재에 관해 생각하고 있었다. 구라타 씨 가족과 아무런 관계도 없는 외부인이 그 여덟 건의 작은 화재를 일으키기 위해 잠입하려면 수상해서 검문을 당하거나 어디를 가느냐는 질문을 받았을 것이다. 그리고 프런트 앞을 지나 오토 로크를 해제하고 전용 엘리베이터의 비밀번호를 알아야만 한다.

그건 사실상 불가능하다고 해도 좋을 것이다. 백 번 양보해서, 가령 단 한 번이라면 요행히 그런 관문을 통과할 수 있을지 모르지만 두 번, 세 번은 불가능하다.

그렇다면 역시 수상한 것은 구라타 씨 가족과 그 집에 자주 드나들 수 있는 인물이다. 이게 사실을 파악하는 추론의 바깥 고리라는 얘기다.

그러면 그 외곽에 있는 두 번째 고리는 무엇일까? 열여덟 건 중 이 집 안에서 일어난 여덟 건을 뺀 나머지 열 건의 화재가 어디서 발생했느냐 하는 문제다. 네 건은 학교 교실 안, 한 건은 학교 운동장, 세 건은 길, 한 건은 도서관 그리고 마지막 한 건은 병원 대기실이었다. 매우 불규칙했다.

—열 건의 화재 현장에 구라타 가오리가 있었다는 사실을 빼면.

그렇기 때문에 그 소녀가 사실을 한데 묶는 추론의 가장 안쪽 고리가 되는 것이다. 열여덟 건의 방화를 소녀가 저질렀는지, 아니면 소녀를 노린 누군가—소녀에게 상처를 입히는 것이 목적인지 아니면 방화범이란 누명을 씌우는 것이 목적인지는 차치하고—의 짓인지는 그 안쪽에 있는, 아직은 미지의 영역이다. 그래도 치카코는 그 미지의 영역에 자신에게 다소나

마 익숙한 '빛깔'이 있을 거라는 생각이 들기 시작했다.

방화는 '필드'의 범죄다. '사람'만으로는 절대로 성립되지 않는다는, 다른 흉악 범죄에는 없는 특이한 측면을 지니고 있다. '필드'와 '사람'이 결합되어야만 비로소 불을 지르는 행위를 하기 위해 마지막 스위치를 넣는 원동력이 행위자에게 주어지는 것이다.

이는 방화벽(放火癖)을 가진 사람을 불러들이는, 방화하기 쉬운 '필드'가 있다는 단순한 이야기가 아니다. 물론 제대로 정리되지 않은 쓰레기장이나 불에 잘 타는 이런저런 건축 자재를 쌓아놓은, 담도 없고 울타리도 없는 야적장처럼 '불이 타오르는 걸 보면 속이 후련해진다', '불꽃을 보면 성적 흥분을 느낀다'는 식의 골치 아픈 충동과 마음의 움직임을 지닌 사람을 불러들일 만한 '장소'가 있는 것은 사실이다. 하지만 그건 어디까지나 '장소'이지 '필드'는 아니다. 치카코가 생각하는 '필드'는 방화라는 행위가 이루어진 그 지점—집, 건물, 시설 등—이지닌, 그 장소의 분위기 같은 것을 말한다.

앞에서 이야기한 것처럼, 어디까지나 자기 내부의 욕구를 충족시키기 위해 불을 지르는 유형의 방화범이라도 요령 있게 취조해보면, 불 지르는 장소를 고를 때 그야말로 미묘한 선택을 한다는 사실을 알 수 있다. 예를 들어, 방화수사반으로 옮겨와 처음으로 치카코가 취조를 맡은 사십대 중반의 한 여성 방화범이 그랬다. 그 여자는 남편의 외도와 그에 따른 갈등 때문에 노이로제 증세를 보이고 있었다. 외아들은 지방 대학에 들어가 집을 떠났다. 고독하고, 의논할 상대도 없고, 기분을 풀 방법도 몰랐다. 어느 날, 텔레비전 드라마에서 화재 현장을 보고 묘하게 후련한 느낌이 들었다. 더 큰 불을 더 가까이에서 본다면 훨씬 더 후련하지 않을까, 하는 생각이 들었다. 그 결과 모두 여섯 건의 작은 화재를 일으켰다.

여섯 건의 방화 현장은 모두 그 여자의 집에서 반경 2킬로미터 안쪽에 있었고, 지은 지 5년이 되지 않은 비교적 새 단독주택만을 대상으로 삼았다. 그 지역은 경제 성장기에 택지로 개발되어 예전부터 건축업자가 지어 판 집과 쇼와(1926~1988년) 말기와 헤이세이(1989년~) 초기에 새로 분양하거나 건설된 주택이 뒤섞여 있는 곳이었다.

취조 단계에서는 이 여성 본인도 자기가 왜 비교적 새 집만을 노려 불을 질렀는지 자각하지 못했다. 다만 '우연히 눈에 띄어서, 튀는 집이라서 그런 거 아닐까요? 저는 어디건 상관없었어요. 불을 보고 싶었을 뿐이니까.'라고 했다.

치카코는 여섯 곳의 현장을 방문하고 마지막으로 여자의 집을 찾아갔다. 그 여자가 사는 집은 남편이 부모로부터 물려받은 목조 2층집을 증개축한 건물이었는데, 무척 낡고 누더기를 깁듯 증축했기 때문에 모양이 엉망이었다. 취조실로 돌아온 치카코는 지극히 평범한 주부로서의 호기심을 갖고 물어보았다.

─좋은 집인데 무척 낡았네요. 남편과 집을 새로 짓는 이야기는 해보지 않았나요?

그 여자는 했다고 대답했다. 그래서 꾸준히 저금을 해왔다. 그 여자는 파트타임으로 일을 해왔는데, 매달 받는 월급도 집 신축 비용으로 쓰기 위해 모두 은행에 넣었다.

─그런데 그 돈을 남편이 써버렸습니다. 저 몰래 말이에요. 그럭저럭 500만 엔 정도 모았을 텐데, 제가 눈치를 챘을 때는 100만 엔도 남지 않았어요.

─어디다 썼을까요?

─여자하고 노느라 돈이 필요했던 거죠. 바람을 피우려면 돈이 들잖아요.

치카코는 그 여자의 남편에게 확인했다. 남편은 그때 이미 그 여자와의 이혼 수속을 시작해 아주 냉담한 태도를 보였으며 수사에도 비협조적이었다. 하지만 저금을 인출한 것에 대해서는 '내가 번 돈을 내가 쓰는데 뭐가 문제냐?' 이렇게 정색을 하고 대들며 바로 인정했다.

치카코는 다시 여섯 건의 현장을 찾아다녔다. 그 여자가 일으킨 방화는 모두 불장난보다 약간 큰 것으로, 벽을 그을리거나 옆에 쌓여 있던 낡은 신문지를 태운 정도였기 때문에 피해를 입은 집들은 모두 깔끔하게 복구되어 있었다. 치카코는 그 집의 창문에서, 그 집 현관 옆의 화분에서, 2층의 베란다 창에 놓인 커다란 항아리에서, 조사실에 마주 앉아 얼굴을 들지 않고 우울한 표정을 짓고 있는 여자가 불을 지른 순간 보았던 것을 본 듯한 느낌이 들었다.

　—불공평해.

　그 여자는 그렇게 생각했던 것이다. 이렇게 성실하게 일하고 있는데, 열심히 저축도 하고 있는데, 남편과 자식을 위해 애쓰며 후회할 짓은 하지도 않았는데, 내 손에는 아무것도 남지 않았다. 아무도 인정해주지 않는다. 남편은 다른 여자와 바람을 피우고 있다. 자식은 자기 인생을 즐기느라 바쁘다. 네겐 아무것도 없다. 예전에 가지고 있었을지도 모를 것들은 모두 남편을 위해, 자식을 키우느라 잃고 말았다.

　하지만 쇼핑을 하기 위해, 파트타임으로 일하는 직장에 출퇴근하기 위해 이 동네 주변을 걷다보면, 싫어도 눈에 들어오는 곳에 내가 얻을 수 없는 것을 지닌 사람들이 잔뜩 있다. 새로 지어 깨끗한 집. 그것은 제대로 된 가정의 상징이며, 행복의 상징이다. 자기한테서는 빼앗아가기만 하고 주어지지 않은 것이다.

　—불공평해.

　그래서 불을 지른 것이다. 그건 정화(淨化)를 위한 불이다. 불공평한 것을 태워 없앤다.

　치카코가 자신의 이런 추론을 이야기했더니, 그 여자는 그제야 고개를 살짝 들고 치카코를 바라보았다. 그리고 아주 지친 목소리로 작게 말했다.

—그랬을지도 모르죠. 하지만 그런 건 이제 아무 상관없지 않은가요? 그렇다고 해서 죄가 가벼워지는 것도 아니고, 게다가 저는 돌이켜보면 옛날부터 불을 좋아했어요. 그러니 아무 일 없었더라도 언젠간 방화를 하게 될지도 모르죠.

그럴지도 모른다. 하지만 치카코는 이따금 문득문득 이런 생각이 들었다. 만약 그 여자 남편의 불륜이 새 집을 짓고 난 뒤에 시작되었다면 어떻게 되었을까? 그랬다면 그 여자는 남의 깨끗한 집이 아니라 자기 집에—여러 가지를 희생하고 견디며 지었는데 남편과의 금실에는 아무런 도움도 되지 않은 자기 집에 불을 지르지 않았을까? 분명히 그 여자는 불을 좋아했을 것이다. 그 파괴력과 정화력을. 하지만 그걸 행사할 방향을 결정하는 것은 어디까지나 현실을 살아가는 그 여자의 마음이다. 그 여자로 하여금 불을 지르게 한 것은 바로 우울증이었다.

그 밖에도 비슷한 사례가 있다. 입시 노이로제에 걸려 스물한 건의 방화를 저지른 한 재수생은 해질녘에 주택가를 방황하며 창에 불이 켜지고 밝은 웃음소리가 흘러나오는 집을 골랐다고 털어놓았다. 그런 집이나 아파트 창문을 발견하면 위치를 기억해두었다 깊은 밤에 찾아가 불을 질렀던 것이다. 한편, 더러운 폐공장이나 사람이 살지 않아 방치된 집에만 불을 지른 사람도 있었다. 구조 조정을 당해 직장을 잃은 중년 샐러리맨이었다. 본인은 깨닫지 못했겠지만, 그는 그런 버

림받은 공간이 자기 처지와 똑같다는 느낌을 받았을 게 틀림
없다.

이처럼 어떤 의미에서는 '순수한' 방화범이 아닌, 강도 살인
의 증거를 없애려 하거나 처음부터 안에 있는 사람을 태워 죽
일 작정으로 건물에 불을 지른 범인들의 경우에도 만약 '필드'
가 달랐다면 결과도 달라졌을 것 같은 경우를 자주 볼 수 있
다. 불륜 관계로 인한 문제 때문에 미워하는 남자를 죽이기 위
해 그 사람이 사는 집에 불을 질러, 결국 그 남자의 나이 든 어
머니를 죽게 한 젊은 여성을 취조한 적이 있다. 그 여자는 남자
와 일대일로 대결하면 이길 수 없기 때문에 처음부터 집에 불
을 지르기로 마음먹었다고 한다. 그런 마음이 '방화는 약자의
범죄'라고 불리는 까닭이다. 그렇지만 그 집을 찾아가 불을 지
를 용기가 날지 어떨지는 사실 자신이 없었다고 한다. 어렸을
때 구급차에 실려 갈 정도로 큰 화상을 입은 경험이 있어서 사
실은 불이 두려웠던 것이다.

—그런데 그 사람의 집 앞에 선 순간, 망설임이나 두려움은
사라져버렸습니다.

좋은 집이었다. 새로 지은 집도 아니고 호화롭지도 않았지
만, 그야말로 '가정'이라는 느낌이 들었다고 한다.

—베란다에 허브를 심은 화분이 여러 개 놓여 있었죠. 방울
토마토 화분엔 빨간 열매가 달려 있었고요. 마치 채소밭 같은
베란다 구석에 어린애의 세발자전거가 놓여 있었습니다. 바퀴

에 진흙이 묻은 것도 보였죠.

남자와 그의 아내가 허브와 방울토마토를 기르고, 거기서 딴 것으로 음식을 만들어 식탁에 둘러앉는 광경을 상상했다. 남자가 아이를 세발자전거에 태우고 웃으며 집 주위를 달리는 광경을 상상했다.

—참을 수가 없었습니다. 저한테 그런 나쁜 짓을 한 배신자가 버젓이 그런 생활을 하고 있다니. 이건 불공평하다. 이건 거짓이다. 이 가정은 거짓이다. 이곳을 태워버려야 한다. 그런 생각이 들었습니다.

치카코는 그 여자가 쓰는 단어의 변화에 신경 썼다. 처음, 일대일로 싸우면 이길 수 없을 거라 생각했다고 말할 때는 그 미워하는 남자가 표적이었다. 하지만 그 집을 보고 나서는 대상이 '이 가정', '이곳'로 바뀌었다.

그 여자는 '필드'의 마력에 걸려든 것이다. 만약 남자의 집이 아주 초라하고 지저분했다면 불 지르는 걸 주저했을지도 모른다. 여기서 문제는 그 여자로 하여금 방화를 결심하게 만든 것은 남자와 아내, 아이의 '진짜' 가정이 보여주는 화목이 아니라는 사실이다. 저녁 식사 풍경이나 세발지전거를 탄 아버지와 아이의 모습도 직접 목격한 것은 아니다. 그런 광경은 그 여자가 머릿속에, 마음에 그린 모습일 뿐이다. 현실은 전혀 달랐을지도 모른다.

하지만 그 여자에겐 그때 머릿속에 떠오른 모습이 사실이 되었다. 이것이 '필드'의 마력이다. 집이, '필드'가 지닌 자력이 그 여자에게 영향을 미친 것이다.

　—불공평해.

　가령 범죄 상황이라도 '불은 신성한 것이다.'라는 사실을 이런 사례로 잘 알 수 있다고 치카코는 생각했다. 살인자가 흔적을 감추기 위해 시체나 범행 현장에 불을 지를 때도 그 불로 모든 것이 정화되어 아무 일도 없었던 것처럼 깨끗해지기를 무의식중에 기대하고 있는 게 아닐까?

　잘못을 바로잡고 옳지 못한 것을 모두 태워 재로 만들어버림으로써 평온한 '무(無)'를 가져다주는 절대적인 힘—그것이 '불'이다.

　이런 생각을 하다보면 치카코는 아무래도 이해되지 않는 그 연쇄 소살사건을 떠올리지 않을 수 없었다. 치카코 자신이 강변 사건과 관계가 있을 게 분명한 일련의 이번 사건을 훨씬 전에 일어난 여고생 살해사건의 유족들에 의한 복수와 처단이라고 생각할 수밖에 없는 이유 중 하나는 범행에 사용된 것이 '불'이기 때문은 아닐까. 불은 심판의 색이니까.

　"이시즈 씨, 내리시죠."

　기누타 미치코의 목소리에 치카코는 상념에서 깨어났다. 엘리베이터는 어느새 멈추었고 문이 열려 있었다. 먼저 내린 미치코는 밝은 벽돌색 타일이 촘촘하게 깔린 아담한 현관 앞에 서 있었다.

정면에 떡갈나무로 만든 묵직한 문이 보였다. 미치코가 문 옆에 달린 인터폰을 누르자 곧바로 스피커에서 응답이 들려왔다.

"예, 들어오세요. 열려 있습니다."

치카코는 살며시 심호흡을 했다. 방화가 '필드'의 범죄라면, 불을 지른 사람은 '필드'를 파괴하려 하거나 '필드'에서 도망치려 하거나 둘 중 하나다. 왜 파괴하고 싶은지, 왜 벗어나고 싶은지는 부차적인 동기이다. 다만 파괴하고 싶은 사람을 움직이는 것은 그 '필드'에 대한 증오이고, 도망치고 싶은 사람을 움직이는 것은 그 '필드'에 대한 사랑이라는 건 분명하다.

그렇다면 이 탑 같은 아파트 꼭대기에서 이 '필드'의 자력과 고독한 싸움을 벌이고 있는 사람은 대체 어떤 인물일까?

기누타 미치코가 문을 열며 인사했다.

"안녕하세요—?"

말이 채 끝나기도 전에 문 안쪽에서 뭔가 노란 것이 튀어나와 기누타 미치코에게 와락 달려들었다. 그 바람에 미치코는 두세 걸음 물러섰지만, 바로 웃으며 그 노란 존재를 끌어안았다.

"가오리짱!"

"깜짝 놀랐죠?"

미치코에게 안겨 기쁜 목소리로 그렇게 말한 것은 머리가 장신인 미치코의 가슴께에 닿는 소녀였다. 보드라운 노란색 스웨터에 미니 청스커트를 입었다.

"지각했잖아요!"

"미안, 하지만 15분밖에 늦지 않았어."

"아니, 더 늦었어요."

소녀는 사뭇 심각한 표정을 지으며 오른팔 손목에 찬 시계를 들여다보았다.

"18분 지각이에요."

기누타 미치코가 짐짓 놀란 표정으로 말했다.

"이런, 죄송합니다. 용서해주세요."

소녀는 그제야 치카코를 바라보았다. 치카코는 막 문을 들어서던 중이라 기누타 미치코와 노란색 스웨터를 입은 소녀가 강아지처럼 서로 껴안는 모습을 보고 있던 참이었다.

"아줌마는— 누구죠?"

기누타 미치코의 허리를 안은 채 소녀가 물었다. 따져 묻는 말투였다.

"왜 온 거죠?"

치카코는 미소를 지었지만 이내 표정이 굳어버렸다. 소녀의 말투에서 그만큼 날카롭게 따지는 느낌이 들었다.

"이시즈 씨, 죄송합니다. 얘가 가오리짱입니다."

기누타 미치코가 소녀의 어깨에 손을 얹으며 말했다.

"안녕하세요, 이시즈라고 해요. 만나서 반갑네."

치카코는 다시 미소를 지으며 인사했다. 하지만 소녀의 굳은 표정에는 변화가 없었다.

"이 사람은 왜 왔어요?"

눈으로는 치카코를 바라보고, 기누타 미치코에게 더욱 달라붙으며 소녀가 물었다.

기누타 미치코는 소녀의 이런 반응에 익숙한 모양이었다. 어깨를 가볍게 톡톡 두드리면서 부드럽게 말했다.

"그런 말투로 이야기하면 못써. 먼저 인사를 해야지. 이시즈 씨는 내 선배 형사 분이셔. 함께 일하지. 그래서 너한테도 소개해주려고 오늘 함께—."

구라타 가오리의 동그란 눈이 크게 깜빡거렸다. 호화로운 현관 홀 천장에 날카로운 목소리가 메아리쳤다.

"싫어!"

그 목소리가 수천 개의 바늘을 뿜어냈다. 그 바늘이 일제히 치카코를 향해 날아왔다. 이렇게 단호하고 분명한 거절을 당해본 적은 거의 없었다.

"가! 여기 있지 말고! 돌아가! 어서!"

몸 전체로 그렇게 소리치더니, 가오리는 몸을 홱 돌려 현관 홀로 이어진 복도를 달려갔다. 그리고 그 끝에 있는, 표면에 정밀한 부조가 새겨진 더블도어를 몸을 던져 열고 그 안으로 사라져버렸다.

"가오리짱—."

기누타 미치코의 표정도 굳어졌다.

"죄송합니다, 이시즈 씨."

당황해서 사과하는 미치코의 말을 치카코는 부드럽게 가로 막았다.

"괜찮아요, 신경 쓰지 말아요. 이상한 화재사건 때문에 여러 가지 조사를 받다보니, 경찰이라면 기분이 좋지 않겠죠."

"예…. 상당히 낯을 가리는 애이기는 합니다."

미치코의 콧등에 땀이 맺혀 있었다. 아무리 차분해 보이고 총명하다 해도 역시 이런 면에서는 아직 풋내가 난다는 생각이 들었다. 세상에는 형사를 뱀이나 전갈처럼 싫어하는 사람이 많다. 그때마다 마음의 상처를 입거나 자존심이 상한다면 아무 일도 할 수가 없다.

하지만 그런 사실을 염두에 둔다 해도 지금 상황은 이상했다. 구라타 가오리와 치카코는 만난 지 얼마 되지도 않고, 제대로 이야기를 나눠보지도 않았다. 저렇게 느닷없이 공격적으로 나오다니.

소녀가 들어간 문이 열리더니, 예쁜 에이프런을 걸친 한 여성이 황급히 나왔다. 다른 집 같으면 그 여자가 소녀의 어머니라고 추측할 테지만ㅡ.

"안녕하세요, 기누타 씨. 죄송합니다."

그 여자가 허리를 굽히며 살피듯 치카코를 바라보았다. 고개를 숙인 채 눈만 들어 바라보는 그 표정이 한 집안의 주부는 아니었다.

"저어, 가오리 양이 왜 저러나요?"

그 여자가 물었다. 역시 일하러 온 분인 모양이다. 외모도 가오리와 닮지 않았다. 나이는 마흔쯤 되었을까.

"미안합니다. 기분을 상하게 한 것 같아요."

기누타 미치코가 쑥스러운 표정으로 말했다. 에이프런을 걸친 여자에게가 아니라 자기 자신에 대해서 그런 표정을 지은 것 같았다.

"저어, 이쪽 분은—?"

미치코가 소개하기 전에 치카코는 먼저 자기 이름을 댔다.

"이시즈라고 해요."

"사실, 이분은 경시청 방화반에 계십니다."

기누타 미치코가 덧붙였다.

"이시즈 씨, 이쪽은 에구치 후사코 씨입니다. 이 댁에서 일하시는 분이죠."

치카코는 정중하게 인사를 하고 나서 물었다.

"가오리 양이 이따금 저런 식으로 짜증을 내는 경우가 있나요?"

에구치 후사코는 말도 안 된다는 듯이 고개를 저었다.

"아니에요. 지나치다 싶을 정도로 얌전하죠."

얌전하다는 말에 강한 악센트를 주었다. 표정은 공손했지만 머리를 갸웃거리거나 살짝 찡그린 입, 치카코를 바라보는 시선 같은 게 '당신이 가오리 양을 화나게 만든 거겠죠.'라고 핀잔을 주는 듯했다.

"잠시 저대로 있게 두고 나중에 살펴보러 가는 게 낫겠네요. 일단 안으로 좀 들어갈게요."

기누타 미치코가 말했다. 스스럼없는 말투였다.

에구치 후사코가 슬쩍 치카코를 바라보았다.

"예, 그러시죠. 이렇게 서서 이야기할 수도 없으니, 어쨌든 들어오시죠."

치카코가 조용히 물었다.

"가오리 양은?"

"자기 방으로 뛰어 들어가 문을 잠그더군요."

"가오리 양 방은 위층에 있습니다. 여긴 복층이거든요."

그러니 바로 얼굴을 볼 수는 없을 거라고 달래듯이, 혹은 그러니 억지로 가오리를 만나려 들지 말라고 견제하듯이 기누타 미치코가 말했다.

"그럼, 잠깐 실례할까요?"

치카코는 거리낌 없이 에구치 후사코에게 말했다. 나는 열 여덟 건이나 되는 수상한 작은 화재가 왜 일어났고, 누가 불을 질렀는지를 수사하고 조사하러 온 것이다. 가정교사도 아니고, 가정 방문을 온 학교 선생님도 아니다. 아이가 기분이 상했다고 해서 주눅이 들어 머뭇거리고 있을 순 없는 노릇이다.

수사와 심문의 영향으로 가오리가 마음에 상처를 입어 형사를 싫어하게 되었다면 그건 분명 가슴 아픈 일이다. 하지만 치카코가 가오리를 심문한 것도 아니고, 지금부터 자신이 해야 할 일은 그런 핸디캡을 극복하며 열여덟 건의 수상한 화재와 관련된 구라타 가오리와 필요한 만큼의 신뢰를 쌓는 것이기 때문에 더욱 쭈뼛거릴 수가 없었다.

치카코와 미치코는 남유럽 스타일이라고나 해야 할까, 리조트 호텔의 광고 사진을 고스란히 입체화한 듯한 거실로 안내되었다. 넓이는 열다섯 평도 넘어 보였다. 픽처 윈도(picture window)라고 불리는, 벽 한 면 전체가 통유리로 된 창이 있고, 베란다에는 작은 단독주택 한 채는 너끈히 들어갈 만한 넓은 정원이 있었다. 게다가 잔디까지. 여기는 고층 아파트인데….

가오리의 방이 있다는 위층과 연결된 계단이 오른쪽에 보였다. 튼튼한 난간이 완만한 커브를 그리며 이어진 계단이었다. 천장도 높았다. 실내는 구석구석 청소가 잘되었고, 앞 벽 쪽에 설치된 장식용 테이블은 치카코의 집 창문 유리보다 더 깨끗하게 닦여 있어 치카코와 미치코가 옆을 지나가자 거울처럼 두 사람의 얼굴이 또렷하게 비쳤다. 그 테이블 위에는 선명한 색의 꽃병이 놓였고, 방의 밝은 색조와 잘 어울리는 꽃이 수북하게 꽂혀 있었다. 치카코와 미치코에게 의자를 권하고 에구치 후사코가 부엌으로—아마 부엌일 것이다—간 틈에 치카코는 그 꽃을 살펴보았다. 생화가 아니었다. 조화였다. 그렇다고 싸구려는 아니니, 이만큼 화려하게 장식하려면 4만~5만엔은 들었을 것이다.

기누타 미치코는 거실 창 쪽으로 반쯤 등을 진 위치에 놓인 2인용 소파에 앉았다. 거기가 이 거실에서 늘 앉는 곳인지 거리낌이 없었다. 하지만 구라타 가오리의 과격한 반응에 충격을 받아 갑자기 치카코와 어떻게 거리감을 두어야 할지 모르겠다는 듯 묵묵히 자기 손톱만 들여다보았다.

치카코는 이 공간의 넓이와 아름다움에 당황해 머뭇거리다 결국은 거실로 들어올 때 지나온 더블도어와 위층으로 올라가는 계단이 잘 보이는 팔걸이가 있는 의자에 살짝 걸터앉았다.

에구치 후사코가 커다란 은쟁반을 들고 돌아왔다. 이건 완전히 호텔이다. 치카코는 이 집에 사는 식구들의 일상생활을 상상해보려다 그만두었다. 어설픈 상상은 시간 낭비에 지나지 않는다.

에구치 후사코가 홍차를 내왔다. 테이블 위에 아름답고 얇은 다기와 포트를 하나씩 내려놓았다.

"뒤처리 같은 걸 하느라 힘드셨죠?"

치카코가 말을 걸었다.

"예?"

에구치 후사코는 공손하게 고개를 들었지만 질문의 뜻을 파악 못한 듯했다. 치카코는 말을 이었다.

"기록을 보았는데, 2년이 채 안 되는 동안 이 댁에서 여덟 번이나 작은 화재가 있었더군요? 어디서 무엇이 탔는지 알고 싶은데, 지금 이렇게 보니 화재가 있었던 흔적 같은 게 전혀 보이

지 않네요. 그래서 수리나 복구에 애를 쓰셨을 거라는 생각이
들어서."

에구치 후사코는 치카코 앞에 홍차 잔을 달그락, 소리나게
내려놓았다. 표정은 아무런 변화가 없지만 화가 나서 일부러
그런 건지도 모른다. 아무래도 이 집을 방문하는 손님이 구라
타 가오리에게 미움을 사는 건 치명적인 실수인 모양이다.

ㅡ작은 여왕님이신가?

이 또한 '필드'의 힘이다.

"화재가 나긴 했지만 큰 불은 아니었습니다."

에구치 후사코는 어색할 정도로 정중하게 대답했다.

"그래서 뒷정리나 가구를 새로 들이는 일도 별로 힘들지 않
았습니다."

"이시즈 씨ㅡ."

미치코가 끼어들었다.

"화재가 발생한 각각의 위치나 상태에 대해서는 보고서에
자세하게 적혀 있는데요."

치카코는 애써 마음씨 좋은 아줌마 표정을 지으며 살짝 웃
었다.

"예, 알아요. 그냥 모처럼 이렇게 찾아왔으니, 이 댁의 집안
일을 맡아 하시는 에구치 씨에게 직접 이야기를 들어보고 싶
어서 그래요."

미치코가 고집스럽게 말을 이었다.

"최근에 있었던 화재는 이 댁에서 일어난 게 아니에요. 학교 교실에서 났습니다."

"그랬죠. 그래서 가오리 양이 화상을 입었고. 보름 전에 말이에요."

치카코는 조용히 되받았다.

"그리고 지금까지 일어난 이상한 화재의 사이클로 미루어보아 앞으로 1주일에서 열흘 뒤에는 열아홉 번째 화재가 발생하지 않을까, 라고 짐작하고 있어요. 그게 염려되어 우리가 여기에 와 있는 거고요."

넌지시, 기분을 풀고 일을 시작하자는 얘기를 한 셈이었다.

"예…. 그건 그렇습니다만."

미치코가 풀이 죽었다.

치카코는 약간 어이가 없었다. 아니, 야무지고 총명한 여형사라고 생각했는데—물론 만난 지 얼마 안 되니 섣부른 판단을 할 수는 없지만—그렇게 가냘픈 소녀가 짜증을 냈다고 이토록 자신감을 잃어버리다니. 미치코는 치카코를 여기 데리고 온 걸 속으로 후회하고 있을 게 틀림없다. 케이크 한 조각을 걸고 내기를 해도 100퍼센트 이길 것이다.

"가오리 양을 잠깐 살펴보고 올까요?"

에구치 후사코가 미치코에게 물었다.

"오늘은 기누타 씨와 함께 피아노 콘서트에 가기로 했죠? 점심도 밖에서 먹을 거라던데."

"예···. 일찍 왔으니 아직 시간은 괜찮습니다."

미치코가 손목시계를 흘끗 보며 대답했다.

"가오리 양은 오늘 외출할 때 입을 옷을 기누타 씨와 의논해 결정하겠다면서 기다리고 있었습니다."

"그래서 오늘은 이시즈 씨를 소개만 하려고."

치카코는 두 사람의 대화 내용에 짐짓 무관심한 척하며 물었다.

"가오리 양 학교는 어떻게 된 건가요? 오늘은 평일이잖아요?"

"오늘은 쉬기로."

에구치 후사코가 아니라 미치코가 대답했다.

"아프지도 않은데요?"

"보고서에도 썼지만 이상한 화재가 연속해서 일어나는 바람에 학교에서 가오리짱에 관한 좋지 않은 소문이 돌아 힘들어하고 있습니다. 그래서 이따금 도저히 학교에 가고 싶지 않다는 날이 있어요."

에구치 후사코가 그건 자신이 잘 알고 있다는 표정으로 선뜻 나섰다.

"가오리 양이 다니는 세이카 학원 중등부는 다른 학교처럼 공부만 시키는 데가 아니에요. 교풍이 자유롭고 개성을 존중하는 교육 방침이라—."

"그렇습니까?"

숨도 쉬지 않고 계속 쏟아낼 것 같은 후사코의 말을 막기 위해 치카코는 웃으며 바로 물러섰다.

"그렇다면 음악 감상도 괜찮네요."

그리고 홍차 잔을 집어 들었다.

"잘 마시겠습니다―. 향이 참 좋군요."

치카코는 천천히 홍차를 마셨다. 확실히 향기는 좋았지만 미지근했다.

"에구치 씨, 그렇다면 말이에요."

치카코는 홍차를 한 모금 마시고 불쑥 말했다. 어떻게 말을 이어가야 할지 몰라 난처한 표정으로 미치코를 보고 있던 후사코는 눈에 띄게 깜짝 놀랐다.

"예?"

"에구치 씨 얘기만이라도 들을 수 없을까요? 가오리짱한텐 기누타 씨더러 가보라 하고. 원래 그러실 생각이었죠?"

후사코는 허둥대며 도움을 청하듯 미치코를 바라보았다.

"시간을 많이 빼앗지는 않겠습니다. 한 시간 정도만 내주시면 좋겠네요. 곤란하다면… 이렇게 하죠. 제가 가오리 양의 기분을 건드린 것 같으니 일단 물러나죠. 그랬다가 가오리 양이 기누타 씨와 외출한 뒤 적당한 시간에 다시 오겠습니다."

"하지만 저… 이시즈 씨한테 그렇게… 단독으로 그렇게 하실… 권한이랄까요? 그런 것은―."

"정식으론 없죠. 없습니다만, 어쨌든 이해할 수 없는 이상한 화재가 계속 일어나고, 다친 사람까지 나왔어요. 기누타 씨의 보고를 들은 이상 그냥 지나칠 수는 없습니다. 지금까지 진행된 수사에 별다른 성과가 없다면 다른 사람이 접근해볼 필요도 있죠. 그러니 꼭 도움을 부탁드립니다. 물론 가오리 양 부모님이나 학교 선생님께도 같은 부탁을 드릴 생각입니다."

지금 미치코는 어렸을 때부터 자기를 귀여워해준 '이토 아저씨'―틀림없을 것이다. 미치코는 '아저씨'라고 부를 타입이다―에게 비공식 원조를 요청한 걸 크게 후회하고 있을 거라는 생각이 들었다. 아니나 다를까, 미치코의 코끝에 땀방울이 맺혔다.

"그렇다면…."

바로 그때, 후사코의 흐려지는 말꼬리를 완전히 지우며 날카롭지만 낮은, 뭔가가 터지는 듯한 소리가 났다. 이 방 안, 바로 옆에서.

깜짝 놀라 소리가 난 방향으로 고개를 돌리는 순간, 치카코는 눈을 깜빡거렸다. 그것은 진짜 반사 작용이었다. 머리로 무엇인가를 판단하기 이전에 몸이 먼저 반응했다. 치카코의 눈이 이물질로부터 스스로를 지키려 한 것이다.

불똥이 튀었다. 뺨이 따끔거렸다.

후사코는 은쟁반을 떨어뜨렸다. 미치코가 쨍그랑, 하는 소리를 내며 찻잔을 내려놓았다. 치카코는 푹신한 팔걸이의자에서 벌떡 일어섰다.

벽 쪽 장식용 테이블 위의 꽃병에 불이 붙어 있었다. 호화로운 조화들이 몽땅 화염에 휩싸여, 마치 꽃가루처럼 불똥을 뿌리며 조용히, 소리도 없이, 하지만 천장을 태울 정도로 높이 치솟았다.

14. 슬픈 과거

이시즈 치카코는 재빨리 움직였다. 팔걸이의자에서 벌떡 일어나는 바람에 찻잔이 바닥에 떨어졌다. 바로 옆에 우두커니 서 있는 에구치 후사코의 팔을 잡고 흔들었다.

"소화기는 어디 있죠?"

후사코는 턱을 덜덜 떨면서 치카코의 얼굴을 바라보았다.

"소, 소화기?"

"그래요, 어디 있어요?"

다시 세게 흔들자 후사코는 그제야 거우 정신을 차렸다. 그리고 황급히 거실 쪽에 있는 더블도어를 향해 달려갔다. 치카코도 그 뒤를 따라 문을 뛰쳐나갔다.

후사코는 넓은 복도에서 왼쪽으로 꺾었다. 그 끝에 또 다른 더블도어가 있었다. 그 문을 열자 다시 복도가 나타났다. 그 복도 중간쯤에 허리 높이의 장식장이 있었다. 후사코는 그 뒤에서 중형 소화기를 끄집어내더니 허둥대며 만지기 시작했다.

소화기를 낚아챈 치카코는 아무 말도 하지 않고 다시 거실로 달려갔다. 안전핀을 빼고 쓰는 거품 소화기였다. 치카코는 거실 문을 들어서기 전에 모든 준비를 마쳤다.

꽃병의 꽃은 여전히 불타오르고 있었다. 하지만 불길은 이미 약해져 천장까지 번지지는 않았다. 조금 전 붉은 불길이 닿았던 천장엔 약간 그을린 흔적만 보일 뿐이었다. 당연한 일이겠지만, 이 집의 인테리어는 완벽한 내화성을 갖춘 듯했다.

치카코는 침착하게 소화기의 노즐을 꽃병 쪽으로 겨누고 거품을 뿜어냈다. 거품은 시원한 소리를 내며 날아가 불을 껐다. 화학 약품 냄새가 방 안에 가득 찼다. 불길과 연기 냄새를 완전히 제압하는 데 채 1분도 걸리지 않았다.

불이 꺼졌는데도 치카코는 소화기 거품을 계속 뿜으며 한 걸음씩 꽃병으로 다가갔다. 거품의 기세가 점점 약해져 직접 대고 쏘아도 꽃병이 쓰러지지 않자 치카코는 바로 옆까지 다가가 꽃병 안에 남은 거품을 다 쏟아 넣었다. 꽃병에 꽂혀 있던 조화는 거의 다 타서 재로 변했고, 그 재가 거품과 함께 녹아 흘렀다. 꽃병 안에 남은 것은 조화의 줄기를 이루던 철사뿐이라 거품을 꽃병 안에 쏟아 넣는 데는 아무런 어려움도 없었다.

치카코는 타고 남은 조화의 철사가 녹아 구부러진 것을 보았다. 철사라고는 하지만 호화로운 조화를 지탱하기 위해 단단하게 꼰 것이라 전체적으로 굵기가 5밀리미터에서 7밀리미터는 될 것 같았다. 도구 없이는 쉽게 구부리거나 자를 수 없을 정도다. 그런데 이렇게 짧은 시간에 이토록 녹아 휘었다는 것은 연소 온도가 무척 높았다는 얘기다.

아까 이 방에 들어왔을 때 조화를 좀 더 자세히 살펴봤으면 좋았을 거라는 후회가 들었다. 짧은 시간에 고온을 내는 재질을 사용했을지도 모른다. 적어도 시판되는 조화에 쓰이는 재질은 서양식 종이를 쓰건 일본 전통 종이를 쓰건 불이 붙는다 해도 철사를 녹이거나 휘게 할 정도로 높은 온도를 내지는 않는다.

꽃병의 조화가 탈 때, 치카코가 맡은 것은 평범한 종이 타는 냄새였다. 방화반에 배치되어 초보적인 강의를 받을 당시 여러 가지 재질로 된 물건에 불을 붙여 그게 탈 때의 냄새를 맡아본 적이 있다. 물론 유독가스를 발생시키는 물질을 태울 수는 없기 때문에 종이나 목재, 면과 마 같은 천, 일부 새로운 건축 자재, 플라스틱 같은 안전한 것뿐이었지만 각각의 냄새가 달라 무척 놀랐다.

조화가 탈 때 난 냄새는 종이에서 나는 화염과 열의 냄새였다. 다른 종류가 아니었다.

그렇지만 연소 촉진제 냄새도 나지 않았다. 치카코의 코에는 맡아지지 않았다. 이상했다. 평범한 종이가 아무런 연소 촉진제도 없이 이렇게 높은 온도로 타오르다니.

그러고 보니 며칠 전 전혀 다른 상황에서 이번과 거의 같은 의문을 느낀 적이 있었다. 다야마 초의 폐공장에서 시체의 일부가 숯처럼 타버린 그 옆에서 금속제 공구 선반의 모서리가 녹아 변형되어 있는 걸 발견했다ㅡ.

아니, 다야마 초 사건뿐만이 아니다. 그 뒤에 일어난 일련의 사건 때마다 항상 따라다니던 의문이었다. 지나칠 정도로 높은 온도다.

기묘한 일이다ㅡ물론 분명 단순한 우연일 테지만.

꽃병 주둥이에서 거품이 사라진 소화제가 넘쳐흘렀다. 소화기에서도 더 이상 거품이 나오지 않았다. 다 쓴 소화기는 아주 가벼웠다. 치카코는 그걸 한 손에 들고 미치코와 후사코를 돌아보았다.

"다친 데는 없죠?"

후사코와 미치코는 서로를 감싸듯 바짝 달라붙은 채 치카코가 앉았던 팔걸이의자 바로 뒤에 서 있었다. 그리고 언제 내려왔는지 구라타 가오리가 미치코의 허리를 두 팔로 꼭 안고 있었다.

세 명 모두 치카코를 바라보았다. 마치 치카코가 무슨 큰 잘못을 저질러 셋이 꾸짖기라도 하듯. 아니, 치카코가 아주 난폭하게 구는 바람에 셋이 도망이라도 치려는 듯이.

하지만 치카코가 시선을 마주보며 그 안에서 뭔가를 읽어내려고 정신을 집중해 바라본 것은 그중 한 명, 구라타 가오리의 눈동자뿐이었다. 소녀의 눈동자는 작은 돌멩이처럼 단단하게 굳었고, 치카코를 바라보는 시선은 화살촉처럼 날카로웠다.

치카코는 소녀에게 물었다.

"괜찮니? 무섭지 않았어? 불은 이제 꺼졌으니, 마음 놓아도 돼."

가오리는 미치코에게 달라붙은 채 고개를 휙 돌리더니 작은 목소리로 말했다.

"머리가 아파."

당장 울음을 터뜨릴 것 같은 목소리였다.

"이시즈 씨."

가오리의 가냘픈 등을 손으로 쓰다듬으며 미치코가 말했다.

"저는— 이 일을 경찰서에 연락해야…"

"예, 그렇군요. 열아홉 번째 이상한 화재가 발생했으니."

미치코는 고개를 끄덕였지만 말을 하기 힘든 듯 입술을 핥았다.

"경찰서 동료들한텐 제가 이토 아저씨께 도움을 청했다는 이야길 하지 않았습니다. 그러니 이시즈 씨가 여기 계시면—."

말을 맺지 못하고 다시 입술을 핥았다.

미치코가 하려는 말이 뭔지 알기에 치카코는 고개를 끄덕였다. 어색한 분위기를 풀기 위해 아주 잠깐 애써 미소를 지으며 말했다.

"그렇군요. 알겠어요. 저는 철수하죠. 그런데 에구치 씨."

에구치 후사코가 움찔했다.

"예?"

"조만간 다시 만나 뵙고 말씀을 나누고 싶습니다. 부디 협조해주십시오."

후사코는 대답을 하기 전에 미치코의 얼굴을 바라보았다. 미치코는 일부러 시선을 피하려는 듯 고개를 숙이고 가오리의 머리를 쓰다듬었다.

후사코가 입을 우물거렸다. 일단 긍정의 의미로 받아들였지만, 반대로도 해석할 수 있으리라. 하지만 치카코는 신경 쓰지 않았다. 얼른 나갈 준비를 마친 뒤 엘리베이터를 타고 아래로 내려왔다.

아파트를 나와 정원을 가로지르는데, 이 지역 관할인 미나토 경찰서 소속인 듯한 차량 한 대가 이쪽으로 다가왔다. 치카코는 걸음을 늦추며 그 차를 지나쳤다. 운전자는 미치코와 비슷한 또래의 젊은 남자였다. 다른 사람은 타고 있지 않았다. 아마도 미나토 경찰서 소년과 안에서는 미치코 다음으로 구라타 가오리를 좋아하는 사람일 것이다. 지금 이 상황에서 미치코가 가오리의 마음을 상하게 할 동료를 불렀을 리 없다. 이렇게 서둘러 달려온 걸 보면 친한 사이일 것이다. 남자 친구라고 봐도 무방하리라. 오늘 밤의 케이크를 두고 내기를 해도 좋다고 생각하며 치카코는 살짝 웃었다.

구라타 씨네 아파트에서 가장 가까운 역은 지하철 히비야선 츠키지 역이었다. 올 때는 택시를 타서 몰랐는데, 역까지 상당히 멀었다. 그 아파트는 전차로 통근해야 하는 회사원은 애초 입주하지 않을 거라고 생각했을지도 모른다.

역까지 걷다보니 흥분됐던 머리도 식었다. 츠키지의 혼간지(本願寺)가 보이는 사거리에 작은 커피숍이 있어 그리로 들어갔다. 본청으로 돌아가 이토 경부에게 오늘의 사건을 보고하기 전에 앞으로 할 일과 혼자만의 생각을 정리해두고 싶었다.

창가 쪽에 앉아 웨이트리스에게 커피를 주문하는데, 상의 안주머니에서 휴대전화가 울렸다. 휴대전화는 핸드백 안에 넣어두면 거의 도움이 되지 않기 때문에 치카코는 수를 놓은 전용 홀더를 마련해 애용하고 있다. 웨이트리스는 휴대전화를 꺼내는 치카코의 모습을 신기한 듯 바라보았다.

"이시즈 씨입니까?"

마키하라의 목소리였다.

치카코는 마치 하늘의 계시 같다고 생각했다. 마키하라에게 전화를 걸어볼까, 하는 생각을 어렴풋이 하고 있던 터였기 때문이다.

"마키하라 씨하곤 텔레파시가 통하는 모양이에요. 마침 전화를 드리려던 참이었어요."

치카코는 사뭇 진지한 목소리로 말했다.

"무슨 일이 있었습니까? 아니면, 아무 일도 없어서 심심풀이로 저하고 수다를 떨 생각이십니까?"

말투에 약간 가시가 돋쳐 있었다. 아니, 야유 같은 거라고 해야 할까?

치카코는 직감적으로 깨달았다.

"마키하라 씨, 지금 어디세요? 본청 근처죠?"

맞는 모양이었다.

"어떻게 아시죠?"

"저를 찾아왔다가, 우리 부서의 누군가로부터 제가 다야마초 사건에서 빠졌다는 이야기를 들은 것 아닌가요? 겨우 하룻밤 만에 마음이 홀딱 바뀐 것처럼 말이에요. 그래서 기분이 상하신 거죠?"

잠시 침묵이 흘렀다.

"제가 그렇게 빤히 들여다보이는 사람인가요?"

"아니에요, 그저 상황이 빤할 뿐이죠."

웨이트리스가 커피를 가져왔다. 치카코는 목소리를 낮췄다.

"왜 저한테 다른 사건이 맡겨졌는지 자세히 설명할 테니 잘 들으세요. 말만 번지르르한 여자라고 판단하는 건 그다음에 해도 늦지 않으니까. 게다가 저는 조금 전에 정말 흥미로운 체험을 했어요."

치카코가 구라타 가오리의 사건에 관한 비공식 지원을 의뢰받은 경위와 오늘 처음 찾아가 목격한 사건에 관해 설명하는 동안 마키하라는 한마디도 하지 않고 조용히 듣기만 했다. 맞장구도 치지 않고 너무 조용해, 만약 이 대화를 녹음한다면 치카코가 혼잣말을 하고 있는 것처럼 들릴 것이다.

치카코가 이야기를 마쳤는데도 마키하라는 여전히 입을 다물고 있었다. 식은 커피를 한 모금 마시고 치카코가 물었다.

"어떻게 생각하세요?"

마키하라는 설탕이나 밀크도 넣지 않은 홍차를 마셨다. 그리고 줄담배를 피웠다. 홍차를 좋아하는 골초는 보기 드물다.

"어떻게 생각하느냐…. 무얼 말이죠?"

겨우 입을 열더니, 거북한 시선으로 치카코를 보았다.

"구라타 씨 댁의 수상한 화재가 어떻게 일어난 것이라고 생각하느냐는 겁니까? 아니면 그 수상한 화재를 일으킨 범인이 누구라고 생각하느냐는 겁니까?"

치카코는 웃음을 터뜨렸다. 이 사람은 점잖고, 키우던 개를 닮기도 했고, 반항기의 사내애 같은 면도 함께 지니고 있었다. 옛날, 아들 친구 중에 자주 놀러오면서도 일부러 치카코의 성미를 건드리는 지저분한 말투를 쓰거나 집 안의 물건을 부수고 더럽히던 사내애가 있었다. 야단을 치면 입을 비죽 내밀며 억지를 부리곤 했다.

"두 가지 다요."

치카코는 공손하게 대답했다.

"방화 조사관으로서는 경험이 많지 않기 때문에 눈앞에서 그런 식으로 불이 났다는 사실에 어리둥절할 뿐이에요. 솔직히 말씀드리면, 어떻게 불을 붙인 건지 모르겠어요. 전혀요."

마키하라가 짧아진 담배를 껐다.

"하지만 범인은 이미 알고 계시잖아요. 다른 범인은 생각할 수가 없죠."

치카코는 마키하라의 진의를 확인했다.

"그러니까, 구라타 가오리 양이 범인이라는 말씀이죠?"

"물론입니다."

"분명히 그 애가 첫 번째 용의자죠. 저도 그렇게 생각해요. 하지만 눈앞에서 불이 나는 걸 보고도 이해할 수가 없군요."

마키하라는 또 담뱃불을 붙였다. 치카코가 말을 이었다.

"가오리짱이 범인이라면 그 애가 무서울 정도로 교묘한 원격 방화 수단이나 장치 같은 걸 발명해 그걸 자유자재로 사용하고 있다는 얘기예요. 그것도 불을 지른 수단이나 장치의 흔적을 남기지 않고, 한 번에 철사를 녹일 정도의 고온을 발생시킬 수 있다니…. 열세 살 난 아이에게 가능한 일일까요? 있을 수 없는 얘기라고 생각하지 않으세요?"

마키하라가 대답했다.

"사고방식을 바꾸면 가능성이 전혀 없지도 않습니다. 물론 이런 소리를 해서 제가 괴짜로 취급받기는 합니다. 특히 경찰 조직 안에서는."

내뱉듯 단언하는 마키하라의 얼굴을 보고 있자니, 치카코는 다시금 어린 시절의 그 사내애가 떠올랐다. 그 아이—이름 같은 건 밝히고 싶지도 않다—도 마키하라 같은 말투를 썼다. '난 어차피 다른 사람들이 못된 아이라고 하니까.' 얼핏 생각하면 대답 따윈 바라지 않는 것처럼 말했지만 사실 속으로는 절실히 이렇게 물어주기를 원했으리라.

—네가 왜 못된 아이야?

—사람들이 왜 너한테 그런 말을 하는 걸까?

마키하라도 마찬가지일 것이다.

"어머, 그렇게 어깃장 놓지 마세요."

치카코는 웃었다.

"공연히 시간만 낭비할 뿐이죠. 남편과 아들 덕분에 전 면역이 되어 있거든요. 게다가 어제 처음 뵀을 때도 느꼈지만, 마키하라 씨는 우리 집에서 기르던 존이란 개를 닮았어요. 무척 점잖고 마음씨 착한 개였죠. 마키하라 씨 얼굴을 본 순간 존이 떠오르더군요. 보고 싶네요. 어젯밤엔 몇 년 만에 존이 나오는 꿈까지 꾸었어요. 그러니 어깃장을 놓고, 억지를 부리고, 비비 꼬면서 이 아줌마를 도발해봐야 아무 소용도 없어요."

역시 어처구니가 없는지 마키하라는 입을 다물었다. 치카코는 손을 들어 웨이트리스를 부른 뒤 커피 리필을 부탁했다.

마키하라가 피우던 담배 끝에서 재가 툭, 떨어졌다. 그는 마치 자기 신체의 일부가 조심성 없이 떨어져나간 것을 바라보는 눈으로 흘끗 보았다.

"무슨 생각을 하고 계신 거죠? 가르쳐주세요."

치카코가 말했다.

"무슨 얘기를 들어도 놀라지 않을게요. 마키하라 씨도 얘기를 하고 싶을 텐데…"

마키하라는 한숨을 내쉬었다. 가득 담긴 흙탕물을 쏟아버리려고 양동이를 기울였더니, 어느새 진흙이 완전히 가라앉아 뜻밖에 맑은 물이 쏟아졌을 때의 느낌이 드는 자연스러운 한숨이었다.

그리고 시선을 들더니 입을 열었다.

"강변 사건 수사본부에서 저는 제 머릿속에 있는 생각을 솔직하게 이야기했죠. 그랬더니 웃으며 비현실적이라는 핀잔만 주고 따돌리더군요. 그래서 그 뒤로는 신중하게 행동하려 하고 있습니다."

"하지만 계속 그렇게 신중하다보면 아무런 진전도 없을 거예요. 그렇죠?"

치카코는 물러서지 않고 말했다.

"게다가 저는 아무리 엉뚱한 말을 들어도 마키하라 씨를 어디서 밀어낸다거나 하는 짓은 하지 않을 거예요. 애당초 그럴 위치에 있지도 않고요. 여기서 지금, 마키하라 씨의 의견을 이야기할 때 고려해야 할 것은 오로지 이시즈 치카코란 아줌마 동료가 자신을 다른 사람들처럼 괴짜라고 생각하게 될 별 볼일 없는 위험뿐이에요. 그러니 괜찮지 않아요? 말씀해보세요."

마키하라는 치카코의 얼굴을 물끄러미 바라보다 웃음을 터뜨렸다. 치카코도 함께 웃기는 했지만 애써 곧바로 진지한 표정을 지었다.

"그래, 마키하라 씨가 수사본부에 제기한 의견이 대체 어떤 내용이었습니까?"

이번에는 망설이는 게 아니라 정확한 표현을 찾느라 뜸을 들이다 마키하라는 천천히 입을 열었다.

"파이로키네시스."

"파이로—?"

"염력 방화 능력."

치카코는 눈을 깜빡거렸다. 처음 만났을 때도 입에 올렸던 외래어인데—.

마키하라가 말을 이었다.

"그 대상이 유기물이건 무기물이건 상관없이 생각만으로도 마음대로 불을 지를 수 있는, 그런 능력을 말합니다. 단순히 불을 지르는 것뿐만 아니라 순식간에 강철도 녹일 수 있는 높은 온도의 화염을 일으킬 수 있죠."

치카코의 눈에 또다시 어떤 모습이 떠올랐다. 폐공장에서 본, 녹아서 형체가 일그러진 철제 공구 선반.

"저는 강변 살인사건과 이번의 연쇄 소살(燒殺)사건을 일으킨 범인은 틀림없이 염력 방화 능력을 지닌 사람이라고 생각합니다. 게다가 그런 능력을 지닌 사람 가운데 지극히 보기 드문 타입—그 능력을 거의 완벽하게 사용할 수 있을 정도의 기술과 정확하게 쓸 줄 아는 높은 판단력을 지닌 타입이죠."

마키하라는 슬쩍 어깨를 움츠리더니 말을 이었다.

"그리고 이시즈 씨가 만난 구라타 가오리란 아이 역시 그런 능력을 지녔을 거라고 생각해요. 물론 그 애는 아직 미숙하겠지만요. 어떻습니까? 방금 무슨 이야기를 들어도 놀라지 않겠다고 말씀하셨는데, 역시 놀란 것 같군요."

사실이었다. 치카코는 놀랐다. 이런 이야기를, 그것도 현역 경찰관이 아주 진지하게 입에 올리다니. 놀라지 않는 게 오히려 이상하다.

마키하라는 그것보라는 듯이 입을 다물었다. 약간 숙인 치카코의 눈길에 그가 새 담배를 한 개비 꺼내는 게 보였다. 초조한지 담뱃갑을 구기고 있었다. 자세히 보니 여자처럼 가늘고, 길고, 흰 손가락이었다. 신경질적인 느낌을 풍긴다. 그가 '괴짜'라고 불리는 까닭은 그의 주장이 엉뚱하기 때문만이 아니라 성격에도 큰 원인이 있는 게 아닐까 하는 생각이 들었다.

게다가 이 사람은 꽤 응석받이다. 남자 동료나 상사에게 이런 태도를 보이면 당연히 따돌림을 당할 것이다. 하지만 그 대신 여성에게는 꽤 인기가 있을지 모른다. 그런 생각을 하자 자신도 모르게 또 미소가 떠올랐다.

"마키하라 씨."

치카코는 그를 바라보며 말했다.

"당신은 왜 그런 불가사의한 능력이 존재한다고 믿는 거죠?"

마키하라가 불쑥 두 눈썹을 추켜세웠다.

"이런 바보 같은 이야기를 왜 믿느냐는 질문인가요?"

"아, 아뇨. 그렇지 않아요. 내 말을 잘 들어보세요. 난 불가사의하다고 했지, 바보 같은 이야기라고는 하지 않았어요. 만약 당신이 얘기하는 능력이 정말로 존재하고, 그걸 다룰 수 있는 사람이 실제로 있다면, 그건 바보 같은 이야기가 아니라 무서운 일이죠."

마키하라는 치카코의 얼굴을 바라보았다. 말은 그럴듯하게 꿰맞추고 있지만 속으로는 비웃겠지, 하며 의심하는 눈빛이었다.

"가르쳐주세요."

치카코는 말을 이었다.

"당신 경찰서의 여러 동료들과 강변 사건을 지휘한 수사본부 사람들도 당신이 그런 주장을 했을 때, 저와 마찬가지로 궁금해하지 않았을까요?"

마키하라가 코웃음을 쳤다.

"그렇지 않습니다. 현실에서 일어난 사건은 SF 소설 속의 사건하고는 다르다고 웃어넘겼을 뿐이죠."

그런 기분이 이해되지 않는 건 아니다. 하지만 지금 이 질문에 그렇게까지 반응할 필요는 없어 보였다. 이 문제에 관해서 이야기하는 마키하라는 왠지 모르게 궁지에 몰린 느낌이 든

다. 바로 그런 이유 때문에 초조해하고 있는 것이리라. 오늘 굳이 본청으로 치카코를 찾아간 것도 그리고 치카코가 다른 사건을 맡게 되었다는 사실을 알고 화가 난 것도 뒤집어 생각하면 그만큼 치카코에게 기대를 품고 있다는 얘기다. 아무리 비웃음을 당하고 바보 취급을 당하더라도, 강변 사건에서 시작된 이 일련의 비참하고 이해할 수 없는 사건을 수사하는 데 어떻게든 관여하고 싶은 것이다. 파이로키네시스라는 황당무계한 주장을 버리지 않으면서.

"사실 저도 파이로키네시스라는 것을 그대로 믿지는 못하겠어요. 그러니 가르쳐주면 좋겠어요. 놀리는 것도 아니고 바보 취급을 하는 것도 아니에요. 이건 그야말로 순수한 질문입니다. 당신은 어떻게 그걸 믿는 거죠? 무슨 근거라도 있나요?"

치카코는 계속해서 말했다.

"그냥 다른 사람 이야기를 듣고 믿어버린 거라면 그런 이야기를 좋아하는 아이나 마찬가지겠죠. 미리 말해두지만, 바로 앞에서 갑자기 불길이 솟아오르는 걸 본 것일 뿐이라면 그것 또한 아무런 근거도 되지 않아요. 가오리 양의 경우도 마찬가집니다. 분명히 이해할 수 없는 발화 현상을 보았지만, 그것만으로 파이로키네시스를 믿을 수는 없어요. 인간의 오감에는 한계가 있고, 특히 시각이란 건 속기 쉬우니까요. 내 눈으로 보았다고 해서, 그것만을 근거로 완전히 믿어버리는 건 위험하죠. 근거라고 말할 수 있는 게 좀 더 명확해야 해요."

순간, 마키하라의 눈동자가 초점을 잃은 듯 허공을 더듬었다.

처음 사복형사가 되었을 무렵, 치카코는 경찰서 내에서 취조의 달인이라 불리던 선배와 한 해가량 책상을 마주하고 지낸 적이 있다. 자백을 받아내는 데는 최고라 할 만한 그런 취조의 달인은 어느 경찰서에나 한두 명은 있기 마련인데, 대개는 산전수전 다 겪어 세상 물정을 잘 아는 선배 남자 형사들이다. 그 사람도 예외는 아니었다. 고생한 사람답게 처지가 곤란한 사람에게 자상했다, 여형사는 미숙하고 수사에 큰 도움이 안 된다는 풍조가 지배적이던 당시의 형사실 안에서 가급적이면 치카코를 편들고 후원자가 되어주었다. 그 달인이 가르쳐준 것 가운데 치카코가 제대로 익힌 게 딱 하나 있었다.

취조실에서 상대하는 피의자의 눈이 불안하게 허공을 더듬는 경우가 있는데, 그건 자기 이야기의 모순을 지적당해서 당황했거나, 거짓말을 거짓말로 덮으려다 당황해서 그러는 것이 아니다. 자신도 모르게 눈동자의 움직임이 불안해지고 초점을 잃는 것이다. 대개의 경우 아주 순간적이고, 본인도 그걸 의식 못하는 경우가 많다.

— 그럴 때는 말이야, 이시즈 씨.

달인이 말했다.

— 떠올리고 싶지 않아서 머릿속에 봉인해둔 기억이 불쑥 되살아나는 거지. 그것도 엄청 선명하게. 그쪽에 신경을 쓰다보니 눈동자가 허공을 더듬는 거야. 대충 진술하거나, 거짓말을

할 때의 눈동자 움직임하고는 전혀 달라. 그걸 제대로 구분하느냐 못하느냐가 중요해.

그렇게 불쑥 되살아나 주의력을 빼앗는 것은 어떤 피의자에겐 범행에 관한 상세한 재현 기억일지도 모른다. 하지만 어떤 피해자에겐 자기를 지독하게 학대한 새아버지에 대한 기억일 수도 있다.

―눈동자가 흔들렸다고 해서 반드시 그 녀석이 범인이라고 단정 지을 순 없다는 이야기야. 조사 대상이 된 사건과 눈동자를 흔들리게 한 기억이 직접적으로 관련이 있는지 어떤지는 알 수가 없으니까. 하지만 이해를 깊게 하는 데 중요한 열쇠가 돼. 그러니까, 마주 앉은 피의자의 눈동자가 마치 안으로 숨어들어가듯 허공을 더듬으며 초점을 잃게 되면, 그때 무슨 이야기를 하고 있었는지, 어떤 상황이었는지를 잘 기억해둬야 해. 중요한 단서가 될지도 모르니까.

치카코는 지금도 그 가르침을 잊지 않고 있다. 그렇다고 해서 취조의 달인이 된 건 아니지만, 도움이 되는 경우가 많았다.

지금도 마찬가지다. 치카코는 마키하라의 눈동자가 자기 내면의 생각에 주의를 빼앗겼다가 떠오른 기억을 얼른 정리하고 거기서 시선을 돌려 다시 치카코를 바라본 그 순간을 결코 놓치지 않았다.

마키하라는 방금 무슨 생각을 떠올렸던 걸까? 본인의 의지와 관계없이 되살아났지만, 얼른 봉인해야만 할 기억이다.

그리고 파이로키네시스―지금 우리는 그 이야기를 나누고 있다.

그렇다, 어쩌면―.

치카코는 물었다.

"마키하라 씨, 혹시 당신 자신이 그런 능력을 갖고 있는 건 아니겠죠?"

마키하라는 얼굴에 찬물을 끼얹은 것처럼 화들짝 놀랐다. 손가락 사이에 끼워져 있던 담배에서 재가 툭, 떨어졌다.

"그런 거예요? 그래서 그렇게 확신을 가지고 파이로키네시스가 실제로 존재한다고 주장할 수 있는 건가요?"

치카코는 몸을 앞으로 내밀며 심각한 표정으로 물었다. 마키하라가 치카코의 얼굴을 똑바로 바라보더니―이윽고 웃음을 터뜨렸다.

"어머머."

치카코도 맥이 빠져 웃었다.

"아니죠?"

아까부터 이쪽이 신경 쓰여 견딜 수 없다는 표정이던 웨이트리스가 무슨 일인가 싶어 목을 빼고 바라보았다. 호기심을 누르지 못했는지 그 웨이트리스가 찬물을 담은 주전자를 낚아채듯 들고 이쪽 테이블로 다가왔다.

"아니죠?"

다시 묻자 마키하라가 고개를 끄덕였다.

"아니에요. 제겐 그런 능력이 없어요."

"그럼, 당신 가족에게 그런 능력이?"

마키하라는 바늘에 찔린 듯이 깜짝 놀랐다. 질문의 화살이 과녁 중심부에 꽂힌 거라고 생각했다.

웨이트리스가 왔다. 탐색하는 시선으로 치카코와 마키하라의 얼굴을 번갈아 보더니 일부러 느린 동작으로 잔을 채우고 천천히 돌아갔다.

"제 아들이 SF 소설을 좋아하거든요."

치카코가 말했다.

"영화도 많이 보고 비디오를 모으기 때문에 그 초능력이라는 걸 저도 전혀 이해 못하는 건 아니에요. 평범한 아줌마들보다는 좀 더 알지도 모르죠."

"아드님이 몇 살인가요?"

마키하라가 물었다. 잘못 본 건지 몰라도, 조금 전보다는 안도한 표정에 긴장을 푼 모습이었다.

"스무 살이죠. 히로시마 대학에 다녀서 1년에 한 번밖에 얼굴을 못 보지만요. 설날에나 봐요. 아들은 소용이 없어요."

치카코는 웃으며 찬물을 마셨다.

"마키하라 씨, 방금 무슨 기억을 떠올린 거죠?"

"……."

"이번 사건하고 관계있는 일 아닌가요? 왠지 이런 생각이 드네요. 마키하라 씨하고 그 파이로키네시스란 게 개인적인 관계가 있는 것 아닌가, 하는."

"개인적인?"

마키하라가 혼잣말을 하듯 중얼거렸다.

"네. 당신 자신이 주위에서 체험하고 있다거나. 조금 전에 그걸 떠올린 거 아닙니까?"

마키하라가 쓴웃음을 지으며 말했다.

"이시즈 씨는 사람의 마음을 읽을 수 있나요?"

"아뇨, 아니에요. 그저 약간의 기술을 배웠을 뿐이죠. 형사의 테크닉이죠."

마키하라가 불쑥 손을 뻗더니 계산서를 집어 들고 일어섰다.

"나가시죠."

"하지만, 아직 이야기가 끝나지 않았잖아요."

"그다음 이야기는 여기서 하고 싶지 않군요. 형사라면 형사답게 현장을 방문해야 하지 않겠습니까?"

마키하라가 운전하는 차로 이동했다. 시내를 빠져나가는 동안 그는 거의 말이 없었다. 치카코가 무얼 물어도 '현장'에 도착할 때까지 기다리라는 말뿐이었다.

길이 막혀 한 시간가량 걸렸다. 마키하라가 "여깁니다." 하며 차를 세운 곳은 메지로 거리에 있는 도요타마 육교를 끼고 우회전해서 사쿠라다이 방향으로 5분쯤 달리면 나오는 동네 한 모퉁이였다.

2차선 도로 왼편에 작은 어린이 공원이 있었다. 주택과 아파트가 많은 조용한 동네였다. 바로 옆에는 스쿨 존 표지판이 서 있었다. 주위에 심은 나무들이 어린이 공원을 둘러싸고 있지만 잎이 완전히 떨어져 앙상한 나뭇가지 너머로 달리기를 하고, 뛰어오르거나 그네를 타는 아이들이 입은 상의와 스웨터만 알록달록 흩어져 있었다.

마키하라는 낮은 벽돌담을 넘더니 나무가 심어진 곳을 단숨에 가로질러 커다란 반원을 그리며 흔들리고 있는 그네 쪽으로 걸어갔다. 치카코는 그처럼 가볍게 담을 넘을 수 없어 약간 에둘러서 공원 입구를 지나 마키하라와 반대 방향에서 그 그네를 향해 다가갔다.

그네에는 초등학생쯤 되어 보이는 어린애가 타고 있었다. 서서 그네를 타는 그 아이는 조금 위험해 보이는 높이까지 올라갔다. 쇠사슬 삐걱거리는 소리가 들렸다. 마키하라는 그네 바로 앞까지 가더니 두 손을 코트 주머니에 꽂고 멈췄다.

"여기가 현장인가요?"

뒤따라온 치카코가 물었다. 마키하라는 뒤를 돌아보며 고개를 끄덕였다.

"저는 이 동네 출신이죠."

"어머, 그래요?"

"집은 걸어서 5분 정도 거리에 있었죠. 이 공원도 제가 어렸을 때부터 있던 곳이라 자주 놀러왔습니다. 많이 손질을 해서

깨끗해졌지만 그네 위치도 그대로고, 주위에 있는 나무나 정
원수도 그대로죠."

바로 옆에 벤치가 있었다. 마키하라는 그쪽을 턱으로 가리
켰다.

"저 벤치가 있는 자리도 예전 그대로죠."

이제야 다음 이야기를 들을 수 있을 것 같았다. 약간 춥기는
했지만 치카코는 벤치에 앉았다.

"지금부터 딱 20년 전 이야깁니다. 전 그때 중학교 2학년이
었으니, 열네 살이었나? 한 해가 저물어가는 12월 13일이었습
니다. 아직 겨울방학은 하지 않았고, 한창 기말고사를 치르던
중이었죠."

기억을 더듬는 말투가 아니었다. 정확하게 기록된 것을 또
박또박 읽는 느낌이었다.

"저녁 6시가 지났을 때일 겁니다. 겨울이라 해가 져서 어두
웠죠. 놀던 아이들은 모두 집으로 돌아갔는데, 쓰토무 녀석이
혼자 그네를 타고 있었습니다."

"쓰토무?"

"예, 남동생이죠. 그때 초등학교 2학년이었습니다."

"동생이 어렸군요."

서서 그네를 타던 아이가 힘차게 바람을 가르며 "아아—!"
하고 소리쳤다. 흔들리는 그네 쪽을 바라보던 마키하라가 치
카코를 내려다보며 말했다.

"이복동생이죠. 제 어머니는 절 낳고 얼마 후에 돌아가셨습니다. 심장이 약하셨거든요. 아버지는 혼자 고생하며 저를 키우셨는데, 제가 초등학교 들어가던 해에 혼담이 들어와 재혼을 했습니다. 그분이 동생을 낳은 거죠."

추운 듯 어깨를 움츠리더니 살짝 고개를 저었다.

"흔히 있는 이야기대로라면, 제가 새어머니와 잘 지내지 못해서 어쩌고저쩌고 했을 거라고 상상하겠지만, 우리 집은 그렇지 않았어요. 정반대였습니다. 새어머니는 제가 상처받지 않도록, 외로움을 느끼지 않도록 신경을 무척 쓰셨죠. 그러다보니 친아들인 동생에겐 지나칠 정도로 엄격했고요. 그래서 쓰토무는 일찌감치 문제아가 되었죠."

그날도 수업을 마치고 돌아온 뒤 집에서 무슨 물건인가를 난폭하게 부숴서 호되게 야단을 맞고 뛰쳐나갔다고 한다.

"새어머니는 내버려두라고 했지만, 저는 이미 그때 반쯤 어른 같은 분별력을 갖고 있었죠. 그게 좋은 건 아니지만요. 어쨌든 새어머니가 사실은 동생을 무척 걱정하고 있다는 걸 알기 때문에 찾으러 나갔습니다. 초등학생이었으니, 갈 곳이 많지는 않았죠. 이 공원에서 자포자기한 듯 그네를 타고 있는 동생을 찾아내는 건 그리 어렵지 않았어요."

데리러 온 형을 발견한 동생은 더욱 반항적인 표정을 지으며 그네를 한 번 힘껏 차고 올랐다 뛰어내리더니 부리나케 도망쳤다.

"저는, 날이 저물었으니 집에 가자고, 멍청한 형이나 할 소리를 하면서 뒤를 쫓아갔습니다. 쓰토무는 달리기를 잘해서, 계속 도망갔죠. 그네 맞은편, 지금은 모래밭인데—."

차가운 바람 때문에 치카코는 마키하라의 시선이 향한 곳을 눈을 가늘게 뜨고 바라보았다. 겨울이라 차디찬 모래밭에는 노는 아이들이 없었다.

"그땐 저기에 작은 미끄럼틀이 있었습니다. 동생은 그 옆을 지나가려 했죠. 그러다가 불쑥 멈췄습니다. 그리고 놀란 듯이 뭐라고 말을 했습니다. 뒤쫓던 제게는 또렷하게 들리지 않았지만, 누군가의 이름을 부른 것 같았죠."

"친구가 거기 있었나보죠?"

무심코 물은 치카코는 마키하라의 심각한 옆얼굴을 보고 놀랐다. 조금 전과는 전혀 다른 표정이었다.

"친구였는지, 어떤지는 모르겠습니다."

마키하라가 말했다.

"그건 지금도 모릅니다. 어쨌든 누군가가 있었죠—미끄럼틀 뒤에 숨어서. 지금은 이 정도로 넘어가시죠."

마키하라는 모래밭을 똑바로 응시하고 있었다. 그의 눈에 그때 거기 있던 미끄럼틀이 보일 거라는 생각이 들었다.

가슴이 서늘해지는, 석연찮은 기분이 들었다. '현장'을 보자던 의미심장한 말의 의미나 파이로키네시스에 관한 내용도 이제부터 마키하라가 하는 이야기에 나올 테지만, 그건 분명히 좋지 않은 일―어머니하고의 사이가 원만하지 못해 자기 감정을 다스리지 못하고 난폭하게 구는 어린애에게 닥친 사고―일 것이다.

"쓰토무가 멈춰 서서 뭐라고 말을 했어요?"

마키하라가 말을 이었다.

"저는 쓰토무와 10미터도 떨어지지 않은 곳에 있었습니다. 그 녀석이 멈추자 서둘러 다가가며 말을 걸었죠."

쓰토무, 집에 가자. 엄마가 걱정하셔―.

아이는 여전히 그네를 타고 있었다. 그 아이가 지르는 함성이 치카코의 귀에 들려왔다.

무척 춥다.

우뚝 서서 모래밭에 시선을 고정시킨 채 마키하라가 말했다.

"바로 그때 동생이 제 눈앞에서 불길에 휩싸였습니다. 마치 폭발하듯 살짝 픽, 하는 소리를 내며."

순간, 마키하라가 부르르 몸서리를 쳤다.

사람은 대개 이런 야외 공원처럼 불기가 없는 곳에서는 몸서리를 치지 않는다. 덜덜 떨기는 해도 몸서리를 치지는 않는다. 사람들이 몸서리를 치는 건 추운 곳에서 잔뜩 얼어붙어 있다 몸을 데워줄 불 가까이 다가갔을 때다.

하지만 지금 여기엔 불이 없다. 치카코의 눈에는 보이지 않았다. 불은 마키하라의 머릿속에 있다. 기억 속에. 그는 다시금 어린 동생의 몸이 불에 휩싸이는 모습을 보고 있다. 불이 바로 옆에 있다. 그래서 몸서리를 친 것이다.

"불이 어떻게 붙었는지, 저는 알 수가 없었죠. 아무런 징조도 없이 순식간에 쓰토무의 온몸에 불이 붙었습니다. 픽, 하는 소리가 난 직후에 그 녀석이 잠깐 우뚝 선 채 두 손을 벌렸던 기억이 나요. 아주 이상하다는 듯이 자기 몸을 내려다보고 있었죠. 그러니까, 망가진 자전거를 정신없이 수리하다 문득 정신을 차려보니, 기름투성이가 되었다—그런 경우가 있죠. 특히 어린아이들한텐."

"네, 그래요."

치카코는 조용히 맞장구를 쳤다.

"바로 그런 식이었어요. 어? 어느새 이렇게 기름이 많이 묻었지? 하며 이상하게 여기는—그런 식으로 녀석도 그냥 놀랐을 뿐이죠. 약간 놀랐을 뿐이에요. 어? 왜 이렇게 불에 타고 있는 거지? 하며. 그렇게 자기 팔과 몸을 둘러보더니…."

잠깐 말을 끊더니 약간 떨리는 목소리로 마키하라가 말을 이었다.

"그리고 비명을 지르기 시작했죠. 저는 그때 동생 옆에 다가가 있었기 때문에, 비명이 입에서 튀어나오는 걸 볼 수 있었죠. 이건 비유가 아니에요. 정말로 그 녀석의 비명이 보였어요. 쓰토무가 입을 벌리자, 거기서도 불길이 솟아나왔죠. 마치 영화에 나오는 용처럼. 그리고 녀석은 펄쩍펄쩍 뛰기 시작했죠. 불을 끄기 위해서. 얼굴에 달라붙은 거미줄을 털어낼 때처럼 손과 머리를 마구 휘저으며."

쓰토무, 하고 불렀다. 동생의 비명을 듣는 순간, 어린 마키하라는 그 자리에 얼어붙어 꼼짝도 할 수 없었다. 그저 입을 벌리고 절규하듯 동생의 이름을 불렀을 뿐이다.

"쓰토무가 저를 보았습니다. 그 녀석 눈이 저를 똑바로 바라보았죠. 부릅뜬 눈에서, 눈알이 마치 튀어나올 것처럼 격렬하게 움직이고 있었죠. 눈동자만이 아니었습니다. 코나 입, 팔, 다리까지, 몸 전체가 그 녀석 몸통에서 도망치려는 듯 제각각 움직이고 있었습니다. 그 주위를 불길이 둘러싸고 있었어요. 마치 젤라틴 점막처럼 쓰토무가 아무리 팔을 휘젓고 손톱을 세워도 그 막을 찢어낼 수는 없었습니다."

쓰토무는 두 팔을 벌리고 형 쪽으로 비틀거리며 달려왔다. 그제야 마키하라도 움직일 수 있었다.

"저는 얼른 뒤로 물러났습니다. 동생이 도움을 청하며 다가오는데, 저는 도망치려고 했죠. 1초 남짓한 순간이었지만, 저는 분명히 도망치려 했습니다. 쓰토무도 그걸 눈치 챘죠."

불이 붙은 옷을 벗으려고 허우적거리며 어린 동생이 소리쳤다. 형, 형, 형一.

"동생의 몸 안에서도 불이 타오르고 있었어요."

마키하라가 말했다.

"눈 안쪽도, 입 안쪽도 시커멓게 탔죠. 모든 게 다 타버렸어요. 손끝에서도 불길이 솟아오르고 있었죠. 쓰토무는 그 손을 벌리고 저를 향해―그리고 입을 움직여서―."

살려줘―라고 말했다.

마키하라는 고개를 푹 숙였다. 그리고 다시 몸서리를 쳤다. 벤치에서 일어나 마키하라 뒤로 다가간 치카코는 코트 옷깃 언저리로 살짝 드러난 그의 목에 소름이 돋아 있는 것을 보았다.

"그리고 쓰러졌죠. 제 발아래."

마키하라가 고개를 숙인 채 말을 이었다.

"장작을 쌓아 모닥불을 피워본 적이 있나요? 아니면 나무 상자를 태워보신 적은?"

"예, 있죠."

"불길에 휩싸여 타다가 어느 시점이 되면 풀썩 무너지잖아요? 타고 있던 장작이 무너지거나 나무 상자가 푹 주저앉죠. 사람도 마찬가지예요. 쓰토무도 그렇게 무너졌어요. 완전히 타버린 거죠. 기둥이 타서 집이 주저앉듯이. 뼈가 다 타고 관절이 빠져 흉측한 해골 인형이 무너지는 것처럼."

치카코는 추워서 가슴 앞쪽으로 팔짱을 끼고 목을 움츠리며 마키하라 옆에 섰다. 어느새 그네가 멈춰 있었다. 조금 전까지 그네를 높이 차올리던 아이는 어디로 가버린 모양이었다. 함성도 들리지 않아 주위가 조용했다. 모래밭에는 여전히 아무도 없고, 찬바람만 치카코의 귀를 스치고 지나갔다. 마치 아이의 비명처럼 가냘픈 소리를 내며.

"쓰토무가 쓰러지고 나서야 비로소 불을 끄려고 했습니다."

마키하라가 말을 이었다.

"동생을 마구 두드려 불을 끄려 했죠. 그러다 생각이 나서 입고 있던 셔츠를 벗어 그걸로 두드리기도 했습니다. 하지만 이미 늦은 상태였죠. 쓰토무는 다 타버렸습니다."

"그렇게 이야기해서 긴 시간 같지만 실제로는 기껏해야 10초나 20초 사이에 일어난 일일 거예요, 분명히."

치카코는 말을 이었다.

"그러니 마키하라 씨가 꾸물거린 건 아닐 거예요. 동생한테 달려가 불을 끄기 위해 애를 썼겠죠. 나중에 생각해보면 자기가 너무 늦은 것처럼 여겨지겠지만요. 그건 누구나 다 마찬가지예요. 일종의 착각인 거죠."

위로하려고 아무렇게나 말한 건 아니다. 사건이나 사고를 당하면 시간이 늦게 간다. 그렇다고 시간이 늘어나는 것은 결코 아니다. 그 상황에 말려든 사람의 뇌가 평소보다 곱절이나 세 배쯤 빠르게 정보를 처리하는 것이다. 그래서 기억은 이상하리만큼 선명해지고, 관찰력도 날카로워져 평소 같으면 1초에 파악할 수도 없는 정보를 0.5초 만에 처리한다. 그 결과 시간이 늦게 가는 것처럼 느껴지는 것이다. 하지만 몸은 뇌의 그 속도를 따라가지 못하기 때문에 평소처럼 움직일 수밖에 없다. 그래서 긴박한 상황에서 살아남은 사람들은 그 순간 자신이 취한 행동을 자세히 기억하며, 스스로가 얼마나 쓸모없는 존재였는지, 다른 사람에게 도움을 주지 못한 걸 괴로워하며

나중까지 고통을 받는다. 측은하기는 하지만 결코 드문 일은
아니다.

"제가 두드려 불을 끄려 했던 건 이미 제 동생이 아니라 동
생의 잔해였죠."

억양을 잃은 목소리로 마키하라가 말했다.

"조금 전까지 쓰토무가 그랬듯이, 저 또한 아우성을 치며 비
명을 질렀죠. 그렇게 악을 쓰며 쓰토무를 두드리고 있자니, 불
길이 잦아들고 연기가 나기 시작했습니다. 멀리서 누군가가
외치는 소리가 들렸어요. 지나가던 사람이 어린이 공원에서
불길이 솟는 걸 본 거죠. 공원 울타리 부근에서 두세 명의 어른
이 이쪽을 바라보고 있었습니다. 그들이 '애, 괜찮니?', '무슨
일이니?' 하며 소리를 질렀습니다. 저는 숨이 차서— 경첩이
떨어진 문처럼 덜덜 떠느라 말도 거의 할 수 없었어요. 두 눈에
선 눈물이 솟아나와 겨우 눈을 뜰 수 있었죠. 나중에 알게 되었
지만, 두 눈썹이 완전히 타버렸더군요."

마키하라는 피곤한 듯 두 손으로 얼굴을 문질렀다.

"하지만 귀는 들렸습니다. 바로 옆에서 누군가가 울고 있었
죠. 제가 아닌 다른 사람이. 저는 그때까지 소리 내서 울지 않
았어요."

고개를 들더니 손가락으로 모래밭 쪽을 가리켰다.

"저기, 작은 미끄럼틀이 있었다고 했죠? 동생은 그 바로 옆
을 지나가다 불이 붙었고요."

"예, 그랬죠."

"저는 쓰토무의 시체 옆에 철퍼덕 주저앉아 있었죠. 그런데 그곳에서 미끄럼틀 아래 있는 어두운 부분이 보였어요. 미끄럼틀로 올라가는 계단 뒤편이. 거기에 조그만 여자애가 쪼그리고 앉아 있는 게 보였습니다. 쓰토무랑 비슷한 또래에 체구가 작고 가냘픈 여자애였습니다."

공원 안에는 조명등이 있었지만 이미 해가 진 뒤라 계단 뒤에 있는 여자애의 얼굴은 잘 보이지 않았다. 다만 그 애가 선명한 카나리아 옐로우 색깔의 스웨터를 입고, 작은 손으로 얼굴을 가린 채 울고 있다는 것은 알 수 있었다. 그 애는 흐느껴 울었다. 경련을 일으킨 듯이 작은 머리가 앞뒤로 흔들리고 있었다.

"저는 비틀거리며 일어서서 그 여자애 쪽으로 가려고 했습니다. 하지만 실제로는 몸을 그 방향으로 기울이는 정도밖에는 할 수가 없었습니다. 뭐라고 말을 걸었던 것 같기도 해요. 괜찮으냐고, 다치지 않았느냐고 물었겠죠. 그때만 해도 그 애가 우는 까닭이 불이 무서워서였기 때문이라고 생각했으니까요."

소년인 마키하라가 비틀거리며 다가가려 하자 미끄럼틀 계단 뒤에 숨어 있던 소녀는 놀라울 정도로 민첩하게 벌떡 일어났다. 그 바람에 스커트가 뒤집혀 짙은 남색 속옷이 잠깐 보였다.

소녀는 울고 있었다. 예쁘게 조화를 이룬, 사람의 눈길을 끄는 귀엽게 생긴 소녀였는데, 얼굴이 눈물에 젖어 있었다. 그 우는 얼굴을 마키하라 쪽으로 향하더니 아직 연기가 피어오르는 쓰토무의 시체를 보며 "미안합니다."라고 했다. 속삭이듯 빠른 말투였다.

"괴롭히지 말라고 했는데, 자꾸만 괴롭혀서요. 하지만 미안합니다. 태워버려서 미안해요. 미안합니다."

그렇게 말하더니 뛰기 시작했다. 그 애는 도움을 청하기 위해 달려간 것도, 어른들 목소리를 듣고 그쪽으로 달려간 것도 아니었다. 분명히 그 자리에서 도망치는 거라는 사실을 깨닫기까지 몇 초의 시간이 필요했다.

"제가 정신을 차렸을 때, 이미 그 애의 모습은 보이지 않았죠."

마키하라가 말했다. 그의 눈은 20년 전 그 여자애가 도망친 경로를 뒤쫓고 있었다. 마치 지금도 그곳에 소녀의 발자국이 남아 있다는 듯 그의 시선엔 조금의 머뭇거림도 없었다.

"그다음에 어른들이 달려와 구급차를 부르고, 경찰이 오고, 부모님도 달려오고—."

소녀가 도망친 경로에서 겨우 시선을 떼며 마키하라는 치카코를 바라보았다. 그리고 쓸쓸하게 웃었다.

"부모님은 처음엔 제가 정신이 이상해진 거라고 여겼지요."

"왜죠?"

"제가 그 여자애를 찾아달라, 그 애가 쓰토무한테 불을 지른 거라고 우겼기 때문이죠. 여자애가 동생을 태웠다고."

"달려온 사람들은 여자애를 보지 못했나요?"

"예, 안타깝게도."

"하지만 마키하라 씨는 봤다, 그 애가 '태워버렸다.'고 말하는 것도 들었다, '미안합니다.'라고 사과하는 말도 들었다?"

"그래요."

"어른들은 그 말을 믿지 않았고요?"

턱을 살짝 들고 암송하는 말투로 마키하라가 대답했다.

"쓰토무는 몸의 82퍼센트에 3도 화상을 입은 상태였습니다. 화상은 피부뿐 아니라 식도와 기관지에까지 미쳤습니다. 마치 분신자살을 한 시체 같았어요. 하지만 쓰토무와 분신자살자 사이에는 매우 큰 차이점이 있었죠―."

"연소 촉진제가 없었다는 거겠죠? 우린 이 말을 계속 달고 지내는 것 같군요."

치카코가 말했다.

마키하라가 고개를 끄덕였다.

"쓰토무는 가솔린을 뒤집어쓰지도 않았고, 옷에 기름이 스며들지도 않았죠. 면으로 된 속옷에 면바지, 아크릴 스웨터를 입었지만, 아시다시피 어느 것도 폭발적인 연소를 일으킬 만한 소재가 아니죠. 그런데도 쓰토무의 속옷은 완전히 타서 거의 재가 되었어요."

마키하라는 고개를 젓다 그제야 자신이 추운 바깥에 있다는 사실을 깨달은 듯 목을 움츠렸다.

"어린애라고는 하지만 연소 촉진제도 없이 살아 있는 사람을 겨우 몇 분 만에 완전히 태워버리다니. 그렇게 하려면 대형 화염방사기라도 있어야겠죠. 그런 엄청난 일을 이 불행한 형은 죽은 동생과 비슷한 어린애가 한 짓이라고 증언했죠. 그 여자애가 미안하다면서 울고 도망친 현장을 보았기 때문이라는 이유로요. 측은하게도, 동생이 타 죽는 현장을 목격하고 형은 정신이 나가버린 게 되었죠."

"하지만 마키하라 씨가 본 그 여자애를 찾는 노력은 했어야 할 텐데. 그런 조사는 했습니까? 무엇보다 그 여자애는 목격자예요. 게다가 중요한 발언을 했고요. '괴롭히지 말라고 했는데 자꾸만 괴롭혀서요.'라고. 동생은 형인 마키하라 씨가 보기에도 문제아라고 했죠? 그 여자애는 동생과 같은 학년이고, 동생한테 괴롭힘을 당하던 애였는지도 몰라요. 그 애가 무슨 수단을 써서—고의인지 실수인지는 별도로 하고—동생한테 불을 질렀는지도 모르죠."

치카코의 입에서 하얀 김이 나왔다.

"동생의 몸에 불이 붙은 것과 그 여자애가 상관이 있을 가능성이 무척 높아요. 그 애는 미끄럼틀 뒤에 있었어요. 동생은 뛰어서 그 옆을 지나가려 했고요. 그러다 그 애기 계단 뒤에 숨어 있는 걸 발견하고 깜짝 놀랐겠죠. 왜 저런 곳에 있을까? 이런 생각을 했겠죠. 동생이 평소 참견하며 못살게 굴던 아이였다면 더욱 그랬을 거예요. 그래서 동생은 멈췄을 겁니다. 여자애한테 말을 걸려고 했는지도 모르죠. 그런데 바로 그때 몸에 불이 붙었다ㅡ. 그렇죠? 그 여자애가 뭔가를 알고 있을 가능성은 100퍼센트 이상이에요."

치카코는 흥분해서 키 큰 마키하라의 얼굴을 쳐다보았다. 하지만 그는 눈을 감고 있었다.

"일단 찾아보기는 했어요."

마키하라가 작은 목소리로 말했다.

"제가 본, 쓰토무 또래의 여자애를 찾았습니다. 그 녀석과 같은 학교에 다니는 또래 여자애들 사진을 샅샅이 뒤졌죠. 이 학군에 있는 다른 학교 여자애들 사진까지 체크했습니다. 하지만 없었어요. 제가 본 소녀는 그 안에 없었습니다. 너무 많은 사진을 봤기 때문에 오히려 혼란스러웠는지 모르지만, 여하튼 그 여자애를 찾아내지 못했어요."

뭐야, 수수께끼 같은 여자애라는 거야? 그럴 리가 없잖아. 이 이야기는 도대체 말이 안 돼. 여자애가 '태워버렸다.'며 사과했다고? 그럴 리가 있어? 조그마한 여자애가 화염방사기를 메고 공원에 있었다는 거야? 괴롭히는 남자애를 태워 죽이려고? 말도 안 돼. 이 형이란 녀석의 말은 모두 꾸며낸 것 아닐까?ㅡ상황이 이렇게 굴러가는 것을 부모님은 그저 지켜볼 수밖에 없었다.

"부모님은 제가 충격을 받아 이상해졌다고 생각했어요."

내키지 않는 행사의 식순을 낭독하듯 마키하라가 말했다.

"학교 선생님이나 경찰, 소방서의 어른들은 제가 거짓말을 한다고 판단했죠. 그리고 그 이야기를 부모님께 했습니다. 부모님은 깜짝 놀랐죠. 저 애가 거짓말을 해? 이야기를 꾸며내고 있다고? 왜? 왜 그런 짓을? 동생보다 나이도 훨씬 많고, 성인에 가까운 분별력을 지닌 장남이 왜 말도 안 되는 소리를 하며 고집을 부리지? 그런 의문은 결국 빤한 의혹으로 이어졌습니다."

마키하라는 자기 입으로 그 얘길 하고 싶어 하지 않는 듯했다. 그래서 치카코는 마키하라 앞으로 나서며 말했다.

"마키하라 씨가 동생을 태워 죽인 게 아닐까, 하는 의혹이겠군요."

잠깐 뜸을 들였다 마키하라가 고개를 끄덕였다.

"그렇습니다."

마키하라도 하얀 입김을 뿜어냈다. 조금 전까지 어린 동생의 처참한 죽음에 관해 이야기할 때는 그가 내뱉는 숨이 이렇게 하얘 보이지 않았다. 치카코는 그 이야기를 하던 마키하라의 체온이 외부 온도와 마찬가지로 얼어붙었던 거라고 생각했다. 이야기를 마친 다음에야 겨우 다른 사람들과 같은 체온으로 돌아온 것이다. 그래서 입김이 하얗게 나온 것이다. 죽은 사람에서 산 사람으로 돌아왔기 때문에. 마키하라에게 동생 이야기를 하는 것은 그때마다 자신이 죽는 일이다.

"쓰토무가 죽은 뒤로, 아버지와 새어머니는 집 안에서 웃음을 잃었습니다."

마키하라가 말을 이었다.

"마치 쓰토무를 배려하는 것 같았죠. 제가 무슨 웃기는 짓을 하거나 밖에서 재미있는 일이 있어 가족이 함께 소리 내어 웃으면, 그걸 쓰토무에 대한 배신이라고 생각하는 것 같았어요."

치카코는 전처소생인 마키하라에게 마음의 상처를 주지 않기 위해 자기 친아들인 쓰토무에게 지나치리만큼 엄격했던 그 어머니의 속마음을 헤아려보았다. 친아들을 잃은 그 어머니가 자기 아들을 죽였을지도 모른다는 의혹을 받는 다른 아들과 함께 지내며 대체 어떤 가정을 꾸릴 수 있었을까?

"저는 고등학교 때부터 전교생이 기숙사에 들어가는 학교로 진학해 집을 나왔습니다. 여름방학이나 겨울방학에도 집에 돌아가지 않았죠. 일단 집을 떠나자 돌아가기가 두렵고, 힘들고, 화가 났어요."

"그럼 부모님하고는…?"

"아버지는 제가 스물다섯 살 되던 해에 돌아가셨습니다. 뇌출혈이었기 때문에 계속 의식이 없는 상태라 10년 만에 만났는데도 이야기를 나눌 수가 없었죠. 새어머니하고는—."

마키하라는 잠깐 머뭇거렸다.

"아버지 장례식을 마친 뒤 이야기를 나눴습니다. 저는 이제 다시는 새어머니를 만나지 않겠다고 각오했기 때문에, 헤어지기 전에 새어머니가 마음에 담고 있는 생각을 모두 말해달라고 부탁했죠."

치카코는 부드럽게 물었다.

"어머니가 뭐라고 하시던가요?"

아마 기억을 떠올릴 필요조차 없이 또렷할 텐데도 마키하라는 잠깐 생각하는 척했다. 그렇게 하면서 자기 자신과 타협하고 있는 것인지도 몰랐다.

"네가 경찰이 된 건 예전에 네가 한 일을 속죄하기 위해서냐, 라고 물었습니다."

치카코는 입을 다물고 있었다.

"저는 아니라고 대답했죠. 어머니가 생각하는 그런 짓을 저는 하지 않았다고요. 새어머니는 더 이상 아무것도 묻지 않았습니다."

15. 가디언

그날 밤, 이시즈 치카코는 미지근한 물에 느긋하게 몸을 담그고 공원에서 들었던 마키하라의 이야기를 몇 번이고 되새겨보았다.

─그건 흔한 화재가 아니었어요. 동생은 평범한 방법으로 불에 탄 것이 아니었습니다.

염력 방화 능력. 결론적으로 이 단어에 도달하기 위해 마키하라는 청춘 시절 대부분을 낭비한 듯했다. 그는 자신이 읽은 수많은 책과, 직접 찾아가서 이야기를 듣고 가르침을 받은 많은 사람들의 이름을 가르쳐주었다. 치카코에게는 낯선 세계의 일이었지만 마키하라가 진심이라는 사실만은 느낄 수 있었다. 제정신과 광기의 경계는 때로 위험하리만큼 애매하기는 하지만.

—염력 방화 능력을 지닌 사람의 수는 물론 적기는 하지만 분명히 존재합니다.

해가 저문 공원 미끄럼틀 뒤에.

—믿을 수 없다고 해도 상관없어요. 그냥 좋은 기회니까 구라타 가오리를 주의 깊게 관찰해보세요. 그 애는 능력을 지니고 있어요. 저는 100퍼센트 확신합니다. 구라타 가오리에 관해 자세히 알게 되면 이시즈 씨도 제 이야기를 웃어넘길 수는 없을 겁니다.

연소 촉진제 없이 한 인간을 탄화시킬 정도로 태워버리는 열을 발생시킬 수 있는 아이라니.

치카코는 고개를 젓고 얼굴을 닦았다.

마키하라의 동생 일은 정말 안됐다. 너무나도 처참한 경험이기 때문에 정신을 빼앗긴 것이다. 동생의 죽음에 발목이 잡혀버린 것이다.

염력으로 방화를? 미끄럼틀 뒤에 있던 여자애가 마키하라의 어린 동생한테 불을 질렀다고?

그런 말도 안 되는.

아니, 얼마든지 양보해서, 가령 염력 방화 능력이란 것이 실제로 있고, 20년 전 미끄럼틀 뒤에 있던 여자애가 그 능력을 지니고 있었다 해도 왜 그 애는 마키하라의 동생을 태워 죽여야 했을까? 괴롭혔다고? 위협했다고? 그렇다면 놀이터에서 모래라도 집어 뿌리면 된다. 큰 소리로 울면서 도움을 청하면 된다. 아무리 경솔한 초능력자라 해도 느닷없이 불을 지르지는 않을 것이다.

―괴롭히지 말라고 했는데 자꾸만 괴롭혀서요. 하지만 미안합니다. 태워버려서 미안해요. 미안합니다.

여자애가 그렇게 말했다고? 꾸며낸 티가 너무나도 역력한 에피소드다. 아무리 어린애라 해도 자신이 겪은 피해와 그에 대한 앙갚음이 도를 넘었다는 것 정도는 알 텐데. 그걸 알면서도 한 짓이라면 이런 변명이 가당키나 한가?

이야기, 스토리다.

마키하라의 이야기에는 현실감이 없다.

욕조에서 나와 차가운 보리차를 마시고 있는데 남편이 들어왔다. 자정이 지난 시각이었다. 남편은 시뻘건 얼굴에 술 냄새를 풍겼다. 내뿜는 숨에서 냄새가 나 치카코는 고개를 돌렸다.

직장에서 무슨 일이 있었는지 남편은 기분이 좋아 보였다. 목이 마르다며 치카코가 들고 있던 보리차 컵을 빼앗아 꿀꺽꿀꺽 다 마셔버렸다. 치카코 맞은편 식탁에 자리를 잡더니 오차즈케가 먹고 싶다고 했다.

치카코는 짐짓 술을 너무 마셨다느니, 한심하다느니, 하며 잔소리를 했지만 속으로는 웃으며 물을 끓이고 재료를 썰었다. 내가 그 연쇄 살인사건 수사에서 제외되어 당신은 운이 좋은 거야, 하고 남편에게 말해주고 싶었다. 만약 그 수사에 매달렸다면 치카코는 아예 지금 이 시간에 집에 있지도 못할 것이다.

남편이 오차즈케를 다 먹고 치카코가 내온 차를 마시며 식탁 위의 재떨이를 끌어당기더니 담배를 한 개비 빼어 물었다.

치카코는 라이터를 켜는 남편의 모습을 지켜보았다. 술에 취해 손놀림이 불안했다. 라이터도 가스가 거의 다 떨어졌는지 불이 쉽게 붙지 않았다. 입에 문 담배의 끝이 손을 움직일 때마다 들썩거렸다.

염력 방화.

치카코는 불쑥 그 단어가 떠올랐다. 염력 방화란 결국 지금처럼 남편과 마주 앉아 손도 움직이지 않고 그저 약간 의식을 집중하는 것만으로 저 담배에 불을 붙일 수 있는 능력이다.

칙.

라이터에 작은 불길이 올랐다. 남편은 담배를 깊숙이 빨았다. 치카코는 일어나서 식탁의 식기를 치웠다.

치카코는 중성 세제에 약했다. 팔꿈치까지 오는 주방용 고무장갑을 끼고 설거지를 했다. 그리고 계속 생각했다.

담뱃불을 붙이는 정도라면 아무 문제도 아니다. 바람이 세게 부는 실외에서는 오히려 소중할 수도 있는 능력이다.

하지만 그런 능력을 지닌 사람이 그 힘을 친절하게만 사용한다고는 할 수 없다. 조금이라도 누가 마음에 들지 않으면 태워 죽일 수 있다. 그게 염력 방화 능력자다.

그렇다면 괴롭힘을 당한 데 대한 앙갚음으로 불을 지를 수 있지 않을까?

남편은 오늘 무척 기분이 좋아 보인다. 콧노래까지 흥얼거리며 석간을 읽고 있다. 저러다가 그냥 의자에서 잠이 들어버릴지도 모른다.

그렇지만 남편도 오늘 하루 종일 기분이 좋지는 않았을 것이다. 커피숍에서 본 불친절한 웨이트리스 때문에 기분이 상했거나, 마음에 들지 않는 거래처 부장에게 인사를 하러 가야만 했을 수도 있다. 또한 만원 전철 안에서 발을 밟히는 등 아주 잠깐이라도, 단 몇 분이라도 화가 나는 일이 있었을 것이다. 그게 일상이다.

우리는 그런 화를 참고 산다. 그게 일상이기 때문에 참는다. 그러면서 어른이 되어간다. 그런 일상적인 일 하나하나에 화를 내고, 신경 거슬리는 짓을 한 상대를 비난하거나 때린다면 사회에 적응할 수 없을 뿐 아니라 귀중한 자기 시간을 허비하게 된다.

그렇지만, 참을 필요가 없다면?

당장 앙갚음을 할 수 있다면?

그것도 앙갚음을 한 사람이 자기라는 걸 아무도 모르게.

전철 안에서 하이힐로 자기 발을 밟은 여자. 밟은 것을 알면서도 사과는커녕 모른 체한다. 화가 난다. 그 여자가 지금 전철에서 내린다. 엉덩이를 흔들며 잔뜩 멋을 부리고 걷는다. 의식을 집중해서 그 요란한 파마머리를 뚫어지게 쳐다본다. 뚫어지게.

여자의 머리카락이 불타오른다.

아, 속이 후련하다.

초능력자의 기분을 거스르는 인간은, 초능력자를 기분 나쁘게 하는 인간은 바로 응징을 당한다.

"여보, 물 틀어났잖아."

남편의 목소리에 치카코는 정신이 들었다. 수도꼭지를 틀어 둔 채 멍하니 서서 생각에 잠겼던 것이다.

"목욕하고 자야겠어."

남편이 비틀거리며 일어섰다.

"괜찮겠어요? 술 취했는데."

"이 정도는 아무렇지도 않아."

"욕조 물이 식었는데, 더운 물을 받아야겠네."

"됐어, 내가 할게. 먼저 자, 무척 피곤해 보여."

남편이 욕실 쪽으로 기분 좋은 듯이 비틀비틀 걸어가는 모습을 바라보며 치카코는 또 다른 생각에 잠겼다. 불을 붙일 능력이 있다면 물을 데울 수도 있지 않을까? 부엌에서 스위치도 누르지 않고, 가스도 틀지 않고 염력만으로. 욕조에 담긴 물을 40도까지 데울 수 있다면 얼마나 편하고 절약이 될까?

치카코는 후후, 하고 웃었다. 조금 전까지만 해도 진지했는데, 결국 이런 어처구니없는 생각을 하고 말았다. 역시 마키하라의 심정을 이해하는 것도 불가능하고, 그의 주장을 전적으로 받아들이는 것도 불가능하다는 얘기다.

부엌 불을 끄고 치카코는 침실로 갔다. 침대에 눕자 남편 말대로 생각보다 자신이 더 지쳐 있다는 사실을 비로소 깨달 았다.

욕실에는 김이 가득 차 있었다.

그 눈부신 능력을 100퍼센트 활용한 지 며칠이 지나, 아오 키 준코는 몸 안에 에너지가 계속 비축되는 것을 느꼈다.

체력은 조금씩 회복되고 있다. 총을 맞은 자리가 아직 욱신 욱신 아팠지만 다행히 곪지는 않은 모양이다. 출혈 때문에 약 간 빈혈 기운이 있기는 해도 조금씩 나아질 것이다.

준코의 내부에 있는 '힘'은 몸이 회복되는 정도에 따라 마치 독자적인 의식과 판단을 갖춘 생물처럼 '이 정도면 이제 안심' 이라는 듯 자신의 존재를 주장하기 시작했다.

준코는 '힘'이 밖으로 뛰쳐나가고 싶어 하는 것을 느꼈다. '힘'이 분출을 원한다는 느낌이 들었다. 그 요란한 살육과 파괴 는 준코에게 그야말로 오래간만에 거침없는 '해방'이었지만, '힘'은 그 해방감을 너무 즐긴 나머지 맛이 들린 모양이었다. 준코에게 보채고 있었다.

이제 분출하고 싶어 하는 '힘'을 달래기 위해 그 폐공장을 찾아갈 수는 없다. 다야마 초는 지금 이 나라에서 매스컴 관계 자들이 가장 많이 몰려드는 곳이 되었기 때문에 운하나 공원 에서 조심성 없이 '힘'을 분출하는 것도 위험해졌다. 만에 하나

누가 보거나 사진이라도 찍히면 큰일이다.

그래서 어쩔 수 없이 준코는 욕실의 물만 데웠다. 욕조 가득 찬물을 채우고 그 안에 '힘'을 쏟아 붓는다. 그러면 30분도 지나지 않아 준코의 작은 연립주택 욕실은 사우나가 된다.

— 아, 푹푹 찐다.

얼굴에 맺힌 땀을 닦으며 욕실 밖으로 나왔다. 몸에 걸친 목욕 가운이 축축했다. 창문을 열어 환기를 시켜야겠다.

막 창틀에 손을 댄 순간, 전화벨이 울리기 시작했다. 전화기로 손을 뻗으려는데 총에 맞은 상처가 쿡 쑤셨다. 준코는 잠시 손을 멈추고 다친 팔을 보며 다른 팔로 수화기를 들었다.

"아오키 준코?"

며칠 전의 그 전화 목소리는 아니었다.

"잠깐 이야기할 수 있을까?"

준코는 자신도 모르게 어깨의 다친 부분으로 손을 가져갔다.

방금 전화를 받으려 할 때 상처가 쑤신 게 무슨 징조인 것 같은 느낌이 강하게 들었다.

"당신은 누구지?"

수화기를 고쳐 쥐며 준코가 물었다. 수화기는 욕실에서 번져 나온 뜨거운 김 때문에 축축했다.

"이름을 대기는 곤란한데."

부드럽고 침착한 말투였다. 남자다. 젊은 사람 목소리는 아니다. 자신의 능력이나 해야 할 일을 잘 판별할 줄 아는 사람의 말투였다. 마치 의사 같다는 생각이 들었다. 준코는 아주 오랫동안 어떤 의사에게도 진료를 받은 일이 없지만, 기억에 남아 있는 의사의 목소리는 모두 이런 느낌이었다.

─걱정 마, 준코. 어머니는 곧 나을 거야.

─이제 어머니 친척과 친지 분들에게 병세를 알리는 게 좋겠어요. 물론 치료에는 온 힘을 다 쏟겠지만, 아무래도 심장이 약해진 상태라.

기억 속의 목소리.

"여보세요? 들리나?"

준코는 옛 기억에서 현실로 돌아왔다. 수화기를 고쳐 잡았다.

"가디언… 가디언이란 말 아나? 수호자라는 의미가 있는데."

비슷한 말을 최근에 누군가의 입을 통해 들은 것 같았다. 그래… 그건… 역시 전화였다….

그 기억을 떠올리며 준코는 저도 모르게 언성을 높였다.

"지난번에 전화로 장난치던 젊은 남자도 그런 소리를 했지. 사실은 아직 나한테 전화를 해서는 안 된다는 따위의 소리를 하면서."

상대방이 놀란 모양이었다. 혀를 차는 소리가 들렸다.

"경박한 녀석. 벌써 너한테 연락을 했나?"

"당신도 그 남자랑 한 패야? 그 남자가 말하더군. 내가 움직이는 모습에 감동했다고. 그런데 뭐지, 가디언이라는 게?"

"우리 '조직'의 명칭이지."

"그렇게 설명해봐야 당신이 누군지 알 수가 없잖아. 당신이 말하는 '우리'가 어떤 단체인지도 모르고."

"당신 말이 맞아."

상대방은 웃고 있는 듯했다.

"그래서 오늘은 반드시 당신을 만나고 싶어서 전화를 걸었지. 우릴 만나줄 텐가? 그럴 의향이 있나?"

"내가 왜 당신들을 만나야 하지?"

준코는 상대를 놀리듯 짐짓 콧방귀를 뀌었다.

"아, 알겠군. 당신들, 방문 판매업자? 아니면, 다단계 판매?"

이번에는 상대방도 큰 웃음을 터뜨렸다. 목소리가 약간 멀어진 것은 수화기에서 얼굴을 뗐기 때문일 것이다.

"그렇게 웃으면 실례지. 난 진지하게 묻고 있는 거야."

"그래, 미안해."

아직 웃음을 지우지 못한 채로 상대방이 대답했다.

"이쪽에서 만나고 싶다 해도 당신이 나와줄 리 없다는 건 알아. 그러니 오늘은 당신한테 선물을 하나 주지. 그게 마음에 들지 어떨지 시험해봐. 그리고… 모래 다시 전화할게, 이 시간에."

"무슨 소리야?"

준코의 물음은 아랑곳하지 않고 상대가 불쑥 말했다.

"가노, 히토시."

준코는 눈을 크게 떴다.

"뭐, 뭐라고?"

"가노 히토시의 현주소를 가르쳐주지. 당신이 추적하던 소년이야. 이젠 스무 살이 되었지. 물론 운전면허도 땄어. 지금은 스노보드에 정신이 팔려 있어서 주말이면 차에 보드를 싣고 이리저리 타러 다녀. 패거리들과 함께."

패거리들. 준코는 저도 모르게 눈을 감았다. 가노 히토시. 지금은 대체 어떤 패거리들과 어울리고 있을까?

"아, 그렇지. 지난달에 가노 히토시가 사는 지역에서 중의원 보궐 선거가 있었어. 가노 히토시가 투표를 하러 갔는지 어쨌는지는 몰라도 선거권이 있는 건 틀림없어. 난 감개무량했지. 국민의 의무이자 권리인 선거권을 가노 히토시도 가지고 있다니. 이 나라는 양심이라곤 눈곱만큼도 없고, 새 삶을 살 뜻도 없는 짐승 같은 살인자에게 어쩜 이렇게 관대하고 공평한지."

준코는 불쑥 물었다.

"그놈이 있는 곳을 가르쳐줘."

"그러지."

준코는 주소와 전화번호를 서둘러 받아 적었다. 흥분이 느껴졌다. 이 녀석만은 도무지 행방을 알아낼 수 없어 계속 애를 태우던 중이었다.

하지만 흥분 속에서도 의문은 남았다.

"당신들은 어떻게 그 녀석이 있는 곳을 알아냈지? 왜 나한테 가르쳐주는 거지? 어떻게 내가 그 녀석을 찾고 있다는 사실을 알았지?"

상대방이 또 슬쩍 소리 죽여 웃는 소리가 들렸다.

"당신에 관해서는 뭐든 알고 있어. 왜냐하면 우리는 희망과 목표가 같은 동지이기 때문이지."

"―동지?"

"당신이 계속해서 목적을 이루길 기도할게. 하긴 당신 능력이라면 걱정할 것 없지만. 게다가 이 선물을 기뻐해주니, 마땅한 조치를 취하면 바로 다른 선물을 하나 더 준비하지."

준코는 몸을 내밀며 전화기 쪽으로 다가갔다. 그렇게 한다고 상대방과의 물리적인 거리가 좁혀지지는 않겠지만 그러지 않을 수가 없었다.

"뭘 가르쳐줄 건데? 누구 주소?"

"다다 가즈키 소식을 알려주지."

거기까지만 말하고 전화는 뚝 끊겼다. 준코는 한 손에 수화기를, 한 손에는 메모지를 꼭 쥔 채 혼자 남겨진 사람처럼 멍하니 서 있을 뿐이었다.

가노 히토시. 3년 전 도쿄의 나카노 구에 살던, 학교도 다니지 않고 직장도 없는 17세 소년으로 고구레 마사키와 한 패였다. 일당 안에서는 별 볼일 없이 잔심부름이나 하며 지냈다. 그런 처지에 놓인 아이 특유의 삐뚤어진 성격과 약자에 대한 극단적인 잔학성을 지닌 소년이었다―.

이제 스무 살이다. 어엿한 성인이다. 스노보드에 빠져 있다고? 운전면허도 있고?

이번엔 그 차로 누굴 치어 죽이려는 것일까? 분노가 치밀어 뺨이 후끈거렸다. 관자놀이가 펄떡펄떡 뛰었다. 준코가 분노하면 '힘'도 흥분한다. 그럴 때 한꺼번에 '힘'을 방사하는 것은 위험하므로 수도꼭지를 잠그듯이 에너지를 조여주어야 한다. 그러면 이런 식으로 편두통이 오는 경우가 있다. '힘'이 움직이는 에너지에 준코의 몸이라는 하드웨어가 견디지 못하고 부들부들 진동하기 때문일 것이다.

아오키 준코는 다시 욕실로 갔다. 속옷 차림으로 욕조 테두리에 걸터앉아 무릎 아래를 물에 담그고 피어오르는 흰 김에 머리카락을 적셨다. 수도꼭지를 틀었다. 욕조에 찬물이 끊임없이 쏟아졌지만 뜨거운 물은 전혀 식지 않았다. 이따금 기계적으로 손을 움직여 욕조의 마개를 뽑아 뜨거운 물을 흘려보냈다. 그렇게 하지 않으면 욕조에 물이 금방 가득 차버리기 때문이다.

'힘'은 물을 데우고 증기를 만들었다. 에너지는 그렇게 하면 해소된다. 하지만 감정은 풀리지 않았다. 물에다 힘을 쏟아냈지만 준코는 만족할 수가 없었다.

오늘 밤은 너무 늦었다. 움직이려면 내일 해야 한다. 하지만 머릿속으로는 그렇게 생각하면서도 마음은 이미 움직이기 시작해 멈출 수가 없었다. 가노 히토시. 그놈을 찾아냈다. 이제야 놈의 숨통을 끊어버릴 수 있게 되었다.

한자로 쓰면 '마仁志.' 탤런트처럼 멋진 이름이다. 하지만 준코가 딱 한 번 멀리서 본 녀석의 실제 모습은 별 볼일 없었다. 납작한 코와 지저분하게 생긴 치아만 눈에 띄는 쓰레기처럼 추한 녀석이었다.

이미 3년 전의 일이다. 도쿄 일각에서 잔인한 여고생 살인사건이 연속해서 일어났다. 여학생들은 운 나쁘게 혼자 걷고 있었다는 이유만으로 살인자들의 표적이 되었다. 납치된 여학생은 인적 없는 산속 임도나 철이 지나 관광객도 찾지 않는 호반도로 같은 데로 끌려갔다. 거기에 도착할 때까지 여학생은 폭행과 고문을 당하고 심한 학대를 받아 엉망진창이 되었다. 하지만 현장에 도착하면 녀석들은 여학생에게 '도망가도 좋다.'고 했다. 그리고 차에서 밀어냈다. 여학생 대부분은 반라에 맨발이었다. 범인들은 이렇게 말했다.

"도망칠 수 있다면 살려주지. 이건 목숨을 건 술래잡기야."

여학생은 상처 난 몸으로 죽을힘을 다해 도망쳤다. 범인들은 차를 탄 채 여학생을 쫓아갔다. 주위에 자동차로 쫓아올 수 없는 덤불이나 풀밭, 비탈은 보이지 않았다. 사전에 녀석들이 그런 장소를 선택했기 때문이다. 여학생들은 사냥감이나 마찬가지였다. 여학생들은 그렇게 차에 치어 죽었다. 시체는 걸레처럼 방치하거나, 다른 곳에다 유기했다.

체면을 걸고 대대적인 수사를 펼치던 경시청은 세 번째 피해자가 나왔을 때 한 비행 청소년 그룹에 주목했다. 계기는 다른 사건에 연루되어 붙잡힌 소년이 취조실에서 흘린 한마디였다. 이 말이 나중에 큰 화근이 되지만, 그때는 작은 실마리 하나라도 필요한 때였다.

수사가 시작되었다. 정보가 흘러나가 언론에서도 보도하기 시작했다. 아무리 흉악한 사건이라 해도 수사 대상이 모두 미성년 소년들이라 무리하게 진행할 수는 없었다. 피의자의 진술을 바탕으로 시작된 수사이다보니 물증이 없다는 것도 문제였다.

그러던 중 주범 가운데 한 명으로 수사 대상에 올라 있던 고구레 마사키라는 열여섯 살 먹은 소년이 경시청을 상대로 소송을 하겠다고 큰소리치며 기자회견을 열었다. 고구레 마사키는 자신은 전혀 죄가 없고 의심 살 만한 짓을 한 기억도 없다, 그런데 경찰이 자기 주변을 조사하고 다닐 뿐 아니라 일부러 자기 신상에 대한 정보를 흘려 매스컴에 드러나게 했다고 주장했다—.

고구레 마사키는 깜찍한 매력이 있고, 언변도 좋은 데다 태도도 그럴듯했다. 녀석은 단숨에 일부 매스컴의 주목을 받았다. 녀석이 텔레비전 와이드 쇼뿐 아니라 버라이어티 프로그램에도 출연하는 걸 준코는 여러 번 보았다. 마치 아이돌 스타 같은 인기를 얻었다. 저항하는 젊은이의 영혼을 소재로 소설을 써서, 그걸 자신이 직접 메가폰을 잡고 영화로 만드는 게 꿈이라고 자신 있게 말하기도 했다.

물증은 없었다. 하지만 간접 증거는 무척 많았다. 증언도 넘칠 정도로 나왔다. 매스컴은 왼손으로는 고구레 마사키를 추켜세우고, 오른손으로는 경찰에서 흘러나온 얘기들을 보도했다. 여론도 갈렸다.

하지만 결국은 고구레 마사키를 체포하지 못했다. 녀석이 우두머리인 비행 청소년 그룹의 멤버 중 어느 누구도 체포되지 않았다.

―그래서, 나는.

그래서 준코는 다다 가즈키를 만나러 갔던 것이다.

다다 가즈키는 세 번째 희생자의 오빠였다. 살해된 여동생의 이름은 유키에. 눈처럼 피부가 희고 귀여운 소녀였다.

법이 고구레 마사키 같은 괴물을 잡을 수 없다면, 다른 수단을 선택해야 한다. 준코는 다다 가즈키에게 도움이 될 거라고 생각했다. 장전을 마친 한 자루의 총으로서.

그의 복수를, 처단을 도울 수 있을 것이다. 다다 가즈키와 같은 직장에 다녔다는 사실은 그야말로 하늘이 베푼 은혜라고 생각했다.

그해 초가을, 준코는 다다 가즈키와 함께 계획을 세워 고구레 마사키를 습격했다. 습격이라고 해봐야 멀리 떨어진 곳에서 녀석을 그냥 바라보기만 하면 되는 일이었다. 고구레 마사키의 머리카락과 피부 그리고 셔츠에 불이 붙었다. 녀석이 비명을 지르며 나뒹구는 것을 준코는 조용히 지켜보았다.

그런데 마지막 순간, 다다 가즈키가 생각을 바꾸었다. 고구레 마사키에게 결정타를 먹이기 직전, 그가 준코를 현장에서 떨어진 곳으로 데리고 갔다. 그리고 자기는 살인을 하고 싶지 않다고 했다. 살인을 저지르면 고구레와 똑같은 인간이 되어버린다면서.

준코는 이해할 수 없었다. 어째서 다다 가즈키가, 그의 '총'인 준코가 고구레 마사키와 똑같은 인간이 된다는 것인가? 다다 가즈키는 희생자를 학대하지 않는다. 살인을 즐기지도 않는다. 고구레 마사키를 처형하는 것은 그에게 주어진 신성한 의무이다.

하지만 다다 가즈키는 계속 고개를 저었다.

결국 준코는 다다 가즈키와 헤어졌다. 그리고 혼자 고구레 마사키를 추적했다.

고구레 마사키를 처치하기까지 꼬박 2년이 걸렸다. 세상에는 아라카와 강변 살인사건으로 알려진 그 '처형'을 마친 다음 준코는 다다 가즈키를 만나러 갔다. '처형'을 마쳤다는 사실을 알리기 위해.

그는 준코가 한 일을 이미 눈치 채고 있었다. 안개비가 뿌옇게 내리는 밤이었다. 그는 이제 그만두라고 했다. 하지만 준코는 그만둘 생각이 없었다. 결국 서로를 이해할 수 없다는 사실만 다시 확인하고, 실망한 채로 빗속에서 헤어졌다.

그 이후에는 한 번도 만난 적이 없다.

준코는 그 뒤에도 추적을 계속했다. 여고생 살해사건과 관련된 그룹의 멤버 신원은 고구레 마사키가 요란하게 탤런트 행세를 하거나 인터뷰에 응하고, 자서전 같은 것을 쓴 덕분에 비교적 쉽게 알아낼 수 있었다. 준코는 직접 돌아다니며 나머지 멤버들의 동향을 수소문하고, 힘든 부분은 조사 회사에 의뢰했다.

주범인 고구레 마사키를 처단하기 전까지는 다른 멤버에게 손을 대지 않았다. 녀석이 경계심을 갖게 되면 곤란했기 때문이다. 그들은 고구레 마사키 다음 차례였다. 그런데 고구레가 죽자, 그 충격이 녀석들 사이에 신속하게 번졌다. 그 죽음이 여고생 살해사건에 분노한 인물이 저지른 복수 아니겠느냐는 추측이 나오자 녀석들은 도망치기 시작했다. 이사를 하고, 도쿄에서 아예 지방으로 옮기거나 가명을 쓰기 시작했다. 준코의 추적은 그만큼 어려워졌다.

그래도 준코는 고구레와 마찬가지로 주범 격이던 당시 열아홉 살 청년과 운전을 맡았던 열여덟 살 청년을 '처형'하는 데 성공했다. 열아홉 살 먹은 청년은 집과 함께 불에 태워 죽였다. 이 화재는 원인 불명으로 처리되었다. 불이 났을 때 집에 없었던 그의 부모는 자식을 위해 성대한 장례식을 치러주었다. 준코는 조문객을 가장해 장례식에 참석했는데, 자기 아들이 천사처럼 선량하고 앞날이 유망한 젊은이였다고 뻔뻔스럽게 이

야기하는 아버지를 보자 그 부모도 함께 처치해버리는 게 나
았을 거라는 생각이 들었다. 서로 관련이 없는 세 명의 소년이
증언한 바에 따르면, 녀석은 여고생 사건의 첫 번째 희생자인
열여섯 살짜리 여자애를 밧줄로 묶고 저항도 못하는 그 애의
눈을 아이스피크로 쑤셨다고 낄낄거리며 자랑했다. 열여덟 살
난 청년은 차에 불을 질러 죽였다. 불길에 휩싸인 차는 전봇대
에 부딪혀 크게 부서졌다. 하지만 운전석에 있던 녀석은 죽지
않았다. 끈덕지게 살아남아 지금도 숨이 붙어 있다. 선인장처
럼 식물인간 상태지만.

그리고 가노 히토시만 남았다.

교활한 원숭이 같은 이 녀석은 신분을 감추고 이름도 바꾸
었다. 과거를 지워버리고 여유 있게 살고 있다. 준코는 녀석이
납치한 여고생들에게 한 짓도, 그 밖에 밝혀지지 않은 피해자
들에게 한 짓도 모두 알고 있다. 열아홉 살 먹은 청년을 집과
함께 태워버리기 전에 녀석의 두 다리를 부러뜨려 도망치지
못하게 한 다음 남김없이 캐물었던 것이다.

그놈은 울면서 모든 것을 자백하고, 모든 짓을 인정했다. 여
고생 세 명을 살해한 것은 물론이고, 그 외에 드러나지 않은 상
해나 여성 폭행사건이 여러 건 있었다. 어떤 경우에든 가장 잔
인한 짓을 한 놈은 가노 히토시였다. 주범 격인 놈들이 하는 짓
을 흉내 내며 범행에 가담했고, 그때마다 희생자를 학대할 순
서가 돌아오기를 손꼽아 기다렸다.

놈을 처단하기 전에는 여고생 살해사건과 관련된 임무가 끝난 게 아니다. 준코는 그렇게 생각했다.

그런 가노 히토시를 이제야 찾아냈다.

―우리는 목표가 같은 동지.

가디언, 수호자. 준코는 눈을 감고 생각했다. 그 남자가 말하는 '우리'란 준코와 같은 능력을 지닌 집단일까? 그렇다면 그들은 무엇을 '수호'하려는 걸까?

슬프게도 준코에게는 무언가를 '지킬' 능력이 없다. 가까운 주위에서, 생활권 안에서 무슨 흉악한 일이 일어나면, 그때는 맞받아칠 수 있다. 하지만 악의(惡意)는 도처에 존재하는데, 준코는 어느 한 장소에만 있을 수밖에 없고, 순간 이동도 할 수가 없다. 준코가 할 수 있는 일은 비극이 일어난 뒤에 나서서 그 비극을 저지른 짐승을 처단하는 것뿐이다.

결국 그날 밤은 새벽 2시가 넘을 때까지 욕실에서 분노를 삭여야 했다. 침대에 누운 뒤에도 몸이 뜨거워 쉽게 잠을 이룰 수 없었다.

왠지 눈을 감으면 가노 히토시보다 다다 가즈키의 얼굴만 떠올랐다. 이상하다. 이제는 그에게 아무런 감정도 남아 있지 않을 텐데. 분명히 그때는 좋은 감정을 느꼈다. 성실하고 자상하며 좋은 사람이라고 생각했다. 그런 좋은 감정이 그의 '총'이 되기를 자청한 계기가 되었다는 것도 부인할 수 없다.

하지만 지금은 다르다. 그는 준코를 이해해주지 않았다. 여동생의 원수를 갚는 것보다 '살인자'가 되지 않는 게 중요하다고 했다.

왜 그 가디언이란 남자는 준코에게 다다 가즈키의 소식을 알려주는 것이 '선물'이라고 생각한 걸까? 준코는 이제 다다 가즈키를 만나고 싶지 않다. 만나봐야 달라질 게 없기 때문에.

새벽이 다 되어서야 얕은 잠이 들었다. 자는지 깨어 있는지 모를 그런 상태에서 몸만 축 늘어졌다.

그리고 꿈을 꾸었다.

무척 오래된 일과 관련된 꿈이었다. 준코는 실수로 누군가를 태우고, 울며 사과했다. 어렸을 때의 일이다. '태워버려서 미안해요.' 하고 소리쳤지만 말이 제대로 나오지 않았다.

도망치려는 준코의 눈앞에서 불길이 활활 타올랐다. 불덩어리 한가운데 아이가 하나 있다. 뜨거워서 미친 듯이 허우적거린다. 경악으로 가득한 눈을 부릅뜨고, 뺨에 눈물이 흐른다. 그 얼굴이 준코의 눈에 보인다.

그 아이 말고 누군가 또 한 명이 있다. 불붙은 아이에게 손을 뻗으며 뭐라고 큰 소리로 외친다. 그 역시―그래, 남자다, 소년이다-울고 있다. 그가 준코의 모습을 보더니 뭐라고 말하며 비틀비틀 쫓아왔다. 준코는 죽을힘을 다해 도망쳤다. 미안합니다. 미안합니다. 다시는 안 그럴 테니 용서해주세요―.

그때, 잠이 깼다.

왜 이런 오래된 꿈을 꿨는지 알 수가 없다. 나쁜 기억이다.

마음속으로만 간직한 채 입 밖에 내지 않던 기억이다. 잠옷이 몸에 달라붙었다. 가슴골로 한 줄기 땀이 흘러내렸다.

일어나 침대에서 내려와 커튼을 젖혔다. 희끗희끗 날이 밝아오고 있었다. 준코는 고개를 저어 꿈을 털어내며 입술을 꼭 깨물었다. 다시금 전투의 아침이 된 것이다.

16. 악의 씨앗

요코하마 시 고토 구 시모타나카 2초메. 가디언이라는 남자가 가르쳐준 주소를 찾아가니 한 단독주택이 있었다. 당당한 외양의 흰 벽에 붉은 서양식 기와가 잘 어울리는 저택이었다. 스페인풍이라고 해야 할까?

나무가 많은 주택가였다. 대지도 넓고 울타리나 돌담 안쪽에는 잔디와 정원이 펼쳐져 있었다. 요코하마의 이 지역에 와 보기는 처음이라 방향 감각이 전혀 없었지만, 이곳이 부유층이 사는 동네라는 것은 주위를 한 번 둘러보는 것만으로도 쉽게 알 수 있었다. 오전이라 지나다니는 사람도 없고, 오가는 차도 보이지 않았다.

아오키 준코는 청바지에 오래 입어 낡은 재킷을 걸치고, 발에 익은 목이 긴 운동화를 신고 있었다. 머리도 뒤로 돌려 대충 묶었고 화장도 하지 않았다. 전투를 대비해 이렇게 차리고 왔지만, 이런 모습으로 어슬렁거리면 튀어 보일 것 같았다. 누가 지나가다 얼핏 보더라도 준코가 다른 동네에서 온 사람이란 걸 쉽게 알아차릴 수 있다. 지도를 손에 들고 있으니 아무쪼록 값싼 연립주택이나 하숙집을 찾아다니다 우연히 조용한 고급 주택가로 잘못 흘러들어온 수수한 여대생으로 보아주기를 기도했다.

그런데 그 가노 히토시가 어떻게 이런 동네에 살고 있는 걸까?

준코가 기억하기로, 가노 히토시는 부유한 가정 출신이 아니었다. 우두머리 격이었던 고구레 마사키가 쓴 웃기지도 않는 '자서전' 등에서 가노 히토시는 'K'라는 이니셜로 등장하는데, 그 책에 따르면 그들이 알게 된 것은 심야의 시부야 길거리였다. 둘 다 돈이 한 푼도 없어 지나가던 여고생들을 낚아채고 돈을 우려내 호텔에 함께 투숙했다. 그때 'K'가 조심성 없이 아버지에게 맞아서 생겼다는 상처를 보여주자 여자애들이 무서워하며 도망쳤다는 에피소드가 실려 있었다.

—나나 'K'나 부모와의 문제로 지친 상태였다. 나는 너무 훌륭한 아버지에게 열등감을 느꼈고, 'K'는 인간쓰레기 같은 아버지에게 학대를 당하고 있었기 때문이다.

이런 문장이었던 것으로 기억한다. 어차피 '자서전'은 고구레가 쓴 것이 아니라 그가 떠든 내용을 대필 작가가 정리했을 테고, 거짓말도 넘쳐날 정도로 섞여 있기 때문에 완전히 믿을 수는 없다. 하지만 적어도 'K'=가노 히토시가 이런 부잣집 자식이라면 고구레를 우두머리로 하는 그 패거리 안에서 좀 더 나은 지위를 차지할 수 있었을 것이다. 여하튼 아버지의 학대 부분을 보면 가노 히토시가 유복한 가정의 아들이라고 생각하기는 어렵다.

가디언은 가노 히토시가 지금 이 주소지에서 생활을 즐기고 있다는 것은 가르쳐주었지만, 어떻게 이 집에 살게 되었는지에 대해서는 아무 말도 하지 않았다. 고구레 마사키가 일종의 스타가 되고 그들 그룹이 저지른 못된 짓은 점차 유야무야되었다. 그리고 다들 확신범적인 침묵을 선택해 사건을 망각했다. 그 뒤로 가노 히토시의 신상에 무슨 변화가 있었던 걸까?

—그거야 본인을 잡아서 캐물으면 그만이지만.

준코는 여러 색의 유리를 조합해 만든 가스등 스타일의 문에 달린 조명등을 올려다보았다. 여기는 대문으로, 2미터가 더되는 높이의 철문이 준코 앞에 버티고 서 있었다. 문 옆에 있는 금속으로 만든 문패에는 멋진 이탤릭체로 'Kinosita'라는 글자가 적혀 있을 뿐, 이 저택에 사는 사람의 가족 구성이 어떻게 되는지는 전혀 알 수가 없었다. 문 앞에는 넓은 잔디가 깔린 정원이 펼쳐져 있고, 관리가 잘되어 낙엽 한 장 떨어져 있지 않은 자갈길이 저택 현관까지 완만한 커브를 그리며 이어져 있었다.

저택을 둘러싼 담은 집 건물 벽과 같은 장식 벽돌로 되어 있어, 준코가 손톱 끝으로 긁어보니 작은 조각이 떨어져 나왔다. '힘'을 모아 방사하면 쉽게 무너질 것 같은 약한 담이었다.

기노시타─. 여기는 가노 히토시의 어머니 친정일까? 아니면 어머니가 이혼을 한 뒤에 재혼했나? 그렇지 않으면 양부모 집에 살고 있는 걸까?

준코는 대문에서 오른쪽으로 담을 따라 걸었다. 그쪽은 옆집 돌담과 거의 붙어서 고양이나 간신히 지나갈 수 있을 정도의 틈밖에 없었다. 발길을 돌려 다시 대문으로 돌아와 이번에는 왼쪽으로 가니 서쪽 끝에 쪽문이 있었다. 쪽문이라고는 해도 준코의 집 현관문 정도 되는 폭이었다. 그 옆에 인터폰이 달려 있고, 문손잡이를 살짝 밀어보았지만 움직이지 않았다. 철창 틈새로 들여다보니 안쪽에서 빗장이 걸려 있었다. 손가락을 집어넣자 철컹, 하는 소리를 내며 빗장이 풀렸다.

이제 어떻게 해야 할까? 솔직히 이렇게 접근하기 어려운 저택일 줄은 몰랐다. 일반 주택이라면 담을 따라 한 바퀴 돌면 대개 안에 사람이 있는지 없는지 알 수 있고, 방문판매 사원이나 앙케트 조사원을 가장해 현관 벨을 누를 수도 있다. 하지만 여기 있는 쪽문의 인터폰을 눌러봤자 어차피 일하는 사람이 받을 것이다. 이곳에 가노 히토시가 살고 있느냐고, 이름을 입에 올려 질문하는 일만은 피하고 싶다. 그를 처치한 뒤에, 당연히 수사에 나설 경찰한테 살해 직전 피해자를 찾아온 여자가 있었다는 단서를 남기게 되기 때문이다.

흠, 피해자라. 준코는 머릿속으로라도 가노 히토시에게 이런 표현을 사용하는 것조차 싫었다. 진짜 피해자들에 대한 모욕이라는 느낌이 들기 때문이다.

경찰은 어떨까? 고구레 마사키를 처치했을 때도, 그 사건을 보도하는 뉴스를 보면서 이런 생각을 한 적이 있다. 경찰 내부에서 고구레 마사키가 바로 그 여고생 살해사건 관련자라는 사실을 바로 알아차리고 아라카와 강변 사건과 그의 '과거'를 연결하려 했던 것은 당연한 일이다. 그때 경찰들의 머릿속에 있던 고구레 마사키는 과연 정말로 '피해자'인가? 고구레 마사키를 피해자로 인정하면 그들에게 처참하게 살해된 세 여고생을 모욕하는 꼴이 된다고는 생각하지 않을까?

경찰을 떠올려서 그런지, 그때 불쑥 이런 생각이 들었다. 가디언—가디언이 준코 편이라고 한다면 그들도 경찰과 적대적이지는 않더라도 경찰의 눈을 피해야만 하는 존재일 것이다. 가디언은 지금까지 활동하면서 경찰에 쫓긴 일은 없었던 걸까? 그들은 구체적으로 지금까지 어떤 행동을 해온 것일까?

다시 의문과 곤혹감에 한껏 부푼 준코는 몇 걸음 뒤로 물러나 다시 스페인 스타일의 저택을 쳐다보았다. 내가 속고 있는 게 아닐까? 정말로 이 집에 가노 히토시가 살고 있는 걸까? 오랫동안 찾느라 지쳐 있던 참에 정보를 던져주자 흥분해서 내가 너무 경솔하게 움직이고 있는 것은 아닐까?

일단 여기를 떠나 이 주소에 있는 '기노시타'란 성으로 전화번호를 알아볼까? 접근하기 전에 가노 히토시가 진짜 여기 있다는 사실을 확인하지 않으면 이번에는 위험이 너무 클지도 모른다….

마음을 정하지 못하고 있는데 자동차 경적 소리가 가볍게 울렸다. 고개를 돌리니 인기척 없는 조용한 길에 멀리서 빨간 승용차 한 대가 달려오는 것이 조그맣게 보였다. 이쪽을 향해 오고 있었다. 준코는 얼른 손에 든 지도를 내려다보며 집을 찾아 헤매는 여대생처럼 보이도록 가장했다.

빨간 승용차는 기노시타 저택 담 모퉁이에 잠깐 멈췄다. 준코는 지도와 주소를 확인하는 척하며 상황을 지켜보았다. 차는 미니 쿠페였다. 길을 건너는 사람이 있는지 없는지 확인하는 것치고는 너무 오래 정차해 있었다. 준코는 지도를 손에 든 채 기노시타 저택의 쪽문을 등지고 미니 쿠페와 반대 방향으로 걷기 시작했다. 운전자에게 얼굴을 보이고 싶지가 않았기 때문이다.

준코 뒤에서 다시 경적 소리가 났다. 미니 쿠페 운전자가 누르는 것이다. 준코는 그게 자기 들으라고 누르는 건 아니라고 생각했기 때문에 뒤돌아보지 않았다.

그러자 뒤에서 젊은 여자 목소리가 들려왔다.

"저어, 잠깐만요, 아가씨."

준코는 좌우를 둘러보았다. 아무도 없었다. 앞쪽에도 사람이 보이지는 않았다.

"아가씨 말이에요, 잠깐만요."

아무래도 준코를 부르는 모양이었다. 살며시 돌아보았다.

미니 쿠페는 기노시타 저택 쪽문 바로 옆에 서 있었다. 운전석 창문에서 차와 같은 색상의 스웨터를 입은 여자가 몸을 내밀고 준코를 향해 손을 흔들었다.

"혹시 히토시를 찾아온 건가?"

깜짝 놀라서 바로 목소리가 나오지 않았다. 여자는 아주 쾌활하고 밝은 표정으로 작은 새처럼 날렵하게 차에서 내리더니 잰걸음으로 준코를 향해 다가왔다. 그러자 짙은 향수 냄새가 났다.

"이 집 찾아온 거죠? 아줌마가 안 나오나?"

젊은 여자가 거드름을 피우는 손짓으로 엄지를 세워 가리킨 것은 분명히 기노시타 저택이었다. 준코는 뜻하지 않게 좋은 기회가 왔다고 판단했다.

"그렇습니다. 하지만 너무 큰 집이라 기가 죽어서요."

준코가 대답했다.

"가노 히토시 씨가 여기 사는 게 맞나요?"

"맞아. 다들 처음엔 깜짝 놀라지."

여자가 웃으며 대답했다.

"그럼 같이 가지. 나도 지금 히토시한테 가는 길이야."

젊은 여자가 앞에 서서 쪽문을 열더니 날렵하게 안으로 들어갔다. 준코도 과감하게 뒤를 따랐다.

문을 지나자 추위에 시든 잔디가 펼쳐진 정원 저편에서 음악이 들려왔다. 클래식 멜로디 같았다.

"아, 역시 그렇군."

젊은 여자는 준코를 돌아보더니 음악이 들려오는 쪽으로 손을 흔들어 보였다.

"이 집 아저씬 클래식 듣는 게 취미야. 가사 도우미 아줌마도 음악을 좋아하는 데다 살짝 가는귀가 멀어서 저렇게 CD를 틀어놓았을 땐 손님이 인터폰을 눌러도 제대로 듣지를 못한다니까."

여자는 거침없이 걸었다. 현관으로 가는 게 아니라 쪽문에서 건물 약간 뒤편으로 걸어갔다.

기노시타 저택은 가까이서 자세히 보니 원래 하나의 건물이 아니라 증축을 거듭하면서 지금 같은 큰 집이 된 것이었다. 이 젊은 여자가 가려는 곳도 증축된 건물인 듯했다.

"저리로 들어가야 해."

여자가 손을 들어 한 건물을 가리켰다. 나무들 뒤에 있어 잘 보이지 않지만 그곳에 출입구가 있었다. 아무리 봐도 쪽문의 기능 이외에는 아무것도 없는 조잡한 문이었다. 그 바로 앞에 흙 묻은 남자 스니커가 한 켤레 있었다. 준코는 맥박이 빨라지는 것을 느꼈다.

"가노 히토시가 저기 삽니까?"

"응, 그래."

아마도 가노 히토시의 어머니는 이 저택에 입주해 일을 하고, 그는 자기 어머니를 따라 더부살이를 하고 있는 것인지도 모른다. 하지만 물어보기도 전에 여자가 먼저 설명해주었다.

"히토시 어머니는 2년 전쯤에 이혼하고 이리저리 돌아다니다 결국은 이 집에서 신세를 지며 겨우 정착했지. 그래서 히토시도 불러들였고."

"대문에는 기노시타라는 문패가 걸려 있던데요…."

"아, 그 사람은 이 집 주인이고, 히토시 어머니에겐 형부가 되지. 그러니까 기노시타 부인이 히토시 어머니의 언니야."

역시 그런 이유였나? 가노 히토시는 이모부 집에서 신세를 지고 있는 것이다.

"대단한 고급 주택이네요."

"부자지."

여자는 마치 자기 이야기인 양 자랑스럽게 말했다.

"히토시도 이제 운이 트이는 모양이야."

두 사람은 스니커가 놓여 있는 문 앞까지 왔다. 준코는 걸음을 늦췄다.

"저, 미안합니다. 저는 아직 잘 모르겠는데, 당신은 가노 씨하고—?"

"아, 미안. 설명하지 않았네. 난 히토시 친구야. 서클 S의 회원이기도 하니까, 당신은 마침 시간을 잘 맞춰서 온 거야. 누구한테 소개받았지?"

소개? 서클 S?

준코가 대답이 없자 여자는 다시 앞장서서 걸었다.

"아, 하시구치 씨인가? 그 사람은 열성적이기는 해도 억지스럽지? 당신도 마지못해 온 거 아니야? 하지만 마음 놓아. 서클 S는 이상한 걸 팔지도 않고 수당도 제대로 지불하니까. 입회비가 조금 비쌀지는 모르겠지만, 친구한테 권유해서 회원으로 만들면 3개월 만에 원금을 뺄 수 있어."

빠른 말투로 그렇게 말하더니 여자는 바닥에 놓인 스니커를 발끝으로 차서 옆으로 치우고 문을 열며 소리쳤다.

"히토시, 들어갈게. 아직 자고 있는 거 아니지? 일어나, 신입 회원이야."

문을 여니 안쪽은 다섯 평 남짓한 넓이의 원룸이었다. 마룻 바닥은 새로 깐 지 얼마 안 되어 보이고 내벽이나 천장의 벽지도 하얗다. 하지만 실내는 잔뜩 어질러져 있어 마치 지진이라도 난 것 같았다.

한쪽 구석에는 빨랫감이 산더미처럼 쌓여 있었다. 그 빨랫감이 꾸물꾸물 움직인다 싶더니 사람의 머리가 튀어나왔다. 젊은 남자였다. 준코는 깜짝 놀라 숨을 들이쉬었다. 여자가 혹시 놀란 것을 눈치 챈 게 아닐까 싶어 가슴이 철렁 내려앉았다. 하지만 여자는 이미 준코 곁에서 멀어져 있었다. 빨랫감 사이로 얼굴을 내민 남자에게 달려가 펄쩍 점프를 하더니 그 위에 올라탔다.

"또 자고 있었어! 지금이 대체 몇 시인 줄 알아?"

이제 막 오전 11시가 되고 있었다. 준코는 잠이 덜 깬 눈을 한 젊은 남자의 얼굴을 확인했다. 스스로를 억제하기 위해 오른발로 왼발을 꾹 밟고, 웃고 서로 희롱하며 고양이 새끼처럼 장난을 치는 두 사람을 바라보았다.

저 얼굴. 저 남자. 가노 히토시가 틀림없다. 가디언의 정보는 정확했다.

"우린 말이야, 무리하게 권하지는 않아. 그러니 집에 돌아가서 잘 생각해봐도 상관없어. 강매하는 게 아니니까."

가노 히토시는 그렇게 말하고 어수선한 탁자 너머로 팸플릿과 카탈로그 한 다발을 준코에게 건넸다.

준코는 한 시간가량 가노 히토시와 젊은 여자의 강의를 들었다. '서클 S'는 그들이 운영하는 네트워크 마케팅 같은 수입품 판매 회사의 명칭으로, 이런저런 설명서가 있기는 하지만 어차피 제대로 된 상품은 아니었다. 파는 물건은 건강식품이나 화장품 같은 수입품이었지만 어느 것도 효능은 의문스럽다. 개인이 수입한다는 그 상품이 정말 그들 말대로 미국의 권위 있는 기관에서 보증을 받았다거나 일본에서는 '서클 S'에서만 구할 수 있는 귀한 상품이라는 이야기는 결코 믿을 생각이 없었다.

하지만 두 사람이 하는 이야기로 미루어 추측하건대 '서클 S'는 그럭저럭 잘되는 모양이다. 친구나 아는 사람을 속여 회원으로 끌어들여도 자기 수입만 늘면 된다는 양심 없는 젊은 이들이 그만큼 늘고 있다는 이야기일 것이다.

그렇다고 해도 사기꾼과 살인자가 호환성이 있는 줄은 몰랐다. 가노 히토시는 부자인 이모부 그늘 밑으로 들어간 뒤, 남의 피를 짜내는 짓을 그만둔 대신 돈을 짜내는 짓으로 분야를 바꾼 모양이었다. 자산가인 기노시타 집안에서 더부살이를 하다 보니, 이 교활하고 염치없고 잔인한 젊은이의 마음에 부에 대한 동경이 싹튼 것인지도 모른다. 살인은 아무리 재미있어도 돈이 되지 않으니 그만둔 것이리라.

가노 히토시와 한 패인 젊은 여자도 준코가 '하시구치'라는 그들 회원의 소개로 찾아왔다고 굳게 믿는 듯했다. 전혀 경계하지 않고 신분을 확인하려고도 하지 않았다. 준코는 얼른 꾸며낸 가명을 대고 될 수 있으면 말을 하지 않은 채 그들이 멋대로 해석하도록 내버려두었다. 그들이 보기에 준코는 세상 물정 모르는 촌스럽고 두뇌 회전이 느린 좋은 먹잇감으로 보일 게 틀림없었다. 미제 화장품을 써서 조금이라도 예뻐지기를 바라는 세련되지 못한 젊은 아가씨. 혀만 놀려서도 돈을 우려낼 수 있는 만만한 사냥감이다.

가노 히토시는 준코의 기억 속에 남은 모습보다 제법 남자다워져 있었다. 티셔츠에 면바지를 입은 모습은 잠에서 깬 지 얼마 되지 않아 쭈글쭈글했다. 갈색으로 탈색한 머리카락은 근육파 영화배우처럼 짧게 깎았고, 왼쪽 귀에서는 피어스가 반짝거렸다.

방 안은 숨이 막힐 정도로 난방이 잘되었다. 여자도 시간이 조금 흐르자 스웨터를 벗고 안에 입고 있던 반팔 풀오버 한 장만 걸친 차림이 되었다. 그 여자가 직접 이름을 밝히지는 않았지만 가노 히토시는 '히카리'라고 불렀다.

"가입 조건이 납득되면 거기에다 서명하고 도장을 찍어서 이리 가지고 오거나 우편으로 보내면 돼."

무척 깔끔하고 착한 청년을 가장하며 흰 이를 드러낸 가노 히토시가 말했다.

"가입비 20만 엔은 은행으로 송금해도 되고, 신청서랑 함께 이리 가지고 와도 괜찮아. 이리로 가져오면 바로 정식 회원증하고 영수증을 받을 수 있으니 직접 오는 게 낫겠지만 직장 문제도 있을 거 아니야? 하시구치 씨가 까다로워서."

두 사람의 대화 내용으로 추측하건대 하시구치라는 회원은 30대의 레스토랑 점장으로, 자기 밑의 회원을 계속 늘려서 수입을 올리기 위해 약자의 입장에 있는 거래 업체 사원이나 아르바이트 점원 등을 이곳으로 데리고 오는 모양이었다. 가노 히토시와 히카리는 준코가 그 사람 밑에 있는 웨이트리스라고 믿었다.

준코는 이미 마음을 굳혔다. 이 방에서 가노 히토시를 정리해버리자. 실내에서 끝내면 저택 안에 있는 사람들은 눈치 채지 못할 것이다. 이 방은 더 이상 사용할 수 없게 되겠지만 어차피 가노 히토시가 여기서 더부살이를 시작하기 직전에 마련한 방인 듯하니 그와 함께 못 쓰게 되어도 큰 불만은 없을 것이다.

문제는 '히카리'라는 여자였다. 우연이라고는 하지만 이 집 안까지 안내한 이 여자에게 감사하지 않을 수 없었다. 가능하면 죽이고 싶지 않다.

하지만 다른 한편으로는, 속으로 준코에게 돈을 우려낼 생각을 하고 있을 게 틀림없는 히카리의 과도한 욕심에 화가 나기도 했다. 멋진 스웨터나 새 미니 쿠페를 구입한 돈의 출처는 어디인가. 남을 윽박질러서 빼앗은 것 아닌가. 그런 생각을 하면 아무래도 화가 날 수밖에 없었다.

게다가 히카리는 아무래도 가노 히토시에게 완전히 반한 것 같았다. 아마 그의 과거를 모를 것이다. 가노 히토시가 실제로는 어떤 인간인지 가르쳐주는 게 이 여자를 위한 일이 될지도 모른다.

그렇지만 히카리에게 가노 히토시의 과거를 들려주면 곧바로 상황을 파악하게 될 테고 게다가 목격자가 된다. 그렇다면 살려둘 수도 없다. 너무 위험하기 때문이다. 불법 제조 권총을 파는 남자를 처치할 때, 그 커피숍 '커런트'의 여인처럼 죽지 않을 정도로 상처를 입힌 뒤 이 자리를 벗어날 시간을 버는 방법을 이번에는 사용할 수가 없는 것이다.

준코는 망설였다. 그러자 불쑥 관자놀이가 쑤시기 시작했다.

힘은 출구를 찾고 있었다. 힘은 거침없다. 바로 앞에 있는 표적을 원했다. 준코의 인간적인 망설임은 힘에 아무런 영향을 주지 못했다.

어렸을 때부터 훈련을 거듭했기 때문에 준코는 힘을 조절할 수 있게 되었다. 그 해질 무렵 공원에서 사내아이를 태워 죽일 때처럼 실수에 의한 폭발은 조절 능력을 높이면서 크게 줄어들었다. 그렇게 성장해 어른이 되었다. 그래서 이제는 완벽하게 컨트롤할 수 있다고 생각했다. 이제 자유롭게 힘을 조절할 수 있다고.

하지만 다야마 초의 폐공장에서 일어난 사건 이후 정말로 그런가 하는 의문이 때때로 고개를 들었다. 마치 지금처럼. 나는 죽이고 싶지 않다. 하지만 힘은 죽이고 싶어 한다. 어느 쪽이 주체일까? 힘일까? 아니면 나일까?

다야마 초 폐공장 사건 이후 준코는 여러 사람을 죽이고 다치게 했다. 심야의 폐공장에서 시작해 주류 양판점 옥상에 이르기까지—하루도 되지 않는 사이에 대체 몇 명을 태워 죽였는가. 충격파로 목을 부러뜨리고, 훌쩍 날아간 그들이 벽에 부딪혀 등뼈가 부서지는 소리를 들은 게 몇 번이던가.

그때는 그래도 괜찮았다. 그것은 구출 작전이었고, 섬멸전이었기 때문에. 준코도 그렇게 하고 싶었다. 하지만 지금 가만히 되돌아보면 그게 정말로 내 의지였는지 약간 애매하게 느껴진다. 그렇게까지 한 것이 진짜 내가 바라던 일인지 어떤지.

그리고 오싹한 것은 폐공장을 찾아갔던 그날 밤, 불쑥 잠에서 깨어나기 직전에 꾼 꿈이었다. 그 꿈의 마지막 부분에서, 준코는 자기 팔이 불길에 휩싸이는 모습을 보았다. 그때 눈을 뜬 것이다. 뒷맛이 나빴다. 일어나서 바로 이불과 담요를 두드리며 불이 붙지 않았는지 확인해야만 했다. 그러면서 혹시 힘을 컨트롤하는 능력이 떨어진 게 아닐까 하는 생각을 했다.

정말 그럴까? 그 반대가 아닐까? 준코의 조절 능력이 떨어진 게 아니라 힘이 더 커지고, 더 현명해지고, 더 확실한 주체성을 지니기 시작한 것은 아닐까? 그걸 깨닫지 못하고 움직이기 때문에 대량 살육에 대한 감각이 둔해지고, 상대가 진짜 전투 대상인지 어떤지 판단 기준도 무뎌지는 게 아닐까?

어느새 성장해 지혜를 얻고 때로는 주인을 앞서가는 요령마저 익힌 집 지키는 개처럼 교활하게 힘은 준코의 발 옆에 있다. 언제든 준코를 멋대로 끌고 다닐 수 있다는 걸 알지만 지금은 끈에 묶여 있다―.

"이봐, 아가씨."

준코를 부르는 목소리가 멀리서 들린 듯했다. 눈을 껌뻑거렸다. 쑤시는 관자놀이를 만지던 손가락을 뗐다.

"괜찮아? 안색이 좋지 않은데."

가노 히토시가 준코 쪽으로 몸을 내밀며 얼굴을 바라보았다. 준코는 깜짝 놀라 몸을 뺐다. 가노 히토시가 1미터도 떨어지지 않은 곳에 있어 더 가까이 다가올 것 같은 느낌이 들었기 때문이다. 자칫 그의 호흡을 느끼거나 혹시라도 그가 손으로 준코를 건드리기라도 하면 힘이 바로 튀어나갈 것이다. 지금은 그렇게 되어서는 안 된다.

"미안해요, 잠깐 정신을 딴 데 팔았네요."

가노 히토시는 미소를 지었다.

"잠이 부족한가?"

"그럴지도 모르겠네요."

"하시구치는 진짜 사람을 너무 호되게 부려. 우리한테 좋은 비타민제가 있으니까 먹어봐. 화장품보다 비타민이 미용에 더 효과적이라는 회원도 있어."

간살스러운 목소리였다. 준코는 몸이 떨리는 것을 참으며 웃는 척했다.

"히토시는 예쁜 여자에겐 사족을 못 쓴다니까."

히카리가 그렇게 말하더니 오른손으로 가노 히토시의 등을 때렸다.

"엄청 친절하지. 화가 날 정도로."

"네가 화낼 이유는 없잖아."

"뭐, 하긴 그렇지. 그래."

히카리가 고개를 치켜들고 콧방귀를 뀌더니 벌떡 일어섰다.

"네 이모부한테 다녀올게. 베지터블 비타민믹스 주문 건 때문에."

"이모부가 왕창 사는 건가?"

"반 다스야."

"용돈 벌이가 쏠쏠하군."

히카리가 하하하, 웃으며 신발을 신었다.

"그래, 덕분에 도움이 많이 되지."

그러더니 준코를 바라보며 말했다.

"아가씨, 돌아갈 땐 내가 역까지 태워다줄 테니까 기다려. 히
토시한테 이야기를 자세히 들어봐."

히카리는 바삐 밖으로 나갔다. 정원의 징검돌을 밟는 발소
리가 멀어져갔다. 히카리가 열었던 문이 저절로 천천히 닫히
기 시작하더니 찰칵 소리를 내며 완전히 닫혔다.

이제 두 사람만 남았다.

함정의 뚜껑이 닫힌 것이다.

조금 전까지 머릿속에 가득했던 고민이 사라졌다.

준코라는 기계에 스위치가 켜졌다.

"그러니까 말이야—."

가노 히토시가 준코를 향해 무릎걸음으로 디가오며 말했다.
준코는 고개를 돌려 가노 히토시를 바라보았다. 시선이 똑바
로 부딪혔다.

준코가 물었다.

"여자애의 눈을 아이스피크로 찌르는 기분이 어땠어?"

순간 가노 히토시의 눈이 휘둥그레졌다. 그의 왼쪽 눈동자 바로 옆에 아주 작은 점이 있었다. 나라면 저기를 찔러버릴 거야. 마치 하늘이 표시를 해놓은 것 같은데? 눈에는 눈, 이에는 이.

"무, 무슨 소리야?"

가노 히토시의 목소리가 바뀌었다.

"내가 무슨 말을 하는지 잘 알 텐데."

준코는 미소를 지었다. 이번엔 진짜 미소였다.

"네가 전에 저지른 짓이지. 이제 발뺌하지 못할걸? 네 패거리들한테 다 들었어."

가노 히토시가 앉은 채 뒤로 물러났다. 어리석은 놈, 달아날 거면 일어나서 도망을 가야지. 뒤도 돌아보지 말고 도망쳐. 달아날 거면 죽어라 도망을 쳐야지.

그래도 나는 반드시 따라잡고 말겠지만.

"계속 널 찾았어."

준코의 그 말과 동시에 가노 히토시의 얼굴에 불이 붙었다.

다시 정원 징검돌 밟는 소리가 나, 히카리가 돌아오고 있다는 걸 알았을 때, 준코는 신발을 신고 있었다. 방 안은 숨 쉬기 힘든 열기와 기분 나쁜 탄내로 가득하다. 아니, 그럴 것이다. 그런 열기와 냄새에 완전히 익숙해져 전혀 느끼지 못했다.

히카리의 발걸음은 가벼웠다. 준코는 문 앞에 서서 꼼짝도 않고 발소리를 들었다. 준코라는 기계의 스위치는 여전히 켜져 있는 상태였다. 히카리가 안으로 들어오기를 기다려 그 머리카락을 태워버리는 건 누워서 떡 먹기였다.

뒤를 돌아보니 10분 전까지만 해도 살아 있던 가노 히토시의 자리에 지저분한 담요가 불룩 솟아오른 것이 보였다. 새까맣게 타버린 가노 히토시를 준코가 담요로 덮어둔 것이었다. 방 안은 준코가 처음 들어왔을 때와 마찬가지로 어질러져 있었지만 가구나 집기는 거의 타지 않았다. 작은 테이블 위에 그을음이 앉고, 가노 히토시가 쓰러져 있는 주변 바닥이 약간 탔을 뿐이다.

준코는 문을 열고 밖으로 나왔다. 손을 뒤로 돌려 문을 꼭 닫았다. 이쪽으로 다가온 히카리가 그제야 준코를 발견하고 놀란 듯이 멈춰 섰다.

"어머, 갈 거야?"

준코는 말없이 고개를 끄덕였다.

"어때? 설명을 들어보니 가입할 생각이 들어? 히토시는 나보다 말을 훨씬 더 잘하니까 알기 쉽게 설명했겠지? 게다가 서클 S에서 판매 지도원 연수 교육을 세대로 받았으니까."

준코가 문 앞에서 움직이지 않자 히카리는 멈춰 선 채로 말했다. 여전히 붙임성 있게 웃고 있지만 눈을 이리저리 움직여 문 쪽을 바라보았다. 시선이 '좀 비켜줄래?'라고 말하고 있었다.

"돌아가고 싶은데, 차 태워주시는 거죠?"

준코가 말했다.

"응, 데려다줄게. 그런데 잠깐 기다려주지 않을래? 히토시한 테 계산서를 전해줘야 하니까."

히카리의 손에는 팔락거리는 종이가 들려 있었다.

"히토시 이모부가 비싼 비타민제 팩을 왕창 사줬어. 히토시 는 자주 용돈을 달라고 조르니, 그 녀석 판매 실적을 도와줄 일 은 없다면서 내 실적을 올리라고 했지."

애써 군더더기 설명을 한 히카리는 종이를 흔들어 보였다. 그 표정 속에 얼핏 뭔가 불안한 빛이 스쳐가는 것을 준코는 놓 치지 않았다.

아마 준코의 태도에서 약간 이상하다는 느낌을 받았기 때문 일 것이다. 눈빛이 달라지고 말투가 달라졌기 때문일 것이다.

살인 기계의 스위치는 아직 꺼지지 않았다.

"잠깐 비켜줄래?"

더 기다릴 수 없다는 듯이 앞으로 나서며 히카리가 말했다.

"전표만 건네주고 나도 바로 돌아갈 거야."

준코는 순간적으로 둘러댔다.

"가노 씨는 외출했는데요."

"뭐?"

"친구한테 전화가 와서 나갔어요. 저는 히카리 씨가 돌아올 때까지 여기서 기다리라고 해서."

"그럼 문이 잠겼어?"

"예, 잠겼어요."

"뭐? 변덕쟁이. 하기야 상관없지. 오늘은 나도 바쁘니까. 그런데, 전화 건 사람이 여자였지?"

"글쎄요, 모르겠네요."

"대부분 여자야. 저래 봬도 히토시가 여자들에게 상당히 인기가 있는 편이거든. 그럼, 갈까?"

히카리는 평소에도 이렇게 스스럼없이 가노 히토시의 방을 드나드는 모양이다. 준코의 거짓말을 의심하지도 않고, 조금 전 얼굴에 스친 불안한 기색마저도 지워버리고 몸을 돌리더니 쪽문을 향해 걷기 시작했다.

정원을 가로질러 히카리의 미니 쿠페가 주차되어 있는 곳으로 갔다. 차는 타지 않을 것이다. 굳이 히카리에게 태워달라고 할 필요는 없다. 운전을 하고 사라지는 것만 보면 나도 이곳을 떠날 것이다. 히카리를 죽이지는 않을 것이다.

죽이지 않아도 괜찮을 거라고 준코는 생각했다.

그러나 힘은 히카리를 죽이고 싶어 했다. 준코는 그걸 느낄 수 있었다. 힘의 욕구를.

그래서 아직 스위치가 끊어지지 않는다. 준코가 끊을 수 없는 게 아니라 힘이 스위치가 들어온 채로 놓아두라고 요구하고 있기 때문이다.

다시 끓어오르는 의문. 주체는 어느 쪽인가? 준코인가, 힘인가?

저 탐욕스럽고 제멋대로 구는 여자를 살려두어도 괜찮을까?

죽일 정도로 큰 죄를 짓지는 않았어.

저 여자가 뿌린 씨앗이 얼마나 큰 사악한 나무로 성장할지 생각해보지 않아도 돼?

저 여자는 그리 큰 악의 씨앗은 아니야.

저 여자 때문에 누군가가 죽으면, 그때도 후회하지 않을 수 있어?

저런 여자가 계획적으로 누군가의 목숨을 빼앗을 리가 없어.

가노 히토시와 어울리는 여자를 왜 그냥 두려 하는 거지?

저 여자는 가노 히토시의 정체를 몰라.

힘이 준코를 조롱하듯 한껏 부풀어 오른다. 죽여버려. 숨통을 끊어버려. 저런 여자의 목숨은 한 줌의 가치도 없어. 심판의 저울은 네가 들고 있어. 저 여자는 네 얼굴을 기억할지도 몰라. 경찰에 네 이야기를 할지도 몰라. 처치해버려. '커런트'에 있던 손님처럼. 아사바 게이이치의 어머니처럼. 모든 걸 재와 먼지로 만들어버리고 사라지는 게 네 안전을 위해 나아.

네가 저 여자를 죽이고 싶어 한다는 건 알아.

"안 탈 거야?"

준코는 빨간 미니 쿠페 옆에 서 있었다. 운전석 쪽 문에 손을 얹고 히카리가 이상하다는 듯이 고개를 갸웃거리며 준코를 바라보았다.

목 언저리에서 뭔가 울컥 솟구쳐 오를 것만 같아 준코는 입을 꽉 다물었다.

"저는 서클 S에 가입하지 않기로 했어요."

한마디 한마디 신중하게 표현을 선택하듯이 말했다.

"어머, 그래?"

"별로 좋지 않은 시스템이라는 생각이 들어서요. 친구를 끌어들여야만 하고. 당신도 그렇게 하고 있죠? 좋은 일은 아니라는 생각이 드는데."

"나는⋯."

히카리의 얼굴에 다시 불안한 기색이 스쳐갔다. 조금 전보다 훨씬 짙고 큰 '두려움' 쪽으로 바늘이 기우는 불안이.

"내 문제는 신경 쓰지 마. 당신, 왜 아까부터 그렇게 무서운 표정을 짓고 있는 거지?"

싸움이라도 걸어오듯 입을 내밀며 히카리가 말했다.

"무슨 불만 있어? 마음에 들지 않으면 굳이 가입하지 않아도 돼."

준코는 이를 꽉 문 채 시선을 아래로 던졌다. 미니 쿠페의 짙은 와인색 차체를 뚫어지게 바라보았다. 그래, 이걸 녹여버리자. 끈적끈적 흘러내리는 용암처럼.

"뭐라고 말을 해봐."

히카리의 목소리가 날카로워졌다. 자기가 두려움이나 불안감을 안고 있다는 사실을 스스로 깨닫지 못하고 있다. 그 때문에 공격적으로 나올 수 있는 것이리라. 무섭기 때문에 먼저 대드는 것이다.

"히토시한테 이야기 들었지? 네트워크 판매 같은 건 아니야. 그야 돈은 벌지만 그것도 눈썰미가 있어서 제대로 하는 사람들뿐이야. 누구나 다 돈을 버는 건 아니지. 세상 사람들이 흔히 이야기하는 문제 있는 사업이 아니란 말이야. 미리 말해두지만 경찰이나 소비자 센터 같은 데 신고해봐야 헛수고야. 법률 위반도 아니니까. 알겠어? 그러니 그런 얼굴로 째려보지 마!"

히카리가 거친 소리를 내며 차 문을 열었다.

"모처럼 돈 벌 수 있는 이야기를 해줬는데 싫다면 어쩔 수 없지. 가입하지 않는 건 자유야. 머리 나쁜 인간들은 평생 그렇게 살아야 하는 거니까. 하지만 자기가 제대로 못한다고 해서 잘하는 사람을 비난하지 마!"

히카리가 차에 올라타려 했다. 몸을 구부린 히카리의 뒤통수에 대고 준코가 말했다.

"가노 히토시의 과거를 알고 있었나요?"

히카리는 화들짝 놀라 고개를 들었다. 정말 놀랐다는 표정이 약간 노골적일 만큼 느껴졌다.

"히토시의 과거?"

"예, 그래요."

히카리의 얼굴에 여태 보인 적이 없는 표정이 떠올랐다. 준코로서는 뜻밖의 반응이었다.

"너, 히토시하고 무슨 일 있었어?"

히카리는 두 손을 허리에 짚고 대들 듯이 말했다.

"그런 거야? 히토시한테 버림받은 여잔가? 아까 보기에는 히토시가 널 기억하는 것 같지 않던데? 히토시가 유혹했나? 그래서 히토시를 찾아온 거야? 그래?"

준코는 당황했다. '과거' 하면 남녀 사이의 일만 생각하는 인생은 준코와 인연이 없었기 때문이다.

"입 다물고 있지 말고 말을 해!"

히카리는 차 앞을 돌아 준코에게 다가왔다. 눈초리가 사나워져 있었다.

"경우에 따라서는 나도 가만히 있진 않을 거야. 히토시는 내―."

"당신의 뭐지?"

준코가 침착하게 물었다. 몸 안에서 힘이 재촉하는 게 느껴졌다. 그것 봐. 저런 여자의 목숨이 무슨 가치가 있어?

"히토시는 내 남자니까."

히카리가 내뱉듯 말했다.

"내 남자한테 무슨 수작을 하려는 거지?"

"당신 남자는 살인자야."

팔짱을 끼며 심호흡하고 스스로를 컨트롤하며 준코가 말했다.

"여고생을 죽였어. 그것도 한 명이 아니야. 3년쯤 지난 일이지만."

히카리는 우뚝 서서 두 다리를 어깨넓이로 벌리고 마치 거센 바람에 밀려나지 않고 버티기라도 하듯 턱에 힘을 주었다.

"뭐라고? 무슨 말도 안 되는 소리를."

"말도 안 되는 소리가 아니야. 조금만 조사해보면 금방 알 수 있는 일이지. 당신 남자와 그 패거리들이 무슨 짓을 했는지."

히카리의 기가 약간 꺾였다.

"히토시한텐 전과 같은 거 없어."

"증거가 부족해서 결국 경찰도 체포 못했지. 게다가 그 당시에 그놈들은 모두 미성년자였고."

히카리가 준코를 물끄러미 바라보았다. 뭔가를 생각하면서, 그 생각을 뒷받침할 만한 것을 찾고 있는 눈치였다. 그러더니 툭 내뱉었다.

"넌 그 살해되었다는 여고생하고 무슨 관계지?"

준코는 대답하지 않았다.

"여기 무엇 하러 왔어?"

여전히 준코를 노려보며 히카리가 물었다. 그리고 자기 물음에 스스로 대답을 발견했다는 듯이 갑자기 눈을 크게 떴다.

"히토시한테 무슨 짓을 한 거야?"

준코는 대답하지 않았다.

"히토시한테 무슨 짓을 한 거지? 외출했다는 거 거짓말이지? 무슨 짓을 한 거야!"

히카리는 악을 쓰며 차에서 벗어나 쪽문 방향으로 뛰기 시작했다. 준코는 뒤를 쫓지 않았다. 히카리는 도망치고 있었다. 당장이라도 넘어질 것처럼 앞으로 몸을 숙이고 달려갔다.

뒤돌아보지 마. 준코는 속으로 생각했다. 난 조용히 가고 싶어. 그러니 뒤돌아보지 마.

하지만 히카리는 뒤를 돌아보았다. 쪽문을 조금 지난 곳에서 준코에게 잡히지 않을까 확인하듯, 완전히 도망친 것인지 확인하듯.

히카리의 얼굴에 드러난 공포와 증오가 준코를 무너뜨렸다. 힘은 자기가 이겼다는 듯이 솟구쳐 히카리를 향해 거침없이 날아갔다.

펑, 하는 소리가 울려 퍼졌다. 히카리의 머리카락이 곤두서더니 가냘픈 몸이 허공으로 붕 떠올랐다. 멋진 구두를 신은 두 발이 내팽개쳐지듯 하늘로 솟았다. 떨어질 때는 온몸이 불길에 싸여 있었다. 준코의 얼굴에 뜨거운 바람이 세차게 불어왔다. 그 바람에 히카리의 짙은 향수 냄새가 섞여 있었다.

비명도 들리지 않았다. 준코는 할 수 있는 한 천천히 그 자리를 떠났다. 첫 번째 사거리에 도착할 때까지 뛰려고 하지도 않았다. 머릿속으로 숫자를 셌다.

주위는 조용했다. 아무도 무슨 일이 일어났는지 깨닫지 못했다. 기노시타 저택 쪽에서 다시 클래식 음악이 흘러나왔다.

100까지 세고 준코는 뛰기 시작했다. 누군가 비명을 지르는 소리가 들린 것 같았지만, 그게 실제로 들린 건지 아니면 자기 마음속에서 들린 건지 알 수가 없었다.

(2권으로 계속)

크로스파이어 1

1판 1쇄 발행 2009년 7월 7일
1판 6쇄 발행 2014년 10월 6일

지은이 미야베 미유키
옮긴이 권일영

발행인 양원석
편집장 김지아
해외저작권 황지현, 지소연
제작 문태일, 김수진
영업마케팅 김경만, 정재만, 곽희은, 임충진, 장현기, 김민수, 임우열
　　　　　　윤기봉, 송기현, 우지연, 정미진, 윤선미, 이선미, 최경민

펴낸 곳 ㈜알에이치코리아
주소 서울시 금천구 가산디지털2로 53, 20층 (가산동, 한라시그마밸리)
편집문의 02-6443-8853 **구입문의** 02-6443-8838
홈페이지 http://rhk.co.kr
등록 2004년 1월 15일 등록 제2-3726호

ISBN 978-89-255-3315-5 (03830)